From_

Love

从爱情
到 幸福

To

Happiness_ 张 莱————著

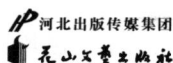
花山文艺出版社

图书在版编目（CIP）数据

从爱情到幸福 / 张莱著. —石家庄：花山文艺出版社，2016.8
ISBN 978-7-5511-2969-5

Ⅰ.①从… Ⅱ.①张… Ⅲ.①长篇小说—中国—当代 Ⅳ.①I247.5

中国版本图书馆CIP数据核字(2016)第204643号

书　　名：	从爱情到幸福
著　　者：	张　莱
责任编辑：	李　爽　　梁　瑛
责任校对：	李　鸥
装帧设计：	伍　霄
出版发行：	花山文艺出版社（邮政编码：050061）
	（河北省石家庄市友谊北大街330号）
销售热线：	0311-88643221/29/35/36
传　　真：	0311-88643225
印　　刷：	三河市祥达印刷包装有限公司
经　　销：	新华书店
开　　本：	880×1230　1/16
印　　张：	19.5
字　　数：	300千字
版　　次：	2016年11月第1版
	2016年11月第1次印刷
书　　号：	ISBN 978-7-5511-2969-5
定　　价：	36.80元

（版权所有　翻印必究·印装有误　负责调换）

目 录

人生在这里拐弯 ...001

华建平见势不好,一个箭步闪到华韦林身后,冷不丁地把菜刀架在自己儿子的脖子上:"谁也不许过来!"……眼见着自己的爸爸要被警察带走,华韦林忽然热血直冲脑门,一把抄起地上的菜刀架在自己脖子上:"你们谁也不许动!"

沈宇的心思 ...012

沈宇那边却还在气头上,甩开华韦林拉着自己的手,叫道:"不要你管!就不要你管!"华韦林平复了一下自己的情绪,耐着性子说:"不要我管可以,可你活腻歪啦?去招惹他们?!"沈宇恨恨地抗议道:"我就活腻歪了!怎么着吧?"

欺骗 ...017

华韦林恶狠狠地剜了她一眼,从牙缝里迸出两个字:"婊子!"顾晓薇顿时脑中轰然一片,怔立当场。……顾晓薇像发了疯似的猛冲过去,颤抖地指着顾劲松高声质问道:"你骗我……你说没事的,你说是帮他们,全是骗人的,骗子!"

失踪 ...023

顾晓薇玩世不恭地说道:"我顾晓薇不稀罕上什么狗屁体育学院了,这回回来就是要找个流氓结婚,我不知道其他地方哪儿有流氓,所以就你吧。"小平头难以置信地望着她:"你有毛病啊?"顾晓薇咆哮着打断他:"对!我就是有毛病!我就是要毁了自己!怎么着吧!毁给所有人看……"

不择手段 ...028

顾劲松痛心疾首道:"他不是好人啊!"顾晓薇顿时声音尖厉起来:"你是好人?欺骗自己女儿,让自己女儿出卖别人,当了叛徒,你是好人?在你眼里谁都可以利用,谁都是工具,你是好人呐?告诉你!这招儿我想很久了,我就是要你难堪,难堪到死!"最后一句她声嘶力竭!

人算不如天算 ...034

黄丹丹说的话句句在理,手段又咄咄逼人,沈宇觉得自己已经输了,输得一败涂地。看到她一副失魂落魄的样子,黄丹丹心中也泛出一丝不忍,抱歉道:"对不起了,顾晓薇。"沈宇猛地抬起头:"顾晓薇?我不是顾晓薇……"

华韦林来了 ...038

顾劲松看着虚弱的女儿,心里也是百般不忍,刚想开口安慰道:"晓薇啊……"顾晓薇突然扭头瞪着他道:"现在可以揭谜底了!这个孽种不是华韦林的!我本来也不想要的,可你叫我打掉,我就偏要生下来。生下这个孽种,就是我对你的惩罚!"

脚踏两只船 ...043

他想得很简单,两个人喜欢对方,这该是一件很明确的事情,只关于两个人的心的事。可是她说的是什么?在她的心中,他到底算什么?她竟然将他的感情看得如此不堪。华韦林冷脸转身丢下一句:"沈宇,以后少跟别人说我家里的事!"说完他转身,头也不回地走了……

乘虚而入 ...048

顾晓薇没回应沈宇的质问,却宣誓主权般地挽住了华韦林的胳膊,华韦林想脱开,却被抱得更紧。面对这一幕,沈宇顿时狂乱了,当即就向顾晓薇扑去:"顾晓薇你凭什么呀你!"但她却被华韦林一把拽住了胳膊,皱眉低喝道:"沈宇,你闹够了没有!"

爱情不是拿来牺牲的 …061

　　第二天,魏明敲开了方主任办公室的门,强烈要求让沈宇留校。方主任既不解,又恼火,他怎么也想不到让魏明去劝沈宇不成,反倒被沈宇策反了。方主任气得起身就要走。"主任,爱情弥足珍贵啊!"方主任不由地一愣,回过头去,却见魏明涨红了脸,眼眶已经湿润。

两败俱伤 …066

　　沈宇憋了一肚子邪火,索性一不做二不休,既然顾晓薇自己不愿意回去,那就谁也别想好过,大家一起完蛋好了!她迅速写了封匿名信寄给顾家,沈宇相信,只要顾家收到信一定会把顾晓薇抓回去,到时候,谁也别想等华韦林了!

伤人 …072

　　顾晓薇猛地回身,威胁性地举着碎瓶子冲爸爸大喝着:"谁都别……"话音未落,扑上来的顾劲松正顶到跟前,酒瓶碎尖当即扎进他的腹部。顾劲松闷哼一声后退一步捂住肚子,随即,便有血从指缝间流了出来。他缓缓地抬头,悲切地望着自己的亲生女儿。

都是输家 …077

　　顾晓薇望着他们,她就在他们身边不过两步之遥,可是她却被隔在了他们的世界之外!此时她才明白,华韦林能看到自己只是因为自己一直在他的世界里胡搅蛮缠,他是被迫关注着她;而沈宇,只需要一把眼泪就可以抹杀掉她所有的努力!

折腾 …086

　　顾晓薇怒气冲天地冲华韦林嚷嚷道:"华韦林!我告诉你,这话我憋心里很久了,沈宇跟你压根儿就是过家家图好玩儿呢!她压根儿就不是个做老婆的料!根本没有踏实过日子的心!"

改变 ...091

当华韦林看到虚弱的沈宇,简直既心疼又气愤,他哆哆嗦嗦地指着沈宇质问道:"你这么做,到底是为了什么呀?"沈宇反而显得很平静,声音虚弱但是说得非常肯定,毫不迟疑:"不管是做木工还是找兼职,这都不应该是华韦林做的。你必须给我体体面面的,头发梳得一丝不乱,裤子始终一尘不染……"

复杂的世界 ...097

顾晓薇索性挑开天窗说亮话:"倾家荡产和离婚,你会选择哪一个?"然而,朱铁四避开了她的目光。"我知道你不回答,是给我留面子,谢谢。"说完她转身就走。边往外走,顾晓薇边低声嘟囔:"过来追我……过来追我……"这时她听见远远传来"砰"的关车门声。顾晓薇转身,却看到朱铁四已坐进了车里。她转回身,自嘲地笑了笑:"对嘛,我们什么都不是……"

闹剧 ...116

老徐低声告诉朱铁四:"已经有人在议论了,说你连女朋友都管不住,可能这回真的没有机会了。"本想在酒会上重建人脉的他叹息一声:"别说了,我知道我今天折这儿了……"

借钱 ...128

沈宇飞奔回家,一翻抽屉却发现两本存折只有一个了,她立即就意识到是怎么回事,顿时脸色煞白,全无意识地对着抽屉乱翻,声音都带着哭腔了:"他疯了吧?他是不想过日子了吧……"

十万火急 ...132

朱铁四听顾晓薇说得越来越不像话,恼怒地甩手给了她一记耳光:"你说的是人话吗你?出了事你爸唯一记挂的就是你!说这种话让不让人寒心!"顾晓薇还叫:"他说为我就是为我啊?你信吗?"朱铁四怒吼道:"你要不信,你能在这儿犯浑吗?你跟你爸不一直云淡风轻的吗?用得着这么发神经吗?"

我们分手吧 ...136

　　顾晓薇撑着不让泪水流出来，咬牙道："老朱，别跟孩子争，算我求你了，我们……就做个朋友吧。"朱铁四声音都颤抖了："你怎么能对我这么残酷？"顾晓薇的声音也颤抖了："对不起老朱。我爱自己的，也比爱你的要多。"

五年计划 ...141

　　'我定了个五年计划，两年读研、三年当助教、五年内拥有买房的能力！这五年我们都要上台阶，都要努力，所以，所以这五年，我们不能要小孩。"沈宇避开了华韦林吃惊的眼光。他愣了会儿，幽幽地说："当初让你流掉孩子，我一直都很后悔。"沈宇假装毫不在意："我知道……总会好起来的。"

现实与幻觉 ...144

　　曹操这些年几乎是泡在酒里过来的，这个样子怎么去当幼儿园的老师？但顾晓薇是个擅长下猛药的人物。既然你容易产生幻觉，我就把你生拉回现实！顾晓薇掏出一把折叠剪刀，猛地向曹操的大腿上扎去。"啊——"一声惨叫划破了隔离区里的寂静。

杀敌三千，自损一万 ...154

　　随即，她便看见里面的大床上，华韦林和一个陪酒女躺在被窝里！沈宇惊叫："华韦林？"陪酒女小惠当即被惊醒了，睡在边上的华韦林露出了身子，除了内裤什么也没穿。沈宇看得火气上涌，转身进了卫生间，接了一盆冷水兜头往床上泼去……

离婚 ...164

　　华韦林不苟同："合着这逻辑，就是男人出轨都源自于家庭压力，你不觉得下作吗？""责任一层一层推掉，是智慧啊。"钟丽梅拍拍他的肩，"听梅姐一句好不好，对女人来说，事情没有思想重要，你想守住老婆，就要把自己搞悲壮，把别的女人讲到烂渣渣！"

无缘 ...169

　　华韦林依然声音低沉："对，你骂得对，我就是个浑蛋。所以我连那个电话都不该打！过去的，就该过去，别磨磨叽叽。生活是往前走的，往前视野才开阔，对你是这样，对我也一样，明白吗？"沈宇听到这些，所有的恼火与愤怒都无力地散去："你……就为了跟我说这些吗？"不远处的树下，华韦林握着手机直勾勾地看着失魂落魄的沈宇："对……所以见不见面，都没关系。"

老牛吃嫩草 ...179

　　顾晓薇顿时就怒了："你就是一窝囊废你！丧着个脸装忧郁，你以为你这样很帅啊？明明不舍得，你偏不去挽回，偏就不争取，你作给谁看啊？你也学学人家沈宇，逮谁作谁就是不作自己，谁像你啊，胡子拉碴的当太监，你不悲催谁悲催？活该！"

不想欠太多 ...184

　　顾晓薇昂然道："有本事你别离婚啊，离了婚他就是自由的，他爱跟谁一起就跟谁一起……分享个人生经验给你，别以为犯错的成本很低，有些错儿犯下了，没准儿一辈子都收拾不了。"

黄老板的阴谋 ...190

　　"你当你谁呐！皮包骨头一小身子板儿，你就拿来玩命！要不是魏明他们报警你死定了我告诉你！当什么冤大头？你算我什么人啊？替我玩儿命？你以为英雄救美我能崇拜你啊？你想都甭想！"华韦林哭笑不得："你这人怎么一阵一阵的呢……"话没说完，顾晓薇忽地一把抱住他，将脸紧紧贴到他胸口，狠狠却低声地吼道："在我身边别走……"

把幸福送给我 ...196

　　顾晓薇笑道："不残酷怎么拴住你啊？别再说你心里只能装下一个女人，你早就有我了，只是以前没意识到……没错，就是这样的，所以试试看好吗？把幸福送给我。"

绝症 ...200

她无法想象,身体残缺的自己还怎么面对华韦林?而她更怕的,是华韦林在知道真相之后,会因为怜悯、因为心疼、因为责任这些,答应娶她,不离开她。她是说过她需要他,可是,不是这种需要!如果他不是因为爱她而和她在一起,她宁愿不要!如果她只能成为他的负担,她宁愿不要!不治,会死;治的话,还不如去死!

同学会 ...203

沈宇一晚上没睡好,早上被叶霞惊醒后突然想到昨天记得和华韦林在一起,还……翻滚到了床上。她急得大哭说自己出轨了!叶霞一看她的衣服都没换,整个是做梦做糊涂了。叶霞恨道:"这就是同学会,弄得一个个都五迷三道找不着北,徐杰一晚上都在喊你名字,还边喊边打呼噜!这叫什么事儿啊!"

交代后事 ...208

华韦林叹了口气:"哎……你傻不傻呀?你都已经说了我是你的,那我就算玩儿命,也得带给你幸福的,你怕什么呀?跟别人较什么劲啊?""别人?"顾晓薇敏感地捕捉到这个字眼,她笑了,"她是别人了。"华韦林无奈地说:"你看……"顾晓薇满足地抱住华韦林,蜷缩进了他怀里。

梦该结束了 ...213

"你多狠呐,难看的藏起来,只把美丽的塞人怀里,华韦林也好、朱铁四也好,可能以后还有别的男人,你给他们的样子永远都是美丽,我呢?被你衬着只能让人发现我越来越像老妈子……"顾晓薇打断:"妈……我想离开,只是觉得梦该结束了。"顾妈妈坚持着:"可我的梦就做了一半,所以我就守在这里,等你爸回来,叫醒我。"

偷偷摸摸 ...218

华韦林说:"我告诉你为什么没去追她回来。其实我很想,但我知道她的世界不止这些,她会飞得更高,能让她飞得更高的人肯定不是我。她面对我总会觉得残缺,但没有我就不会了,就可以没有压力地飞!万一不行,我会在这里等她。"

重出江湖 ...223

　　朱铁四更关心她这段时间过得怎样，真就忍心跟华韦林断了吗？见几千万的银子放在他面前，他还只关心她的心情，顾晓薇揶揄地说："世上只有三种事儿，自己的事儿、别人的事儿和上帝的事儿。很多人不干自己的事儿，老想别人的事儿，操心上帝的事儿，所以一事无成。老朱，你可不是那样的人喏？"

各怀心思 ...227

　　"所以，骗谁？"朱铁四说得更明白，"故作强悍，骗谁？"顾晓薇盯视了朱铁四一会儿，避开了他的目光，随即，眼泪滚滚而下。顾晓薇责怪朱铁四揭穿了自己，朱铁四却只想在她冷的时候能抱抱她。顾晓薇直言自己已经残缺，但是朱铁四从来没有认为她完美过。

旧爱新欢 ...235

　　小阳看着她的右胸，浑身哆嗦。"明白了吗？现实画面，永远比那些把虐心当快感的苦情电视剧更残酷，因为它不堪入目！"顾晓薇顿了顿，狠狠地问，"现在，你可以走了吗？"小阳"呼"地抬眼看顾晓薇的脸，怔了片刻，低下头，默默从她身边经过离开。

在过去里沉睡 ...240

　　沈宇恶狠狠地责问："魏明，本来一切都挺平静了，是你把事端挑起来的，现在戏演砸了，你要低个头、认个错好好跟我说也就罢了，你居然跟我吼？你现在只有吼老婆才能找到尊严了是吧？那我告诉你，这点尊严，你都别想有！"

选择 ...245

　　"老徐他们太坏了，发现女老板示弱能激励员工，就老把你往前推。"顾晓薇笑了笑："我也不知道从哪天开始的，泪腺忽然就变发达了……"朱铁四说："知道为什么吗？疯够了闹够了，该有个家了。"顾晓薇一时无语。他又紧逼一步："晓薇，总不能让我等一辈子吧？"

再见华韦林 ...250

"沈宇!你就生要祸害他,是吧?"她扭头对华韦林道,"明白了吧?华韦林,你不搅事儿,事儿搅你,你出现就是错!行!从现在起我就是你们美术馆的客户,我要你的画,我也有大楼而且不用在乎你是谁,我不要他们这种脆弱家庭!因为我也建不起来!"此时刚追到大门外的朱铁四听到这话,脑中一片轰鸣……

崩溃的男人们 ...256

华韦林决定离开美术馆,却被顾晓薇一把拽住:"都一样的!女人……其实都一样,之前为得失不安,无须不安了,又觉着有太多东西无处寄放,因为藏着遗憾,所以心里乱得找不着北!彼此给个机会吧,韦林,你飞不起来,我们就落不了地……"

夫妻应该什么样儿 ...261

刘总一摊手:"浑蛋到了极点的俩人还一块儿混呢,这叫分开吗?情人分手那可都是老死不相往来啊!老朱,那个华……韦林吧?论帅,够帅;论情史,缠绵激荡;论才情,立刻蹿红!如此强敌在侧,晓薇不也每晚回她自己公寓吗?孤枕一夜,第二天打了鸡血似的来公司跟你闹别扭,什么关系才能拥有这么死皮赖脸的情操?嗯?夫妻关系啊!"

夫妻吵架 ...266

"你飞起来了,我落地了,原来你一出现飞沙走石,可到现在一刹那我顿悟了,其实,你早就不在我世界里了。"话说得潇洒,回家却是号啕痛哭,朱铁四被哭得连原则也没有了,企业转型的议案就在这哭声里,被否决了。

真相大白 ...272

她怔怔地问:"你还敢要我呀?"朱铁四瞪着眼一拍桌子:"我被你耗到现在,我不要你要谁啊?给我戴上!"吓得顾晓薇急忙抓起了首饰盒,取出戒指却没戴,转了转眼珠子,起身贴到朱铁四边上,撒娇道:"你给我戴!"朱铁四刚要开口,顾晓薇明求饶的口气央求道,"你别凶了!人家都是老公给戴的嘛。"朱铁四笑了,起身凑近顾晓薇,轻轻给她戴上戒指。

眼疾 ...278

望着不知所措的魏明,沈宇坦诚道:"一年一年的,我们都在为对方改变,不断地反省,努力要做好,都在努力。但直到现在,我们都没有办法读懂对方。一张床上的两个人,却总有距离无法跨越,两颗心,不在于谁好谁坏,而是永远在错位。逻辑完整不了,分开吧。"

意外请求 ...283

看似齐心的一对姐妹,刚背过人就开始唇枪舌剑。顾晓薇故作惊讶地问道:"居然跑得出来,你不是把魏明杀了吧?"沈宇没好气地说:"我离家出走不行啊?"顾晓薇鄙夷道:"从来都是身在曹营心在汉,无良人妻!"沈宇不甘示弱地回敬道:"你是什么好货啊?见色起性,婚礼都敢延期。"顾晓薇满脸得意之色:"那是我老公仗义。"沈宇呸道:"打人不打脸啊!"

追踪而至 ...288

沈宇第一反应就是顾晓薇干的,端着牛肉面就找她算账去了。顾晓薇莫名其妙,这纯属没事挑事!既然说是她故意安排的,她没好气道:"要不换我?"沈宇被将住了,只好换人。这次是朱铁四抓狂了!他扑过去把魏明摁倒在地,掐着魏明的脖子低吼:"我掐死你个缺德玩意儿!缺德玩意儿你……"

花好月圆 ...294

顾晓薇对华韦林说:"你不好我们会不安,但即便不安,我们也很难全心全意去为此改变轨迹了,你也这样吧?可能……以后有很多生活上的不便会让你焦躁,也可能你会很快跟一个女人结婚,过得诗情画意或者俗不可耐,可谁知道……如果你确信爱过我们,就请按照我们认为安全舒适的方式生活,让我们看到。"

人生在这里拐弯

正值七月,溽热的暑气把整个云景市变得仿佛蒸笼一般,浓密的梧桐树上,宽大的叶子都被炽热的阳光晒卷了边儿。

午后的云景中学里到处张贴着高考倒计时牌,操场上看不见一个人影,老师苦口婆心的教诲声不时地从教学楼里传出来。这一切无时无刻不在提醒着所有的高三学生,他们人生中的头等大事——高考——就要到了!他们就像是拉紧了弦的弓,在令人烦躁的知了声中,没完没了地复习和考试。人生中第一次重大抉择压得这些不谙世事的孩子们喘不过气。

华韦林与其他高三学生一样,每天被埋在像山一样高的课本和试卷中,但似乎又比其他同学多了一份自在和惬意。因为他早就为自己规划好了一条人生捷径:报考首都的中央美术学院。

华韦林可以说是外人眼中的天之骄子,他凭借着在全市全区绘画大赛中所取得的骄人成绩,而被誉为"少年天才画家"。更难能可贵的是,华韦林不但才气出众,长得也是一表人才,高大帅气,学校里不知道有多少女生为他倾倒,默默地把他当成了自己的白马王子。有女生为他争风吃醋的风言风语不时地传到他的耳朵里,但华韦林往往不置可否地淡然一笑。毕竟画画才是他最大的乐趣,至于又有多少女生喜欢上他了,他从来也没有放在心上。

今天正好是华韦林爸爸的生日,他特意给爸爸订了生日蛋糕。没想到华韦林刚从蛋糕店出来,邻居沈叔叔家的女儿沈宇就贼兮兮地跟了上来。

这个沈宇跟自己也算是青梅竹马，现在又在同一所学校一起读高三。和华韦林一样，沈宇在大家眼里也是一个格外受老天眷顾的女孩，不但学习成绩出类拔萃，被学校和父母寄予厚望，更是出落得亭亭玉立，是整个云景中学男生心中的梦中情人。华韦林和她本来是两小无猜，但不知为何，他总觉得沈宇最近在看他的时候，眼神里多了一种他看不透的东西。所以华韦林为了避免麻烦，在学校里总是和沈宇保持一定距离，有时甚至刻意回避她。

沈宇为什么这个时候出现在这里，华韦林心知肚明。

他下午离校的时候看到沈宇和她的闺蜜叶霞，还有顾晓薇几个正逼着自己班的胖奔儿背英语，因为连这个肉嘟嘟的女生都在打他的主意。这就印证了他之前听到的那个传闻：整个高三年级的女生都在拿他设赌局，打赌哪个幸运儿能坐上他华韦林的自行车后座出去兜一圈。华韦林看着沈宇她们几个那副认真的样子，摇摇头，淡淡地吐出一句："无聊！"便自顾自地推着自行车出了校门。

现在华韦林满脑子盘算的，都是怎么把沈宇这牛皮糖赶走。可刚走进玩具厂家属院大门，系蛋糕盒子的塑料带就断了一根。如果不是他仗着身高腿长抢救及时，这个好不容易定做的蛋糕就没法要了。华韦林不由得暗骂了一句晦气，却不知身后的沈宇此时已经被他微抿着嘴、眉头稍蹙的帅气模样迷得一塌糊涂！

沈宇暗喜这真是千载难逢的好机会，顺势伸手去"帮"华韦林接蛋糕盒，反正两家是隔壁，她坐在他自行车上一起回就好了。华韦林早就猜到了她的小九九，皱着眉目不转睛地盯着沈宇，提蛋糕盒子的胳膊举得老高。沈宇眼见着自己的计划没能得逞，满心委屈地看向华韦林。

华韦林没好气地甩给她一句："别跟着胖奔儿她们起哄！"便径自推着车往家走去。不甘心的沈宇像极了一只被主人呵斥的小狗，亦步亦趋地跟在华韦林身后。

华韦林和沈宇刚走到楼门口，就听到楼里传出一声暴喝："警察！站住！不许跑！"紧接着一个人影跌跌撞撞地从他们住的单元门里冲出来。这个人衣衫不整，手里还抄着把菜刀，惊慌失措中几乎把华韦林撞了一个趔趄。

"啊——"沈宇惊呼一声，眼看着华韦林手里的蛋糕盒子砸落在地上，白花花的奶油从变形的蛋糕盒子里流了出来。但现在显然有让他更惊讶的事。华韦林看着眼前这个狼狈不堪的人，错愕地叫了声："爸？"他急忙捉住爸爸华建平的胳膊，正要问发生了什么事，楼内又冲出三名警察，直朝着华建平扑过来。

华建平见势不好，一个箭步闪到华韦林身后，冷不丁地把菜刀架在自己儿子的脖子上："谁也不许过来！"警察们一看华建平手里有人质，急忙住手，连声劝阻道："放下刀！""别胡来！"

华韦林还没明白眼前发生的究竟是什么事，自己老实敦厚的爸爸怎么会像逃犯一样被警察追捕？此时他只能感觉到爸爸不住颤抖的手和压在脖子上的冰冷刀刃。他被华建平扯着缓步后退，耳边充斥的是爸爸带着哭腔的辩解："我也是被骗的，我不想的……原来也是按利息付着的，我也不知道钱怎么就没有了。都是一个厂子的，我是真心想让大家过上好日子……"

听到爸爸前言不搭后语的哭喊，华韦林的脑子里"轰"的一声炸裂了，他只觉得天旋地转，密布的阴云直朝他头顶压下来！

这件事他也是知道一二的。前阵子爸爸正在工友之间搞集资，几乎全玩具厂的职工都参与进来了。想来是出事了！那可是华家一辈子都填不满的无底洞啊！警察的连声威慑终于成了压垮华建平的最后一根稻草，老实巴交的他哭号着一下瘫倒在地，手里的刀"当啷——"一声掉在了地上。

眼见着自己的爸爸要被警察带走，华韦林忽然热血直冲脑门，一把抄起地上的菜刀架在自己脖子上："你们谁也不许动！"前一秒还是人质，转眼就成了帮凶。警察被这种前所未见的怪事弄了个措手不及，一时僵在了原地。

趁这个空当，华韦林急声对华建平吼道："爸，还不快跑，快点跑啊！"华建平茫然地站起来看着儿子，仿佛下定决心似的咬了咬牙，转身跑了。

警察们拔腿就要追，华韦林梗起脖子大吼："你们谁敢追！我就死在这儿！"

十七岁的华韦林涨红着脸，额上青筋暴起，双目圆瞪，完全是一副要拼命的样子！办案民警竟一时不知道该拿这个毛头小子怎么办。这时沈宇看到华韦林被一群警察围住，不知道哪里来的力气，抓起华韦林的自行车拦在他和民警之间，岔着声高喊："你们……你们都给我退后！退后！"

眼看着华建平不见了影子，警察们气急败坏地冲两个半大孩子喊道："你们想干什么?！你们要为自己的行为负责！"

这是华韦林第一次被抓进派出所，这对他的人生会造成什么后果，他根本来不及想。他一门心思所想的就是不能因为这事毁了沈宇，她可是要考清华、北大的，更何况她是老师父母眼中的乖乖女，绝不能因为他华韦林让她的人生蒙受污点。

天快黑的时候，沈宇被爸妈接走了，华韦林也被放出来。因为他们妨碍公务，受到了派出所的严肃批评。公安民警在送华韦林出去的时候一再强调，如果华建平跟家里联系，一定要通知警方，这是他戴罪立功的唯一机会。

华韦林听着民警苦口婆心的劝导痛苦地别过脸去，突然看到渐行渐远的沈宇还在回头看他，夜风吹起她浅色的裙角，像是蝴蝶的纱翼飘摇。华韦林感觉自己和沈宇已经不是同一个世界的人了。他慌乱地错开眼神，低头看自己的裤脚，那里粘了块奶油，是给爸爸买的生日蛋糕上的。雪白的奶油已经变成了黑色。

华韦林知道，以前那种无忧无虑的日子一去不复返了。不过他怎么也没想到，麻烦这么快就找上了自己。

转眼间，就到了高三学子决定人生道路的重要日子，一年一度的高考开始了。华韦林也和同学一样，早早来到考场门口排队等待进场。突然，一个中年妇女斜刺里冲出来，伸手薅住华韦林的衣领高声质问："你是不是华建平家的小兔崽子？你老子藏到哪里去了？"妇女的叫骂声立刻引来了一群人，把华韦林团团围在中央。他环视了一下，当即从人群中认出了几个厂里的熟面孔。这时从人群里爆出一声："没错！就是他！"仿佛得到了命令一样，玩具厂的职工一拥而上，华韦林立刻被揉得东倒西歪。

发生的这一幕被沈宇的好闺蜜叶霞看了个满眼，她立刻着急忙慌地跑去给沈宇通风报信："华韦林一定惨了！弗洛伊德说过，集体无意识往往是伦理道德的集体背离啊！"沈宇还没等叶霞说完，拉着她就往考场门口跑。果然老远就看到校门口的大榕树底下，鹤立鸡群的华韦林被一群人死死地围在中间。

群情激愤的玩具厂职工把华韦林推来搡去，他怎么也脱不了身。沈宇看到华韦林寡不敌众，便像发了疯一样拽开周围的人，死命地往他身边冲。她的举动立刻引起了人群的不满。一个穿花格子衬衣的小平头甩手就给了沈宇一个耳光，一下就把她打蒙了！一旁的叶霞高声尖叫起来，沈宇散乱的头发垂下来遮住了半边脸，由于吃痛和震惊，她眼圈立刻泛红起来。

华韦林一扭头，正好看到沈宇吃了亏，立刻像一头急红了眼的公牛，一把搡开了那个一直纠缠自己的妇女，暴怒地朝小平头扑了过去："我和你拼了！"一个没经过风浪的毛头小子哪里会是江湖混混的对手！小平头早有防备，突然从腰间掏出一块板砖，一砖就把华韦林拍倒在地。板砖应声而碎！沈宇惊恐地看着一道殷红的血流顺着华韦林英俊高挺的鼻梁蜿蜒而下，滴滴答答地砸落在洋灰地面上。

看着倒地不起的华韦林满脸是血，人们顿时安静下来，全愣在了原地。

小平头看见了血，也有点慌神，结巴着为自己辩护："都，都看着了，是他，他先要打我的……"他话音还未落，突然一个篮球"砰"的一声狠狠地砸在小平头的身上，一身红色短运动衫的顾晓薇像一团火一样冲进人群，抓起板砖对着小平头劈头盖脸地一通乱砸，嘴里还不依不饶："打死你！打死你！"

顾晓薇不是玩具厂的职工子弟，却老和华韦林他们混在一起。也许是出于同性之间的竞争意识，她一直和沈宇不对付，可偏偏就对华韦林身边不能有别的女性朋友一事结成了攻守同盟。跟小家碧玉的沈宇比起来，顾晓薇就是一个野丫头，常年是一头利落的短发配运动衣，一点就着的火爆脾气是这一片儿出了名的，就连社会上的小混混大多也听闻过她的名号。现在小平头被顾晓薇死死揪住暴打，以她的脾气秉性是完全干得出来的。

尖厉的开考铃声此时乍然响起，趁顾晓薇一愣神的工夫，小平头一把顶开她撒腿就跑，顾晓薇飞奔追了出去。沈宇跟着也要去追，却被倒在地上的华韦林一把攥住了脚脖子："别追了！你赶紧去考试！"华韦林不容置疑地对沈宇命令道。沈宇一下愣在了那，顾晓薇听到华韦林的声音也赶忙回来，看他伤在了哪里。

沈宇自然知道高考对她的重要性，但她还是放心不下华韦林，心慌意乱地问："那你呢？"

华韦林看沈宇还在这磨蹭，不由得又提高了嗓门："去考试，快！求你了！"满脸鲜血的他瞪着沈宇，和平时温文尔雅的华韦林判若两人。

顾晓薇过来拉起沈宇和叶霞，就把她们往考场门口推："你们去考试！华韦林交给我了。"

沈宇还有些不放心："你呢？你不用考试吗？"

顾晓薇仰着下巴答道："我是体育特长生，已经保送体院了，你不知道吗？"

沈宇一步三回头地和叶霞快步往考场跑去。树荫下，顾晓薇挽着华韦林默默地转身离开。

三天的考试一晃就过去了，高三终于结束了！极度紧张后的漫长暑假像是突如其来的幸福，让毕业生们恍了神儿似的疯玩。

欢闹的人群里唯独不见华韦林的踪影。顾晓薇哪里都找不到他，便猜测着他会不会是去了"老地方"。"老地方"是华韦林他们几个才知晓的暗语，那是离玩具厂不远的一处废水排放口，已经停用多年，周围荒草野树成片，倒有了几分野趣。他们从小就在这块玩，是属于他们的秘密基地。

顾晓薇跑到老地方东张西望，果不其然，不远处的荒草丛中露出画架一角。顾晓薇顿时喜笑颜开，弯下腰轻手轻脚地靠近，却发现只有画架，华韦林又不见了踪影！她失望地直起身，抻长脖子四下看，发现在树丛后有个身材高挑的人影在晃动，穿着白色衬衣，头上还缠着纱布。

顾晓薇蹑手蹑脚地凑近，看到华韦林正把一些衣服和钱塞进塑料袋，她突然问道："给你爸的？"

华韦林突然听到背后有人声，惊骇地回头去看，下意识地把塑料袋藏到了身后。当看清是顾晓薇，他仍然没有放松警惕，不住地往她身后和远处张望。

顾晓薇看到华韦林的张皇劲儿，暗自好笑，便有心捉弄他一下。她故作严肃地说："我看了不该看的事情，你杀了我吧，然后分尸，挨个儿装塑料袋里，埋掉！哦，还有，我要跟我爸告密，就咒我活不得好活，死不得好死！"说到后边，她用手拢了拢自己的短发，又嬉皮笑脸起来。

华韦林这才如释重负:"贫不贫啊?"

顾晓薇也不答话,自顾自掏出一把钱也塞进袋子:"你爸知道这儿?"

"嗯,小时候我闹脾气都是跑到这儿等他把我领回去。"华韦林低声说。

"好啦,现在我们是共犯了。"顾晓薇拍拍袋子。

华韦林被逗笑了,露出洁白整齐的牙齿。顾晓薇彻底打消了他的疑虑,两个人齐心协力把袋子用树叶埋好。两个人东张西望地走回画架那里,顾晓薇冲华韦林挤挤眼,他把食指比在嘴唇前:"这事天知地知,你可不要跟别人说啊!"顾晓薇冲他做了一个放心的手势,莞尔一笑。

华韦林上次吃了小平头的亏,觉得这口气怎么也咽不下。这天傍晚时分,黄毛、四眼、老鸡三个发小齐聚华韦林家,商议着怎么替他报仇。四个不知天高地厚的半大小子说到激动处,直接想烫烟疤拜把子。看着几位兄弟这么仗义,华韦林先以身试烟,可没想到疼痛远远超出他的预想,连忙龇牙咧嘴地让哥几个打消这种自虐的念头。

有仇不报非君子。但华韦林不想连累黄毛他们几个,毕竟华家也有对不住厂里职工的地方,所以他决定要只身一人去找小平头单挑。

"你要不带我们,我们就自己去!"黄毛哥儿几个是铁了心。

华韦林见劝不住,只好说:"那这件事只有哥儿几个知道,千万不能告诉沈宇她们!"

哪知他话音还未落,阳台的门"吱——"的一声被推开了,沈宇鬼鬼祟祟地钻了进来。华韦林急忙捂住左腕上的烟疤,皱起了眉头:"你来干吗?"

沈宇搜肠刮肚地编着瞎话:"我,我忘带钥匙了!"说完她指着他手腕好奇地问,"你手怎么了?"

华韦林把左手藏到身后支吾道:"不用你管!"

沈宇才不吃他那一套,越不让她知道,她越要知道,伸手便去拉华韦林的胳膊,他疼得大叫,沈宇才惊讶地发现华韦林左腕上的烟疤:"怎么弄的?"

华韦林装着没事甩甩手腕:"烟头烫的。"

沈宇关切地问:"疼吗?"

华韦林有些不耐烦她问东问西了:"跟你没关系。"

沈宇顿时恼了,长发一甩:"华韦林!烫个烟疤了不起啊!你当谁不敢呐?"

华韦林皱起眉:"你一女孩子家家起什么哄啊?"

沈宇最看不惯华韦林什么事都拿她是个女生的理由打发她,当即牛脾气顶了上来:"我就起哄了怎么着吧?我要敢烫个烟疤,你怎么算?"

"你想怎样就怎样,行吧?"华韦林没好气道。

"这可是你说的!那行,我要是烫了,你就得每天骑车带我兜风。"

华韦林没想到她打的是这个主意,把脸一沉:"赶紧回去!"

"切!"沈宇早猜到他会是这个反应,不屑地翻个白眼,转身要往阳台外边走。

华韦林一把拽住她:"走门!"

沈宇一惊:"啊?"突然窘迫至极,哪里还有刚才的气势?灰溜溜地回家去了……她回到自己房间,就一屁股坐到床上,嘟着嘴一言不发。一旁给她出谋划策的叶霞赶忙凑过来打听:"华韦林跟你说什么了没有?"沈宇没理她的话茬,突然没头没脑地冒出一句:"我得出大招!"

"你想干吗?"叶霞一听这话就知道沈宇肯定又在计划什么出格的事呢,心里着实不安。

沈宇一挺腰杆,坚决地说:"我要跟华韦林同甘共苦,让他知道我对他的心意!绝不能让顾晓薇在这个时候乘虚而入!"

叶霞惊得黑框眼镜都要掉下来,但她知道现在说什么都没用了。沈宇要是已经打定了主意,就算是天王老子也没法让她回心转意。

华韦林他们对小平头的报复计划仍然在制订之中,谋划了几天后,他们选择埋伏在小平头必经的胡同里,果然截住了他。小平头一眼认出华韦林,心知情势不对,一头撞开身体最弱的四眼,径直往玩具厂里狂奔,华韦林几个紧随其后一阵猛追。

没想到小平头冲进厂子后,眨眼间就纠集了几十号青工,手里还拿着木棍、钢管。华韦林见情形不对,扯着嗓子朝黄毛他们大喊:"快跑!"几个人扭头就跑,小平头率人在后边紧追不舍！最瘦小的四眼吓得腿软，没跑多远就被追上，华韦林几个急忙返身去救，登时被小平头他们围在中间暴揍，眼看就要吃亏！

"住手！你们干什么！放开！都住手！"突如其来的一声大喝让所有打架的人都茫然地住了手。小平头一看有人来替华韦林出头，立刻分开人群，冲着出现在玩具厂门口的两个男人嚷嚷："你们谁啊？管闲事是吗？管得着吗你？"

其中那个穿中山装的男人气宇轩昂地说道："我是云景市政法委书记顾劲松，你们说我管得着管不着？"

被打得鼻青脸肿的华韦林抬起头看向顾劲松，刺眼的阳光晃得他睁不开眼。顾劲松高大挺拔的身姿显得那么正义凛然，一群闹事的青工都不自觉地往后退了退。人群外远远地停着一辆黑色桑塔纳轿车，站在车前的顾晓薇正心有余悸地望着他。华韦林这时才惊讶地意识到顾晓薇的爸爸竟然是云景市政法系统的一把手，他当即就把脸沉了下来，一直到回家都没给顾晓薇一个好脸色。

华韦林厌烦地推门进屋，黑着脸对顾晓薇嚷道："我的事用得着你爸出头吗？"顾晓薇看他把好心当成驴肝肺，便也不甘示弱："不然等你们被打残？也不看你找的都是什么虾兵蟹将，还想跟小平头他们叫板？"

华韦林深知顾晓薇说得没错，态度先软了下来："咱们这样让你爸知道不好！"说完深深地看了她一眼，低头绕过她。

"咱俩怎么样了？"顾晓薇不依不饶地反过来追问。

华韦林没想到顾晓薇会跟着追进了他的屋，慌张地想把摊在桌上的几本人体素描藏起来。不料顾晓薇眼疾手快一把抢过去，津津有味地翻看了起来，嘴里还啧啧有声："藏什么藏？不就是几张不穿衣服的女人画吗？哎！你画过真人的吗？"

"我，我当然……画过！"华韦林心虚地支吾着。顾晓薇把书一丢，把身子凑到他跟前，狡黠地说："好，那今天我就让你画一回，怎么样？"说着一抬手就把外面的大T恤脱了下来。

顾晓薇平日里总是穿着一身宽松的运动衣，华韦林觉得她少有女人味，却没想到只穿了一件运动小背心的顾晓薇有如此玲珑诱人的曲线。她发丝间散发出来的少女体香，更是像一枚炮弹一样一下子击中了华韦林的胸膛。他只觉得呼吸一阵急促,闷哼了声就大力地甩开房门,冲进厕所,坐在抽水马桶上大口喘着粗气。

"跑什么啊?"厕所门被猛地推开,顾晓薇抱肩挑衅似的靠在门上问他。

华韦林无可奈何地大叫道:"我,我要上厕所!你干吗?"

顾晓薇堵在厕所门口,趾高气扬地挑衅道:"我就问你服不服?"

华韦林被她戏弄得有点恼了:"你到底想干吗?"

顾晓薇更恼,瞪眼道:"我救你两回,你都不知道说声谢谢啊?"

华韦林被堵在厕所里完全没了气势:"那你说,怎么谢啊?"

"骑自行车带我去兜风!"顾晓薇微挑着下巴丝毫不假思索,看来早就在心里盘算好了。

"好吧!"华韦林无奈地发现,自己睁着眼跳到顾晓薇挖好的陷阱里去了。但说话要算话,当天下午华韦林便骑车带着顾晓薇兜风去了,一路上顾晓薇紧紧地抱着他的腰,华韦林挣了挣,她反而抱得更紧。他索性将车骑得飞快,想着赶紧兑现了承诺就回去,生怕半路上遇到什么熟人。

越怕什么还就越来什么,刚骑上往郊区去的小路,华韦林就看到前面有两个熟悉的身影——沈宇和叶霞!

沈宇听到背后有车响,回头一眼就看到了华韦林,他一头黑发被风拂在脑后,雪白的衬衫衣角飘飞。沈宇笑逐颜开,刚想朝华韦林挥挥手。等等,他腰间是谁的手?华韦林来不及细想,索性低下头装没看到沈宇和叶霞,脚下生风,载着顾晓薇风驰电掣般地从她们身边一掠而过。

沈宇一眼就看到了他车后座上的顾晓薇!顾晓薇兴高采烈地冲她们挥挥手,还发出一声欢快的呼哨。沈宇下意识地把左手背到身后,咬紧了嘴唇。叶霞对学校里流传的那个赌局还是略知一二的,沈宇对华韦林的心思也是心知肚明。这时她只能担忧地看看沈宇,又看看早已骑远的华韦林和顾晓薇。

从那一刻起,叶霞就觉得沈宇不对劲了。那天沈宇从华韦林家出来就不知道着了什么魔,死活要烫一个和华韦林一样的烟疤,烫完了还没等她给华韦林显摆呢,就遇到今天这一幕,那会儿沈宇的神情着实让人不安。

高考发榜那天,叶霞哪里也找不到沈宇,不由得暗自纳闷,这么重要的日子,这个死丫头跑哪去了？她抬起头继续在人堆里四处寻找沈宇的身影，正好看见顾晓薇笑嘻嘻地挤进人群。叶霞心里一咯噔，仿佛想到了什么，分开人群就往外跑。

幸好叶霞有预感，果然在沈宇常去的大坝顶上找到了她。大太阳底下，沈宇都快被晒中暑了，坐在坝沿儿上直摇晃，要不是叶霞来得及时，估计她已经掉到水库下边去了。叶霞连忙抓住她，连哄带骗地把她带了下去。

抑郁的沈宇非拉着叶霞喝酒，在她们常去的小酒馆里，沈宇两瓶白酒下肚，叶霞眼看着好好的三好生变成了酒鬼，开始满嘴胡说八道。

醉眼蒙眬的沈宇举着个空杯子，傻笑着对叶霞说："你不知道……你看过他画画没？我没事就偷看，我家阳台，探个脑袋过去就能看到的……我不骗你，其实他不抽烟的……秘密哦，不能泄露的哦……"

叶霞起誓："我要碎嘴，就去死。"

沈宇神秘兮兮地说："他嚼地瓜干，嘿嘿嘿……就是很硬的那种，一边画画一边嚼，腮帮子一鼓一鼓的，帅死了……"

叶霞大力点头："他帅是公认的……"

沈宇翻个白眼："切，你都没注意，他从来不穿袜子的！怪癖吧？他脚背上的筋鼓鼓的，皮还白，可好看了！嘿嘿……他有时候，眼睛会有点泡，一泡起来左边眼睛反倒变成双眼皮了，好玩吧？"

叶霞特想捂住沈宇的嘴，以杜绝四周人奇异的眼光。傍晚时分小酒馆里正人多，这要让哪个熟人看到，万一告诉了谁家爸妈，沈宇和叶霞都会死定了！

沈宇的心思

真是越怕什么就越来什么,之前在玩具厂闹事的那个小平头带着他的两个跟班在那儿胡吃海喝,扯着闲天儿还不忘发狠,叫嚣着万一钱追不回来,就到政法委放火去云云。两个跟班也是随声附和,一副牛哄哄的样子。

酒劲上冲的沈宇径直冲到桌边,端起桌上的一盘菜,翻手就扣到了小平头脑袋上。

小平头一时被扣蒙了,忽地蹿起了身来,跟班也站起来。

"你有病啊?"三个混混撸着袖子似乎就准备动手,却发现站在眼前的是个娇滴滴的女孩子,当下愣了一愣。

就趁这工夫,华韦林不知从哪儿冒了出来,拽着沈宇夺门而出,撒丫子就跑。

原来那天被沈宇看到他带顾晓薇兜风以后,华韦林一直心里不安,想找机会和她解释几句。这天放学后,他远远地看到精神萎靡的沈宇和叶霞一道进了小饭馆,他急忙追了过去,打算等她们吃完饭再跟沈宇好好谈谈。

两个人一路跑到了学校里,才躲开了小混混的追打。华韦林想着可得好好劝劝沈宇,这丫头这么发疯,要是自己没碰巧遇见,出了事可怎么办?

沈宇那边却还在气头上,甩开华韦林拉着自己的手,叫道:"不要你管!就不要你管!"

华韦林平复了一下自己的情绪,耐着性子说:"不要我管可以,可你活腻歪啦?

去招惹他们？！"

沈宇恨恨地抗议道："我就活腻歪了！怎么着吧？"

华韦林看她这么不爱惜自己，一阵心塞，怒道："你这跟谁叫板呢！要不是我正巧遇到，你怎么办？"

沈宇忽地撸下了左手的护腕，露出了臂腕上的烫伤疤。

她也不知道自己到底想做什么，就想看看他的反应。

"你……"华韦林见状大惊，"你疯啦？！"

"要你管！"沈宇甩开他就跑，两三步又被华韦林追上，两个人拉拉扯扯，谁也不放！

突然间半空中响起四眼的惊叫，他们身后巨幅的广告布"哗啦"掉下，将两个人罩在下面，架子上躲藏着的四眼重重地砸在他们身上。

画布里，沈宇、华韦林还在吵："你说话不算数你去死吧！"

"你怎么不知轻重啊！留了疤一辈子都消不掉的！"

"你害我这样，还让顾晓薇坐你车后面！"

"那你烫我呀！干吗要烫自己！"

真是祸不单行，四眼忽然看到沈爸爸和陈校长走了过来，"妈呀"一声向后扑倒，将沈宇和华韦林隔着画布压到身下。

画布底下的沈宇惊叫连连，华韦林大叫："干吗呢四眼！"

沈爸爸和校长看着四眼奇怪的样子问道："你干吗啊？下边是谁在说话？"

沈宇听到爸爸的声音一下子捂住华韦林的嘴，惊恐地屏住呼吸。

沈爸爸和校长过来拉开广告布，露出来的沈宇和华韦林不自然地讪笑道："爸！""校长！"

沈爸爸和陈校长都惊诧地望着他们，沈宇结巴地解释着："我们，我们来帮忙，帮忙！"

这才算是把这事糊弄过去了。

沈宇觉得，顾晓薇一直是争夺华韦林的最强对手，如何取胜于她着实要费些脑筋。而叶霞为了好闺蜜沈宇可真算得上是肝脑涂地了，硬逼着她想出个"借刀杀人"的法子："顾晓薇是体育特长生，你来硬的肯定不行，只能智取。咱们把她和华韦林的关系传出去，再宣扬她把所有的女生都诋毁了个遍，到时候她犯了众怒，不用你动手，她都完蛋了！"叶霞已经开始在为自己的完美计划沾沾自喜了，"弗洛伊德说过，嫉妒是仅次于恐惧的攻击性生理反应……"

哪知沈宇的大小姐脾气这个时候顶了上来："不要！我沈宇才不会怕她，不需要耍这些花招，我要和她单挑！"

叶霞被沈宇噎得说不出话来，像看怪物一样望着她，半晌才吐出一句："你会被打残的！"

距上次顾晓薇撞见华韦林在给他爸爸藏东西已经过了两天，她再一次跟着华韦林来到老地方，想看看华建平有没有取走他们藏的东西。不料顾晓薇一眼就看到不远处的树林里影影绰绰的有人影在晃动，眼尖的她甚至辨认出其中一个曾经和自己在市政法委的大院里打过照面。

顾晓薇心想不妙，赶紧拽拽华韦林的衣角，示意他赶紧离开。

夏日的阳光透过遮天蔽日的树冠洒下，林间小路上光影斑驳。

一种远离是非之地的轻松让顾晓薇张开双臂一路小跑，短发随着她的脚步飞扬。她兴奋地叫着，笑着。顾晓薇回身去迎落在后边的华韦林，讨好道："幸亏我认得其中那个便衣，不然今天咱们就露馅了。"

华韦林用手指绕弄着额前的刘海，心不在焉地"嗯"了一声，权作是回应。顾晓薇走近去挽华韦林的胳膊，他却下意识地挡了一下。这一动作，不由得让敏感的顾晓薇心头一沉："是不是沈宇又跟你说什么了？"

华韦林垂着头喃喃道："咱俩这样她不开心。"

顾晓薇咬一下唇说："我最郁闷咱们小学不在一起，后来再见到你就不怎么理人了！不过我告诉你，我什么也不管，以后我就跟定你了！不管是你复读还是我保送，我也不绷着了，最后你就得是我的！"

"晓薇，你别这样！"华韦林抬起眼望着她，很为难的样子。

看他这副瞻前顾后的样子，顾晓薇就火不打一处来："好啊！你就这么怕沈宇知道你是跟我在一起？那我离你远远的就是了！"她掉头就跑，片刻就把华韦林远远地甩在了身后。

等到顾晓薇把心中的火气都宣泄出来才发现林间小路上空无一人，华韦林居然没有追上来！刚刚平复的怒火又腾地熊熊燃烧起来，气得她在小路上踱了好几个圈，狠狠地骂着华韦林这个没良心的。顾晓薇挣扎了半天，一跺脚又沿着原路往回跑。"反正都倒追了，还有什么豁不出去的！"

顾晓薇又回到她跟华韦林分开的地方，却半个人影也没有，整条小路上只有微风吹拂树叶发出的沙沙声。她暗自纳闷：明明是刚分开的，人怎么一眨眼就不见了呢。她还不甘心地四下张望，忽然间听到路边一棵大树背后有人在窃窃私语："我和你爸约好，在葛滩铁路站附近的小棚子见面，是我们维修班放杂物的，很少有人会去，礼拜三下午，我再给他带点钱……"

顾晓薇小心翼翼地靠近，探头看去，那不是华韦林还能是谁？和他说话的中年妇女应该就是他的妈妈了吧。

华妈妈又叮嘱了华韦林几句便要走，刚一转身就看到了探头探脑的顾晓薇，当即骇得倒吸了一口凉气。华韦林这时也看见了她，急忙安慰母亲说："妈，没事，她是自己人！"

顾晓薇听到"自己人"三个字从华韦林的嘴里说出来的时候简直欣喜若狂，几乎是连蹦带跳地跑到他身边，甜甜地冲华妈妈叫了一声伯母。

华妈妈表情有些尴尬："哦，是晓薇啊，我老听韦林提起你。我和韦林就是想和他爸见上一面，也不知道从今以后还有没有机会一家人团聚了！你是好孩子，跟谁也不要说，好吗？"说到伤心处，华妈妈用粗糙的双手抹了抹眼睛。

顾晓薇被夸得飘起来："我是自己人，绝对保密！"

这一次跟华妈妈的邂逅几乎让顾晓薇飘起来，她自觉一只脚已经迈进了华家的门槛，顾晓薇边这样想着，边美不滋儿地跑回家。刚进客厅，她就被正在看报纸的顾劲松喊住："晓薇，爸有话要和你谈谈！"

顾晓薇一下站住，她看着爸爸严肃的表情，心里不禁打鼓。

顾劲松瞅一眼女儿，语重心长地说："你是不是和华韦林在交往？"顾晓薇的眼睛一下子瞪得老大。看到女儿的反应，顾劲松自然心里有数，便继续说道："你大了，爸爸不会干涉你和谁交往，只是作为过来人，我要给你一些建议。既然两个人要好，就应该共同去面对生活中出现的一切问题。他父亲外逃时间越长，性质就越严重，也必然会给华韦林造成越来越坏的影响，这些你都要有心理准备。"

顾晓薇没料到爸爸一下就谈到了这么严肃的话题，双手不由得捏紧了。

顾劲松索性把手中的报纸放在一边："现在玩具厂里的人积怨很重，而且会随着时间越来越深，爸爸即使能够体恤他爸，但也不能总压着厂里受害者的情绪，司法部门必须给厂里职工一个公道啊！"顾劲松说完这些又长叹了一声，"这个华工也真是，本来没多大点儿事，这一跑反倒把事情搞复杂了。"

顾晓薇惴惴地问："他爸真的没什么事吗？"

顾劲松肯定地说："他也是受害者啊，上线跑了与他有什么关系，他是好心帮大家致富，主观上没有犯罪意识，性质完全不同的！"

"真的吗？"顾晓薇有些心烦意乱。

"晓薇啊，我是真心为了他们家好，也是为了你好，要是你能帮上他们，那才是真的朋友！如果你知道什么，一定要和爸爸说，以免他们的困境更加严重啊！"

顾劲松的循循善诱让顾晓薇心里更加慌乱，她胡乱地划拉一下头发："我，我，我不知道……"

欺骗

　　头天晚上顾劲松的话反复萦绕在顾晓薇心头，所以她下午练习篮球的时候也是心不在焉的，球一下子被打出了界外，滚到了操场边的榕树下。她慢吞吞地过去，刚弯下腰要去捡球，突然一双白皙的手臂从她眼前把球抢走了，一个脆生生的声音在顾晓薇耳畔响起："顾晓薇，我要和你单挑！"

　　顾晓薇直起身，不明所以地看着沈宇外强中干的样子，这让她很是鄙视："你就特想和我干一架，再找华韦林去诉委屈，是吗？"

　　"我没那么无聊！"沈宇回敬道。

　　顾晓薇撇撇嘴："行了吧！沈宇，咱俩打架除了惹他不高兴还能怎样？他都倒霉到那份儿上了，咱们还添乱呐？"

　　沈宇一愣，她忽然意识到自己根本不懂得体谅华韦林，反而是顾晓薇一直在为华韦林设身处地地着想，仅这一点她就比不上，顿时气势全消，满脸落寞地站在原地。顾晓薇看着沈宇忽然气焰全消，猜想她又钻进了牛角尖，顾晓薇反倒不落忍了，连忙拉着沈宇坐到了树荫里。

　　树上的知了叫个不停，这让假期里的学校显得更加冷清。整个学校只有沈宇和顾晓薇两个人坐在树下，推心置腹，畅所欲言。

　　顾晓薇静静地听着沈宇讲述她不在华韦林身边的这段时间，在他身上究竟发生了哪些变故："你要知道，原来他不是这样的！就是他爸妈离婚之后，他才不太理人了。"沈宇望着被烈日晒得发白的跑道继续说，"华韦林其实挺苦，只是不愿意在人前表现出来。他当初选择跟他爸一起过，就是不想让他爸孤单，就为这，他妈哭，他哥打他，他就是不改主意。你不知道，他和他爸关系特好，那天出事的时候，就是他把刀架在自己脖子上才拦住了警察，让他爸逃走的……"

沈宇的话让顾晓薇越来越不安，只觉得知了的叫声越来越响，让人越来越烦躁。"所以你要喜欢他，一定要接受他爸，不管怎么样，华韦林是不会放弃他爸的。我觉得他放弃高考也是为等他爸，说不定风声一过，他爸就没事了呢！"沈宇自顾自地说着，完全没有注意到顾晓薇的反应。

此时顾晓薇的心乱极了，又是害怕又是后悔，都快要哭出来了："可是，可是……"

"可是什么呀？"沈宇惊讶道。

"我跟我爸说，说，华韦林他们今天要和他爸见面……"

沈宇疑惑地望着她。

顾晓薇叫起来："是真的啊！我爸是云景市政法委书记顾劲松！"

沈宇这才意识到了事情的严重性，一个劲儿地追问顾晓薇："在哪儿？他们约的哪儿？"两个人疯了一样骑车往葛滩铁路站飞驰，路过玩具厂门口的时候，差点跟沈宇的父母撞了个满怀。沈父看着两个女孩子张皇失措的样子哪能放心得下，便也骑上车，跟着沈宇她们一路追来。

然而，她们终究还是迟了一步。当她们赶到的时候正远远地看到警察把华建平押送上了警车！华妈妈瘫坐在废弃的站台边一言不发，旁边的华韦林也被警察死死地拦住，不让他过去。

紧随其后的沈父拼命地抱住了哭喊的沈宇，只有顾晓薇一个人跌跌撞撞地踩着枕木向着华韦林母子迎去，惶惶地叫了声："华韦林！"

华韦林恶狠狠地剜了她一眼，从牙缝里迸出两个字："婊子！"

顾晓薇顿时脑中轰然一片，怔立当场，眼睁睁看着华韦林和华妈妈从她身边擦肩而过。下一秒，顾晓薇便看到自己的爸爸和一名警察从站台的破旧棚子里走出来，她简直不敢相信自己的眼睛。顾晓薇像发了疯似的猛冲过去，颤抖地指着顾劲松高声质问道："你骗我……你说没事的，你说是帮他们，全是骗人的，骗子！"

顾劲松皱眉低喝道:"晓薇……"

顾晓薇嘶声大喊:"骗子!"

顾晓薇可能这辈子也忘不了华韦林当时的眼神,那眼神就像是无形的锋刃,将她对华韦林的爱一刀斩断了。华韦林永远不可能接受出卖了他父亲的人,顾晓薇的未来,用什么才能赎罪?

自打从葛滩车站回来,顾晓薇一直面无表情,一言不发,不管爸妈说什么都置若罔闻,大半夜却神经了一样,把厨房里的锅碗瓢盆砸了个精光!

碎了吧,一切都碎了吧,让这一切都随着她的爱粉碎好了!

被惊醒的顾劲松跑进厨房,看着发疯的女儿,又是恼火又是心疼:"爸爸可以向你解释……"顾晓薇猛地摔碎一个大盘子打断了他的话,她缓缓扭头瞪着顾劲松,高声咆哮起来:"阴险……卑鄙!你骗我当叛徒!我现在是叛徒!没脸见人的叛徒!这一切都是你害的!"

之前顾劲松为了平复顾晓薇的情绪,对她一直多有忍让,但这回他也有点绷不住火了,怒道:"顾晓薇!你还有没有是非观念!"

"你真让我恶心!恶心!"顾晓薇忽然喉头一顶,捂着嘴便冲出厨房,扑进卫生间,"扑通"跪倒在抽水马桶边狂呕起来,直呕得涕泪横流、满脸涨红、青筋暴起……

顾晓薇的整个世界都崩塌了!是她亲手出卖了华韦林的爸爸,毁了华韦林,而她的爸爸却借此立了功!她是个恶人,是个罪人,她无论如何也赎不清自己的罪了!她,再也没有脸和华韦林在一起!

华建平被抓那天,沈宇的父母亲眼看到沈宇对华韦林那一往情深的痴迷模样,这让老两口心惊肉跳,经过认真商谈后,沈宇的父母一致决定沈宇必须与华韦林保持距离,绝不能让他毁了沈宇,最好的办法就是让沈宇去乡下奶奶家住一段时间。

沈父和沈宇的奶奶事先串通好。电话里,奶奶的声音气若游丝,这可真的把沈宇吓得够呛，她只好答应去乡下陪奶奶住一段时间。可是当她想到这一走不知什么时候回来，华韦林现在又这个情况，沈宇就心里发慌。她必须把华韦林牢牢地抓在自己的视野范围之内。

沈宇再一次为了华韦林铤而走险，她悄悄拿了家里的钱买了个BP机，打算让他每天都能联系到自己。但跑到华家没找到华韦林。

他能到哪儿去呢？沈宇想到的第一个地方就是大坝，那是他常去的地方。果然，她远远就看到华韦林仰面躺在堤坝的斜坡上。午后的微风从水面上吹来，迎面带着水汽的清爽。

沈宇跑过去，不由分说地把BP机塞给他："这个给你！"

华韦林显得有些意外，刚要开口，却被沈宇抢话："我要去奶奶家了，我会每天呼你的，不管你在哪儿，只要听到这个东西'哔哔——'地叫了就得回我电话，不许不回！而且，五分钟之内就得回……只要听到你声音，我就知道你还挺好的，就能踏踏实实陪奶奶，否则我奶奶病不好，我就找你算账。"

华韦林微皱着眉，盯着沈宇。她来的时候跑得很急，胸脯剧烈地一起一伏，秀丽的双颊泛红，刘海也被汗湿成几缕沾在额边，素白的裙裾上染了尘土。沈宇完全没注意到华韦林的目光，继续絮叨："记住哦，我每天呼你，不定时的，所以你最好老老实实待在家里，多画些画儿……画画挺好的，画着画着心里也许就不那么烦了……"

说到这里，沈宇才发现华韦林微皱着眉正看着自己，有些奇怪："哎，你有没有在听啊？"

华韦林看着沈宇没说话，摸索着从仔裤兜里掏出一个东西，居然也是个BP机。原来，他们两个想到一起了！沈宇一把抓过华韦林手中的BP机，再看华韦林手里她给的那个，放声大笑，华韦林也跟着笑了。

沈宇像小猫一样贴到华韦林怀里，抓起他的左手，比在自己白皙纤细的胳膊旁边："嗯，跟你的一样吧？"两个左腕背上，各自一个烟疤。华韦林反手握住她的左腕，手指轻轻地摩挲了几下她的烟疤，忽然站起身来，拽过边上的自行车。沈宇还没回过神儿来，便被华韦林拦腰抱上了自行车横梁！

伴着自行车清脆的铃铛响声，田野里回荡着沈宇和华韦林欢乐的笑声！

沈宇心满意足地去奶奶家了，每天她都会准时地呼华韦林。每当听到村口有人喊"沈宇！你又有电话来啦！"，沈宇就会飞奔而去，甜蜜地捧起听筒。她不顾乡下只有这一部电话，乡亲们排了老长的队，絮絮叨叨地仿佛和华韦林有说不完的话，什么这边的蚊子又大又多，不过有城里难得一见的萤火虫，昨天这里下雨了，你要多画画。虽然隔了那么远，可是她却感到自己从未离华韦林这么近，这么真实。

然而从某一天起，华韦林突然销声匿迹了，再没有一个电话打来，也没有BP机的消息，不管沈宇拨多少遍华家的电话，总是无人接听。

一天，两天，三天……沈宇感觉自己要在这漫无边际的等待中发疯了。她不顾沈父沈母的劝阻，毅然决然地坐车回了家，把包一丢就往华韦林家冲去，吓得沈父沈母急忙追上来。

沈宇奔到华家门前，心急火燎地拍起门来："华韦林！华韦林！你开门……你开门啊……"

门里始终没有动静，沈宇更是焦急，对着房门又拍又踢。

沈父站在她身后支吾道："宇宇，那个……华韦林他，他不住这儿了。"

沈宇一怔："那他能去哪啊？"

沈父摇摇头："没有人知道。"

"我不信！华韦林！你开门啊！"沈宇呆滞了一下便又开始发了疯一样地敲着门。"宇宇，你别这样！"沈父试图把她拉走。沈宇挣扎着又踢又蹿，拉扯间，华韦林家门前脚垫下藏着的备用钥匙露了出来。

沈宇怔了下猛地抓起钥匙开门，直冲进去："华韦林！"

屋里空无一人，桌上，BP机放在电话机旁。她又冲进华韦林的小屋，一张画在A4纸上的沈宇小像端端正正地放在箱子上。

华韦林似乎早料定沈宇不论用什么方法都会进来，一定能拿到这张画像。而这画像，就是华韦林留给沈宇最后的纪念。

画上的沈宇微仰着头，高傲地面对着一切。沈宇仿佛看到华韦林放下这画，转身离开。他低头离去的背影仿佛与现在的自己擦肩而过。

　　他什么话也没有留下，都在这画像里了。

　　沈宇默默地抱起画，默默地搂在怀里，默默地转身，默默地交错过爸妈，默默地走出门去……

失 踪

沈宇不相信华韦林就这样从她的生活里消失了,她和叶霞问遍了所有可能知道华韦林下落的人,没有任何人知道,他就像凭空从人间蒸发了一样。沈宇找华韦林都要魔怔了,叶霞担心得不行,沈宇去哪儿她就陪着去哪儿。沈宇看着叶霞为她着急上火的样子,还反过来安慰她:"我不伤心,只是心有一点点痛罢了,初恋嘛,痛过就好了。"

沈宇并不是唯一记挂华韦林去向的人。有一次沈宇和叶霞偶然遇到了顾晓薇,顾晓薇面无表情地看了她们一眼,转身走掉了。但在她们擦身而过的时候,沈宇分明听到顾晓薇没来由地嘟囔了一句:"别想这么结束,谁也别想……"当她诧异地想叫住顾晓薇问清楚的时候,她已经径自走远了。

这个发生了太多故事的暑假终于结束了,沈宇、叶霞和顾晓薇都各奔东西,开始了她们向往已久的大学生活。

也许是这一个暑假经历了太多的事情,让沈宇无论如何也无法融入正常的校园生活里去。刚一进校,沈宇就凭借她出众的外表和气质加入了学校的话剧社,第一次参演,便得以在莎士比亚名剧《罗密欧与朱丽叶》中担纲主演朱丽叶。这是多么可遇而不可求的机会啊!可她面对着扮演罗密欧的徐杰,却怎么也找不到感觉。

徐杰也是云景老乡,可是他实在是又呆又笨,哪有一丝丝欧洲贵族的气质?沈宇对于话剧社的种种安排牢骚个没完,这终于让一直在旁边默默听着的叶霞也爆发了，她少见地朝沈宇发了脾气："自从华韦林走了，你就脾气见长，你是有心理阴影了吧？"

沈宇冷不丁被骂得，她委屈地含泪说，"我就是觉得……没有人爱了……"

进入体院的顾晓薇，却在这时做了人生中最重要的一个决定。

在很多人的眼中，顾晓薇从小就比较调皮，可是她本质是个好孩子。

顾晓薇一直也是这样自认为的，直到那天听到华韦林亲口对自己说"婊子！"一个女孩，被自己心爱的男孩用这样一个下贱的词汇来形容，这完全能够摧垮她的自尊心和人生观。

元旦之后，她就从学校里失踪了。校方发现她长期旷课之后通知了顾家。顾劲松在恼怒之余，隐约觉得这事跟华韦林的事有脱不清的干系，为了不让自己的宝贝女儿再胡闹，他不惜求爷爷告奶奶，动用了所有能用的关系，却愣是没找到有关女儿的一点线索！

就在顾家为了顾晓薇失踪的事焦头烂额的时候，她却在一个令人意想不到的地方出现了。

一身嘻哈打扮的顾晓薇突然闯进了云景市玩具厂，点名要找小平头。小平头一开始还以为是哪里的混混来找麻烦，立刻纠集了一帮手下把顾晓薇围在当中。顾晓薇哪会把这些小角色放在眼里，三下五除二就把他们修理了。小平头也被她按在桌上一通惨号："你到底想干吗？"

顾晓薇玩世不恭地说道："我顾晓薇不稀罕上什么狗屁体育学院了，这回回来就是要找个流氓结婚，我不知道其他地方哪儿有流氓，所以就你吧。"

小平头难以置信地望着她："你有毛病啊？"

顾晓薇咆哮着打断他："对！我就是有毛病！我就是要毁了自己！怎么着吧！毁给所有人看……你要敢执拗，我就死你面前，我爸是谁你知道，看他会不会把账算你头上！"

就这样，小平头被强押着和顾晓薇领了结婚证。

回到小平头的宿舍，顾晓薇捧着结婚证狂笑、大哭、猛喝、烂醉……小平头听着醉倒在破沙发上的顾晓薇呓语："我爸毁你……我就毁自己……华韦林……我不欠你的了……"

听到这名字，小平头的眉头紧了紧，狠狠地往地上啐了一口。他起身扯了扯花格衬衣，蹭到顾晓薇身边，试探地摇了摇她，确定她已经不省人事后，露出一个阴险猥琐的笑容。

他伸手解开了顾晓薇的衣服……

大学的第一个寒假结束了，沈宇、叶霞和徐杰一起搭伴坐着火车赶往学校。一路上，闭目养神的沈宇满耳听着的都是叶霞那高深莫测的弗洛伊德心理学理论，而此时她心里想起的却是那个下午，华韦林骑着自行车载着她，避过行人、躲开车辆，一路铃声乱响。当时缩在华韦林怀抱里的沈宇又是害怕，又是兴奋，清脆的笑声洒满整条街道……

这些记忆，美好得如同一场梦！

沈宇缓缓地睁开眼，火车正停靠在一个偏僻小站。她坐起身子舒活了一下筋骨，百无聊赖地望向车窗外，却立刻惊喜地瞪大了眼睛——真的做梦了？几十米外，有个男青年正在铁路墙上画广告，身后的脚踏三轮车边，一个女子在调油漆。当那个男青年转身跟女子说话的时候，沈宇分明看到了那张一辈子都不会让她忘怀的面容——华韦林！

她愣了片刻，忽地蹿起身子，挤开身边的叶霞便跑。

叶霞惊叫："哎，你干吗去啊？"

沈宇头也不回："我要下车！下车！"她奔过车厢冲到车门边，使劲地摇门把手。

边上的列车员慌忙过来阻拦："你干什么？现在是临时停车，不能下去……哎，你怎么回事啊？"

沈宇拉不开车门，掉头又往回跑，扒开正好追过来的叶霞和徐杰，一路奔到自己座位，拉开车窗就要往外爬。列车员、叶霞和徐杰赶来，七手八脚拖住她。"你怎么回事你！""沈宇！你干吗呀？"

沈宇依然不管不顾地要往外爬："让我下车！我要下车！"

一个乘警也从其他车厢赶来："哎！那个乘客！你给我坐下！"

这时汽笛"呜——"的一声长鸣，火车又"哐哧——哐哧——"地开动起来。

没能下去车的沈宇被乘警和列车员带到警务室好一顿教育，任凭周围的人如何教育规劝，她一个字也没有听进去，一心只想着自己什么时候能下车。

就在叶霞和徐杰正担心乘警会不会为难沈宇的时候，车又进站了。叶霞惊愕地看到沈宇从窗外飞奔而过，她惊叫一声："沈宇，你去哪儿？"

沈宇根本无暇理会叶霞的呼喊，很快跳下站台的尽头，顺着铁道越跑越远……

徐杰趴着车窗看了一会，忽然像想起什么似的猛地抓起沈宇的包就翻。叶霞急道："你翻她的包干什么啊？"

徐杰已经沮丧地举起手，手里是沈宇的学生证和钱包："她完蛋了！"

寒假刚过，依然是春寒料峭的天气，沈宇甚至连大衣都没穿就跳下车了，她顺着铁道一路跑一路找，汗水浸透了她的衣服。当沈宇终于站在上一站看到的广告牌前时，那里已经空无一人了。

沈宇一屁股瘫坐在了地上，与华韦林擦肩而过的沮丧让她疲惫不堪，寒冷也随着汗水的蒸发迅速席卷她的全身。她喘息了一阵才想起摸摸身上都带了什么东西，这才发现自己的钱和证件都不在身边。坏了！这下可怎么办？

没有票，列车员是绝对不会让你上车的。去外边搭车吧，这里又人生地不熟。仿佛老天爷都要故意刁难沈宇，灰蒙蒙的天飘起了细密的雨丝。当她绝望地蜷缩在车站一角的时候，叶霞和徐杰像是救星一样从天而降！沈宇对他俩感激涕零，叶霞却劈头盖脸地痛骂了她一番："你干吗疯了一样要跳车啊？"

沈宇顿时两眼放光，像在公布一个重大喜讯一样："我看到华韦林了！真的！临时停车的时候我看到的，他就在铁路边的墙上画广告！真的是华韦林！"

徐杰有点摸不着头脑："谁是华韦林？"

叶霞一怔，咬牙道："真是阴魂不散！"

沈宇却完全不理会叶霞，一往情深地低声呼唤着华韦林的名字。

可她并不知道华韦林生病了。此时他正躺在简陋的小宿舍中，高烧不退，浑身打战。他感觉有只温柔的手正在擦拭他的前额，耳边传来一个女孩温情的问询："韦林，咱们还是去医院吧！"

华韦林下意识地摇摇头，只是把被子裹得更紧。那女孩轻声叹息，犹豫了下脱掉衣服钻进华韦林的被窝，抱紧了他："没事，有丹丹姐呢。"

华韦林在睡梦中仿佛看到，自行车前梁上的沈宇在他的怀抱中亢奋地欢笑，他伸手抱紧了怀里的人。

有人为了得到爱乘虚而入，有人因为失去爱而不择手段。

小平头被顾晓薇逼着结婚，可是他打心眼儿里就没把这当回事。云景市政法系统一把手顾劲松的女儿谁不知道，和他这个市井混混比，一个是天鹅，一个是癞蛤蟆。他这种人本来历史就不太干净，要是因为顾晓薇的胡闹让自己被顾劲松盯上，那真是得不偿失。小平头就借口要准备酒席，把顾晓薇扔到自己表弟白皮那，两个月都没有打照面。

就在他以为这事儿已经过去的时候，顾晓薇却打上厂子来了！

顾晓薇从玩具厂门口到各车间，一路大呼小叫，唯恐有人不知道自己与小平头已经领证结婚了。厂长认得她是市政法委书记家的千金，本来还想劝阻来着，直到被顾晓薇甩出的结婚证砸到脸上，才确信这事不假。

厂长带着撞鬼一样的表情悄悄给顾家打了电话，本来顾劲松两口子得知了女儿的消息都惊喜不已，但听到女儿的所作所为，顾妈妈的精神立刻崩溃了。

顾劲松和顾妈妈坐车直扑玩具厂，恰好在厂门口截住了正闹着要去摆酒席的顾晓薇和小平头。他们后面还跟着一群起哄的青工，手里还举着印有"云景玩具厂""大干快上""计划生育好"等等标语的红旗，敲锣打鼓，吵闹喧天。

厂长看到顾书记急忙迎上来，顾劲松快步冲到顾晓薇面前低声喝道："顾晓薇！你这是搞什么名堂？"

顾晓薇右手揪住差点吓得逃跑的小平头："这个人在你眼里算是个流氓吧？我和他结婚了！"说着把左手上的结婚证放到了顾劲松的眼前。

不择手段

顾妈妈气得不行,声音都哆嗦了:"你这是干吗?"

顾晓薇杏眼圆睁,死死瞪着顾劲松:"毁啊!你毁别人,我就毁自己!谁都别想好过!"她扭头对小平头命令道,"小平头,还不叫爸?"

后面的人群爆发出一阵哄笑,夹杂着不少尖厉的口哨。

"你……"顾劲松气结,抬手就向顾晓薇打去,不料却被小平头挺身挡开,梗着脖子质问:"你干吗?"

"混账——"顾劲松顿时暴怒,对着小平头劈头盖脸打下去!

顾晓薇猛蹿过来,一头将自己的爸爸撞了个跟跄:"给我住手——"

顾妈妈惊叫道:"晓薇!你疯啦?"

顾晓薇指着顾劲松质问:"你凭什么打人你!"

顾劲松痛心疾首道:"他不是好人啊!"

顾晓薇顿时声音尖厉起来:"你是好人?欺骗自己女儿,让自己女儿出卖别人,当了叛徒,你是好人?在你眼里谁都可以利用,谁都是工具,你是好人呐?告诉你!这招儿我想很久了,我就是要你难堪,难堪到死!"最后一句她声嘶力竭!刚才还起哄的人们不禁往后退,似乎对这一家子愈演愈烈的闹剧感到不忍直视。

顾妈妈拽住女儿的胳膊劝着:"晓薇啊,华韦林家的事情你爸都解释……"

"还有你——"顾晓薇又歇斯底里地把矛头指向了自己的妈妈,指着她身上的穿戴吼道,"你!又懒又笨!一个女人家连家务活都不干!就会装腔作势,逮谁跟谁显摆自己是书香门第，我外公就一个小会计！你书香个屁你！说什么在云景是引领潮流的人，就你穿的那些衣服透着就是个假字儿，还真以为好看呐你！满脑袋糨糊，满肚子虚荣，也就他这种官府鹰犬好你这口儿！"

顾妈妈听到自己的女儿这样口无遮拦，眼前一黑，身子软了下去。顾劲松和厂长赶忙过去搀扶，一边向人群喊道："快打120！"

顾晓薇冷眼看着这一幕，一拉小平头："我们走！"小平头被扯了一个趔趄，一边跟在顾晓薇身后一边回头看看骚乱的人群。他的小跟班白皮也三步并作两步，急跟了上去。

顾晓薇这一离家出走，顾家人像是丢了魂一样。想着原本大好前程的女儿现在和一个流氓在一起，顾劲松两口子真是肝肠寸断。他也没有了一个政法委书记的威风，只求谁能带回女儿的信息。

顾晓薇本想就此浪迹天涯，再也不踏进家门半步。可是没过几天，她就改主意了，拉着小平头杀回云景。喜出望外的顾劲松两口子急忙迎了出去，在玩具厂门口果然看到了顾晓薇和小平头，白皮则背着个大包，躲在马路对面的树后面探头探脑。

顾妈妈死死地抓住顾晓薇的胳膊，生怕她又改了主意："晓薇，跟妈回家，啊！"

"我就是要回家啊。"顾晓薇边不咸不淡地答道，边指了一下小平头，"跟他一起回！"

顾妈妈不知所措地看向丈夫，顾劲松的脸明显黑了下来。

顾晓薇抬手划拉一下短发，挑衅道："要回一起回，从今往后我们就住家里，天天待在你们眼皮子底下。"

顾劲松恨铁不成钢地咬牙道："你是在毁你自己！"

顾晓薇毫不示弱："那也是你毁的！"

眼看着父女俩又要掐起来，顾妈妈求饶似的拽了拽顾劲松的胳膊。

顾劲松一声叹息："先回家……回家再说……"他瞥了眼小平头，"还有他。"说完，他转身便往轿车边走，顾妈妈赶紧拉上顾晓薇。

小平头难以置信地看着眼前发生的一切，突然狂喜地喊了一嗓子："靠，还真成了啊！"他扭头向马路对面一声招呼，"白皮，快来！"

然而就在这时，"轰——"一辆摩托轰鸣着疾驰而来，两个男人从腰后抽出铁管蹿下车，指着小平头大吼一声："小平头！看你今天还跑得了吗！"顾晓薇一家三口闻声扭头去看，只见小平头"哇呀"一声，慌不择路地撒腿就跑。这时喇叭声骤起，公路上冲来一辆大货车"砰"的一声将他撞了出去！

在刺耳的刹车声中，顾晓薇一家人眼睁睁地看着小平头在空中打了个转后狠狠地摔在地上，当场就不动了，现场一片血肉模糊。从摩托车上下来的两名男子也是目瞪口呆，连忙把手里的铁管一扔扭头就逃。路这头白皮匆忙奔出，怔立当场。顾晓薇一时间呆若木鸡，她忽然喉间一顶，天昏地暗地呕吐了起来……

警察很快就查清了这场事故的原委。小平头与那两名骑摩托的男子有旧怨，这回那两人是想报复他，没想到却让小平头送了命。小平头的死让顾家稍微平静了两天。在顾劲松两口子看来，小平头一死顾晓薇就彻底没有了继续胡闹下去的理由。然而，这短暂的平静被一张白纸黑字的孕检报告击得粉碎。

顾晓薇怀孕了！她第一反应就是这个孩子留不得！

除了还能联系上的同学，顾晓薇还找了白皮，想神不知鬼不觉地把自己肚子里的孩子流掉。但大家都觉得她这回闹得太出格了，没有一个人愿意帮她。而白皮又不想伤到亡兄的骨肉，顾晓薇一时之间竟然成了孤家寡人。

就在她焦头烂额地躲在家里偷打电话求助的时候，顾妈妈颤抖的声音从背后响起："晓薇，你怀孕了？"

顾晓薇惊得手里的电话一下掉了，回头看去，爸爸、妈妈就站在她的身后。

顾劲松毕竟更冷静些："晓薇，你跟我说实话，小平头有没有胁迫过你？"

顾晓薇听完这话，心里仅有的一丝羞愧也被怒火吞噬得一干二净。没想到爸爸问的第一个问题居然是这个。"你现在问这个有意思吗？"

顾劲松皱起眉："你不要太抵触，如果是他胁迫你，就说明你本质还是好的。"

"爸……"顾晓薇语气哽咽，"这就是你最关心的？除了这个，我是死是活都无所谓，对吗？"

顾父不解地问："你这话是从何说起？"

顾晓薇索性把话挑明了:"女儿遭罪无所谓,关键是顾书记教育出来的女儿遭罪了也得性质好!这才是你最关心的!"

顾劲松也急了:"这也应该是你最关心的!"他转头对顾妈妈说,"你赶紧联系人,悄悄地给她做手术!"

顾晓薇"嗷——"的一声尖叫,捂着肚子说:"我不做手术!你们连个未出生的胎儿都不能放过吗?"

顾爸爸怒道:"那你和小平头算怎么回事……"

顾晓薇抢着说:"这孩子不是小平头的!他,他,他是华韦林的!"

顾劲松两口子惊呆了。

"华韦林是华建平的儿子,就是你害我成了叛徒,把他爸爸抓走了!我肚子里的孩子就是华韦林的。你让我毁了他!这个孩子是我赔给他的!"

顾家爸妈瞠目结舌。

顾晓薇见这话镇住了爸妈,更加口无遮拦。"我不想让他知道才躲回来找个人结婚,我都闹出这么大事儿了,我怎么可能把孩子打掉,遂了你的愿!"她咬牙切齿地从牙缝里一个字一个字迸出来,"你们,想!都!别!想!"

沈宇确信,那天在铁路边画广告的就是华韦林。回到学校后,她一门心思想通过查出广告墙所属街道和利用黄页查找广告公司信息,来把华韦林找出来。

可直到沈宇把自己和叶霞的生活费耗尽,还压榨了徐杰大部分积蓄后,她依然没能查出华韦林到底在哪儿。她简直要彻底绝望了。这时,徐杰却奇迹般地查证到了华韦林确实是那幅广告画的作者,同时也查到了华韦林详细的住址,就在霸镇。

根据徐杰查到的信息,华韦林只是一个临时工,沈宇现在恨不得插上翅膀立刻飞到霸镇去,她担心每耽搁一秒钟都有可能让他再次人间蒸发,决定立刻请假去见华韦林。可问题是,怎么才能请到假?沈宇的第一反应是:装病!

或许是看出沈宇过于急切地想得到病假条,是有什么不可告人的缘由,这个秃顶的男校医竟然无耻地借机猥亵!沈宇又羞又恼,但一想到华韦林随时都可能再度音信全无,只好暗自咬了咬牙,决定付出再大代价也要把病假条弄到手,好回到华韦林的身边。

当她再一次踏进校医室的时候，偷偷按下了录音笔上的录音键……被沈宇抓到把柄的校医无可奈何，只能答应她，只要有需要可以随时找他来开病假条。

叶霞刚推开宿舍门，差点让从宿舍里冲出来的沈宇撞了一个跟头。她正在暗想沈宇这半年来一直为了华韦林茶不思饭不想，整天萎靡不振的。今天是怎么了？沈宇见是叶霞，高兴地捉住她的双手转了两圈，又翩然往宿舍外奔去。叶霞不解地朝沈宇的背影喊道："你到哪里去啊？"

"我能去霸镇了！我现在就去火车站买票！"沈宇的声音从宿舍外隐隐约约地飘来。

叶霞摇摇头："这人魔怔了！华韦林就是她的魔！"

第二天凌晨，沈宇就坐上了第一班火车赶往霸镇。窗外寒风凛冽，而她却面皮发烫。她在激动地想象着见到华韦林之后会怎么样，他会有多惊喜，也许在这久别重逢的时刻，她可以顺理成章地献出她的初吻！

一路打听，沈宇终于找到了华韦林暂居的小旅馆，恰好华韦林正要出门。然而，就在沈宇准备高兴地迎了上去时，那天那个帮他调颜料的女孩走到华韦林面前，两个人亲亲热热地说着话，然后，女孩踮起脚亲吻了华韦林。

这个场景刚刚还浮现在沈宇的脑海里，此时却在她眼前真实上演了，可是女主角却不是她……

旅馆门口，华韦林和女孩旁若无人地拥吻在一起，他的脸在阳光下熠熠生辉。眉目俊朗的样子依然熟悉，可他宠溺的眼神沈宇却从未曾见过。

他好陌生！

沈宇怔怔地看着这令她心碎的一幕，怔怔地后退，一步、两步、三步……咬了咬嘴唇，心灰意冷地转身，离去……

沈宇兴高采烈而去，失魂落魄而归。叶霞在得知了来龙去脉以后好生劝她，可惜沈宇在发现华韦林已有新欢之后，口口声声要彻底斩断情丝，可实际上却是每到周末就往霸镇跑，情到深处，业已成魔。

沈宇并没有贸然地出现在华韦林面前，她只是远远地看着，掩掩藏藏，走走停停。他们走她也走，他们停她就藏。看不到他会心痛，看到他和别人在一起了，却更加心痛。然而这种痛彻心扉仍然无法让她停下脚步。

叶霞一声叹息，认为沈宇的这种行为纯属在自欺欺人。她隐于暗处，一边经受着孤独的折磨，一边却在幻想华韦林有朝一日能偶然发现她，并为她所受的苦感动、流泪，拥她入怀。沈宇已经深深地陷入这种苦修式的幻想中缠绵悱恻，不能自拔。

人算不如天算

顾晓薇和小平头的事闹得满城风雨，街头巷尾都议论纷纷。沈家爸妈听说顾家女儿闹成这样都是为了华韦林，不禁担心起整天黏着华韦林的沈宇来。虽然沈宇一直乖巧听话，从来没让他们操过心，但之前她为了华韦林跟沈父大闹一场，实在是让他们心里很不踏实。两口子商量来商量去，最后还是决定在周末给沈宇打个电话，看看女儿在干什么。

这个周末，沈宇依然雷打不动地去了霸镇，电话是叶霞接的。叶霞见沈家爸妈反常地来查岗，立刻意识到大事不妙，支吾了半天才算帮沈宇遮掩了过去。可是沈家爸妈听不到沈宇的声音绝不罢休，约好晚上七点再打电话来，让沈宇等着他们。

叶霞急得像热锅上的蚂蚁，她知道这回无论如何也要在七点之前把沈宇找回来。她急忙从自习室里把徐杰拽出来，两个人打上车直奔霸镇。在华韦林租住的出租房外，叶霞一眼就看到了魂不守舍的沈宇。他们不由分说就把沈宇架上了车，赶紧把沈家爸妈打电话来的事说了一遍。沈宇一听也吓呆了，急忙让司机师傅掉头就往学校赶。毫无疑问，这一来一回近百公里的车费又落在了徐杰的头上，他的荷包简直是在滴血！

三人进了校门一路狂奔，远远听到宿管阿姨扯着嗓子喊沈宇接电话，沈宇急忙接过电话喊道："妈，我是小宇！"这才算打消了沈家爸妈的疑虑，一颗心放回了肚子里。

叶霞本以为有了这次教训总能让沈宇有所收敛，没想到她依然是执迷不悟，继续她每周一次的偷看行动。然而囊中羞涩让她不得不去压榨好朋友们。叶霞被压榨殆尽,哀号着:"我得让你拖累死了!"沈宇无奈转而又求徐杰,却无意中撞见他居然穷到只以咸菜下白米饭过日子。看到自己的痴情连累了两个好朋友,沈宇下定决心,这个周末再做最后一次努力!

沈宇在当初华韦林给她画的小像背面别上自己亲笔写的信,准备把这个放到他一眼就能看到的地方。只要看到这个,华韦林一定知道她的心意,也必定会有所行动。

沈宇的信上只写了这样一句:"华韦林,还记得画里的这个人吗?如果想见到她,就去环球饭店309房间,她在那里等你。"当她幻想着华韦林拿着画像来找她的情景,不禁娇羞得红了脸。

周日早上,沈宇按计划悄悄地把画像放到了华韦林住处的门口,正当她愣愣地端详着画像上的自己的时候,突然瞥见那个和华韦林亲亲热热的女孩正往这边走来。她慌里慌张地扭身就跑,却丝毫没有注意到早已松掉的护腕被木门上的铁丝钩掉了下来。

沈宇回到环球饭店便坐立不安地等着华韦林的消息,每当门外响起脚步声,她总要屏气凝神地竖起耳朵倾听片刻。终于,一阵脚步声停在了门口,随后响起了几声不疾不缓的敲门声。是华韦林来了吗?沈宇呆滞了一下,随即惊喜地冲过去开门。然而她脸上的笑容还未绽开,便僵住了。

怎么会是她!

门外站着的分明是和华韦林在一起的女孩。她晃了晃手中的小画像,直截了当地自我介绍道:"你好,我叫黄丹丹,实在不好意思,我先看到了这幅画,还有你留的信。而这些,我并不打算让韦林看到。"

沈宇瞪着她,切齿道:"卑鄙!"

黄丹丹不置可否地笑笑,自顾自地跨进房间。"华妈妈现在的丈夫,是我小姑父的朋友。因为我也是搞美工的,就托我平时照应他。"她转身面向沈宇,坦诚了一件沈宇无论如何也想不到的事情,"我现在和他住在一起。我没想到他是第一次,所以我是不会把他让给别人的。"

"住在一起"四个字强烈地刺激到了沈宇。这意味着什么？沈宇脑子里一片空白。但有一种强烈的恐惧向她袭来，华韦林已经离她越来越远了！她绝望地看着黄丹丹，越发感到夺回心上人是何等渺茫。

黄丹丹毕竟比沈宇年长几岁，完全能够预料到沈宇的反应，她继续步步紧逼："女人在和一个男人住在一起后，心态是会彻底改变的。这个你可能还不懂，我也很难描述，只能简单地告诉你，就觉得，不是玩游戏了。"

"建立在肉体上的感情，是不会长久的！"沈宇抛出了自认为的"撒手锏"。

黄丹丹嗤笑一声："他还在复习备考，而且考上美院是指日可待的事情，所以我并不奢望长久，只看重眼前这跟他在一起的时间。他的目标是中央美术学院，在首都。无论你我，都不可能跟他长相厮守。不过相比之下，我还能给他揽点活，帮他贴补一下家用。你呢？整天除了缠着他傻玩，还能干什么？"

黄丹丹把小画像端端正正地放到茶几上，盯着沈宇继续说道："我会送你上火车，看着你走，然后就跟华韦林搬家，我有的是手段，让他觉得不搬都不行。"

黄丹丹说的话句句在理，手段又咄咄逼人，沈宇觉得自己已经输了，输得一败涂地。看到她一副失魂落魄的样子，黄丹丹心中也泛出一丝不忍，抱歉道："对不起了，顾晓薇。"

沈宇猛地抬起头："顾晓薇？我不是顾晓薇，我叫沈宇。"这个情况让她的心里更加不安——黄丹丹为什么会把自己当成顾晓薇？难道华韦林跟她说过什么吗？

黄丹丹对此也感到有些意外："我曾经问他有没有过女朋友，他说有过，叫顾晓薇。所以我以为你就是……"

听了这话，沈宇脑中顿时一片轰然。华韦林为什么会这么说，难道他真正喜欢的，其实是顾晓薇吗？这些天的折腾，难道真的只是一场自己演给自己看的闹剧？不过现在这一切都已经不重要了，华韦林之前选择了顾晓薇，现在身边又有了黄丹丹，他身边从来就没有过她沈宇的位置。留在霸镇还有什么意义呢？

走！

离开这里！

这是沈宇为自己得出的唯一答案。

然而在黄丹丹看来,不管是沈宇,还是顾晓薇,都绝不能出现在华韦林的面前,她必须确保华韦林只属于自己。

就在沈宇走后第二天,黄丹丹在市集中当着华韦林的面,演绎了一场"捡钱包"被当作小偷的精彩戏码。华韦林在情势所逼之下,不得已为黄丹丹打了掩护,带着她逃离了市集。

本来这一带就鱼龙混杂,治安相当不好,为避免不必要的麻烦,华韦林决定带着黄丹丹立即搬家。看着他开始手忙脚乱地收拾行李,黄丹丹在他背后露出一丝得意的笑容。

华韦林神色匆忙地在屋里来回穿梭,当他去取门后挂的衣物时,却突然停住了动作,站了好久才蹲下身去,好像在地上发现了什么东西。

黄丹丹心虚地在他身后探头探脑:"怎么了?"

华韦林没有动。"这几天你有没有看到什么人找我?"

黄丹丹不假思索地否定道:"没有啊!"

华韦林站起身,回头紧紧地盯着她,半响才把手张开。他掌心是一个旧的护腕,他盯着黄丹丹一字一顿地说道:"这是沈宇的!"那一刻,黄丹丹已经预感到,自己所做的这一切努力都会因这个护腕化为泡影。

华韦林紧紧地把那护腕握在了手心里:"对不起,丹丹,我们的关系就到这里吧。如果沈宇没来找过我,那就没事。可是沈宇来找我了,结果却一个人回去,她一定心痛极了!我不能让她心痛!我要去找她!"

黄丹丹呆呆地看着华韦林收拾好东西,默默地在她面前关上了屋门,她终于明白自己只不过是暂时保管了华韦林的心。他已经再也不属于她了。

华韦林来了

命运的安排总是背离人的心意,肆意戏弄着每个人!

师大话剧社演出圆满结束,但是沈宇简直要气炸了!

从最初排练时,她就不乐意让徐杰演罗密欧,好不容易坚持到演出最后一场,他居然在台上公然亲了她的脸,这明明就是耍流氓嘛!

刚一谢完幕,沈宇连妆都没卸,就直接把徐杰堵在后台破口大骂!穿着厚重戏服的徐杰被骂得不敢还嘴,满头冒汗,见愤怒的沈宇挥拳就要打他,徐杰干脆两眼一闭,摆出一副要杀要剐随你便的样子。

叶霞实在看不下去了,狠狠地把她拽到一边的角落:"沈宇,你过分了啊!你干吗欺负徐杰啊?徐杰帮过你多少,你这不是仗着他喜欢你,就可着劲儿欺负他吗?你还有没有良心!"

"他凭什么喜欢我啊?"沈宇梗着脖子,把头歪向一边。

"那你凭什么喜欢华韦林啊?"叶霞看沈宇还这么油盐不进,也有点恼了。

沈宇怔住了。

是啊。自从进了大学,徐杰借她钱、帮她找华韦林、帮她开病假条,忙前忙后,任劳任怨,明明自己都白饭就咸菜了,还义无反顾地支持她去找华韦林。如果不是真的喜欢她,怎么能做到这程度呢?

"徐杰!"

徐杰正一个人呆坐在后台，懊丧地责怪自己为什么色迷心窍，干出这种为人所不齿的事来……忽然听到有人叫他，回头一看是沈宇，徐杰赶紧一激灵站了起来，说话都有点结巴了："沈宇，对不起啊，是我错了，我确实不该趁机亲你的……"

没想到沈宇没接他的话茬，只是低着头没头没脑地来了句："你亲都亲了，要不咱们就往下试试吧？"

徐杰感觉自己的脑子都不转了，哆哆嗦嗦地凑过去想亲沈宇的脖子。

沈宇一巴掌打开他："哎呀，我是说感情！"

徐杰怔了怔，傻乎乎地笑起来："你，你的意思是，咱们可以约会了？"

沈宇白了他一眼，轻叹一声点了点头。

沈宇真的觉得应该放弃华韦林了，至少她是这样说服自己的，她也努力这样做了。也许是叶霞的话真的是让沈宇明白了徐杰的心意，也许开始一段新的感情，就会忘掉那段不可能的感情。

然而，第二天沈宇就收到了黄丹丹的来信：华韦林不见了！他专业成绩全省第四，但他竟然放弃中央美院要报美专！沈宇要疯了！她披头散发地往校门口跑，急切得如同自杀一样去截出租车。她要去找华韦林，他这样会毁了自己！

"沈宇！"

那一刻，透过刹车声，鸣笛声，人群的嘈杂声，还有沈宇自己急促的呼吸声，那声呼唤依然清晰地传进了她的耳朵，是如此的真实，将她从狂乱的状态中拉回到了现实！

沈宇猛地回头。马路对面，身着白衬衣的华韦林正微笑地望着她。沈宇一下子扑过去，连连地捶着华韦林的胸口，语无伦次地发泄着她的不满："你疯了吗？中央美院你不上跑到这上美专，你有病吗？"

"我比你晚一年上学，中专两年，这样我就能追上你，还比你早一年毕业。这样，等你毕业的时候，我就开始攒钱了。"华韦林说得轻松平静，原来他早就盘算好了这一切。他怜爱地替沈宇理着头发，轻声道："咱们一起过，不得花钱吗？"

这突如其来的变数让沈宇愣住了，她一时没反应过来华韦林所说的"咱们一起过"意味着什么。"那，那你也不能上个破美专啊？"

"傻瓜，美专在师大对面，中央美院在北京，你说我选哪儿？"华韦林挑了挑浓眉笑道。

沈宇眼圈红了："你干吗要来找我？"

华韦林举起自己的左臂，露出跟沈宇一样的三个烫伤疤。

沈宇泪水盈盈，嘶哑地带着哭腔说道："你可以不来的。"

华韦林握住她的手："本来……不好的，不应该，可我就是……不想再跟你分开了。"

沈宇大颗的眼泪顺着面庞滚落下来，她恨恨地扑到华韦林怀里抱住他，华韦林也紧紧地用双臂环住她。沈宇破涕为笑，"咚咚咚"地捶着他的胸口，却又不禁咧着嘴哭了起来……

此刻的云景，顾晓薇经过了生死苦难，生下了一名男婴。

虚弱的她只看了这个不应该来到世上的孩子一眼，便嫌弃地把头扭向一边："丑死了！"

顾劲松看着虚弱的女儿，心里也是百般不忍，刚想开口安慰道："晓薇啊……"顾晓薇突然扭头瞪着他道："现在可以揭谜底了！这个孽种不是华韦林的！我本来也不想要的，可你叫我打掉，我就偏要生下来。生下这个孽种，就是我对你的惩罚！"

看到自己的爸妈几乎气得就要昏厥的样子，报复得逞的快感让顾晓薇干涩的狂笑声在病房里回荡。

顾晓薇发誓要让顾家不得安宁。她故意天天推着婴儿车上街，完全不避讳他人异样的眼神。她反而觉得这样很舒坦——他华韦林所承受过的，她现在也承受了。她和他，是一样的。

顾晓薇就这样成天自我沉醉着，恍惚间，会忘记这孩子其实是不应该来到这个世界上的。直到有一天，白皮出现在了她的眼前。顾晓薇才梦如初醒，被拉回了现实。

白皮定定地看看婴儿车里的孩子，自言自语道："我以为他们说的是假的，你真的把孩子生下来了？我表哥也算是有后了……"

"你闭嘴！这跟他一毛关系也没有！你也少给我提那破事，不然我废了你！"顾晓薇推着婴儿车就走，突然又回身警告白皮道，"你知道我的，说到做到，别给自己找不自在！"

白皮的出现让顾晓薇意识到，自己现在做的只不过是一场闹剧。她觉得没意思了，能闹的，要折腾的，似乎都已经做了。她烦了，乏了，她想结束这些了。

白皮确实没敢再去找顾晓薇，却没想到她却主动找上门来。

"姑奶奶，你来找我到底想干什么啊！"白皮知道顾晓薇的厉害，她主动找上门来准没好事。

"要想不让我再出现，就帮我离开这里！"顾晓薇也不客气，上来就开门见山。

白皮简直要被顾晓薇折磨得精神错乱了："我怎么帮你？你别害我！再说你能去哪？"

顾晓薇不为所动："反正要离开云景！孩子生了，我爸也被我治得差不多了，没意思了。我要和过去的一切一刀两断，开始新的生活。"

白皮告饶："你到底想怎么样？"

"你找人帮我演出戏，给我准备钱和车。"顾晓薇把早就想好的对策和盘托出。

"这要是被你爸发现，我非得让他弄死不可！"白皮依然不情不愿。

"你是流氓还怕这个？就大街上堵我，闹事，我把你打发走，这样我就可以有借口远走高飞了。放心，事成之后我不会再回来的！"

在顾晓薇的威逼下，白皮不得不拉上几个兄弟上演了一场当街堵人的戏码。一想到日后可能被市政法委书记盯上，几个闹事的流氓反而两个腿肚子直转筋，反倒是被堵的人正义凛然！顾晓薇气势汹汹地冲一群小流氓吼道："白皮，你少跟我来这套！上回我就跟你把话说清楚了，过去的事儿到哪儿结哪儿，我跟你再也没有什么瓜葛了！"说完，她又环视了一下周围，"你们都给我听好了，别惹我，否则我什么事儿都干得出来，信吗？"说完她昂然转身便走。

白皮几个像泄了气的皮球，灰头土脸地呆立在当场。

顾晓薇的目的达到了！

几天后的一个清晨,她在墙上留下鲜红的几个大字:"去你妈的!!!"便离家出走了!

顾家爸妈怎么也没想到,最终还是没能把女儿留在家里,而且这一走,她是真的不想再回来了!

顾晓薇自己也没有想到,她再次踏上故乡的土地,竟然会在那么久远之后!那时,已经物是人非了!

脚踏两只船

沈宇终于能和华韦林在一起了，本应快乐享受来之不易的幸福，然而实际上她却无比煎熬。华韦林是自己的青梅竹马，现在要和徐杰提出分手，她无论如何也开不了这个口。沈宇谁也不想伤害，结果就是一拖再拖，她整日夹在两个男生之间，痛苦并快乐着。

徐杰是一贯地宠溺她，吃饭的时候常常会盯着她咽下最后的一粒米。沈宇常常是刚在徐杰面前吃下一顿大餐，还要陪华韦林消灭一大碗面。沈宇觉得自己的体重在直线上升，而灵魂却在急速堕落！

叶霞无意间发现了她的秘密之后，惊讶地问："你居然瞒着他们玩大小通吃？我还说徐杰不至于那么贱，明知你有男朋友还淌着哈喇子老黏你边上。那华韦林，肯定也不知道你脚踏两只船吧？"看沈宇那闪躲的眼神，她无奈提醒着，"早晚真相暴露，到时候看你怎么办。"

为了不让徐杰起疑心，沈宇每次和华韦林约会，都不得不把叶霞拉上作伪装，叶霞虽然私下里把她骂得狗血喷头，却每次都心不甘情不愿地做了她的帮凶。

香港回归的当晚，沈宇跟徐杰谎称学生会有活动，照例拉上了叶霞作掩护，和华韦林一起亲亲热热地去看电影。没想到电影散场的时候，外边下起了淅淅沥沥的雨。华韦林把外套脱下，将沈宇和叶霞一起遮在下面，嘻嘻哈哈地走出电影院。

没走几步，沈宇、叶霞好像看见了什么，猛地一下站住了脚。几米外，徐杰撑着把大伞，愣愣地站在那，手里还攥着一把折叠伞，把沈宇和华韦林的亲热劲儿看了一个真真切切。

沈宇当时就傻在那了。

徐杰和华韦林都不是傻子，沈宇的反应已经说明了一切，他们谁都没有说话，各自转身走了。雨中只剩下手足无措的沈宇和叶霞站在那里。

华韦林好几天都不理沈宇，沈宇和叶霞好不容易找机会堵到他，华韦林却只是闷头抽烟，一言不发。沈宇看他这样，话没说一句就先哭起来，叶霞无奈只好替她好一通解释。华韦林这才算听明白了：沈宇和徐杰先好的，自己是后来的。

沈宇却不乐意了，抽泣道："你才不是后来的。我那么喜欢你，可是你不是和那谁在一块了吗，所以我，我，我特灰心，我就答应徐杰了。可刚答应你就回来找我了……呜呜……"

叶霞恨铁不成钢："他都能跟那谁断了，你为什么就不能跟徐杰说清楚呢？"

沈宇泪眼瞪起："你到底在帮谁啊？"

华韦林被沈宇的样子逗乐了，他掐灭烟笑着说："行了，你就是抹不开面儿跟人家说呗，回头我约了他和他说吧！"

沈宇和叶霞刚回学校，在宿舍楼底下就看到徐杰在等着。没办法，叶霞把他们两个拉到假山后面希望能把这事说清楚。

沈宇一想这事对不住徐杰，便哭起来："我当初也没想到嘛，呜呜……我也没想到华韦林会找过来，他一知道我找他，就跟那个黄丹丹断掉了，我怎么说呀呜呜……他为了我牺牲，我总不能对不起他啊？呜呜……华韦林是眼睁睁看着他爸被抓走的！他有伤痕的，呜呜……他要再受伤了怎么办？要再受伤就没救了！呜呜……他本来就是个谁也劝不住的人，一失去理智他可凶了！他都跟社会上的人打过架，呜呜……他要因为我万念俱灰、自甘堕落，还有什么事做不出来啊？呜呜呜……"

徐杰若有所思地点点头："我明白了……"他狠狠一咬牙，"行，我懂！"说完大步流星地跑开了。

叶霞担心徐杰想不开，便跑去找他，竟然看到徐杰那书呆子破天荒地正在做运动。

"我要和华韦林单挑！他会打架，我在家的时候也干过农活，胜负还不一定呢！"徐杰气势汹汹地说。

叶霞没好气道："你当你古惑仔啊？人家是要和你解释下，想什么呢？都怨沈宇没有说清。"

徐杰却自作聪明道："她有苦衷的！我知道她有苦衷，华韦林因为家庭不幸，把沈宇当作情感上的依靠，而沈宇错把同情当成了爱情。当她意识到同情不是爱情的时候却发现双方已经分不开了，因为她害怕华韦林失去了情感依靠，会自暴自弃地怨恨社会，疯狂伤害他人以及他自己！华韦林绝对是个危险人物，绝对！"

徐杰根本不听叶霞的解释，他坚持认为自己是最理解沈宇的。既然如此，打架有什么？到了约定的时间，他揣着把链锁就去会华韦林了。

华韦林本意是来和谈的，可没想到他和徐杰一见面，手伸进裤兜想掏烟的工夫，就被草木皆兵的徐杰一链锁砸得头破血流！

赶来的叶霞和沈宇尖叫着扑上来，一个拉住了徐杰，一个扶住了华韦林。

被叶霞拉着的徐杰还在那梗着脖子充硬气："我告诉你吧华韦林，要么你打死我，要么你就放过沈宇！"

华韦林匪夷所思地看着沈宇，沈宇扶着他的胳膊畏惧地缩起了头。

徐杰一脸的浩然正气："她喜欢过你可那都是以前的事儿了！现在她只是不敢割舍你，你家里遭了变故很不幸，她不敢让你再受伤。可你想过没有，你的不幸对她就是把无形的枷锁……"

叶霞慌乱地打断他："徐杰！你都理解错了！"

华韦林惊诧地问沈宇："你……这么跟他说的？"

沈宇哭丧着脸否认："我没有……"

徐杰也惊诧道："你不是说他……"

华韦林突然厉声打断他："给我闭嘴！谁也甭说了，看沈宇吧。不管以前怎么误会的，今天既然凑到一块儿，就了结了吧。"他望着沈宇说，"你说，跟谁吧。"

沈宇不知所措地看看华韦林，又看看徐杰，突然爆发道："干吗呀！这又不是点兵点将！干吗呀你们！一个个都虎视眈眈的，就把我撂中间，你们就欺负我吧，就欺负我一个人！都是我的错行吗？都是我的错满意了吗——"

面对这一情景，华韦林愣了。

他想得很简单，两个人喜欢对方，这该是一件很明确的事情，只关于两个人的心的事。可是她说的是什么？在她的心中，他到底算什么？她竟然将他的感情看得如此不堪。

华韦林转身就走，沈宇急忙叫道："华韦林！"

华韦林冷脸转身丢下一句："沈宇，以后少跟别人说我家里的事！"说完，华韦林转身头也不回地走了……

华韦林走了，沈宇愣在原地，半晌没有回过神来。

华韦林的心情也极度低落，这一次放弃自尊追求的爱情，是不是根本就弄错了？只有沉浸在绘画的世界中时，他才可以忘记那些不快。

人体素描画室里安静得只能听到画笔在画纸上沙沙的声响。突然"砰"一声门被顶开，一个人硬生生地闯了进来！

"啊——"惊慌失措的女模特吓得尖叫一声，连忙拉起绸布遮住身体，学生们也是一片惊愕。

华韦林意外地望着那人："顾晓薇？"他缓缓地站了起来，整个人都愣住了。

所有人都看着他们，空气，就像凝固了一般。

顾晓薇看到华韦林，直勾勾地望着他，径直走了过来。她的头发长了，已经扎起了马尾，虽然有两年没见，可是她依然朝气灵动，像是个高中生，而且更有女人味儿了，像是成熟的苹果一样发散着诱人的香气！顾晓薇直盯着华韦林，魔怔一样自顾自地说："只要是车辆段上班的人，我就问，挨个儿问，问到了你妈妈的电话，她告诉我你在这儿……"

华韦林听明白了，她这样找来，一定是发生了什么。可是那又如何，她在这里出现，她的心意难道他还不清楚吗？

华韦林激动地喃喃道："你……"

顾晓薇自顾地说下去："害你的我赔了，仇我也帮你报了，用我自己……"

华韦林嘴角颤抖，眼圈通红。

"赔了就不欠了，就有新面貌了，就敢找你了。"

华韦林颤抖着声音："我凭什么让你这样为我牺牲？"

顾晓薇不再说话，大力揪住华韦林的衣领猛地将他拉到自己身前，定定地又望了他几秒，拼命地抱住了他。

华韦林缓缓地抬手，终究也紧紧地抱住了顾晓薇。

乘虚而入

对于顾晓薇的突然出现，沈宇还蒙在鼓里。她整天缠着叶霞，让她替自己想想办法，究竟怎么样才能挽回华韦林的心。

叶霞狠狠地把仍然执迷不悟的沈宇臭骂了一顿，警告她如果再不把这段狗血恋情理清，她立即就打电话把实情告诉沈家爸妈。沈宇知道叶霞说得句句在理，这样拖下去也确实不是办法。思虑再三之后，她还是决定和徐杰说明白。

她想了又想，还是觉得绝情的话说不出口，就写了一封信打算当面交给他。

"徐杰，看到这封信，你就会明白我的心情了。我们之间，是阴差阳错。我以为失去华韦林的时候，你来了；你刚让我有了忘记的勇气，华韦林却义无反顾地找来了。华韦林让我感觉自己是个小女人，像个小孩，而你处处都惯着我，随便我蛮横。所以，你们两个我都舍不得，才造成了今天这个局面。但如果真要我选择的话，我只能选择华韦林。徐杰，我是个坏女人，请你原谅我。因为，我真正爱着的人，是华韦林。对不起……"

沈宇带着信准备去找徐杰，刚拐出校门，就猛然看见华韦林和顾晓薇从对面走来，她顿时就愣了。华韦林也没想到就这样遇到了沈宇，也下意识地站住了脚。顾晓薇看看华韦林，又看看沈宇，她有点意外，怎么会在华韦林学校门口遇到沈宇？但她愣了下，便笑着冲沈宇打了个招呼。

沈宇惊愕地望着这个从天而降的情敌："你，你在这里做什么？"她发现顾晓薇漂亮了，仿佛不是她认识的那个顾晓薇了，而与之前相比，顾晓薇要独占华韦林的态度更加明显了！沈宇感受到了前所未有的危机感。

顾晓薇没回应沈宇的质问，却宣誓主权般地挽住了华韦林的胳膊，华韦林想脱开，却被抱得更紧。

面对这一幕，沈宇顿时狂乱了，当即就向顾晓薇扑去："顾晓薇你凭什么呀你！"但她却被华韦林一把拽住了胳膊，皱眉低喝道："沈宇，你闹够了没有！"

沈宇难以置信华韦林会如此袒护顾晓薇，她颤抖着嘴唇问道："她凭什么呀！她凭什么老在这种时候冒出来呀！"

说话间沈宇又要扑向顾晓薇，华韦林重重地推开她吼道："沈宇！"

沈宇嘶喊道："她居心不良！乘人之危！"

华韦林厉声打断："你没权利骂她！她有多辛苦，你知道吗？"

沈宇顿时就怔住了。

他说什么？他在心疼顾晓薇，在责怪她？这什么意思？顾晓薇难道比她还重要吗？

华韦林跟沈宇对视了片刻，转开脸，压低声音道："我们……分手吧。"

沈宇可怜巴巴地望着他，哀求道："华韦林……"

华韦林转身就走，沈宇慌忙拦住他的去路，忽地撸开左臂上的护腕，亮出了那个烫伤疤。这是她和他之间最亲密关系的见证了。

华韦林不由站住了脚。

沈宇再一次哀声呼唤道："华韦林……"

华韦林顿了顿，随后，却从她身前绕开，快步走远了。顾晓薇似笑非笑地看了眼沈宇，也走掉了。

沈宇怔怔地举着胳膊，呆立在原地，欲哭无泪。

华韦林竟然就这样走了，他是不是不会回来了？

顾晓薇如愿以偿地找到了华韦林，并在美专附近租了套房子。和华韦林在一起的第一步就算实现了。下一步，她就想着要自力更生，养活华韦林。

美术是个烧钱的专业，华韦林除了维持最基本的生活，所有花销都用在了购买美术用品上。顾晓薇看在眼里，疼在心上！她暗暗发誓：她要挣钱，挣很多很多钱！她要让华韦林学得轻松，活得自在！华韦林的梦想，要由她顾晓薇来帮忙实现！

顾晓薇怀揣着一腔壮志豪情开始四处找工作，然而毫无社会经验的她却屡屡碰壁。刚刚又被一家公司拒之门外，顾晓薇郁闷地缩在街角一个人发呆。

"找工作，小姑娘？"

顾晓薇闻声回头，只见身后站着一个油光粉面的胖子。他一哈腰，殷勤地递过来一张名片，上面写着米勒啤酒代理。嘴里还不忘自我介绍道："他们都叫我肥哥，我就是在对面酒吧里做事的。"

听说肥哥愿意给她介绍工作，顾晓薇便跟着他进了酒吧。在肥哥与美国流浪汉洋鬼子曹操的一番讲解下，顾晓薇明白了肥哥所说的啤酒代理是怎么回事：就是卖酒的。肥哥负责送货，曹操和顾晓薇负责在酒吧里卖酒，为了卖得多要陪着客人喝，不管是自己还是客人喝掉的，全部由客人结账。根据卖酒的数量，肥哥取大头，顾晓薇他们取小头，当天现金结算，不拖不欠！

顾晓薇觉得这工作来钱快，还不错。不过老外曹操立刻给她浇了一盆冷水。他操着一口生硬的中国话叮嘱道："就算喝到不省人事，也要牢牢记住你卖出了多少瓶酒。因为当天卖酒当天结钱，你记不住数，他就瞎给钱，只会少不会多，吃亏的铁定是你。"

顾晓薇立刻对这个素不相识的老外有了些许亲近。暗想既然这么好心地提醒自己，人应该坏不到哪去。

就在三个人聊天的时候，一个穿紧身背心、刺满文身的大汉大大咧咧地走过来，一屁股坐在了顾晓薇的旁边。顾晓薇有些畏惧，他该不会是混黑社会的吧？曹操看出她有一丝惊恐，忙小声说道："别怕，他是这个酒吧的老板。索哥。"

索哥劈头就问："你卖吗？"

顾晓薇一愣，立即明白了索哥是什么意思。她恼红了脸，狠狠地瞪了他一眼起身便走。

索哥喝道："坐下！"话语里有说不清的。

顾晓薇被喝住站定。

索哥对肥哥说："看来是个没危险的，可以在这儿干。"肥哥一脸谄笑地连连称是。

顾晓薇一脸的莫名其妙，完全搞不清楚这几个人葫芦里到底卖的什么药。

索哥对她招招手："你坐下，有些话，我得嘱咐在前头！你可给我听好了，这绝不是人干的活儿，所以想在这儿挣钱就别把自个儿当人。你可以说自己是勤工俭学的大学生，也可以说是想找靠山的小演员，反正客人好什么你就编什么，只要多卖出酒去，没人管你真假，关键，是你自己得兜得住，因为闹出了事儿来也没人会帮你……

"酒吧就是这世界的另一面，谈事儿的少，买醉的多，正经遭鄙视，浑蛋是英雄，客人都是来释放的，最不在乎的就是钱，所以你就把这儿当作是水深火热的美帝等着你去解放，有个伟大理想做支撑，喝多了还能好受些。

"既然是战场，这里每个人就都是你的敌人，谁也别信，跟谁也别当真，哪怕有人赌咒发誓说爱你，因为我保证他酒醒之后提了裤子就不认人。所以曹操那二货说得对，就算喝到不省人事，你也得记住你卖了多少瓶酒！给我记住了姑娘，一瓶酒一份儿钱，只有这个是真实的。"

顾晓薇目瞪口呆地听着索哥侃侃而谈，先前的热情啊，梦想啊，早已被阴暗的现实击得粉碎，她只能半懂不懂地连连点头。

从那天起，伴着摇滚歌手嘶哑的歌声，顾晓薇开始卖酒。生过孩子的她身材更加圆润，卖酒女郎的紧身连衣裙恰到好处地勾勒出她优美的身材曲线，烫成波浪卷的长发，立刻引来了狂蜂浪蝶向她大献殷勤，从她这里买酒。她也来者不拒，和所有买酒的客人豪饮，眼前总是满桌的酒瓶。

顾晓薇很快就在酒吧里打出了一片天下，不少客人都与她熟络了起来。而背后的代价是她在酒吧卫生间里吐得天昏地暗，然后擦干嘴出来接着喝。经过一个月的实战，顾晓薇已经可以将索哥当初告诉她的话充分运用到自己的卖酒业务中了，她也做到了曹操说的那句："就算喝到不省人事，也要牢牢记住你卖出了多少瓶酒。"就算只有一瓶酒钱，她也坚持要跟肥哥掰扯清楚。她的这种拼劲真的惊到了肥哥、索哥和曹操，他们都觉得这丫头真的是想钱想疯了！

月底的时候，顾晓薇送给华韦林一支派克速写笔，华韦林吃了一惊："这很贵的，你哪来的那么多钱？"

顾晓薇歪着头，摆出一副满不在乎的样子："谁让我找了份好工作。怎么谢我？"

华韦林看着她，却没有说话。他知道她想要什么，可是他能给她吗？

顾晓薇也不强求："你当不当我是你女朋友那是你的事，反正我当就是了。"

华韦林皱起眉："你家……"

顾晓薇立即打断他："你记住了！我没家，我跟那儿断了，从出门的一刻开始，我就跟那儿再没有半点关系。什么地方是家，我自己说了算。"

华韦林不忍地躲开她的目光："是我害了你！"

顾晓薇只是淡淡地吐出一句："两清了。"

顾晓薇这会儿就图挣钱这一件事。为了挣钱，她觉得自己什么都可以做的。

直到那天，她知道自己有些事是根本不会做的。绝不会做！

那天几个京客点酒，顾晓薇一直陪着喝，其中有个卷毛喝高了，一直喷着酒气，把嘴巴凑到顾晓薇耳边说着不三不四的话，手也伸向她两腿之间。顾晓薇表面上笑着应对，暗里却咬着牙，她扭头从吧台找了个布袋，里面装了七八罐可乐，进包间抡上去就把那卷毛的脑袋砸开瓢了！

一见出血了，酒吧整个就乱了。京客们吵吵着要报警，其中一个光头吵得最凶。索哥毕竟是见过场面的，混乱中他一把搂过光头，低声在他耳边说："你刚才去洗手间干吗了？浑身都是股醋酸味儿，吸海洛因了吧？赶紧报警，啊，主动报警算自首。"

光头立马慌了，知道遇到道上的了。但嘴上还是硬撑："你……你丫威胁我？"索哥松开光头，一脸"惶恐"地说："别别，我哪敢呐？我这人吧，天生胆小，见了警察叔叔就哆嗦，该说的不该说的全往外倒，没出息。"京客们你看看我，我看看你，终究不敢再闹，忍气吞声架走了昏迷不醒的卷毛。

顾晓薇也知道闯祸了，一个人愣愣地蹲在酒吧后街发呆。索哥也不客气，冲她劈头盖脸地一顿臭骂："有能耐闯祸就得有本事兜住，别以为每次都可以这么走运！"看顾晓薇一句话也不说，索哥皱了皱眉，"后面胡同是酒吧员工宿舍，这几天你搬到那儿吧，免得有人报复。"

顾晓薇对索哥的关照很是意外，她又想到了华韦林，索性一不做二不休，厚着脸皮向索哥要了一个单间，这样就可以和华韦林住在一起了。索哥骂她蹬鼻子上脸，可为了不让她再闹出什么事来，最后还是同意了。

顾晓薇因祸得福，她高兴地把这事告诉了华韦林。华韦林没多想，一心只为她高兴，张罗着帮她搬家。看着为自己忙活的华韦林，顾晓薇鼓了鼓勇气才说："我想……让你跟我一起住。"

华韦林手中一停，沉默片刻才说："晓薇，你因为我这样，我特别紧张，就怕你一个人，怕你……觉得孤零零的，会难受。我想陪着你，可是……别住一起，我们没在恋爱。"

顾晓薇一听就火了："你是不是还想着沈宇？"

华韦林没再说话，转身走了。

顾晓薇气得跳起来，对着华韦林的背影高声叫骂道："华韦林！你王八蛋！"

顾晓薇一直觉得，华韦林已经接受了自己，现在只不过是需要一点时间来拉近彼此之间心的距离。可是此刻她才发现，这一切不过是自己的一厢情愿。

华韦林愧于白天那样回应顾晓薇，晚上到酒吧来找她。这是他第一次真正的来到顾晓薇上班的地方，灯红酒绿，纸醉金迷，让他望而却步。他好不容易鼓足勇气走进去，让他更没想到顾晓薇竟然是那么工作的！

那晚，顾晓薇喝多了，所有客户的酒她来者不拒。她太需要发泄！当顾晓薇又不管死活一样打开了一溜的酒瓶，华韦林终于忍不住拦住了她。他特别想带顾晓薇离开这个鬼地方，但是他不能。顾晓薇为什么这么拼命，难道华韦林不明白吗？他能做的，只有陪她一起喝！

华韦林对惊讶的客户们笑着说："我是她朋友。对不住，我这人馋酒，又没钱，只好跟她后头蹭……"他从挎包里掏出速写本和那支速写钢笔，"不过我也不白喝，几位老板要是愿意，我给你们一人画张速写，画的好不好也别介意，就当玩呗。"说完把一瓶酒一口干了。

一看来的是位年轻英俊的画家，客户们都有了兴致，酒是一瓶接一瓶地干。那晚，他们两个都喝高了，却挣了一大笔。

华韦林把顾晓薇送回宿舍，他要走的时候，顾晓薇抓住了他的手。华韦林明白她想要什么，但他只是坐在她床前的小凳子上，让她拉着手睡了。

顾晓薇在梦里都是笑着的。

这算不算他们在同甘共苦呢？这是不是他回心转意呢？是不是，他还是喜欢她的？他现在就握着她的手，还问什么？

带着这样的答案，顾晓薇睡得格外香甜。

沈宇没想到华韦林如此轻易地就跟自己说出了"我们分手吧"这句话。她就这么失去了华韦林，那心痛真的没法说。

然而祸不单行，老天好像专和沈宇过不去一样，又把一个磨难摆在了她的面前——那名试图猥亵沈宇的男校医东窗事发被抓了，在他招出的曾被他猥亵过的女生名单里，沈宇的名字赫然在列！

这种消息一出，整个学校都哗然了，名单上的女生被议论纷纷，不仅没有得到大家的同情和安慰，反而成了被嘲讽和排挤的对象。

这情况下连叶霞也吃不准了，一再地和沈宇确定有没有这回事。沈宇也是掉以轻心，当初录音的磁带也不知道丢到哪里去了，现在连个证据也没有，跳进黄河也洗不清了！

学校的领导对这种事也无能为力，风波越掀越大，流言越传越难听。

叶霞和沈宇在校园里走，不断看到陌生同学对她指指点点。

沈宇气恼地说："哼，现在我算体会到了，什么叫唯恐天下不乱，谁都不希望你没事，谁都盼望你出事！"

徐杰远远地走过来，叶霞急忙招呼他："徐杰！"

徐杰迟疑下才走近，不自然地看看沈宇，支吾地说："最近……议论纷纷的，你就多在寝室里待着，少出去吧。"

沈宇愣了下，简直不敢相信自己的耳朵："你说什么？"

徐杰神色更加不自然："我没别的意思，就是……何必呢……对吧？避避风头呗。"

沈宇无语，气极道："你是在嫌我丢人吗？你嫌我给你丢人？"突然她冷哼一声，嘴角挂起一丝嘲讽的笑意，"哈，我懂了！还真是多谢你一如既往地关心我、保护我，谢谢你啊！"说罢，她头也不回地大步离开。

叶霞推一把徐杰，催促道："还不追！"

徐杰犹豫地看着沈宇的背影，却低下了头，没动窝……

沈宇感觉自己都要气炸了，其中更多的却是对徐杰的失望。原来他对她的信任只有这么一点点，他能承担的也只有这么一点点。不过这倒也好，就当看清了他的真面目！

可是她的心里还是堵得慌，漫无目的地转出了校园。

沈宇心事重重地走着，直到突然听有自行车捏闸的声音，她才茫然地抬起头，正好与骑车带着顾晓薇的华韦林四目相对。

沈宇低着头，语无伦次："美、美专和师大，挨得……真挺近的……是吧？"

华韦林看着沈宇有些发红的眼圈，试探地问："你……挺好的？"

沈宇故作轻松地耸耸肩："挺好的，你们呢？"

顾晓薇截过话头："我们也挺好的。"

沈宇强挤出一丝笑意："挺好……呵呵……那就好！"说完，沈宇错开他们，快步走开了。

华韦林微眯着眼看着她仓皇而去的背影，紧紧地皱起眉头。

顾晓薇似乎看出了华韦林内心又发生了动摇，便一直催他搬出来和自己一起住，华韦林不胜其烦，周末的晚上便约了相熟的辅导老师在小饭店商量这事。正说着，旁边传来的话语声把华韦林的注意力吸引了过去，是邻桌的几个师大男生。

"没错，那女的叫沈宇，中文系的。"其中一个戴眼镜的眉飞色舞，"听说她被流氓校医猥亵了之后，还主动送上门去呢，干一次换一张假条，好翘课出去找男朋友。"另一个长头发的也应和道："对对对，是左手老戴着护腕的那个吧？啧啧，看着挺纯的呀。"

华韦林听到这个不由心中愕然。老师看他神色不对，忙问："怎么了？"华韦林却只是咬牙不语。

眼镜完全没想到隔墙有耳，继续在那里口若悬河，好像亲眼得见一般："现在女生都能装。没听吗？那个沈宇，还找流氓校医打过胎呢。"旁边的寸头惊讶地说："是不是啊？"眼镜一脸猥琐，挑挑眉毛接着说道："反正已经被老流氓看过了，再多看几次也无妨啊。"

华韦林缓缓起身走过去，一巴掌拍在那个眼镜的肩上。眼镜疑惑地望向华韦林："我们认识吗？"

华韦林冷声道："我是美专的，叫华韦林，你记住喽。"话音未落，眼镜的脸上便结结实实地挨了一拳，登时翻倒在地。同桌几个师大生顿时蹿了起来："哎！你怎么打人啊！""你有病啊你！""破美专的！你挑事是吧？"

这个小饭馆正好开在两所学校之间，哪边的学生来得都不少。店里的美专生一听有人对自己的母校出言不逊，呼啦啦站起来一片，其中一个道："我们都是美专的，哪个不服气，上来啊！"

都是血气方刚的年纪，两股学生当即扭打成一团，饭店里顿时杯盘狼藉，一片混乱！

叶霞急匆匆地来找沈宇："听说华韦林和咱们学校的学生打起来了，就在学校外头的那个小饭店！"

"他这又是为什么啊？"沈宇吓了一跳。

"还不是为你吗！还不是你的事让他听说了，把那嘴里不干净的学生打了。俩学校本来就谁看谁都不顺眼。现在那男生满学校叫人要报复，美专的就顶上了，也出来一堆人。这事儿闹大了你明白吗？"

"他都要毕业了，这是疯了吧？"沈宇急得拉着叶霞就往外跑。

混乱的人群中，华韦林死死地盯住对沈宇污言秽语的眼镜，抄起一把折凳狠狠朝他砸了过去。这一记力大势沉，瘦弱的眼镜被砸倒在地，鲜血糊了满脸，鼻梁上的眼镜早已歪到一边。眼镜眼睛发直，背抵着墙壁瘫坐了下去。

"不好！警察来了！快跑！"一声呼哨，一帮斗殴的学生逃得无影无踪。只剩下攥着折凳腿的华韦林傻愣愣地待在原地。

沈宇和叶霞急匆匆地赶到小饭店外，结果只看到华韦林被两个警察押上一辆警车，她俩傻在了原地……

华韦林的辅导老师急匆匆地找到顾晓薇，心急火燎地把华韦林出事的来龙去脉跟顾晓薇讲了一遍。顾晓薇正在为迎接华韦林的到来装饰着自己的小屋，听到这消息她当即就怔住了。

华韦林终于答应搬过来和她一起住了，她以为万里长征终于走到了终点。可是为什么，只是一眨眼的工夫，沈宇又跳出来了，她甚至连嘴都没张，就又让华韦林去为她舍生忘死了。

沈宇在他的心中就那么重要吗？他为她放弃了中央美院，现在又要放弃即将到手的毕业证书！他的前程与沈宇相比，竟然如此一文不值？那么她顾晓薇呢？在他眼里又算什么！

华韦林伤了人，估计得判刑。一旦真坐了牢，他的前程可就毁了！沈宇完全没了主意，最后还是叶霞自作主张去找了顾晓薇。

叶霞辗转地打听到顾晓薇的住处，怯怯地站在门口招呼道："顾晓薇。"

顾晓薇坐在床边看她一眼，没说话。

叶霞愁了片刻，在她对面坐下："你知道华韦林出事了吗？你得想法子救救他。虽然这事都怪沈宇，可是华韦林实在是太可怜了！我是这么想的，你爸……是政法系统的，这方面有挺多关系，要不求他找人说句话。华韦林也没把人伤得太狠，就一脑震荡……"

顾晓薇打断她："沈宇为什么不自己过来找我？"

叶霞尴尬地推了推眼镜："沈宇她……觉得自己是罪魁祸首，没脸见你。"

顾晓薇尖刻地反问道："难道她不是吗？"

叶霞哀求着："晓薇，我替她跟你道歉行吗？毕竟，不是帮她，是帮华韦林！他们说美专挺栽培华韦林的，要能不判，弄个处分就息事宁人了，否则，他这辈子就完了！"顾晓薇眉毛一挑。叶霞看她态度似乎有所松动，立即拉拉她的衣袖，"你也不想的嘛。"

顾晓薇转开脸，纠结地皱起眉头。如果说这世界上有谁第一个想不顾一切地救华韦林，她顾晓薇一定是第一个。可是现在，要想真的救华韦林，必须动用顾家在政法委系统的关系，那么她在哪里，在干什么家里人都会知道，尤其是她竟然真的和华韦林在一起了，不知道爸爸听到以后会是什么样的反应！这样的情况下，爸爸可能救华韦林吗？

可是除了这一条路，顾晓薇也实在想不出其他能救华韦林的办法。

叶霞走后顾晓薇犹豫了许久，在电话亭几次想放弃又折返，最终咬咬牙拨通家里的电话。当电话里传来顾劲松的声音时，她却不由得打个激灵，愣是一个字也说不出来。电话里爸爸不停地在问是谁，她慌乱地挂掉了电话。

望着电话机，顾晓薇泪如雨下，闭着眼无力地坐倒在电话亭里。

她没用，她救不了华韦林！她又害了他一次！

顾晓薇猛地睁开眼：不，不是她害的，是沈宇！

顾晓薇撑着身子站起来，露出一个阴狠的冷笑。

没有人为华韦林出面，一切只能按正常的审判程序进行。很快宣判的日子到了，华韦林以故意伤害罪被判处有期徒刑一年。华韦林被收监的那天，华韦林的妈妈和哥哥都来了。妈妈哭成了泪人，哥哥气得冲上来就想打他。然而华韦林只是平静地望着他们，请哥哥一定要照顾好妈妈。虽然只有一年，华韦林却明白这会彻底改变他的人生。事已至此，他却并不后悔。

两个法警轻轻推了下华韦林，示意他赶紧走。华韦林没走几步便见守候在法庭外的沈宇。

"华韦林……"沈宇话都还没说出口就已经哭得梨花带雨。她语无伦次地哭喊道，"你都不要我了，你都甩掉我了，干吗还为了我去打架啊？呜呜……你都要毕业了，你有毛病啊你……呜呜呜……"

华韦林皱起眉："就一年的事儿你至于吗？别哭了……烦不烦人啊……"

沈宇抹了把眼泪，刚想和华韦林倾诉衷肠，却猛然看到了远远地站着的顾晓薇，面无表情地看着这边……沈宇顿时一个激灵，急忙心虚地低下头，装作没看到她。

沈宇目送押着华韦林的警车驶远，刚想悄悄地离开，却被顾晓薇一把揪住了头发。"啊——"沈宇一声惨叫，便被猛地甩到街边背人的墙角。顾晓薇随即劈头盖脸便是一顿巴掌，她仍不解气，对着沈宇又是一通猛踹。

叶霞见状急忙制止道："顾晓薇！"

顾晓薇忽地转过脸，面色凶狠，吓得叶霞"噌"地站住了脚步。

沈宇蜷缩在地上哇哇大哭，满脸都是眼泪和鼻涕，惊恐、愧疚、心痛、悲哀，各种情绪压得她几近崩溃。她的潜意识里更期待有个人能这样狠狠地暴揍她一顿，这样她心里还会好受些。顾晓薇看到瘫坐在地上的沈宇，突然失去了一切报复的欲望。在这件事上，她们两个，谁也不比谁轻松，谁也不比谁的罪更轻！

她平复了一下呼吸，转身走了。

叶霞追上去："顾晓薇……"

顾晓薇站住了脚。

叶霞轻声劝慰道："晓薇，谁都不想这样的……"

"闭嘴吧！"顾晓薇打断了叶霞，她感觉自己像是被掏空了，"屁都别跟我说，没劲……真觉着挺没劲的，无聊……滚！"

顾晓薇知道师大的学生毕业后就得返回原籍，沈宇只是一个普通到不能再普通的学生，上学期间出名的不是成绩，而是祸害。她即使有心等华韦林，也无力实现。而顾晓薇不同，她本来一无所有，四海漂泊。华韦林在哪里，哪里就是她的根。她要等华韦林，等他出来。

顾晓薇说到做到，白天摆地摊卖内衣内裤。挣下的钱一分一毛地攒起来。钱就是她的命，谁要敢打她钱的主意，她敢和谁动刀子！晚上继续在酒吧里卖酒，喝到几乎吐血还要继续。索哥说她这样是玩命，过不了几年身子就得垮，她笑着说："那就过几年再说！"

她不需要几年，一年就行了。一年，华韦林就出来了。

顾晓薇分析得不错，如果沈宇按正常的路子走，只有回云景这一条道。这样，她就绝没有机会等到华韦林了。

然而顾晓薇没有想到的是沈宇已经抱定了留校这一条路，坚决要留在这个城市等华韦林出来。可是，沈宇不够留校的资格。她跑遍了学校所有的主管部门，结果他们就像是商量好了一样，一致回答：不行！

既然正常的路子行不通，那就走一条歪道。

沈宇下定了不达目的绝不罢休的决心，想出了一个损招：她给学校主管分配的方主任送了一个礼物——一个很萌的卡通内裤！一个女学生给学校男领导送内裤，这成何体统？还是一个曾经被传出过很难听流言的女生，这会让人怎么想？

果不其然，方主任当天就被他的爱人给轰出了家门，不解释清楚永远别想回去。这个法子虽然在校内引了轰动，但是对沈宇留校的帮助并不大。即使沈宇翻出当初差点被校医占了便宜那件事以及校内流传的风言风语，方主任也只承认这事学校有责任，但和选择人才留校是完全不同的两件事情，不可混为一谈。

"每一个留校名额都是经过综合评估的，不可能你想怎样就怎样。"方主任晓之以理，希望沈宇能够认清现实，放弃硬要留校的念头。沈宇见自己依然无法让方主任回心转意，一狠心挽起袖子露出左腕的伤痕，威胁道："看到吗？我是混过社会的人，我可什么事儿都做得出来！"没想到她的无理取闹适得其反。一向温和敦厚的方主任被沈宇气得撂下一句"胡闹！"便拂袖而去。

爱情不是拿来牺牲的

还被蒙在鼓里的沈家爸妈早已经在云景给她张罗着安排工作了，而沈宇为了留校的事不择手段。方主任有家不能回，还要被学校里的人指指点点，苦不堪言。

中文系老师魏明和方主任住同一层楼，他认得沈宇，对方主任这些日子的遭遇也看得清清楚楚。这天魏明正好又撞上方主任被老婆赶出来，便好意邀请他到自己家里坐会儿。

方主任一肚子苦水全倒给了魏明。自己不是不给沈宇办事，实在是她这样不符合规矩，各项学分她都不够，怎么可能没缘由地破格留校呢？虽然学校在校医那件事上对不起她，可是这并不是她可以要挟学校的资本！

方主任说了半天，忽然想到魏明就是沈宇的导师，何不让他帮着给开导一番，说不定沈宇就想通改主意了呢！

魏明也是明白，方主任的老婆是出了名的醋坛子，沈宇认定了这个，才会搞出那些花样来。可沈宇都做到这份儿上了，还不就是豁出去了！

看着方主任着实的可怜，魏明就勉为其难地答应试着劝劝沈宇。

用方主任的话来形容中文系的人，那就是"说啥啥有理，干吗吗不会"。不过现在魏明偏偏就是仗着"说啥啥有理"这个长处，推心置腹地拉着沈宇帮她把所面临的处境里里外外分析了一个透。

说实话，沈宇对自己的所作所为到底能起到什么作用心里也没底，完全是个没办法的办法。现在让魏明一分析，更是一点底气也没有了。

她垂头丧气道:"魏老师,您说的我都明白,可我还是得留下来,没希望也要留下来。爱一个人是不惜代价的。"

这句话明显触动了魏明心底的某些东西,他不由得皱起了眉。

"我知道这关我过不去,可我就是想闯,哪怕自己头破血流,体无完肤……也许……这样能让我心里好受一些。"

魏明追问道:"你要留校,难道是为了什么人吗?"

沈宇撸开袖子,露出了左臂上的烟疤:"我为了他能注意到我,烫了一个跟他一样的烟疤,应该很疼吧,但我只记得我当时很开心。他为我放弃了中央美院第四名,却跑来上美专,就因为美专和师大在一个城市,挨得很近……结果还是因为我,和咱们学校的学生打架,被判了一年。"

"美专的……"魏明惊讶道,"难道去年师大和美专那场架……原来起因是你啊!"

沈宇点了点头:"当时我们都已经分手了,可他听到有人在背后传我的闲话,还是受不了……"

魏明不禁为沈宇的痴情所动:"原来是这样。"

沈宇一股脑儿地把自己的委屈和憧憬都倾诉给了魏明:她要等华韦林出来,和他一起生活。留校,已经成了她留住爱情的唯一途径。

魏明怎么也没有想到,沈宇这么胡搅蛮缠地要求留校,居然还有这样一层原因。他激动地向沈宇打包票道:"沈宇你听着,爱情,不是拿来牺牲的!这事儿你交给我,我要是不能帮你留校,你以后可以不认我这个老师!"

第二天,魏明敲开了方主任办公室的门,强烈要求让沈宇留校。方主任既不解又恼火,他怎么也想不到让魏明去劝沈宇不成,反倒被沈宇策反了。方主任气得起身就走。

"主任,爱情弥足珍贵啊!"

方主任不由得一愣,回过头去,却见魏明涨红了脸,眼眶已经湿润。

魏明也曾是师大有名的才子,可是却情路坎坷。当年与女朋友是情深意切,还是闪婚。可是三个月恋爱实则是在补托福,两个月新婚只为了办签证,三年等待换来的却是一纸离婚协议书。魏明为此受伤极深，现在三十出头儿了还是单身，至今师大里没有人敢在他面前提起"爱情"这两个字。而今天，魏明不仅主动提了，而且坚持要帮助沈宇实现这个伟大的爱情理想，帮她达成一个圆满的结局。

方主任并不是铁石心肠，想想天天堵在门口的沈宇，觉得这孩子也真是为了爱情不顾一切。思来想去，方主任总算是给沈宇出了个主意：现在留校的名额已经全满了，即使他有心也无力。现在只有一个办法，那就是如果有哪个有资格留校的同学放弃名额，那么沈宇可以顶上。

但是谁都知道，留校就等于留在了城市，谁会放弃这得之不易的名额呢？

思量想去，沈宇最后想到一个人。

她找到徐杰，以谢谢他这几年来对自己的照顾为由，坚持要请他吃饭。对于沈宇突如其来的热情，徐杰真是受宠若惊。

席间，当沈宇不经意地说这可能是最后一次一起吃饭时，把徐杰吓了一跳。她长吁短叹，自觉因为华韦林的事太亏欠徐杰，觉得唯有一死才能报答他对自己的感情。可是自己又拿不准主意怎么个死法……沈宇神色哀怨地说出这番话，可把徐杰吓得够呛，连声劝她千万别胡思乱想。

沈宇见徐杰还这么体贴，赶忙追问他是不是还在意自己。这种情况下徐杰除了点头还能怎么样？为了让沈宇打消那些吓人的念头，他连说自己后悔了："如果时光能倒流我肯定不会再那么自私，我肯定会挺身而出维护你的。"

沈宇见徐杰已经表了态，立刻趁热打铁："那你就再维护我一次吧。如果你把留校的名额让给我，这样我就可以在这里等华韦林出来了。"

徐杰没想到沈宇原来是惦记自己的留校名额，一脸难色。

沈宇见徐杰一言不发，便继续追问："徐杰，你不会只是说说而已吧？你不会，又让我白相信你一场吧？"

被架到这份上，徐杰说是也不是，说不是也不是，他重重地叹了口气，还是一句话没说，走掉了。

徐杰的态度让沈宇捉摸不透，不确定他这是答应了还是没答应，可又不好逼得太紧，只好又央求叶霞去问。

徐杰正心乱如麻，又见叶霞找上门来，不用问，一定是替沈宇来探听消息的。他真是既憋屈又恼火。他知道沈宇就是吃准他这点，给他戴高帽，叫他下不来台。想帮她吧，这又是关乎自己未来的大事，平白把留校名额拱手让人，哪里能叫人心甘情愿呢。可是不帮吧，沈宇为爱付出所有，他又怎么忍心看着她一个人承受这一切痛苦呢？

看到徐杰这么自怨自怜，一个大男人哭成这副德行，叶霞也是满肚子怨气："沈宇现在就是'libido'的奴隶，谁都没有责任陪着她消磨自己的未来。"

徐杰停止了抽泣，不解地看着叶霞。他原以为叶霞是沈宇派来的说客，怎么现在倒替自己说起话来了？

叶霞完全没有注意到徐杰的反应，一个人自顾自地解释道："'libido'，原欲。原欲是种需要不断满足的生物本能。现在沈宇身边没男人，于是心理上出现空洞，就想通过一件有殉道感的事情来填补。表面，是为爱拼搏，其实，是内分泌失衡。读读弗洛伊德吧，他看爱情，是透过现象直达本质的。"叶霞正为自己头头是道的分析得意不已，没想到徐杰擦了擦眼泪，反驳道："你……你说得还不够全面。"

自认熟读弗洛伊德的叶霞突然遭到徐杰抢白，立刻露出一副难以置信的表情。

"原欲，的确是种生物本能，但是由它迸发出来的能量，会产生多种效应，可以畸形发展导致变态，也可以升华为创造文化和文明的动力，我们不能因其生物本能的属性而忽略了灵性生态的哲学性。否则，如何解释你没有男人到现在却依旧淡定如斯？"一谈到理论，徐杰立刻迸发出了常人无法比拟的激情。

叶霞被徐杰的一番侃侃而谈深深地折服了，半天才讷讷地说道："我……清高嘛，爱情，就是追求完整的艺术，可我觉着自己已经很完整了。"

徐杰擦了擦眼镜戴上。"对嘛，所以爱情不是泛性论而是拥有更加深远的含义，这，才是弗洛伊德理论的精髓！"

叶霞像发现新大陆似的看着徐杰："你……你也懂弗洛伊德？"

徐杰望着她："小时候没事干，就看书咯。"

叶霞眼睛发亮地望着徐杰："弗洛伊德说，人，都有吮吸的欲望。"

徐杰也入神地回望着叶霞："他还说，你的眼睛疲倦了，累了，闭上你的眼睛。"

叶霞柔声细语:"他说,女人实在令人难以忍受,但她们依然是我们拥有的那一种类中最好的事物。"

徐杰也被她带得眼神柔和:"他还说,其实我一点都不完整,是没人让我完整,所以假装很完整。"

"如果有了你,我就完整了。"叶霞说着酥软地捉住了他的手。

徐杰被叶霞的举动震惊得呆立了半晌,忽然紧紧地抱住了她再也说不出话来。

两败俱伤

那晚索哥发现顾晓薇不对劲的时候,她已经喝得不少了。可是当那几个酒客提出再喝两打的时候,她冲着吧台里的索哥比了"两打"的手势之后,然后继续和他们调笑,那是一副无所顾忌的态度,透着莫名的古怪。

那几个酒客见她有点上道,话也说得放肆起来,其中有个穿夹克的试探地说:"要不一会儿跟我们走?"

顾晓薇的脸顿时沉了下来。

另一个穿西装的男子用手肘顶一下同伴:"你注意点儿啊,听说有人栽在过她手里的。"

不料,顾晓薇却笑得花枝乱颤:"还有人说我是体院的大学生呢,你信吗?"

夹克男伸手搂住顾晓薇的肩:"就是,哪能呀?怎么着,带你出去玩呗?"

顾晓薇轻佻地问:"耽误我工作,你出多少钱啊?"

夹克男一拍胸脯:"钱是王八蛋,你说了算。"

索哥实在看不下去,提了两打啤酒撂到桌上,一把将顾晓薇拖离了座位。

索哥把顾晓薇拉到酒吧后街冲她骂道:"你想钱想疯了你!连自己都想卖是吧?"

顾晓薇低声辩解:"他们也没说怎么着……"

索哥大骂:"你丫真不知道他们要怎么着吗?"顾晓薇不敢再顶嘴了。

旁边喝得醉醺醺的曹操两眼迷蒙地望着他们,不明所以地露出了一个诡异的笑容。

第二天上午，当宿醉过后的顾晓薇痛苦地睁开眼睛，突然发现胡子拉碴的曹操紧坐在她床前，像看猎物一样死死盯着她。她惊得低呼了一声拉着被子挡住胸，一下蹲坐起来大叫："你干吗？"

曹操从怀里掏出两张百元大钞，凑近顾晓薇："买你一次，好不好？""啪！"顾晓薇气得一耳光抽过去，顿时在他脸上留下了五指印。而曹操摸摸脸，反倒咧嘴笑了。顾晓薇暗暗有点担心，这家伙不会被自己打傻了吧？

曹操点点头说："对了嘛，我就说你没那么容易豁出去。"

顾晓薇一听这，不乐意道："你什么意思啊？"

曹操并没有接她的话头，只是把凳子往后挪了挪，开始向顾晓薇诉说起自己的往事。原来曹操当初也是有个美满家庭的，而且他还是一家知名银行的高管，事业有成。只不过他为了家人不惜违规贷款，结果因此吃了官司，老婆和他离婚，还禁止他对孩子的探望，一个曾经甜蜜的家闹了个分崩离析。

讲完自己的故事，他问顾晓薇："你白天卖货晚上卖酒，拼命挣钱省吃俭用，是不是觉得自己很有殉道感？"

一句话问得顾晓薇一个激灵，像是被洞悉了心底最深处的秘密一样。

曹操了然地苦笑道："但是，别觉得因为爱就可以丧失底线，这只会让爱变得不再珍贵。我就是前车之鉴。"

曹操的话让顾晓薇感同身受，她也在迷茫，自己这么拼到底能得到什么？

但是，有一点毋庸置疑。她终于清醒地意识到，底线对于自己是何等的珍贵。

沈宇没有等到徐杰的回复，却等来了爸爸的电话。沈父兴高采烈地告诉沈宇，他们帮她在政法委宣传部找的那个工作成了！按理说这是个好消息，却让沈宇更加不知所措了。

她深知这样的工作岗位来之不易，爸妈不定费了多少心，花了多少钱，如果自己不回去实在对不住他们。可是要回去的话，华韦林怎么办？但是如果留下来，自己没有留校的名额，连生活可能都有问题。

沈宇想来想去，只有把顾晓薇哄回家去，消除掉这个最大的威胁，她才有机会腾出手来解决自己的去留问题。

沈宇把顾劲松两口子吵架的事告诉了顾晓薇，拐着弯地提醒她应该回去。然而顾晓薇却像是听到别人家的事一样，反应漠然。反倒是听沈宇说没能留校，又不想回家的时候，她没头没脑地甩出一句："你退出吧。"

沈宇一愣。

顾晓薇昂然说道："我看不起你，就那点过家家的能耐，你争什么呀跟我？大好前程你敢不要吗？陪个坐过牢的喝西北风，你挺得住吗？告诉你，华韦林你等不起！"

沈宇的火腾地蹿起来。顾晓薇继续睨着沈宇说道："甭跟这儿急，抽我你也不是个儿！"沈宇恨恨地咬牙望着她，然而顾晓薇的话句句切中她的要害。要和华韦林艰苦奋斗她没信心、没能力，要和顾晓薇单挑她又不是人家的对手。

沈宇憋了一肚子气回来，叶霞也不知道跑到哪里去了。她邪火顶上来，索性一不做二不休，既然顾晓薇自己不愿意回去，那就谁也别想好过，大家一起完蛋好了！

沈宇迅速写了封匿名信寄给顾家，告知了顾晓薇现在的详细地址。她相信，只要顾家收到信一定会把顾晓薇抓回去，她回家去那什么宣传部上班，到时候，谁也别想等华韦林了！

沈宇从来也没有做过这种亏心事，把信寄出去了心里却更加忐忑，连叶霞和徐杰迎面走过来都没有发觉。

还是徐杰叫住沈宇："沈宇，我决定把名额让给你了，你可以留校了。"

沈宇一怔，不敢置信地看看徐杰，又看看叶霞。

徐杰挠挠头："你别误会我没那么伟大，我只是，找到了真正的感情归宿。"

沈宇一脸不解地看叶霞。

叶霞不好意思地说："我跟他……咳，好上了，我们决定一起回云景。"

这个突如其来的消息一时间让沈宇无法接受，她完全不知说什么好："你们……呵，我……真没想到。真挺好的……我祝福你们。"说完心乱如麻地走了。

回到宿舍，叶霞凑到沈宇跟前，难为情地道歉，沈宇却强装镇定说得感谢徐杰的名额。

叶霞还不了解她？"行了吧，女生可以不喜欢这男生，但是男生不能不喜欢她，就你这小阴暗面我还看不出来？"

沈宇被识破伪装，叹息道："我现在也会装了，这是成熟了吗？还假装祝福你们，怎么就见不得人家好呢？"

叶霞笑着抱住她的肩说："切，要不是难题迎刃而解，你恨不得大家一起完蛋才好呢。"

叶霞的话突然让沈宇想起她写的那封信，她惊慌地说："我给顾晓薇的爸爸写了封信，把她的地址告诉他了！"

叶霞愣在那。沈宇急得都要哭了："我以为不能留校了，就想着让她爸来抓她，谁也等不着华韦林好了！我使什么坏啊，她也对韦林挺好的……"

叶霞真是气不打一处来："沈宇，这窗口离地24米，你自个儿跳下去算了！"

这会儿也不是指责谁的时候，叶霞急忙叫上徐杰和沈宇坐最早的火车回云景。他们盘算着，沈宇寄的是平信，从省城到云景得两天，他们坐火车一定能提前到。只要在邮递员把信交给顾家之前截住，就可以当什么也没有发生过。

三个人马不停蹄地赶到云景，潜伏在顾家门口附近等邮递员。

就在他们心焦不已的时候，终于看到邮递员到顾家门口取出了平信，沈宇一下蹿出来说："把信给我吧！"

没想到邮递员不仅不给她信，还问她是谁。这邮递员认得顾家的人，他确定沈宇根本就不是这家的。

沈宇见引起了邮递员的怀疑，东拉西扯地转移着邮递员的注意力。趁他们在那问来问去，叶霞突然袭击，直接从邮递员手里抢走了信件。

邮递员大喊着："有人抢信！"追了上来，沈宇、叶霞和徐杰更加慌不择路。

这片本来就离着玩具厂的家属院近，没跑出多远，迎面就遇上了沈家爸妈。她看到爸妈话也没有一句，只顾玩命地跑。看着沈宇这会儿突然出现在这里，沈家爸妈也不知道出了什么事，啥也不顾地追了上去。

他们没跑多远，顾家爸妈坐车过来了，邮递员扯着嗓子喊："顾书记，有人冒充你家人抢了你的信！"一听这个，顾劲松连忙让司机小陈调头去追！

叶霞把信塞给沈宇："你拿上信快跑，我们去引开他们！"三个人分成两路跑掉。

沈宇一跑，沈家爸妈继续向她追过去。而小陈把车一下横在叶霞、徐杰二人前面，将他们拦住。叶霞见顾家爸妈都下来了，只好和徐杰停下。

沈宇慌里慌张地跑着，回头看的时候脚下一绊，结果把信掉了。她想回去拿，看到小陈正快速追过来，无奈之下她只好先跑了，信却被小陈捡了去。

叶霞和徐杰被顾家爸妈带回家，没追上沈宇的沈家爸妈也赶来，很奇怪他们平白无故为什么要抢信？

叶霞和徐杰扯了个不着边的谎，说是为了集邮。沈妈妈几乎要被气笑："那你们是专跑回来搜集邮票的？说得过去吗？"叶霞还强撑说："说得过去的。"

顾劲松一拍桌子把两个孩子吓得一愣，他厉声说："你们面对的，是一个干了几十年政法工作的人，剩下的，不用我提醒了吧？"顾劲松不怒自威，叶霞和徐杰的冷汗都被吓出来了。

这时小陈拿信回来了，叶霞一看："全完了！"

顾爸爸打开信一看，又惊又喜地叫着顾妈妈："你来，快来，顾晓薇在省城，就在省城！信上有详细地址！"

顾妈妈急步走过来接过信纸看，果然如此。

顾爸爸马上问叶霞、徐杰："你们为什么要截这份匿名信？这到底是怎么回事？"

叶霞本就心虚，被严厉之极的顾爸爸一吓就哭了："华韦林坐牢了呜呜……年前他就出来，沈宇和顾晓薇都在等他。呜呜……"

沈爸爸闻言惊愕地问："华韦林？"

叶霞边哭边说："沈宇以为留校没希望了，呜呜……所以心态不平衡就写了这封信，想让你把顾晓薇抓回来，呜呜……事情太寸了！她刚把信寄出去，留校的事就办下来了，她良心发现后悔莫及，所以就跟我们一起来截信，呜呜呜……"

事情居然是这样，沈、顾两家爸妈面面相觑，都是一脸惊讶。

二话不说，沈、顾两家决定马上到省城去找沈宇和顾晓薇，无论如何不能让她们和华韦林在一起。

沈妈妈叹息着一直以为沈宇是多么乖巧的孩子，谁能想到她差点和罪犯跑了！沈爸爸也才明白为什么告诉沈宇工作的事落实了她也没有个高兴的意思。

顾妈妈埋怨老伴没有真心找孩子，不然这么近早该找到了。顾劲松心急如焚，直说等找到顾晓薇，顾妈妈想怎么怨他怎么打他都行。

前面的大人们又叹息又争吵，缩在后面的叶霞闷声地自我排解不是主动叛变，是被严刑逼供，徐杰安慰地拍拍她的手。

沈爸爸听到叶霞的碎碎念回头，恰好看到徐杰的小动作，顿时发觉不对头。徐杰受惊似的放开叶霞的手，但还是坦诚自己已经从沈宇的"男朋友"移情别恋成了叶霞的男朋友。沈爸爸当时气得就要揍徐杰！

这都是一群什么孩子啊！当长辈的实在没办法理解！

伤 人

成功独自逃脱的沈宇火急火燎地赶回省城,气喘吁吁地闯进顾晓薇的宿舍:"顾晓薇!"

顾晓薇正数着自己的积蓄,为华韦林出狱做准备,沈宇突然跑进来,她匆匆把钱藏在枕下。

沈宇急迫地对顾晓薇说:"我怀疑你爸会找到这里,你赶紧换个地方躲起来。"

顾晓薇看沈宇的样子就认定她在耍花样,恼火地问:"沈宇,要么你就把我弄林子里乱刀捅死再分尸埋了得了。玩这种小猫腻有意思吗?我躲哪儿我也等得到华韦林。"

沈宇急得跺脚:"你想什么呐?你爸真会找来的!"

顾晓薇当然不信:"我每次给家里写信都用不同城市的邮戳,他怎么找?除非你出卖我。"

"我……"沈宇哭丧着脸承认,"我是出卖你了。"

顾晓薇鄙视地说:"沈宇同学,虽然咱俩不对付,但我还不至于怀疑你的人品。"

沈宇急了,大声地说:"我真出卖你了!我肠子都悔青了!都快疯了!你看我像在骗你吗?"

看着她真急了,顾晓薇顿时就愣住了……

就在这时顾、沈两家爸妈已经到了省城,顾劲松通过政法系统的关系确定了地址,和大家急匆匆地赶来。

沈宇急着让顾晓薇离开，可是顾晓薇一定要带上那些没卖的货，这可是她和华韦林日后的经济来源。两个人好不容易收拾完，一起背着大编织袋沿着胡同往外急走，结果正好看到自己的爸妈从岔口匆匆过来，两相照面，都不由得站住了脚。

"晓薇……"

"宇宇？"

沈宇和顾晓薇被彻底地堵了个正着。

一堆人回到顾晓薇的临时宿舍，沈家和顾家各自批评着自己家的孩子，七嘴八舌吵得不可开交。盛夏的阳光从窗口斜射进来，被他们来来往往的身影挡住，形成一片一片的黑影。

两家家长有一条观点是一致的：不管是沈宇还是顾晓薇，都不可能和华韦林在一起，更不能为了这个坐过牢的人牺牲自己的未来。

顾晓薇一贯叛逆，冷漠地对父母说自己在省城自食其力，追求真爱，不用他们管。顾劲松是政法委书记，女儿在酒吧卖酒，她不以为耻反以为荣，这让他怒火三丈。看到这父女俩又要顶起来，好不容易找到女儿的顾妈妈急着劝他们。

顾晓薇已经铁了心不会回去，不管是妈妈拿孩子来劝她，还是爸爸骂她六亲不认，这都不能让她改变主意。

沈家这边，爸妈虽然对沈宇争取到留校的机会表示认可，可是沈宇是为了华韦林这个动机实在是让他们头痛。

华韦林被两家父母嫌弃的原因不过是因为他坐过牢，顾晓薇认定了华韦林走到今天，自己的爸爸是罪魁祸首，而沈宇认为华韦林是为自己出头才会入狱，坚持要等他，坚信两个人可以自食其力。

其实沈宇和顾晓薇都很清楚，她们谁也不可能回去。沈宇好不容易取得了留校的资格，打死也不回。顾晓薇知道只要自己一走就便宜了沈宇，这么多年都熬过来了，想让她回家更是门儿也没有。

眼看着两个孩子都是歪理一大堆，听不进一句劝，顾劲松一怒之下端出家长作风："就一句话，顾晓薇必须马上回家！"

顾晓薇就四个字："我不回去！"

两个孩子都很拧，顾妈妈拉着女儿的手求着："晓薇，你就体谅体谅我们做家长的行不行？"顾晓薇狠狠地甩开妈妈的手："我就不回去！"顾劲松咆哮起来："这事由不得你，你现在就跟我走！"顾晓薇大声顶撞道："你想都甭想，有本事你打死我。"

顾劲松暴跳如雷，抓起晓薇的胳膊往外拖："你给我走——"顾晓薇奋力挣扎着，死死地扒着床栏大叫："放开！你放开我！"顾妈妈见老伴一时拖不动顾晓薇，上来帮忙，却被小兽般闷吼着的顾晓薇拱着身子顶开！

顾劲松转向一边的沈爸爸求助："老沈！你帮我一把啊！"

沈爸爸慌忙上前，见此情景，顾晓薇深知自己一个争不过他们三个人，她猛地挣脱开爸爸，跟跄着撞到窗台边。她瞥见窗台上插着花的空酒瓶，不假思索抄过一只砸在墙上，"咣"的一声瓶子碎了一半，握在她手里的半截碎刃参差锋利！

顾晓薇猛地回身，威胁性地举着碎瓶子冲爸爸大喝着："谁都别……"话音未落，扑上来的顾劲松正顶到跟前，酒瓶碎尖当即扎进他的腹部。

顾劲松闷哼一声后退一步捂住肚子，随即，便有血从指缝间流了出来。他缓缓地抬头，悲切地望着自己的亲生女儿。

顾晓薇握着半截酒瓶，看到一颗老泪从父亲的眼中涌出，整个人都傻了。"当"的一声，顾晓薇手里的碎酒瓶在地上摔了个粉碎！

顾劲松喘息着，凄惨地叫了声："晓薇啊……"顾妈妈惊得大叫了一声："老顾！"扑了过来！

还是沈爸爸先反应过来打了120，很快顾劲松被送到医院进行手术。

幸好没有伤到内脏，只是伤口复杂，他的精神状况也很差。术后顾劲松被送回病房，他依然在麻醉中沉睡，顾妈妈一直握着他的手，一言不发。

沈家爸妈劝了几句顾妈妈，见她只是呆呆的，沈妈妈拉拉沈爸爸退了出来。

他们一走，大颗的眼泪就从顾妈妈的眼里涌出来，她伏到老伴身上哭诉，"是我错了，都是我错了！她不是咱们的女儿啊，她谁也不认了，连自己都不珍惜了！你比我明白，你比我更伤心啊！我还和你闹，是我错了！我不会让你一个人的……"

沈家爸妈在楼梯口商量着沈宇怎么办，一想到顾晓薇亲手伤了自己的爸爸，同样为人父母的沈家爸妈又惊又吓，止不住地哆嗦。

沈宇原来一直看着那么乖，实际上却做出这么多他们根本想也想不到的事情，他们根本无法预料沈宇会不会像顾晓薇一样做出出格的事！商量了半天，沈家爸妈在医院的院子里找到和叶霞、徐杰在一起的沈宇："宇宇，爸妈管你是担心你吃亏，可谁都是吃亏以后才长大的。你是大人了，你的事情自己可以决定，爸妈不过多地干涉你。只是你要明白，你自己选择的，不管以后面对什么，都不要后悔。还有，留校也挺好的，放假的时候回家啊！"

突然变得开明体谅的爸妈让沈宇意外极了，可是看着两位老人相互扶持离开的背影，她突然伏到叶霞的身上大哭了起来。自己这样做，实在是伤了爸妈的心啊！

沈家爸妈在医院门口墙角看到呆呆蹲在地上的顾晓薇，沈爸爸不忍地劝道："不放心还是进去看看吧，怎么说，他也是你爸爸呢！"

顾晓薇怎么可能不担心？犹豫半天，她走到病房门口，探头看了眼里面，轻轻地推开门，怯怯地走到妈妈身边，低声地叫了句："妈！"

顾妈妈缓缓回头，缓缓站起，突然狠狠地给了顾晓薇一个耳光，把顾晓薇一下子打得摔倒在地。

顾晓薇捂着脸抬头望着妈妈，顾妈妈冷漠地瞥了她一眼，缓缓回身坐下，拉着老伴的手一言不发，就像屋里根本没有顾晓薇这个人一样。

顾晓薇嘴唇哆嗦着挣扎着从地上爬起，踉跄地走了出去。

她全身冰凉，像个游魂一样走在街上，人来车往，所有人都面无表情而脚步匆匆，整个世界都在忙碌，只有她不知道自己是什么，又该去往何方！

"吱！"一辆车紧急刹在她跟前，司机气急败坏地探出头来吼道："找死啊！"

顾晓薇缓缓扭头看着他，突然尖叫起来："有种你撞死我！"

司机吓了一跳，骂着精神病绕过她走了。

"有本事你轧死我——"顾晓薇冲着开走的轿车大吼了一句，随即抱着头无力地蹲下身子，在往来交错的车流中号啕大哭……

她折腾了这么多是为了报复爸爸，现在，他差点死在她的手上，她不仅没得到报复后的快感，反而发现，自己和家人都已经是遍体鳞伤、肝肠寸断！

闹到这种程度，沈宇和顾晓薇最终成功地留在了省城。转眼到了华韦林刑满的日子。顾晓薇和沈宇约好一起去接华韦林，公平竞争。

顾晓薇想，为了他我都和家里彻底决裂了，你有脸抢，我更不会放弃。

沈宇想，为他我都留校了，不抢我就亏了！

第二天，两个人精心装扮、费心准备礼物，齐齐守候在监狱外面。可是从上午等到下午，一直也没有见华韦林出来。不得已她们拦住一名警员问询，这才知道华韦林一早就走了！

她们，根本就没能遇到他；而他，也根本没打算让她们看到。

华韦林在一年之后，就这样从她们眼皮底下消失了！

沈宇百思不得其解，华韦林为什么会躲着不见她们，她非拉着正在热恋中的叶霞和徐杰来分析。

话虽如此，她却自个儿在那想当然地分析着："我觉得华韦林是个很有主见的人，他猜到我们两个会一起来，这样就会出现让他二选一的情况，他不忍伤害我们。"

叶霞和徐杰无奈地看看沈宇，无奈地互相看看，无奈地叹息。

沈宇以为自己没说明白，马上又进行了补充："你看，那会儿他跟我说，不就一年吗？这不就是要我等他。但是顾晓薇呢，其实为他付出也挺多的，是吧？这样让他选，太让他为难了！"

叶霞和徐杰又无奈地互相看看，没说话。

"我知道怎么去找他的，但是我不告诉顾晓薇！我猜华韦林……"沈宇觉得自己越分析越对路了，一时半会儿截不住话的趋势。

两名听众先后打起哈欠，却没有回应一句。

终于沈宇觉得情况不对，哀求地拉着叶霞的手说："你们别不理我啊，你们得管管我啊！"

叶霞叹了口气说："沈宇，你总有一天得自己拿主意吧？"

沈宇愣住，缓缓地放开了拉着叶霞的手，无助地低下了头。

原来，她已经不再是叶霞最关心的人了，她的事必须要自己来判断来处理了！

都是输家

华韦林的失踪让顾晓薇失魂落魄,酒也不卖了。

无独有偶,她也认为华韦林是不忍伤害她和沈宇任何一个,才会躲起来。她同样认为,自己绝对能够找到华韦林,但是她绝对不会告诉沈宇。然而,当顾晓薇和沈宇同时出现在华韦林的辅导老师面前时,她们才知道,她们想到找华韦林的办法,原来是一样的。

开始辅导老师坚称并不知道华韦林在哪里,却经不住两个女孩的软磨硬泡,终于说出了华韦林的下落。

沈宇和顾晓薇按老师的指点找到了华韦林暂时落脚的小旅馆,华韦林正好迎面走出来。这小旅馆住的大多是民工之类的闲散人员,又脏又乱,气味冲鼻。只有穿着白衬衣的华韦林在来往穿梭的人群中特有一股鹤立鸡群的出众气质。

一年没能见面,沈宇和顾晓薇都很激动。然而华韦林冷冷的几句话语登时就把她们的热情浇灭了:"老师正帮我联系工作呢,我可以自食其力,以后,你们不要再来找我了!"

她们等了一年,找了好多天,争来争去,结果,他却两个都没有选!

沈宇怯怯地叫了一声:"韦林?"

刚刚还面容冷峻的华韦林却突然暴发,指着沈宇大声吼着:"你这个扫把星,我沾上你就倒霉,我怕了你了还不行吗?我都这样了,求你放过我行吗!"他又转向顾晓薇说,"顾晓薇,我一看到你就觉着欠了你的,就觉着你现在这样都是因为我,我承担不起,只会被压死,明白吗?"

沈宇和顾晓薇都被他这个样子吓到了,目瞪口呆地说不出话来。

华韦林吁了口气，调整了下情绪，冷淡地说："接下去我会挺忙的，我得奔生活，就让我清静一点儿行吗？"说完，华韦林甩下呆若木鸡的沈宇和顾晓薇，自顾自地走开了。

她们谁也没有放弃华韦林，可现在华韦林放弃了她们。

顾晓薇想了两天，决定辞掉酒吧的工作。肥哥和索哥都有些不明所以，而她只是说自己要换个方式生活。在索哥他们的再三追问下，顾晓薇才吐露了自己的真实想法：华韦林说觉得欠了她的，实际上是觉得她辛苦，担心她。她决定用自己攒下的三万块钱开个小店，证明自己完全可以轻松地生活，这样他就不会再有压力了。

索哥担心地问："你确定他是这么想的？"

顾晓薇笑意浅浅："不确定，可我想赌一把看。"不赌，她怎么可能甘心！胜负还没分呢！

沈宇没有顾晓薇见过世面，当华韦林说让她走的时候，她就已经崩溃了。既然如此，她还留校做什么？她去找徐杰和叶霞，坚持要把留校的名额还给他。徐杰不知道沈宇又要搞什么鬼，抱着叶霞坚决不肯收。

沈宇又跑去找魏明，让他把名额收回。魏明被沈宇这种出尔反尔的态度气得够呛。她当留校这事是过家家吗？这不耍着校领导玩吗？而沈宇振振有词地说留校是为了华韦林，现在华韦林不要她了，留校已经没有任何意义了。

魏明真是恨死这丫头了！可事到如今他只能耐着性子问沈宇到底发生了什么事。姜还是老的辣，几句话下来他就把来龙去脉摸得差不多了，华韦林肯定是不想连累沈宇。

按照他的分析：华韦林是刑满释放人员，他没有自信能给沈宇幸福，更怕如果他做不到，沈宇会对他失去信心。现在推开沈宇，至少彼此不会受到更深的伤害。魏明帮沈宇分析完又提醒她："留不留校你自己看着办。留校，不见得就能促合你跟华韦林，但不留，你肯定伤害了方主任和我对你的关心。何去何从，一切都只管问你自己好了。"

沈宇听了魏明的一席话，若有所思地点点头。

华韦林再看到顾晓薇的时候，很是意外。顾晓薇故作轻松，自顾自地向华韦林描绘她对日后生活的美好蓝图：自力更生做个小老板，努力过上积极阳光的生活，这种生活是属于她的，也可以属于他！她满怀期望地看着华韦林："我们在一起吧？"

华韦林为难地望着她。

顾晓薇还是不明白。为什么她越是竭尽全力地为华韦林准备好了一切，却越会让华韦林感受到沉重的压力！因为她总是一厢情愿地打着为华韦林着想的旗号做事，而这些根本不是华韦林期望的生活。

"华韦林！"

就在他们相对无言的时候，沈宇突然大叫着跑来，二话不说直接扑进华韦林的怀里，哭得梨花带雨，对他又是骂又是捶，怪他用狠话骗她，怪他差点让她放弃他！她紧紧地抱住他撒娇道："我不管我不管，我就是爱你，就是要和你在一起。你忍心让我一个人吗？你就得和我在一起！"

顾晓薇看着完全不顾形象的沈宇无赖地在华韦林怀里折腾，不禁鄙视地皱起眉头。

华韦林任她骂任她打，心疼地替她擦着眼泪："哭成这样，多没出息。"

沈宇旁若无人地耍着赖："我不管我不管，我就这点出息！你就不能甩了我！我就要跟你在一起！呜呜呜……"

华韦林抱住沈宇哄着："好好好，我错了，我们在一起，我跟你在一起……"

"嗡——"听到这句，顾晓薇顿时五雷轰顶。

沈宇还在哭："我不相信你，你糊弄我！呜呜……"

华韦林哄着她，柔声道："我不糊弄你，我就跟你在一起，永远都不分开，啊，别哭了……"

沈宇抱紧华韦林哭得上气不接下气。他抱着沈宇，轻轻地拍抚着她的背。

顾晓薇望着他们，她就在他们身边不过两步之遥，可是她却被隔在了他们的世界之外！

很多次顾晓薇也想过，华韦林到底是喜欢她们两个当中的哪一个更多一些，她要怎么做才能让华韦林只看到自己。此时她才明白，华韦林能看到自己只是因为自己一直在他的世界里胡搅蛮缠，他是被迫关注着她；而沈宇，只需要一把眼泪就可以抹杀掉她所有的努力！

突然，沈宇和华韦林意识到顾晓薇还站在面前，猛地分开身子。

他们六目相对，却不知道说什么。

顾晓薇很艰难地挤出了一个微笑："呵……就这么简单？"

华韦林为难地说："晓薇……"

顾晓薇勉强笑着连连摆手："别别别，你们继续，继续！挺煽情的。"

华韦林艰难地说："晓薇，我……对不起！"他握紧沈宇的手，"我爱的，是她。"

顾晓薇重重地点了点头："我知道，看出来了，胜负分出来了！本来就是公平竞争嘛，这样不挺好的吗？"

沈宇刚想说什么，却被顾晓薇厉声打断："闭嘴！"

华韦林和沈宇虽然愧疚不忍，却紧紧地握住了彼此的手。

华韦林的世界，原来根本没有顾晓薇的位置。华韦林想要的，原来根本不是顾晓薇。顾晓薇突然觉得好累，有气无力地和他们礼貌道别，匆匆而去。

顾晓薇回到酒吧第一件事就是要求继续卖酒，而且是要长期驻扎酒吧，跟着索哥混。索哥对这几天她一出一出的幺蛾子看得清楚，就是不同意，她死皮赖脸软磨硬泡。

索哥冷冷地问："我不明白啊，顾晓薇，是什么让你忽然变得这么没皮没脸了呢？"

顾晓薇低着头闷声说："女人没皮没脸的时候，就是孤单了。"

索哥眉头挑了一下，端详顾晓薇。

顾晓薇自嘲地笑了笑："呵，为了爱情我让自己尽量变得坚强，我也觉得坚强！挺牛的！谁知道一场眼泪就把我打败了，败得一点真实感都没有……"

她抬起脸问索哥："有意思吧？坚强了就不会哭了！结果，爱情就因为我坚强，放弃我了，走了！"

她想笑笑，可是脸上的肌肉却不住地抽搐着，表情比哭还难看："他觉得我经得起孤单，其实，我害怕得要命。"

与沈宇这场争斗，她败了，从始至终都是败的，彻底败了！她败给了自己，一切，只是她唱的一场独角戏。华韦林和沈宇,也许连观众都算不上!

顾晓薇情场失意,偏偏灯红酒绿的酒吧里天天都有红男绿女上演着五花八门的恩爱秀。

那天晚上,她在酒吧看到一对情侣旁若无人地拥吻在一起,顾晓薇一股邪火上涌,悄悄把一个从曹操那拿来的玩具蟑螂丢到那女人的椅子上,结果引得那女人一阵乱叫。顾晓薇幸灾乐祸地欣赏着那对炸毛的情侣,却不留神被椅子绊倒,手里托的鸡尾酒一下子全洒在了身边一个西装男人身上。

那个四十岁上下的男人气宇不凡,衣着光鲜,但是眉头紧锁,似乎有什么心事。他低头看着弄湿的衣服,更皱紧了眉头。

"对不起,对不起……我帮你擦……"顾晓薇手忙脚乱地抽出桌上的餐巾纸要帮那男人擦拭,不料对方极为戒防地伸手阻挡,正抵在她的胸上。

顾晓薇立刻不依不饶地大闹起来:"你干什么?"

西装男人顿了一下,立刻移开了手,一脸冷峻道:"没事的,你走吧。"

顾晓薇指了指他衣服上的酒渍:"那这个……"

西装男人却皱着眉,掏出钱包抽出两百块钱扔在托盘上,扭头走掉了。顾晓薇那个气啊,她原本挺不好意思弄脏了人家的衣服,这个男的是用钱打发她吗?西装男人出了酒吧,径直向停在街边的一辆奔驰车走去。刚打开车门,便见顾晓薇捏着那两百块钱气势汹汹地追了上来。

顾晓薇一把拽住西装男人的胳膊:"哎!钱多了不起啊?"

不等西装男人反应,顾晓薇就将两百块钱插在了他的腰带扣上。"这两百,还你!"她又从兜里掏出两百块钱,挥了挥,也插在男人的腰带上,"这两百,拿去干洗衬衫。"

西装男人皱起眉头看顾晓薇:"何必?"

顾晓薇一拍他的肩:"滚蛋。"

西装男人的目光变得有些探究,唇角微挑:"何必把自己弄得跟刺猬一样?"

顾晓薇挑衅地抬起下巴:"本官天生就这么牛气,怎么着吧?"

西装男人没答话，从腰带里抽出那四张百元钞，整理好，对着顾晓薇挥了挥，无声地笑了笑，转身坐进车里走了。

原本以为这不过是生活中的一个小插曲，过去就结束了，但是让顾晓薇没想到这一杯酒，就这样把一个男人拉进了她的生活，甚至拉进了她的生命。

没几天，顾晓薇又在酒吧昏暗的灯光下发现了那个西装男人的身影。不过这回和他坐一起的还有一位年轻女子。顾晓薇止不住好奇地猜想这两个人会是什么关系，不时地看向他们。

这两个人之间不算亲近，但是又不很疏远。那男人和这女子说话的时候，还时不时地看向顾晓薇这边。顾晓薇琢磨着，那天她那么豪爽开朗，会不会让这男人看上了自己啊？

曹操却认为这不过是顾晓薇自恋产生的错觉，他和顾晓薇打赌，不是那男人喜欢上了顾晓薇，而是顾晓薇看中了那男人。

为了印证自己的观点，顾晓薇一把掀掉开衫，只穿着露肩筒裙，端了几杯酒向西装男人那边的卡座走去，脸上还堆上了暧昧的笑容。

刚待她走近，一直低着头的西装男人忽然抄起桌上的饮料，猛地蹲身往斜刺里泼去，顾晓薇躲闪不及，被正泼了一脸。顾晓薇还来不及反应，那男人身边的女子便闪电般交错过她，一把将斜对面卡座的一个眼镜男扑倒在地，死死按住了对方拿着相机的那只手！

女子从怀里掏出一个警官证，对眼镜男喝道："别动，我是警察！"

顾晓薇顾不上擦掉脸上滴着的酒水，瞠目结舌地望着他们。这是什么情况？

很快酒吧里的骚动就平静了下来，警察带走了眼镜男，西装男也跟着一起离开。顾晓薇那个气啊，这算怎么回事？她气冲冲地也跟着出了酒吧。死守在派出所外面。等那西装男一出来，她上去"啪"地便是一记耳光。

顾晓薇气势汹汹："酒泼我脸上，一句对不起都没有？"

西装男人捂着脸皱下眉，认出是顾晓薇，竟然顺从地道歉道："对不起。"

顾晓薇一仰头："晚了！你弄花我妆，弄脏我衣服了……染色了看到没有？洗不掉！"

西装男人依然不急不恼："如果你觉得受到冒犯的话，我可以赔你钱。"

顾晓薇皱起眉头："喂，除了钱你还有什么？我就那么被瞧不起吗？当众被泼酒、赌输了赖都赖不掉，我很没面子啊！"

西装男人挑挑眉："什么？赌输了？"

顾晓薇察觉自己说溜嘴了："我……算了，跟你这种人也说不明白。"

"那好，再见。"西装男人转身便拉开车门进了车里。

"你去死吧！"听着汽车发动机的轰鸣声，顾晓薇怒火中烧，对着车身"砰"地就一拳！"啊哟……嗤……"她抱着砸车的手龇牙咧嘴地猫下腰。

西装男人忙下车赶到顾晓薇身边，询问道："怎么了？姑娘？"

顾晓薇抱着手没好气地嚷嚷道："你这车铁打的呀？"

西装男人笑了："姑娘，车都是铁打的。"

看顾晓薇这一下子手伤得不轻，西装男人很有风度地陪她到医院包扎，还送她回了宿舍。

他主动向顾晓薇自我介绍道："我叫朱铁四，是家实体企业的老板。今天晚上那男的是个私家侦探，当时那杯酒是想泼他的，结果你正巧走了过来。抱歉。"

顾晓薇好奇心立刻被激了起来："私家侦探？搞婚外情被老婆察觉了吧？"

朱铁四平静地望着她："要说没有，你信吗？"

顾晓薇撇撇嘴："关我屁事？"

朱铁四也不管顾晓薇愿不愿意听，说起了自己的往事。他年轻的时候有野心，觉得可以为事业牺牲一切，为此特意与一位高官的女儿结了婚。然而，没有爱情的婚姻很骨感，他希望可以不伤大雅地和平分手。这次的私家侦探就是他太太安排的，希望可以捉到他有外遇，这样在离婚的时候，他就会成为过错方被净身出户。

下车的时候，顾晓薇奇怪地问："为什么要跟我说这些？"

朱铁四笑笑说："我年轻时候也跟你似的，浑身长刺，很长时间我都不明白，自己为什么会那样，后来懂了，缺爱。没有感情就没有温暖，没有温暖才会故作强悍。所以，趁着年轻别混别挑也别嘴刁，见着有感觉的尽快恋爱，甭管结果成不成……

过来人的忠告……"

朱铁四的一番肺腑之言，悄然触动了顾晓薇的心事。她沉默了片刻，却又故作抵触地骂道："去你大爷的，装什么老成。"

朱铁四笑了笑，冲她摆了摆手，转身上车走了。

叶霞怀孕了，和众多的孕妇一样，出现了各种奇怪的口味，徐杰特意带着她回学校食堂来"怀旧"，正好约了老朋友沈宇，一起叙叙旧。

沈宇很惊喜叶霞居然要做妈妈了，立刻好奇地讨教起了生育经："怎么发现的？"叶霞边吃边说，例假不来，贪睡尿频，胃里还反酸，吃什么都想吐。沈宇听得心里一咯噔，因为最近她也出现了这些反应，难道……

真是怕什么来什么！沈宇悄悄去检查，结果证明她确实怀孕了。

她立刻不知所措了，就在往医院外头走的时候，她迎面遇上了到医院复诊的顾晓薇和朱铁四，顾晓薇随口介绍道："老朱，上回那个肇事司机，带我来复查。"

沈宇这会儿正为意外怀孕的事着急上火，哪儿顾得上其他的啊。

反倒是顾晓薇让她眼前一亮。顾晓薇可是生过孩子的啊，但是看她的身材，谁也不会相信。现在沈宇最好奇的就是，顾晓薇生完孩子怎么还能保持身材这么好！于是她死皮赖脸地要请顾晓薇喝咖啡，说以后要和平共处。

在咖啡馆，沈宇拐弯抹角地替"同事"打听这打听那，然而顾晓薇从打沈宇邀请自己喝咖啡起，就猜到了个八九不离十："什么同事怀孕，是你怀孕了吧？"

沈宇本来挺不好意思承认的，这会儿被顾晓薇直截了当地揭穿，便嗔怒抱怨道："都是他啦，要个没够，安全措施也没有做好！"看着沈宇那副爱意娇嗔的样子，顾晓薇心里的火不打一处来。这哪是咨询，这分明就是显摆啊！

趁沈宇去厕所的空当，顾晓薇给朱铁四拨了个电话，让他开着大奔来接她们。

当走出咖啡馆看到停在门口的奔驰的时候，沈宇就有点蒙，顾晓薇则大大咧咧地拉她上了车。顾晓薇在车上还假模假式地"埋怨"朱铁四："你工作这么忙，干吗还要专门跑来接我们一趟，沈宇又不是什么外人，聊完了各自打车回去就是了嘛！不是我说你啊老朱，你挺大一老板，总是放下工作溜出来陪我，让手下人看到了不好。

我知道你是体贴我，可有些方面真没必要，万一耽误了什么大事，我不就成罪人啦？"

沈宇目瞪口呆地看着顾晓薇话里带刺地挤对朱铁四。然而朱铁四似乎对此毫不介意，边开车边轻描淡写地回应道："我知错了，以后改，还不行吗？"这乖巧劲，完全是被驯服的贴心好男人。

沈宇掩藏不住好奇之心，小心翼翼地探询道："晓薇，你不是说，他是肇事司机吗？"顾晓薇故作云淡风轻："车祸情缘，不行吗？"

送走了沈宇，朱铁四本以为今天的事就算完了，却没想到顾晓薇忽然幽幽道："老朱，我想去你家。"

朱铁四犹豫了下，开车带她到了一个公寓。他坦诚这是自己在公司旁边的临时住所，自己的婚姻正处于敏感时期，带个陌生女子回家不方便。

顾晓薇在朱铁四的住所里参观了一圈，然后走到他面前，说："抱我。"朱铁四不由得一愣，顾晓薇抓过他一只手放到自己腰上，朱铁四紧张地吁了口气，轻柔地抱住了她，而她把头靠在了他的胸口上。

顾晓薇闷声问："跟我说实话，你是不是喜欢我？"朱铁四结结巴巴道："我……我们年龄差距太大了……"

顾晓薇却显得毫不在意："你说的，见着有感觉的尽快恋爱，甭管结果成不成。"说完，她仰起脸，双眼迷离。朱铁四向后抻开脖子，顾左右而言他："晓薇……你饿不饿？我，我们做饭吃好不好？"

这句话立刻让顾晓薇意识到自己有点失态。

她松开朱铁四，挠了挠头："不好意思，我还是有点心慌意乱。"朱铁四看她情绪恢复了正常，如释重负地笑了笑，顾晓薇揭过尴尬也笑了。

两个人像什么也没发生过一样，在公寓的厨房里做起饭来。只是顾晓薇没想到这老爷们儿的单身公寓，材料不齐，调料也不全，朱铁四更是切个菜都能捎进手指头去，真不知道他天天是怎么过的！她赶紧把这个活宝请到了厨房外面。

朱铁四捂着刚包扎好的手指靠在门口，他看着在厨房里忙里忙外的顾晓薇，温柔的目光几乎要粘在她的身上，一寸也不愿移开。

折 腾

沈宇思来想去,还是决定给华韦林一个惊喜。

"我怀孕了,咱们尽快结婚吧!"当天晚上,沈宇就在饭桌上向华韦林公布了这个重磅消息。华韦林听了之后欣喜若狂,但是巨大的焦虑感随即向他袭来。现在两个人的收入加起来还不足三千,再养一个孩子太难了。

虽然沈宇反复强调叶霞和徐杰也是从简结婚的,没必要太为钱的事上火。但华韦林真心觉着他如果不能给她一个风风光光的婚礼,于情于理都说不过去。他希望至少能够办一场体面的婚礼,让沈家父母能够放心地把沈宇的下半辈子交给自己。

这个道理沈宇也明白,自己结婚不可能不让爸妈知道,更不能不得到爸妈的同意。要减轻华韦林的心理负担,这是第一关。她背着华韦林给家里打电话,跟爸妈告知了自己怀孕的事,希望爸妈支持他们结婚。沈家爸妈虽然对华韦林略有埋怨,但最终还是点头同意了。毕竟在父母的眼里,女儿的身体才更重要。

沈宇一颗心落回了肚子里。

自从上次顾晓薇临时征用朱铁四假扮了一回男女朋友之后,两个人的距离迅速拉近了,顾晓薇有事没事就叫他出来吃喝玩乐。顾晓薇只管装糊涂,朱铁四敢给她就敢要,反正只要她张口,无论什么要求他都会满口答应。两个人就这么糊涂地处着,揣着明白混日子。

这个周末,顾晓薇又一个电话把朱铁四叫了出来,提出要借他的大奔练练车,两个人又潇潇洒洒地在外边逛了一天。晚上朱铁四送她回去，顾晓薇撒娇地要求去吃街边小店里的红油抄手。

香喷喷的抄手刚一端上来，就引得顾晓薇食指大动，丝毫不顾形象地狼吞虎咽起来。朱铁四只是坐在旁边宠溺地看着她。忽然顾晓薇停住筷子，一脸痛苦地弓下身子，死死地捂住了肚子。原来她在酒吧卖酒的时候把胃喝伤了，现在虽然不像原来那么拼命，但是已经给她的胃落下了病根。

朱铁四问明了情况，既心疼又心酸，不禁开口劝道："你别在酒吧干了。"

顾晓薇含着抄手含混道："不干了我吃什么？"她扭头看向朱铁四，"要不你养我？"

这一句话立刻让朱铁四沉默了。

顾晓薇也意识到自己有点过界了，莞尔一笑："逗你玩儿呢！用得着那么紧张吗？"朱铁四也回以一个微笑，可是却有点牵强。顾晓薇真心当这是个玩笑，说过就过了。当顾晓薇在酒吧门口下车的时候，朱铁四仿佛下定决心似的突然朝她的背影喊道："等我段时间好吗？"

顾晓薇有些没反应过来："什么？"

"养你啊。"朱铁四解释道。

顾晓薇不由得愣了愣，随即故作轻松地笑着对朱铁四挥了挥手，转身走进了酒吧大门。然而刚一进门，顾晓薇就完全掩饰不住自己难以平复的心情了。她躲在门后，捂着怦怦直跳的胸口调息了半天。他不会说真的吧？顾晓薇想了又想，怎么也感觉这绝对是句玩笑话。

不过朱铁四这话倒是给顾晓薇提了个醒。她回想起那天沈宇在她面前显摆华韦林对她怎么怎么贪恋，就觉得心理不平衡，她顾晓薇无论如何也咽不下这口气。现在她有朱铁四这个大老板鞍前马后地陪着她，沈宇有什么？只要朱铁四开着大奔出现在华韦林面前，谁过得好，谁过得赖，高下立判，自己的这口恶气也就算出了。

打定主意的顾晓薇一个电话又把朱铁四叫了出来："跟我去见个朋友。"朱铁四也不问是谁，二话没说就又折了回来。

华韦林正在外边拍片子，就和顾晓微约在公园见面。他等了半天，顾晓薇才坐着朱铁四的大奔姗姗来迟。顾晓薇假装很随意地介绍华韦林和朱铁四互相认识。朱铁四也很得体地主动伸出手，反倒是华韦林急忙倒出拿相机的手，局促地和他握了握。

顾晓薇对这种效果很满意，随口问他怎么没在上班，华韦林如实地说在这拍照干点私活。华韦林为钱四处奔波，而朱铁四却是有钱大爷，顾晓薇立刻觉得腰杆又硬了几分。顾晓薇逗他："你是不是在挣奶粉钱啊？"华韦林没想到顾晓薇也知道这事，不免有些尴尬。

顾晓薇和华韦林认识多少年了，一看他这样就觉得不对，忙追问出什么事了，华韦林立刻支支吾吾起来。顾晓薇急了："我还不知道你？"她马上对朱铁四说，"你先走吧，我和他说点私事。"

华韦林急忙拦着："别，不合适！"朱铁四却显得很大方："没事，不是第一回了。你们老朋友聊聊吧，我先走了。"说罢就一个人施施然地离开了。

顾晓薇连连追问，华韦林实在瞒不过，只得叹息着说出实情。他并不是不想要这个孩子，也不是不想结婚，只是现在的条件还不允许。他希望自己和沈宇能稳定些，攒些钱，至少要办个说得过去的婚礼，让沈宇的父母放心。可是现在这样一来，他的计划全被打乱了。婚礼必定从简，养活孩子可能还要让沈宇爸妈接济，得落人家多少话？

听到这个顾晓薇就不乐意了："你可真逗，我就没听说过谁养不活孩子的，无非就是好养赖养的区别嘛。赖养，你跟沈宇抠着点。好养，就多蹭爹妈点。她爹妈要膈应就膈应去，自己的大孙子，帮不帮衬自己看着办！你也甭惦记那点尊严，娶了他们女儿不就是一家人了？是一家人，死皮赖脸了又能怎么着？尊严那是跟外人讲的！"

顾晓薇噼里啪啦一通白话，还真把华韦林的心结给解开了。

顾晓薇真是看不得华韦林为这事举棋不定的样子，一点都没个男人的利索劲儿。于是毛遂自荐，坚持要帮他去劝沈宇。她保证，只要华韦林表态要留下孩子，她就一定能让沈宇回心转意。

有个帮手华韦林求之不得，立即带着顾晓薇赶回家里。

等华韦林和顾晓薇进了屋，却四处都找不到沈宇的影子，只在桌上发现了沈宇留的纸条，说回娘家找爸妈做主去了！华韦林一下子傻在那儿了！顾晓薇真是火冒三丈。华韦林孙子一样求人想法子挣钱，还不是为了沈宇和孩子？这会儿沈宇居然使性子跑掉了！天下哪有这么不懂事儿的女人呐！

她怒气冲天地冲华韦林嚷嚷道："华韦林！我告诉你，这话我憋心里很久了，沈宇跟你压根儿就是过家家图好玩儿呢！她压根儿就不是个做老婆的料！"

华韦林息事宁人地劝道："你别说这话嘛……"

顾晓薇瞪着眼，不依不饶道："我还就说这话！沈宇她骨子里只相信什么爱情什么未来，她压根儿就是个没长大的小丫头片子！根本没有踏实过日子的心！"

怀孕的沈宇跑回了娘家，沈家爸妈对她和华韦林未婚同居的事也不多加苛责了，一心一意地伺候沈宇的日常起居。沈家想着找一家有孩子的取取经，正巧在厂区宿舍外遇到顾劲松两口子推着小外孙晨晨出来遛弯。沈家爸妈立刻贴上去，问起顾晓薇当初是怎么喂孩子的，这让敏感的顾妈妈很不高兴，觉得沈家爸妈是拿顾晓薇过去的事寒碜他们。

顾妈妈盯着沈爸爸问："我就不明白了，你们家没事就打探我家的事，到底是什么心态啊？见别人好了难受是不是？找机会就得往你腰眼儿里戳几刀，不把你闹膈应了他不舒服！"

几句话噎得大家都非常尴尬，顾妈妈谁都懒得搭理，自顾自地推着外孙晨晨走了，只留下顾劲松一个劲儿地跟沈家两口子赔不是。

沈爸爸窝了一肚子火，一进家门就跟沈妈妈发牢骚，埋怨这都是因为华韦林。沈宇可不愿意让爸妈对华韦林有看法，万一不同意他们结婚怎么办？她连声劝爸爸别拿别人撒气。

可没想到沈爸爸接下来的反应却出乎意料："等华韦林那小子过来，我把家里的存折全给他！我得让他们知道知道，什么样的家长，才是好家长，只要华韦林从今往后抖擞精神跟我女儿把日子过漂亮了，让外人看看啥才叫青梅竹马，啥才叫比翼双飞！"

沈宇和沈妈妈都简直不敢相信自己的耳朵。

这下家里的态度让沈宇更有信心了，但她又很快陷入了焦虑。她觉得自己一走几天没动静，华韦林应该会火急火燎地来找她回去。可是日子一天天过，华韦林一点动静没有。

刚开始沈宇还有点赌气，你不来我就不回。但时间越久，她就越沉不住气了，开始在心里替华韦林找借口：工作忙、不好请假、领导刁难，其实他很着急，恨不得马上飞过来接她。

可是这都一周时间过去了，华韦林还是踪影全无。沈宇坐不住了，她决定要杀回家去看看华韦林究竟在干什么！是不是正好借机移情别恋了！尤其是顾晓薇还在同一个城市，她对华韦林肯定没有死心，万一她乘虚而入……

沈宇说走就要走，叶霞怎么也劝不住："你干吗这么急啊？前几天你不还信心满满的吗？"

沈宇正色道："我为啥急啊？因为刚才我忽然悟到，爱情不是过家家，除了欢喜之外，更多的是对家庭的责任。爱情是人人向往的，可不一定谁都愿意承受爱情所带来的负担呐。以前我们是你恩我怨地玩偶像剧，现在是真刀真枪地过日子奔生活了，将来有了孩子之后就得终日里跟尿片为伍，这种情景你是不是觉得很暗无天日？叶霞你想想，对华韦林这个他不招人人招他的帅哥来说，陷到爱情里不见得多甜蜜，但陷到尿片里，那绝对会把他绊住，对不对？"

这次沈宇算是彻彻底底想明白了，她打定主意以后再也不能赌气使性子了，她要与华韦林共同面对未来，不再盲目乐观。沈宇和爸妈说了自己的想法，沈家爸妈哪里放心得下，坚持要陪沈宇回去，看看她和华韦林的日子究竟是怎么过的。

改 变

朱铁四那天冷不丁地说要养她,让顾晓薇的心里大起波澜,她琢磨这到底咋回事。朱铁四对她是爱吗？可他们之间并没有什么实质性的关系,纯属友谊？可怎么看怎么暧昧。顾晓薇不确定他在不伤大雅地离婚之后,就能一心不乱地认定自己。说不定自由的门一打开,发现这个世界原来美女如云,于是她顾晓薇就变成了万花丛中一只浪蝶。而且就算认定了又能怎样,两个人年纪差距那么大,顾晓薇正如狼似虎的时候,朱铁四已经是松下电器了。

翻来覆去地想了很久,顾晓薇领悟到：爱情是最靠不住的东西,除了你自己,没有人会百分百地对你好。一对青梅竹马,可能因为屁大点事儿就老死不相往来了；老婆对老公说一万遍"I love you",可一旦老公犯事,说不定撇下孩子就一个人跑了。从古到今,没人能给爱情下得了定义。因为理智地去看,爱情就是荷尔蒙反应,反应没了,爱情就不存在了,所以一切爱情故事都在终成眷属的时候戛然而止,再往后说就只有坟墓了。

最后她决定现实一点,趁现在吃他的喝他的花他的,如果觉得赚够了,就撒丫子跑吧！毕竟他们两个年纪差得太多,自己正值青春,死心塌地地跟着他太亏了！

打定了这个主意,顾晓薇对朱铁四天天笑脸相迎,吃饭专点鲍鱼、海参,买衣服两千块以下的都不看,今天泡澡明天按摩啥的,总之花钱如流水。而朱铁四呢,就像是个啥也不知道的冤大头,她要什么就给什么,想怎么花钱就怎么花,唯命是从。

顾晓薇觉得,要想知道这男人到底是何居心,自己就应该出个大招,来个狠的,试试他的反应。

这天，顾晓薇又叫朱铁四带她去做按摩，她瞅个机会就编了一套瞎话，谎称她爸要开刀，手头有点紧，想借他五万块钱。她担心这数太大一下把朱铁四吓跑，思来想去又找补了一句："你别为难啊，我就是问问，不行就算了……"朱铁四正被按得舒服，连眼睛都没睁，懒洋洋道："没事。明天一早，我就把钱打你卡里。"

这时按摩师对顾晓薇说："您关节上颗粒挺多的，建议不要长时间待在太潮湿的环境里，这样对身体不太好。"

朱铁四立刻坐起身来，目不转睛地看着顾晓薇，关切道："你那宿舍是有点潮。"似乎比起那五万块钱，这个更让他关心。

顾晓薇假装无所谓道："没事的。"但是心头却觉得一暖。

第二天，朱铁四如约打款了！顾晓薇真的收到了五万块钱。

这下顾晓薇真的慌了，她觉得自己做得过分了，再这样下去自己的良心也受不住了。她赶紧叫上曹操帮自己收拾东西，准备跑路。

曹操感觉这事情有点太不可思议了："你确定他就找不到你？"

顾晓薇早想好了，随口答道："酒吧不去了，手机号也不用了，他根本没地方找我。再说了，他一大老板，为个五万块钱犯不上费这劲。"

正说着，突然门一响，朱铁四推门走了进来，顾晓薇和曹操吓得一屁股坐在了行李箱上。曹操赶紧扯了个理由跑了，留下顾晓薇一个人与朱铁四四目相对。

"你这是要搬家？找到房子了？"朱铁四看着屋里一片狼藉。

顾晓薇正在慌张刚才的话是不是让他听到了，急忙仓促答道："还没，就是先收拾着，正找着……"

朱铁四伸手递过来一串钥匙："你不挺喜欢我那套公寓吗？我一早交了三年的租金，因为物业最少也要三年一付。你搬过去吧。对不起，事先也没问问你的意见。"

见顾晓薇一动不动，朱铁四抓过她一只手，将钥匙塞进手心。

朱铁四怜惜地叹了口气："别再漂了！"

顾晓薇怔怔地看着朱铁四，脑袋里一片空白。

顾晓薇记得上次那个按摩师很随意的一句提醒,他就放心上了。她又不是他什么人,他凭什么这么上心?而且他在给她钥匙的时候,顾晓薇从他的眼神里确定,他根本就知道她一直是在讹自己,她那点小伎俩根本不可能骗得过朱铁四。

她不明白,怎么也想不明白。

顾晓薇拉着曹操,让他帮自己分析分析,这个朱铁四到底是怎么想的。

曹操说:"他是心疼你!"

顾晓薇皱起眉:"我不需要人怜悯。"

曹操反问:"你觉得那是怜悯吗?对自己没有信心,才会觉着别人都在可怜你。"

"可能是我错了。有温暖有关怀还不够吗?何必要用年龄的差距,去计算公不公平呢?我真是庸人自扰。"顾晓薇深深地叹了口气。

顾晓薇觉得这样兜兜转转地跟朱铁四捉迷藏已经没有意义了。她决定主动出击,向朱铁四挑明一切:自己的父亲是云景市的政府官员,她这些年因为和家里闹别扭,一直在外漂泊,而且她还有一个来路荒唐的孩子。

顾晓薇声音颤抖地跟朱铁四坦白了自己的往事,她觉得朱铁四会暴跳如雷,指着她的鼻子骂她婊子!骂她欺骗了自己的感情,欺骗了自己的金钱!然而顾晓薇所担心的一切都没有发生。朱铁四只是淡淡地应道:"有孩子挺好。"

顾晓薇觉得不可思议:"你觉得我是在编瞎话吗?"

朱铁四笑笑:"有什么关系。"

顾晓薇更加疑惑不解了:"你没有孩子吗?"

朱铁四耸耸肩:"无性婚姻的结果。"

顾晓薇皱眉:"我不信。"

朱铁四又笑笑:"有什么关系。"

顾晓薇怔一下,释然地笑了笑:"呵,也是……咱俩之间什么也没有,没必要的……"

朱铁四却温和地打断了她:"不,我们彼此间能感受温暖,其他的,都没有关系。"

两个人互相凝视着,恬然地笑了。

结婚的事华韦林没放在心上吗？当然不可能！在这件事上，最着急上火的就是华韦林。他是个男人，自己心爱的女人怀着自己的骨肉，他必须给他们一个安稳的未来，但在那之前至少要先能办一场稍微体面一点的婚礼。那么最要紧的，就是钱！

他拍照，画插图，凡是能想到的可能挣钱的路子他都用上了。然而，他大学肄业，又并非摄影专业科班出身，做出的东西一没名气二没水准，几次交稿都没有得到人家的肯定，白辛苦一场。

没有钱，原来真的是寸步难行！

就在华韦林为钱挠头的时候，沈宇和爸妈赶回了师大。沈宇刚一进门，就目瞪口呆地发现自己家里变成了木匠作坊，华韦林埋在一堆刨花里又刨又锯。沈宇问他这是怎么回事，华韦林憨憨一笑，告诉她自己正准备给他们的孩子做一个婴儿床，因为外边卖得实在是太贵了。

沈宇心酸地看着曾经才华横溢、自视甚高的华韦林扎在满地的工具、木料和废屑堆里，满脸满身的汗渍和脏污，油腻的头发一绺一绺地贴在脑门上。他这么不堪的样子，让人又是可怜又是可气。这不是她喜欢的华韦林，这也不是她想要的生活。

沈宇一咬牙，借口带爸妈去招待所，直奔医院，做了流产手术。华韦林在家等了好久也不见他们回来，打了一圈电话才知道他们居然在医院，而且，孩子已经流掉了。

华韦林连鞋都顾不得穿好就赶到医院，当他看到虚弱的沈宇，简直既心疼又气愤，他哆哆嗦嗦地指着沈宇质问道："你这么做，到底是为了什么呀？"

沈宇反而显得很平静，声音虚弱但是说得非常肯定，毫不迟疑："不管是做木工还是找兼职，这都不应该是华韦林做的。你必须给我体体面面的，头发梳得一丝不乱，裤子始终一尘不染。而且，我现在知道你的顾虑了。一个体面的婚礼……那的确很重要，也确实应该由我们自己花钱来办，告诉身边的所有人，我们在一起是美满的。真的。但是，晚点儿结婚怕什么？我们又还没到非结婚不可的年龄。"

华韦林的眼睛湿润了！沈宇为了他的理想牺牲到如此地步，他又是愧疚又是心疼，紧紧地把沈宇拥在怀里。

一旁的沈爸爸也动情道:"韦林,宇宇遇到困难来找我们,当我们是靠山,我们非常满足。现在我得告诉你,以后你得变成她的靠山、她的主心骨,要做不到这个,你就算是金子满屋,我们也不会放心地把她交到你的手上。你听清楚了吗?"

华韦林重重地点了点头。

沈宇经过这一次磨难,已经完全认清了生活的现实,过往那个光鲜亮丽,仿佛从童话中走出来的小公主直接变成了一个絮絮叨叨的家庭小主妇。

华韦林对此简直感到不可思议,他从早到晚做的每一件事都可能被沈宇絮叨一遍。比如早上刮胡子没刮干净,上班要穿西装不能穿夹克,出差收拾个行李箱也会被唠叨半天,出差回来给同事们带礼物吧,还要被说品位不够高。有时候华韦林不禁发牢骚道:"你现在好碎叨呀,沈宇。"沈宇立即反驳道:"我碎叨吗?这就嫌我碎叨啦?我一个追求优秀的人怎么变碎叨的?你要处处让人省心我用得着絮叨吗?你说这话就叫没良心……"

华韦林还能说什么?只能听着,按她说的去做了。

顾晓薇有阵子没见到华韦林了,自从上次沈宇怀孕之后,华韦林对沈宇更加唯命是从,哪里还有跟顾晓薇见面的机会。

顾晓薇坦白自己的实情之后和朱铁四的关系更亲近了,她在郑重地跟索哥、曹操他们道过别后,就去了朱铁四介绍的刘总的公司上班。刘总不愧是生意场上的老手,心明眼亮,立刻察觉出顾晓薇和朱铁四的关系非同一般,因此待客倒水这样的小事都不让她过手。

顾晓薇天天闲着也是麻烦,那天她和同事开车外出办事,突然就想让华韦林看看自己已经不是酒吧的卖酒女郎,而是真正的白领了。同事刚下车,她就把车开走了,同事急忙给朱铁四打电话。结果还没等他赶到,初学乍练的顾晓薇就出了车祸。

朱铁四急匆匆地赶过来,又是交警队又是医院一通忙活。把事故都处理清了,才问顾晓薇,到底什么急事要冒险独自驾车上路,闯了祸的顾晓薇支支吾吾,说只是想让一个人看看自己已经今非昔比了。见她说得遮遮掩掩,朱铁四心知肚明,便没再往下细问。

朱铁四是从顾晓薇这个年纪过来的，对于自己和顾晓薇的关系，他心里有数。自己和她在一起，年纪首先就是个障碍，而上次那个特意让他见的男性朋友，应该是另一个更大的障碍。只是目前他也没有办法承诺什么，就这样先糊涂着反而更好。

顾晓薇是个不达目的誓不罢休的人，对于上回出了车祸没能成行的事耿耿于怀。

这天早上，顾晓薇给华韦林打手机，约他中午一点在他单位旁边的咖啡厅见面。就在她百无聊赖地坐在咖啡店里的窗边等华韦林的时候，她惊奇地发现华韦林不是从杂志社大门里出来，而是从门口的公交车上下来的。顾晓薇心里立刻蒙上了一层阴影，掏出手机，拨通了杂志社的电话……

华韦林假装平静地走进店来，还笑着跟顾晓薇解释说自己刚从外边办事回来。顾晓薇皱着眉，毫不客气地揭穿他："编，接着编。刚才我打电话去你单位，他们说，你早就离职了。"

华韦林脸上的笑容立刻烟消云散，用沉默证实了顾晓薇所说的事实。

复杂的世界

顾晓薇赶紧叫服务员点了一份吃的："没吃饭呢吧？"华韦林感激地把饭菜一扫而光。顾晓薇看着他把最后一粒米扒拉进嘴里，才关切地问他工作到底是怎么回事。

原来杂志社被并购，精简编制，华韦林他们这种临时人员第一批被扫地出门。这些天他一直在找工作，又不敢和沈宇说，只能天天在外面晃。

顾晓薇早猜到他瞒着沈宇，不禁恼火道："你天天这样假装个上班族给人看，有意思吗？沈宇她就是缺心眼！自己爷们儿活了死了都看不出来啊？"

顾晓薇二话不说掏出手机就要联系朱铁四，让他给华韦林安排工作。华韦林赶紧按住了顾晓薇的手："我不想麻烦你的朋友，况且我不愿意他知道，你的朋友还有前科。我还想留点自尊，呵呵……另外，今天的事你可千万别跟沈宇说啊。"顾晓薇叹口气说："我跟她说得着吗？关键是你瞒她，能瞒多久。"

华韦林觉得自己瞒沈宇瞒得天衣无缝，在家里还继续装杂志社美编的派头，但是沈宇却天天埋怨他衣领子脏得像民工。正在拖地的沈宇忽然停下手里的活计，疑惑地问道："韦林？你这个月的工资是不是还没交给我呢？"华韦林一听这话立刻急得冷汗直冒，支吾道："这，这不是我爸爸刚获释了吗……他现在也没有经济来源，所以我，我把这个月工资寄回家里去了。"

沈宇听了一脸的不高兴，说是要给爸爸打电话。华韦林在旁边急得不行，可又没法阻拦。没想到沈宇是把电话打回了自己家里，让爸妈多帮衬着点华建平，还替华韦林打掩护说华建平没跟他们要钱。

华韦林对沈宇突然变成这样有点不适应，怔怔地望着她。沈宇还在电话里没完没了，似乎连沈爸爸都嫌沈宇碎叨了，只听她突然拔高了调门儿："我碎叨吗？你们要事事顺我意我碎叨得着吗？还别不服气，你这天天喝酒我就得说你，年纪往上走，坏习惯不减反增，每顿饭弄一小盅没人管你，二两二两地喝是不是就过分了？……"

华韦林看着当年那个清爽叛逆的姑娘变成了叨叨叨的小妇人样，心中真是五味杂陈！

这就是生活对她的改变吗？还是因为自己无力给她该有的生活？

那一刻，华韦林特想改变这种现状，然而他没有学历，还有前科，要想找一个体面又挣钱的工作，谈何容易？第二天一早他依然只是拿着包出门，装着去上班，却又在公交车上晃了一天。

华韦林在车上胡思乱想，听说华建平刑满释放那天一些老街坊给他设了接风宴。在酒桌上华建平对在杂志社做美编的儿子和在大学当老师的准儿媳非常自豪，喝了不少酒。可实际呢，自己却是一个在公交车上没事混天黑的主儿！

华韦林正在神游八方，冷不防被一个四十多岁，衣着华丽的醉酒女人连拉带挤地顶下了车。他刚要发作，却发现对方已经醉得站都站不稳了，无奈只好搭把手扶住她。这女人操着一口港台腔，冲着绝尘而去的公交车高声叫骂："欺负我没有钱啊？他痴线啊我没有钱？"说着她从挎包里掏出个皮夹，掏出一把百元钞甩了出去，"这是什么？是不是钱？我吓死他啊！"

华韦林惊叫一声，慌忙蹿出身去，满地捡钱。

这女人醉成这样，华韦林担心她早晚要出事，干脆替她拦了辆出租，她又说不出自己的家在哪里，华韦林只得将她送去酒店。

这个醉得一塌糊涂的女人嘴里还不清不楚："靓仔哦！你是谁啊？"华韦林没好气地答："雷锋！"

直到这女人被甩在酒店的床上才稍微清醒了点，向华韦林表示感谢："雷……锋，很高兴认识你。"说着她从挎包里面摸索出一张名片，打了个醉嗝自我介绍道，

"我,钟丽梅,梅姐,不是没用的女人,有困难,找我。"

华韦林犹豫了一下,接过了名片。

顾晓薇不想当花瓶,她想学习,想工作,要做能帮到朱铁四的工作。朱铁四考虑之后,同意了她的要求。朱铁四给她报了夜校的培训班,还买了一堆经济管理类的书,有几大捆,顾晓薇抱怨他是在揠苗助长。

朱铁四安慰她道:"看不看得懂没关系,但一定要看,当日后遇到问题了,理论,就是你思辨的基础。"

顾晓薇是个能下狠心的人,要学就上心学,朱铁四也是真用心教,告诉她做生意抓住先机是非常关键的,是一门包罗万象的学问。他举了个例子来说明:"问你一个问题。假设科室里有三个人,你,还有两个前辈,一个没两年就退休,另一个年富力强,这两个人竞争科长的职务,你支持谁?"

顾晓薇脱口而出:"当然前一个咯,反正没两年就退休,到时候,年富力强的顶上就是。"

朱铁四摇摇头:"错,你应该支持年富力强的那个。前一个上去,两年后退休还得年轻的来顶,年轻的还会因为年富力强而在两年之内高升,到时候科长就轮到你了。"

顾晓薇皱起眉头:"这样……有点残酷吧?"

朱铁四平静地望着顾晓薇: "所以我也很矛盾,要不要让你踏进这个复杂的世界。"

两个人连讲带学,折腾到很晚,朱铁四拿起车钥匙准备走,让她早点休息,不急于这一时。

顾晓薇忽然伸手拉住他的衣角:"你今天,可以不走吗?"朱铁四迟疑了一下:"不合适。"顾晓薇对朱铁四的反应略显不满,不禁揶揄道:"你不会是想当我爸吧?"朱铁四看着顾晓薇,有些感慨:"我们……真能走到那一步吗?"

顾晓薇不解地问:"难道说老老实实地守到跟你老婆离婚就这么重要吗?真没什么可害怕的。"朱铁四轻叹道:"我更害怕,你没有想清楚。"

顾晓薇一时没领会朱铁四的意思，朱铁四似乎也觉得这样说不好，匆匆地走了。

顾晓薇回过神来越想越窝火，什么叫怕我没想清楚？这根本就是他的伪善，是他怕离婚的时候吃亏，他满脑子想的还是自己！这才是真正的复杂！就是因为这个，他才做不到义无反顾！可是，就算这样，朱铁四还是一如既往地对她好，好得好像是她的……亲人。顾晓薇抚着胸口，某种东西在不知不觉中变得柔软。

华韦林接了那醉酒女人的名片，暗自琢磨了好几天，犹豫着要不要去找她。从名片上的头衔来看，这女人也算是个大人物，万一她真能给自己找份工作呢。打定了试试看的决心之后，他便开始打理自己的形象，注意自己的仪表。为了这次见面，他更是对着镜子自言自语，练习着各种面试技巧，琢磨如何才能面试成功。

但是这在沈宇看来就像他着了魔一样，让人十分疑虑。

这天沈宇刚往宿舍楼里走，就看到华韦林穿着西服，头发还打了发胶，满面笑容地从楼上下来，那样子活像个上海小开。华韦林的反常举止吓了她一跳。这什么情况？

华韦林献宝一样地掏出一张名片举到沈宇面前，名片上印着港华商贸有限公司的名号，下面写着总裁：钟丽梅，边上还有她的头像。华韦林得意地说觉得当美编没前途，从现在起，要干收入跟付出对等的工作，他告诉沈宇这个钟丽梅就是马上要带着他飞黄腾达的贵人。

华韦林信心满满，他觉得他帮了她一次，就冲这，大总裁给他安排个工作应该不算是什么过分的要求，当时钟丽梅也说有困难可以找她。

刚一见华韦林，钟丽梅很是热情地接待了他，还把华韦林介绍给所有在场的职工。但是一听他是来找工作的，她立即像换了一个人一样婉拒了他。

钟丽梅拒绝华韦林的理由很现实：因为他一不会带来业务，二没有一技之长，企业是不会聘用一个需要花时间培训的人。钟丽梅最后还不忘揶揄了华韦林一下，他怎么可以把醉话当真呢？"帅哥，一报还一报，我就算教你啊。我离掉第一个老公，我有了钱，够花销；离掉第二个老公，就有了房子；离掉第三任，我就开公司了。"

华韦林看着钟丽梅，依然一副不明就里的样子。

钟丽梅又耐心解释道："我说这些是要告诉你，一、人生想往上走，就要在台阶上搭台阶，你第一个台阶都塌掉，怎么让人相信你能走到更高？二、想成功，就是要看得准，一句醉话你就当真吗？喝醉酒跟我诉衷情的人好多哦，要都当真我早已经黄脸婆了，谁逢场作戏、谁认真、跟谁最有利益，自己心里要有数，懂了吗？"

华韦林愣了很久，才讷讷地出了声："谢谢啊，给我这么宝贵的意见。"

来时的满怀热情现在被一盆冷水浇得透心凉。

华韦林出门前和沈宇夸下了海口，可现在工作依然没有着落。没办法，华韦林只好回过头去再找顾晓薇。可是他实在抹不开面子说自己又吃了闭门羹，便借口已经在一家商贸公司找到了工作，但是干得不太顺心，想找顾晓薇帮忙参谋参谋。

顾晓薇一听华韦林去了一家商贸公司，马上认定这肯定又是沈宇撺掇的，不顾华韦林连声否认，她马上就要联系朱铁四帮他落实工作的事，弄得华韦林很不好意思。

顾晓薇提醒华韦林："你告诉沈宇，老朱从不戴有色眼镜看人，但让老朱帮忙也需要一个过程，这段时间她要心甘情愿供着你，我什么话都不说！"华韦林不愿意听到顾晓薇说沈宇的不是，可个中缘由又没法三言两语说清，只能一个劲儿地说商贸公司也挺好，不要麻烦老朱了。

顾晓薇看着华韦林吞吞吐吐，明显是有什么难言之隐，不禁上火道："怎么，你都拉下面子来找我出主意了，还这么遮遮掩掩的，有意思吗？"

华韦林只好坦白："晓薇，是我能力不够，别骂沈宇。骂她，戳的是我腰眼。"

华韦林说完这话，忙不迭地借口还有事走了。顾晓薇怔怔地望着他逃跑一般的背影，长长地叹了口气。

虽然华韦林说不要朱铁四帮忙，可是顾晓薇还是向朱铁四张了嘴，朱铁四问清了情况，便一口答应了下来："华美广告一直在承接我们公司的业务，我跟他们主管打招呼，应该没什么问题。"

顾晓薇欣喜地抱住朱铁四的胳膊："真的啊？有前科也没关系？"朱铁四点点头道："图发展，就不会跟过去较劲！"他又笑了笑，"不过得让他请饭哦。""呵呵……"顾晓薇亲昵地晃着朱铁四的胳膊，"朱总赏脸，小的们求之不得嘞……"

两个人只顾说笑，全然没有注意到远处角落里的一架摄像机已经把他们的这些亲昵动作都拍了下来。

华韦林没敢告诉沈宇求职的事黄了，只是故作轻松地说现在万事OK，只等钟总一个电话，自己就能去上班了。正巧这时他的手机响了，来电显示却是顾晓薇。华韦林可不敢让沈宇发现他们还在联系，连忙接起电话，扯了一通类似"谢谢钟总"，"我明天就来上班"，"一定不辜负钟总对我的期望"之类的昏话。顾晓薇本来兴冲冲地想把工作落停的事告诉华韦林，可一听他在那自顾自地胡言乱语，她就猜到他肯定是担心让沈宇发现他们在联系。

顾晓薇失落地挂了电话，憋了一肚子的闷气。忽然门铃响起，她没好气地开门一看，一个国字脸的高大女人站在外面，着装显得很贵气，但感觉非常的盛气凌人。

顾晓薇并不认识她，疑惑道："您找谁？"

女人很不屑地看着她，宣布道："朱铁四，是我丈夫，合法丈夫。"

趁顾晓薇一怔的工夫，那女人径自撞开她，堂而皇之地直接进了屋。

还没等顾晓薇发作，那女人伸手掏出一沓照片甩在茶几上，那上面全是顾晓薇和朱铁四在一起的样子，有一些还动作比较亲密。

顾晓薇看到之后，略有些慌乱，连忙解释说自己和朱铁四并没有什么。但很出乎她的意料，那女人似乎竟然相信她所说的是真的，但是让顾晓薇不解的是，那女人并不打算因此而放过朱铁四，因为这些照片一旦放出来，不会有人相信他们之间没有什么。朱铁四将陷入万劫不复之地。

那女人讥诮地劝顾晓薇另做打算，因为朱铁四是靠她才混到了今天这一步，她绝不会轻易地放过他。要么是离婚让朱铁四净身出户，放弃财产，要么是让他打消离婚的念头。但不管是哪一条，顾晓薇都没法再从朱铁四这儿得到一丝一毫的好处。

顾晓薇这时才终于相信了眼前这个女人和朱铁四之间确实没有感情，这女人的国字脸上杀气腾腾，实在是没有女人味，想要吸引住男人当然是无从谈起。

顾晓薇追问道："你的目的，就是要让他放弃离婚？"

这女人昂然道:"这样我会很有面子。"

顾晓薇更加不解:"既然没有感情,你为何还要把他捆在身边呢?"

这女人笑笑说:"女人……为的都是一口气,对吗?"

顾晓薇实在无法理解对方的逻辑,在礼貌地送走那个女人之后,她立刻通知了朱铁四。看到照片后,朱铁四明白,这些照片有极强的引导性,朱铁四的妻子又在四下散播关于他包二奶的事,显而易见,事态正在向着朱铁四妻子所期望的方向发展。

顾晓薇又气又恨:"既然谁都不信,那咱也甭忍了,今晚你就住我这儿,气死那麻将脸!我知道你现在更需要我陪着你。"

朱铁四却摇了摇头。

顾晓薇小心翼翼地试探道:"老朱,你跟我说实话,倾家荡产和离婚,你会选择哪一个?"

朱铁四避开她的目光:"我希望能打破这种二选一的结局。"

顾晓薇紧追不舍:"如果只能二选一呢?"

朱铁四迟疑道:"我不知道……"

顾晓薇不由得脑中一片轰然,再也不敢问下去了。

顾晓薇犹豫地拉住朱铁四的手:"你留下来,至少……我赢了。"

朱铁四一时没有明白顾晓薇的意思:"什么?"

顾晓薇突然觉得自己特别没劲,恼恨地低吼一声:"滚!"一把把他推开。

朱铁四愣了片刻,一言不发地走了。

顾晓薇又气又恼,却又无处发泄,简直不明白为什么身边每一个人都这样让人捉摸不透?

华建平出狱后没有工作,天天就是四处闲逛,享受清闲,以和老街坊聊天下棋为乐。没几天他就听说了顾晓薇的事,尤其是在听说晨晨可能是华韦林的孩子时,他上心了。

华建平非常想确认一下晨晨是否真是自己的孙子,便多次跟踪顾家爸妈却又没法子看出来。于是华建平索性找上门去，直接开口询问华韦林和顾晓薇是怎么回事。结果这敏感的问题让顾家爸妈不满，就连平时对华建平照顾有加的顾劲松都不客气地批评他不务正业！

没法确定晨晨到底是谁的孩子，华建平更是一脑子糨糊了！他决定，还是问一下当事人最可靠。

华韦林每天还得继续装着去上班的样子，愁得不行。这天早上，他刚出楼门没多远就迎面遇到了按地址找来的华建平，他意外问："爸，你怎么来了？"华建平二话没说先给了华韦林一个耳光，逼问他顾家的孩子到底是不是他的种。

华韦林正烦得要死，哪里顾得上和爸爸解释这事。为避免爸爸没完没了地问，他肯定地说："你就知道一点就行了，不是我的。"

华建平还不放心："真不是你弄的？"华韦林恼了："那阵子我跟顾晓薇路隔百里音讯不通，我怎么弄啊？我现在够烦的了老爸，你别再添乱了行吗？"

沈宇去教委开会恰好路过，看到华建平高兴极了，兴奋地要拉着他游览省城，华建平高兴地应着。跟在后面的华韦林看着沈宇兴奋的样子，满心不是滋味！

沈宇带着华建平四处游玩，请他吃饭，给他买新衣服，把华建平哄得那叫一个高兴。兴奋的两个人在饭桌上敞开了喝，结果两个人都喝高了。

酒醉的沈宇不断向华建平诉说华韦林对自己有多么的好，华建平差点又提起孩子的事，幸好被华韦林岔开了话题。

吃饱喝足，沈宇、华韦林带华建平去住招待所，看着孩子们为他跑前跑后，醉醺醺的华建平感叹地说："难得呀，还有人把我当回事！"

华韦林安顿好爸爸，又回家紧着安顿喝多的沈宇。沈宇在醉梦里念叨："提醒我，给你爸取点钱……"说完沈宇翻了个身，一胳膊搭在了华韦林胸口，拱了几下身子，继续睡着。华韦林一动不敢动，就这么睁着双眼睛、被她的胳膊压着，黑暗中依然看得清楚，沈宇左腕子上的那个烟疤……

华韦林无声地问："沈宇，你要让我拿你怎么办？"

这世界似乎就是让人不得安宁，身边的人一个比一个不可理喻。

顾晓薇就是不明白，朱铁四这么一个敢作敢当的大男人，怎么可以被那麻将脸欺负成这样？她要替朱铁四打抱不平！

转天顾晓薇就杀到朱铁四的工厂去，截住那个女人，冲上去就骂："别看你一副盛气凌人的样子，你有什么可得意的？一个没人爱的女人你很得意吗？换我早就弄根绳子上吊了！别说我没教过你！一个女人能把自己老公逼到这个份上，难怪你没人爱！长得丑是你爹妈的错，心眼儿毒就是你自己造孽，一个男人连碰都不愿碰的女人你牛什么牛？你牛我还牛呢！你牛是因为你明知松弛装坚挺！我牛是因为你想掌控的男人他爱我！"

那女人淡定地望着撒泼的顾晓薇，顾晓薇很快就被工厂保安强行拉走。厂门外，闻讯而来的朱铁四对她擅自打上门来的做法很是恼火，怪她在这会儿添乱。

顾晓薇恨道："不明白你怕什么呀？不就是一厂子吗？被她夺了又怎样？"朱铁四少见地对顾晓薇发了脾气："你知道这厂子我费了多少心血？知道它一年的营业额有多少吗？你知不知道失去这厂子我就一无所有了？"

顾晓薇瞪大眼直视着他："一无所有？我就在你面前，你居然说……一无所有？"朱铁四瞬间语塞。

顾晓薇不由得冷笑："你习惯用钱来衡量一切，对吗？"朱铁四正想开口，却被顾晓薇抢白道，"对！守住那厂子，像我这样的女人你要多少有多少，我算什么呀？除了给你做两顿饭，我还能干什么？我又产生不了营业额，我算什么呀！"

朱铁四皱眉："你别这么说……"顾晓薇索性挑开天窗说亮话："倾家荡产和离婚，你会选择哪一个？"

然而，朱铁四避开了顾晓薇的目光。

顾晓薇顿时感到力不从心："我知道你不回答，是给我留面子，谢谢。"说完她转身就走。边往外走，顾晓薇边低声嘟囔："过来追我……过来追我……"这时她听见远远传来"砰"的关车门声。顾晓薇转过身，却看到朱铁四已坐进了车里。

顾晓薇转回身，自嘲地笑了笑："对嘛，我们什么都不是……"

顾晓薇觉是自己真的挺失败的，这算怎么回事？刚刚自己一腔热血地替人家抱不平，结果，却里外不是人。

失魂落魄的顾晓薇正走着,朱铁四的妻子又一个电话追了过来。她要给顾晓薇三百万,条件是她必须离开朱铁四!"你写一份从此不再跟他发生任何关系的声明,如果对簿公堂,这份声明足够他一败涂地,而这三百万也足够你开始新生活。"顾晓薇觉得这个女人简直无法理喻:"要打官司,没我这份声明,你也能赢。"

朱铁四的妻子趾高气扬道:"那是我跟他的战争,现在是我跟你的。你答应这个交易,我就赢了,但你想想,三百万,你输了,也不会一无所有。"

顾晓薇毫不犹豫地从牙缝里迸出四个字:"你给我滚!"

顾晓薇要气疯了!她把家里的东西砸了个稀巴烂,心里却更加没着没落。她感觉自己再不找一个突破口宣泄一下,一定会被气炸的。对!去找沈宇!华韦林的事该让她知道了!

顾晓薇一进沈宇家的门,就是劈头盖脸地一顿臭骂,让沈宇清醒一点,多体谅自己男人,别总以为男人是山,他们土质疏松得很!

沈宇莫名其妙地看着顾晓薇打上门来,也火不打一处来:"哎,这种话轮得着你跟我说吗?别在哪儿受了欺负跑我这里撒邪火!咱俩的关系可没这么近乎。"

顾晓薇这才意识到自己在干吗,挠了挠头,不好意思地承认自己是在乱发脾气。两个人之间的气氛才稍稍平和下来,这时顾晓薇才想起要跟沈宇说的正事:"你知道华韦林已经失业好长一段时间了吗?"

原本顾晓薇还准备了一通大道理准备数落沈宇呢,没想到沈宇十分干脆地回答道:"当然知道啊!"

她知道?顾晓薇一愣。这两个人到底唱的是哪一出?

沈宇淡然道:"我又不傻,华韦林每天买报纸专挑招聘版看,猪都能明白他遇到什么事儿了。他每天假装上班下班,我也会担心,午饭哪里吃呢?或者有没有在外边吹风淋雨……"

顾晓薇不解地问:"那你……"

沈宇苦笑:"可我不能戳穿他,因为这是最后一层面子了。我曾经想过他为什么要装,为什么就不愿意让我分担?我不知道我的答案对不对,这层面子,在别人那里无所谓，但要在我面前破了，他会很酸楚。"

沈宇叹了口气："所以咯，我又没什么能耐，既然帮不了就等呗。总能找着工作的，就让他以为没惊没险地把谎圆过去好了，女人笨一点，男人没压力嘛，对不对？"

顾晓薇愣愣地看着沈宇，她一直认为只有自己懂华韦林，自己是最疼惜他的，是最应该守在华韦林身边的女人。可是现在听沈宇这样一说，她才明白，为什么华韦林会选择沈宇，为什么自己会输！原来，自己根本就没有真正地懂过华韦林，真正替华韦林着想的，是沈宇。

顾晓薇抓起一罐可乐狂饮了几口，顺了下气才开口道："我终于明白为什么输给你了。我是天王盖地虎，全靠淫威慑人。你呢，让人小波小浪荡漾着，挺舒坦，偶尔呛两口水，也无伤大雅。"

沈宇推了她一把："你少捧我。其实……有时候我还很羡慕你呢，什么都豁得出去。想想以前那些年吧，遇到坎了我会逃，碰到诱惑又把持不住，我都怀疑我没有你爱他。"

顾晓薇点点头："这倒是句良心话。"

沈宇仰起下巴傲然道："所以我不能输给你，他选择我，我就得比你对他好。我不要他受伤，要他在我面前是个大老爷们儿，倍儿有面子的那种感觉！"

顾晓薇看着这小屋子，日子过得这么紧巴，问沈宇不委屈吗？沈宇却说："比当初你那间潮湿的小屋不是强多了？"顾晓薇愣了愣，苦笑道："其实我没你想的那么强，遇到坎儿了我也想逃，碰到诱惑也会小鹿乱撞，呵，今天心情不好乱撒疯，就是这个闹的。"

沈宇觉得假装不知道他失业的事是在体谅华韦林，可华韦林却不是这么想的。沈宇对他越好，他的压力反而越大！

他想逃跑了！

华韦林和爸爸说起这话时，把华建平吓了一跳。

华韦林的想法很实际："以后我还会有前途吗？这阵子经历了这么多以后，

我自己都不信了……她跟我在一起会受苦,现在才二十多岁,以后起码还有五十年呢,就这样了吗?我是真害怕她一辈子栽我手里。邱老师介绍我去工美厂,这是现在唯一靠谱的工作了,我从此就得跟石膏模具打一辈子交道了,除了手艺越干越熟没任何发展的空间,我给不了她更好的生活……"

华韦林所说的工美厂在省城和云景之间的霸镇,他想舍弃现在的一切,和爸爸一起重新开始生活。

华建平看着儿子苦恼成这个样子,也是满心酸楚,但他还是想劝华韦林不要放弃沈宇:"做工人也没啥不好啊?你还是可以和沈宇把日子过得和和美美的。"

华韦林打断爸爸:"她在大学工作呀!身边都是讲师教授,我算什么?一天到晚满身的石膏粉还两地分居,谁受得了?就算她受得了,可是沈叔叔他们呢?我非但不能给她好生活,反倒还拖累她,她们家里会怎么看我?生个女儿不是让她来世上受苦的!她打过胎……就因为……怕我负担不起。"他抱住头痛苦道,"她现在絮絮叨叨的,谁把她变成这样的?她要是不用整天为柴米油盐算计,能到这份儿吗?真的,我真的害怕,她以后会被我拖累……"

华建平颤抖地摩挲着身上沈宇给买的新衣服:"可她,跟咱那么亲……""那她后悔的那天就会怨得更深。"华韦林接话道,"该说的我都写在信里了,明天她应该就能收到。"

听到这,华建平明白儿子没给自己留任何后路,他叹息一声:"爸帮不了你啥,只说一句,人,宁可纯纯粹粹地做个浑蛋,也别让自己在心里头觉得欠了人家。"

转过天来,沈宇依然好像没事人一样,照常去上班。华韦林趁她走了以后,收拾了一下屋子,竟意外地发现,自己的钱包里多出了一千块钱。他的手颤抖了!这只能是沈宇趁他不注意的时候塞进来的,华韦林攥着这一千块钱泣不成声。

当华建平依约来和儿子会合的时候,华韦林激动地说不走了。华建平一头雾水:"这又是什么意思啊?"华韦林含着泪说:"她压根就知道……她知道我没工作,只是,舍不得戳穿我……"

华韦林对自己的草率和没担当追悔莫及。沈宇以前是一个多么高傲的人啊,现在却能为了自己,为了这段感情默默付出,他华韦林如果一走了之,那还算是个男人吗？

　　他让爸爸留在家里等着截他写给沈宇的信，而他飞奔到钟丽梅的公司，再次恳求她收下自己，他不要工资在公司学习打工。可是钟丽梅却避之如蛇蝎地把他赶出了办公室，并大叫着谁再把他放进来就扣谁的工资。

　　华韦林怏怏地走出了公司大门。原来，即使你放下自尊，也无法博得别人的肯定。但是他并没有死心，既然连那该死的自尊都不要了，办法总是能想出来的。他跟管车库的人说自己是港华新招的擦车小弟，顺利地向管理员借来洗车工具，一会儿他就把公司的几辆车都擦得一尘不染。等钟丽梅再下楼的时候，华韦林急忙凑上来，不由分说就开始给她擦车。看到华韦林都做到这份上了，钟丽梅终于松了口："跟我上楼！"

　　钟丽梅此时还是不想用他，只是对他这种死缠烂打的行为太厌烦了，她明确地告诉他即使是做业务也没有他想象得那么简单。华韦林却说："做一份业务一份钱，公平。公平体制下要干不好，那就是自己的问题，自己的问题，都可以改，不够勤快就加把劲，不够聪明就让自己变聪明。"

　　钟丽梅真是看不起这个低三下四的男人，但华韦林却不在意："我不管，我有老婆要养！"

　　钟丽梅动容了，离婚女人最听不得的就是这个！

　　她当即拍板决定："你明天就来公司上班！"

　　这时反倒是华韦林有些担心起来，他对钟丽梅坦诚道："我有过前科，不过不是故意犯罪，而且我保证以后绝不会再犯！"钟丽梅无所谓地摆摆手："你失自尊都不怕，我怕什么？"华韦林顿时笑容灿烂……

　　顾晓薇没收那女人的三百万，心里却是空落落的，拉着索哥和曹操分析来分析去，又是替朱铁四想，又是考虑自己的得失，却总也没个结论。

　　顾晓薇想让索哥他们给她个定论，可两个人都不说话。被顾晓薇催急了，索哥才不得不开了口："晓薇，其实你已经做了决定了，所谓的商量，无非就借我们的嘴说给你自己听，我们还起啥哄啊？"

曹操也幽幽地开了口："爱情总是一次比一次褪色的，初恋是最纯粹的，之后，为了尊严、为了安定、为了幸福、为了生养等等等等，爱褪色了，自然就会加上计算嘛。"

听到这里，顾晓薇若有所思。

第二天，顾晓薇再次来到工厂，截住了朱铁四的妻子，开门见山地说："我和你做交易！"

朱铁四的妻子得意地笑了，她很爽快地给顾晓薇写下支票。按约定，顾晓薇收了支票就要写下那份声明了。

看着埋头写字的顾晓薇，朱铁四的妻子露出胜利的微笑。却意想不到顾晓薇写了一半突然反悔，把纸几下撕个粉碎。那女人皱眉提醒道："你知道朱铁四选择离婚的可能性几乎是零，你这等于是在出卖你自己的利益。"顾晓薇坦然答道："无所谓。"

朱铁四的妻子略显惊讶："何必呢？为了一个模糊的感情。"顾晓薇直视着她："那也毕竟是感情，就算是褪色的，褪色得都模糊了，也比没有强。"

朱铁四的妻子不甘心："我可以加码，五百万。"顾晓薇漠然摇摇头："五千万也不干！我可以输给人，但绝对不能输给钱！"顾晓薇拎起挎包站起身，头也不回地走了。

朱铁四的妻子愣愣地呆坐在办公桌后，盯着面前的支票，脸色难看至极。

这一次，顾晓薇打了个漂亮的翻身仗！而她，输了，输得很惨。

朱铁四的妻子恍然间抬起头，却发现朱铁四站在自己的面前。他把拟好的离婚协议递给她，协议中注明，他放弃了所有的财产，不管是厂子还是房子，全部。

那女人皱眉问："你……拼个一无所有也要我输是吗？"朱铁四轻松地笑了笑："这无关输赢，大家都洒脱点，我们反倒能做朋友。"

朱妻困惑不解："那个顾晓薇……她究竟做了什么，能让你为她这样？"朱铁四摇摇头，"跟她没关系。"

朱妻低吼道："有关系！"朱铁四沉思了片刻却还是摇摇头："不知道……真的，其实我也不知道，只觉着她需要我。"

为了什么才舍弃了所有，居然他自己不清楚！需要？这是什么逻辑？朱妻咬牙质问道："你贱吗？"朱铁四边想边说："这种感觉你可能体会不到，当一个人能被人需要竟会……这么温暖！呵，对，温暖！我也挺奇怪的，为什么，会感到温暖。"他说着不禁挑起了嘴角。

朱妻看到了他的微笑，这是从来没有在她面前出现过的表情！她恨恨地盯了朱铁四几秒，抓起协议摔门而去。

顾晓薇骄傲得像凯旋的将军，但自己却一脑门子官司。她一到家就禁不住乱跳乱叫，大骂自己是疯了，是傻瓜，把到手的三百万扔出去。门铃响了，正处于癫狂状态的顾晓薇厉声叫道："谁来找打！"打开门，却是朱铁四站在门口。

他站在门口，焦虑地搓着手："对不起，我……我曾经说过养你，可以后……兑现起来会很难，我……也得从头再来了。"顾晓薇一时没明白过来他在说什么，一脸错愕地看着他："什么？"

朱铁四解释道："我给了她一份离婚协议，用不着再打官司了，厂子……我不要了。"顾晓薇顿时爆发了，暴跳起来："你有病啊？你有病啊你！你不是说那是你全部家当你的心血吗？你有病啊你！有病……你有病啊你……"

顾晓薇重重在朱铁四胸口捶了一拳，便泣不成声地再也说不出一句话来，紧紧地抱住了他……

不记得是哪位伟人说过，不是生活改变你，就是你改变生活。

朱铁四放弃过去的一切留在了顾晓薇的身边，然而现在的日子过得却让顾晓薇很抓狂。她对此实在是无法理解，便找了个机会把华韦林叫了出来，希望他能给自己指条明路。"是不是一个男人一旦啥都没有了，他的气质都会变得让你感觉这么陌生！一个四十岁的男人，整天穿着小鸭子图案的睡衣睡裤在家鼓捣花草，琢磨煲汤，一副……老鸟依人的样子。还有比这更悲凉的吗？谁说这叫拜金谁就错了，让女人慑服的，不是男人的钱，而是男人成功后所带出来的那种气场。不怕他是受伤的狼，就怕他是认命的猪，从内心里没了锐气，从此就剩一堆烂肉！"

华韦林听着顾晓薇说的东西，感觉自己满脑子糨糊，想劝也不知从何说起。

这时恰好有客户来电，他迅速接起电话，整个通话过程都洋溢着极度夸张的热情："梁姐啊……哎呀您还跟我客气呀？您女儿过生日，送个礼物逗她开心，是应该的嘛……开心就好，开心就好，说心里话你女儿可真漂亮，长大了得招多少男孩子追到心碎啊，呵呵呵……别别别梁姐，我就怕您说'谢'字儿，多见外啊？您就当您是上帝，在考验我伺候得周不周到，您要芳心一悦给了我这笔业务，您就是上帝爱我，给了我一个长期伺候您的机会……"

顾晓薇看着华韦林从头到脚透着谄媚的样子，简直不敢相信，以前清高孤傲的天才画家竟然变得这么市侩！顾晓薇觉得，这事必须要和沈宇说道说道！

无独有偶。徐杰要竞争科长，这高大上的追求目标让他进入了一种亢奋状态，衣着打扮、说话走路都从小科员直奔伟人的方向去了，整个人奇异到连叶霞都认不得了！叶霞向沈宇抱怨："女人一旦被搞定，男人那副嘴脸会变得陌生。因为他的目标变了！他要用新嘴脸去搞定新的目标，哪怕这副新嘴脸会让你无比难受。因为你被搞定，就意味着你无关痛痒了，套用张爱玲的理论，就是红玫瑰成了蚊子血，白玫瑰成了粘在衣服上的一颗饭粒！"

叶霞的话让沈宇不由得联想着华韦林做业务之后的变化，心里一阵一阵惊惶。这时顾晓薇风风火火地冲进沈宇家，单刀直入地质问："我来采访一下，你是怎么把华韦林变成那副嘴脸的？你可真厉害，他这变化真叫人叹为观止！"

沈宇心里咯噔一下。

顾晓薇撇撇嘴："说中心事了吧？你是不也觉得他现在满嘴跑火车，一脸市侩？"

沈宇叹息一下，给顾晓薇算了笔账。房子装修、首付、结婚的费用大概是十二万，现在这样的华韦林一年可以攒七万，只需要再让他保持一年这样的势头，结婚的钱就够了。

顾晓薇担心的是，再一年华韦林就定型了。

她帮着沈宇分析："你想想啊，你跟我都喜欢他，对不对？你我喜欢的，是那个浑身上下弥漫着艺术气息的华韦林，可现在他一股市侩劲儿，可不可惜啊？婚礼上看到的是对金童玉女，我流泪也流得甘心吧？反过来，他穿上礼服都像搞传销的，来宾们不屑、我不爽，你也不好受吧？"

沈宇辩解："他在做销售，是经商。"

顾晓薇纠正她："概念性错误！非得庸俗化了才能经商啊？优秀的商人，都有优秀的气质，你看李嘉诚、比尔·盖茨，退一万步再看看老朱，哪个是满脸油光？"她建议华韦林去帮朱铁四，"先不提有没有外快可赚，就光接触老朱那些人脉，那些精英级的大佬，华韦林自己就能明白过来，自然而然就能把气质扳回去。"

沈宇明显被顾晓薇说动了，突然她想起来华韦林叮嘱今晚有个业务的饭局要让她参加，她匆匆地把顾晓薇赶出门，最后还不忘给她甩下一句："你今天简直就像引诱夏娃的那条蛇，我不相信你！"

顾晓薇看着沈宇远去的背影干瞪眼，得，真是好心当成驴肝肺！

一场酒喝下来，沈宇对现在的华韦林真是"刮目相看"了，也真切地意识到为什么顾晓薇不惜专程登门跟她说那几句"逆耳忠言"。

果然如华韦林所说，沈宇在这酒场里就是撑场面的。

沈宇是师大的老师，是知识分子，是知性美女。对这个定语，沈宇并没有反感。但是所谓的撑场面，不只是因为这个，还有华韦林拿来显摆的曲折动人的"爱情故事"。

在这故事里，沈宇是清高的师大美女，而华韦林是谄媚的追求者，他百般讨好，沈宇冷傲疏离。掏心掏肺都没能博得垂青，反而是在他囊中羞涩时，一碗朴实无华的馄饨帮他俘获了少女芳心。

故事是老套的校园爱情，但华韦林凭着自己的三寸不烂之舌，把一个子虚乌有的故事吹得天花乱坠，酒桌上的客人也略微收起了先前的戏谑态度，对这个初出茅庐的年轻业务员另眼相看。华韦林见火候已到，立刻老到地话锋一转，恳请在座的各位老总务必把业务交给他这个"老实人"来做。

沈宇看着华韦林红着脸大口喝酒，喘着粗气，时而故作深沉，时而嘻哈调笑，甚至当众剔牙，原来举手投足间就能散发出来的艺术气息早已荡然无存！这还是沈宇深爱的那个高傲的少年画家吗？在众人的哄笑声中，沈宇赔着一脸干笑尴尬地坐在那里，觉得自己完全是个上不得台面的小丑，她恨不能找个地缝钻进去才好！

　　沈宇心痛不已，华韦林变成这样，完全是被生活生生地压变了形。就像顾晓薇说的，这样的他，已经不再是他了！沈宇思前想后，终于决定听从顾晓薇的建议，让华韦林跟着朱铁四去干，让他找回真正的自己。

　　顾晓薇见沈宇点了头，自然满口答应下来，而实际上顾晓薇也有自己的小算盘。

　　朱铁四自从离婚之后毫无斗志，顾晓薇觉得再这样下去他就毁了，她想让年轻富有活力的华韦林来刺激朱铁四，希望能够借此激发出他的锐气，让他东山再起。

　　顾晓薇隐晦地向华韦林说明这层意思，华韦林本着帮助朋友的想法，愿意现身说法。顾晓薇立刻带着华韦林约朱铁四出来坐坐。

　　当顾晓薇、华韦林和朱铁四三人落座之后，她并没有直接提工作的事，而是委婉地表达了对初恋的迷恋，隐含之意即使此刻华韦林也是让她心动："当时我爱得很痛，但很过瘾。你知道吗？我是被他身上那种……那种……那种燥热的气息俘虏的，至今……咳，那种心神荡漾，如果不加克制，就会意乱情迷。老朱，其实就是一种敢冲敢撞的锐气，女人最容易被这种锐气迷倒。"

　　朱铁四平静地点了点头："嗯。我建议不要对抗荷尔蒙，有冲动，就宣泄。"

　　"啊？"他的话让顾晓薇、华韦林如坠云里雾里。他什么意思？

　　"别误会，别误会。我知道你有女朋友，呵呵……"朱铁四笑着对华韦林说道，随后他又看向顾晓薇，"晓薇，年轻人应该多在一起交流，碰撞出多多的爱情火花，生活才会尽心，他不行还有别人嘛。"

　　顾晓薇匪夷所思地咬着嘴唇，半个字都说不出来。

　　华韦林支吾道："我怎么觉得……是你……误会了呢？"

　　这下轮到朱铁四摸不到头脑了："你说什么？"

　　顾晓薇努力试图把谈话拉回到原先的方向上："我是说，咳……你如果缺乏锐气我就容……容易跟别人跑掉。"

　　没想到朱铁四对顾晓薇的担忧表示并不担心："跑累了再回来嘛。你朝气蓬勃、欲望满满，我还能关着你吗？"他淡淡地笑了笑，"你心里缺的，其实就是我身上缺的，说白了不是什么锐气，就是青春，那种汗潮潮的气息，在一起彼此传染、彼此快感，真的很好。所以我才建议你，有冲动就去宣泄，因为这种感觉我给不了你，我更乐于被你的意气风发所感染。"

华韦林试探地问："您……不是要东山再起吗？没有锐气，怎么重振雄风？"朱铁四沉稳地答："我不能靠锐气做事咯，那是种不怕输的冲劲，年轻人可以，我不可以。"顾晓薇、华韦林面面相觑，无言以对。

朱铁四根本和顾晓薇打的不是一路拳，顾晓薇一计不成又生二计。她认为轻描淡写不足以让朱铁四产生足够的危机感，她要让他看到真正的威胁，他要还是个男人，就必定会奋起反击。华韦林听了她的主意吓一跳，坚决反对，可顾晓薇是铁了心！她知道今晚朱铁四要参加一个酒会，她的主意就是在那个酒店和华韦林开房，看朱铁四在朋友面前看到自己的女人与别的男人幽会会有什么反应。

无巧不成书，叶霞要陪徐杰来省城开会。徐杰对竞选科长一事太过在意，对于如何成为一个有修养的领导者还无所适从，平日里他也以一种亢奋的领导姿态不断对叶霞进行各种指导纠正，被矫枉过的叶霞几近抓狂。

沈宇给叶霞出了一主意，就像是改造华韦林一样，让徐杰从朱铁四的身上体会大人物身上才有的气质。叶霞求之不得，两个人当即决定事不宜迟，就趁这回徐杰到省城开会的时机，介绍他和朱铁四认识。

几路人马各有心机，都已经准备粉墨登场了。

闹 剧

顾晓薇和华韦林正在酒店前台登记,一扭脸看到朱铁四已经把车停在了大堂外,顾晓薇忙搂住华韦林的腰,探嘴要做出亲他的样子,打算演给朱铁四看。却不料,猛一抬头,就看到沈宇、叶霞正从大门口往里走,一下不知所措地僵在了原地。

同时,沈宇和叶霞也发现了动作暧昧的顾晓薇和华韦林,惊愕地看着他们!叶霞惊叫道:"顾晓薇?"

叶霞这一声叫顿时吸引了人们的视线,惊惶的顾晓薇下意识地转看另一边,正朝这边走来的老朱和老徐也猛然看到她,也都站住了脚。

老徐惊愕地问:"老朱,这不是你女朋友吗?"

华韦林同样听到叶霞的叫声向那边看,惊惶地叫道:"沈宇?"

顾晓薇这才意识到自己还抱着华韦林,慌忙松开手。

这时,沈宇已经咬牙切齿地扑了上来,一把推开了顾晓薇叫道:"你这个骗子!你说是老朱要他假冒跟班充面子,怎么就逮着他跟你在腻歪啊!"华韦林尴尬慌乱道:"沈宇你听我解释……"

这时服务员从柜台里怯怯地递出两张身份证和房卡:"先生,你们的房间开好了,还、还要吗?"沈宇顿时血冲头顶:"顾晓薇你无耻你……"叶霞顿时恍然大怒:"顾晓薇你挖我闺蜜墙脚——"两个人同时张牙舞爪地扑向了顾晓薇。

华韦林慌忙阻拦:"别别别……"这边的老朱也快步赶过来急喊:"停手停手停手……"

正这时，徐杰忽然高声喝道："都给我住手！"所有人的动态都定了格。徐杰在众人面前站定，厉声怒斥："简直是胡闹！三个女人泼妇一样你缠我打，像个什么样子？中华女性的优良传统哪里去了？组织性纪律性哪里去了？"尚未成为科长的徐杰不怒自威，气场强大，所有人都被他镇住了！

瞠目结舌的老徐摇头叹息："这哥们儿，是哪里蹦出来的活宝啊？"

倒是费尽了心机却只收获了一场闹剧的顾晓薇在朱铁四的面前像泄了气的皮球，让朱铁四忍俊不禁。

朱铁四笑着说："我们达成个共识好不好？晓薇，年轻人有年轻人的优势，我也有我的套路。"顾晓薇抱头混乱地说："呵……乱仗打出乱心态，我真的发现了，我攒这局的心态，从头到尾都是混乱的。我是觉得你在衰退，我难受，看到华韦林变得一脸市侩，我也难受，我分不清哪个难受更多一点……对你，好像是撒泼，对他却是……心酸，我现在都搞不清自己到底想帮谁了，还是就像沈宇说的，拿你做勾引他的幌子。"

朱铁四安慰道："晓薇，每个人都是从简单变复杂，又从复杂变回简单的。酒会已经开始了，我得去，哲学问题咱们回头再探讨，好吗？"

等朱铁四赶回酒会现场，老徐低声告诉他："已经有人在议论了，说你连女朋友都管不住，可能这回真的没有机会了。"本想在酒会上重建人脉的朱铁四叹息一声："别说了，我知道我今天折这儿了……"

沈宇这一路从酒店批评到家里，从气质到风骨骂了个遍，华韦林从始至终嬉皮笑脸，不断地埋汰自己吹捧沈宇，他这谄媚的样子让沈宇更加是气不打一处来，后悔根本不该妄想对他进行什么改造。

沈宇骂也骂了，吼也吼了，可是心里并没有理明白现在的生活到底是哪里有了问题。沈宇在害怕，虽然华韦林在拼命地挣钱，狠心在现实里打滚，把自己滚成了一头驴。可是这并不是她想要的结果！沈宇拿着华韦林大学时的照片和现在对比，感觉眼前人越来越陌生。

她拉着闺蜜兼导师魏明，向他求个明白。

魏明开导说："心理系的张老师说，女人都有塑造男人的欲望，但会因此死得很惨。"沈宇被点到了痛处："说实在的，我是对自己心慌，我承认现在我们的条件改善了不少，却不能接受他的改变，我搞不清了，我爱的到底是现在的华韦林，还是一个只存在于我脑海里的华韦林。"

魏明沉思片刻："关键是，他走近了，不再有一点点距离了，对吗？"沈宇若有所思地看魏明，随后若有所思地点了点头问："我怎么办？"魏明摇摇头："无解。"

沈宇觉得有必要了解一下华韦林工作的环境，或许能给自己一些安慰，可她更想在那狠狠地发一场飙，就像是帮被现实压榨成这种德行的华韦林挣回些面子。

沈宇一进公司就发现，这公司从装修到人员都是同一风格，市侩媚俗却油盐不进。尤其是见到钟丽梅之后她明白为什么华韦林会变成那样了，钟丽梅绝对是个人精，你想找事儿她却热情恭维你，有火都没脸发了。

沈宇正压着火呢，正好华韦林搞定一个难缠的客户来向钟丽梅汇报，钟丽梅一高兴就开玩笑问他是不是献身了，听到这话沈宇的脸一下就拉下来了。

钟丽梅一看玩笑开大了，她急忙打圆场，主动请他们吃饭，并且当场给了华韦林五千块额外的奖金。看到钱，沈宇气也没了，也不恼了，忙不迭地收了钱。可事后她不由得骂自己："市侩！市侩！甭嫌别人市侩，你也一样！五千块钱就被收买啦？还好意思说华韦林吗？"

顾晓薇想帮朱铁四，没和他商量就从刘总的公司辞职了。然而朱铁四坚决不同意她到自己公司里工作，原因是顾晓薇确实帮不了他。朱铁四计划做美国 SYS 公司的一级代理，但拿到这个资格需要一千万，他没有钱。没钱，SYS 公司就不给代理资格，没资格，投资公司就不给钱，就算把头磕遍了都没用，因为这个现状简直就是个怪圈。

不管是钱还是资格，顾晓薇都帮不了他。顾晓薇担心他压力太大，朱铁四却说打破目前的僵局其实很容易：让投资公司相信朱铁四能拿到资格，他们就会给钱；或者，让 SYS 相信他有钱，他就能拿到资格。

毫无技术含量只需耐心，耐心到他们失去耐心。"一件容易到只需耐心的事，我会有压力吗？"朱铁四故作轻松。

顾晓薇却尖锐地指出："你如果没有压力，为什么害怕我丢掉这个每月四千五的职位？"朱铁四避开了顾晓薇的目光："商场如战场，风云瞬息万变，你与其为我做无谓的担忧，不如放轻松就好。"

顾晓薇是真心替朱铁四着急，可这人偏就不领情！

她纠结地跑回酒吧和曹操探讨原因。"我不是因为钱才跟他走到一起，可为什么，我会因为他处在谷底，就产生信任危机，我会觉得在丧失依靠的时候，就会焦虑暴躁，说得更直白点儿就是……我开始有点嫌弃他了。"

曹操直言不讳道："原因很简单，因为你对他不够爱。"

这一句刺中顾晓薇要害，她不禁默然……

而朱铁四的要害，是夫妻生活。

从他离婚之后，顾晓薇和他像真的夫妻一样生活在一起。开始其实还行，不算多，但是也不算少。后来，他一直闲着，顾晓薇倒是在公司里连升两级，那方面的事，渐渐就少起来。再后来，有时候顾晓薇主动提起，朱铁四更像是为了交差，效果自然差强人意。最后，朱铁四往往随便应付一下，就早早缴枪了。

顾晓薇承认他为了东山再起而过度操劳，造成这方面的精力不足。尤其是他决定要做美国SYS公司的一级代理之后，为了资金和代理权各方面努力，确实不容易。

这天，朱铁四非常兴奋地告诉顾晓薇，代理权他拿下来了！事业曙光初现，他滔滔不绝地讲起社会步入网络时代之后会产生怎样的变化，公司的前景又有多么广阔。见朱铁四难得这么亢奋，顾晓薇不失时机地提出，趁着今天这么高兴，要不要试试？

朱铁四的激情迅速冷却，他不行！他又一次借口二次创业有太多需要费心操持的东西，有太多要想。那方面，他顾不上。

顾晓薇见他这样推托，淡然地揭穿了他："空手套白狼，拿下了代理资格，但投资公司却不像美国人那么单纯，它要见到一笔业绩之后才肯投钱。没有钱，你就没有团队，就是个很难被信任的皮包公司，这第一笔业绩怎么创？不出业绩就得不到投资，很快，代理资格也会被收回，而且还彻底丧失了信用。空手套白狼一旦成功就是一本万利，但一步走错，就会万劫不复。"

看到朱铁四目光躲闪，顾晓薇不落忍了，她知道男人最怕自己的尴尬被女人揭穿。顾晓薇收起尖锐的刺："咱们去医院看看好吗？"

经过诊断，朱铁四的情况只是心理原因，医生甚至没有给他开药，主要是让他调整心态，放松心理。

心理问题？顾晓薇不服输的劲头又上来了。她弄回了一堆滋阴壮阳的药材来泡酒，说是给朱铁四上猛药，补到他什么都不想只想那个，问题不就解决了？药效果然是立竿见影，只是猛过了头……

朱铁四在产品宣讲会上向各投资方进行产品介绍时无意中提到了"疲软"一词，他的脑子里莫名出现了那些泡着各种东西的酒坛。他越想理清思路就越结巴，这样的表现如何取得投资者的信任？投资方代表们纷纷摇了摇头，失望地离开了。

得知朱铁四引进资金受挫，顾晓薇心里也不好受。她拉着曹操分析，自己这样是不是在故意折磨朱铁四？她看着他总是那么强作镇定的样子非常难受，心里特别不落忍，毕竟朱铁四对她是真心的好！

顾晓薇憋了半天，没底气地问："我……应该离开他吗？"

曹操尖锐地指出："你欺负他，折磨他，是你觉得自己并不爱他，又因为他爱你不忍心离开，于是潜意识里，就想让他讨厌你或者畏惧你，让他主动开口，叫你滚蛋。"

顾晓薇自己还是弄不明白。

无独有偶，沈宇认定华韦林不应该为了做销售就放弃当年的艺术修养，她也对华韦林下了一剂猛药。

华韦林那天下班一回家，看到沈宇已经给他备好了所有画具，而她自己，全身只用一条被单遮住了羞处坐在床上。

沈宇柔情似水："七年前我在你隔壁，你画了我的面容；七年后我在你怀里，我要你画我全部。"看着华韦林无动于衷，她悲壮地宣布，"你要敢说你连画画都不会了,我就掀开这条被单出去裸奔。"

华韦林匪夷所思地打量着沈宇,慢慢地,视线固定在了她搭在腰间的左臂上,表情慢慢严肃了起来。他慢慢走到床边,蹲下身子,凝视沈宇左腕子上的那三个烟疤,显得很入神,那张脸上竟再次浮现出了曾经的艺术气质。然后他迅速地抽出画笔,绘就了一幅图案。

沈宇看到画时却不明白,这是什么?一张小丑的笑脸?

华韦林解释道:"或者我们都是小丑,但至少,我们笑着面对生活。"沈宇上前抱紧了华韦林,喃喃道:"看到你回来,真好。"

华韦林带着沈宇将他刚刚画好的图案做成了文身,就文在他们共同拥有的那个烟疤那里。

沈宇以为自己的猛药起了作用,然而一切不过是她的美好愿景。当她被华韦林拉着每每在他的客户面前展示那小丑的笑脸,当那些环肥燕瘦的女客户抛着媚眼、发着嗲音围着华韦林要求也刺同样的文身时,沈宇觉得自己就是一个小丑,一个连笑也笑不出来的小丑。终于在一位女客户含羞带娇地向华韦林要求把图案画在她的屁股上时,沈宇再也忍不下去,拂袖而去。

华韦林追出来哄她,沈宇举起左胳膊,红着眼圈问:"你知道它是什么吗?你那烟疤是你玩儿酷,我的不是!那是稀里糊涂爱上你的代价!是我青春的代价!"

沈宇咬着牙道:"因为它,我被人误解过、被人用异样的眼光看过!我都过来了,因为它记录了我的青春,所以我能笑着面对!没错,就像你说的,笑着面对生活!你把它改成笑脸的时候我真的很激动!我觉得我们心灵相通!我还自责我应该要懂你的!结果,就是个广告,就是你拉业务的一个噱头,你真是让我太惊叹了!"

华韦林低声下气,诚心解释:"设计文身的时候,我满脑子都是过去的画面,真的,没想戏谑。"但是沈宇已经不想听他解释了,从牙缝里迸出一个字:"滚!"

沈宇对华韦林越来越失望,这似乎与她所期待的婚姻状态越来越远。虽然婚礼的日期因为存款的增加而日渐临近,但她内心中对于婚姻的热情却在慢慢冷却。

以往掐指头计算柴米油盐的日子,让她变得絮叨,可如今经济上有所缓解,她却多了尖酸刻薄。魏明批评她:"不再窘迫生计,就有了空间矫情。你倒是想想看，是谁给了你这个空间？"沈宇不服辩解道："我就是希望他……"不等她把话说完，魏明又接着问道："谁又为了给你这个空间，把自己变得不堪？"

沈宇不由得怔住。

这时，钟丽梅的电话打了进来："华韦林为了两千块奖金和小偷打架，被刀捅了，你赶紧到医院来吧！"

沈宇急忙赶往医院，幸好只是皮肉伤，华韦林还嬉皮笑脸地说没事。沈宇就急了："你疯了是不是？你要钱要命啊，就两千块你至于吗？你现在怎么变成这样了你？为了个钱字啥都不顾，你好歹是个学艺术的，有点涵养行吗？"

正在检查的医生不耐烦地摆手："要吵回家吵去行吗？别在这里影响我工作。"

华韦林笑眯眯地对沈宇竖起手指："嘘……"沈宇闭着眼睛深呼吸了一口，生给压住的火气让吐气的声音都哆嗦了。

一出医院，沈宇又把华韦林骂一通，说他真是一个已经定型的市侩商人，改不回去了。华韦林故作轻松地说没那么凶险，她不用太担心的。

沈宇恨道："你还不明白问题在哪儿吗？是，我们需要钱，你因为挣钱马革裹尸，我很感动，你为拿业务白酒当水喝我很心疼，但我不想让你为了挣钱，连面相到心性全都沦丧，从气质到尊严全都卖光！"

华韦林拉着她的胳膊哄她："别生气了！我知道你是担心我，要不……"沈宇甩开他吼道："我是对你失望！"

华韦林不说话了，怏怏地站在当场，哑口无言。

沈宇就觉着话重了，有些歉意："我……对不起，我不该这么说……"

华韦林却明白，自己没有做过销售，不懂得怎么做，完全是照着别人的样子学来的。他也觉得那嘴脸不堪，也有过抵触，可是只要能有业绩，这些还有什么可考虑的？他连连承诺会改，向朱铁四那样有风度、有气质的成功企业家靠拢。

沈宇还能说什么？她要打车回家，然而身上刚缝了几针的华韦林却坚持要坐公交车，只为了省下几十块钱。沈宇着实无语了，借口去买水，免得又想骂他。

这时叶霞打来电话，为自己选个科长就近乎魔怔的老公求解。叶霞感叹："天天为这事搅得四邻不安，今儿真的要竞选了，他倒紧张得差点从自行车上摔下来！

这男人到底是什么动物啊？"

沈宇正好没处发泄，把憋了一肚子的话像连珠炮一样发射了出去："岁月变不回来，人也一样。他不是泥坯子，你塑造不了他，就算他是泥坯子，塑造他的也是社会，是大环境，轮不到你我。人是我们自己选的，要么后悔了，转身走掉；要么就挺着，哪怕让自己膈应着，也得学会习惯。习惯他一直变一直变，变好变坏不知道，只能赌！"

沈宇买了水回来，华韦林却不见了。他还带着伤呢，沈宇着急地四下寻找，却看到他在桥下正轻声细语地给一个画水粉画的小男孩指导技巧，那小男孩还怪嫌弃他的。

华韦林笑笑离开，退后几步就那么定定地看着那男孩。他那专注的样子仿佛华韦林当年一样，这一幕让沈宇的眼圈红了。

华韦林喜欢画画，他也喜欢孩子，可是生活的现实却让他把这些全都放弃了！去年她还是个絮叨的小妇人，现在是华韦林用自己的不堪换回了她曾经的模样。

沈宇拉华韦林坐在台阶上，心疼道："一直都是我在要求你，能不能……对我提个要求，多过分都满足你。"华韦林沉默了片刻："我能不能，晒着太阳睡一会儿。好像有点累。"

泪水瞬间从沈宇的眼眶中涌了出来……

那天，他们两个在公园的草坪上香甜地睡着，直到夜色降临！

朱铁四代理的项目因为一直没有业务，支撑下去举步维艰，他不想耽误顾晓薇，打算给顾晓薇一笔钱，那是他最后的身家了，算是让顾晓薇有个保障。她可以继续在朋友刘总的公司里就职，不用在他的身边继续浪费青春。

他向顾晓薇摊牌："晓薇，我可能真的是无法东山再起了，人废了，事业也废了，再跟一个毫无可取之处的人在一起，对你不公平。我心里很清楚。我……一直都很清楚，如果我变得庸庸碌碌，你会不耐烦。"

但是顾晓薇坚决不接受。她放狠话说在这种时候想逼她走是痴心妄想，她现在折磨朱铁四有瘾，绝不会就此善罢甘休。

无奈之下，朱铁四只好带着顾晓薇来找沈宇和华韦林，他觉得他们劝顾晓薇可能会有些效果。朱铁四诚恳地说："晓薇在这件事上犟着是不理智的……我还记得，我们刚交往的时候，有回她开玩笑地说'我不工作你养我呀？'呵，我真的想。可现在、未来，可能反倒要她养一大叔，你们觉得合适吗？"

沈宇可不管朱铁四和顾晓薇谁养活谁，她明白这样劝说顾晓薇离开朱铁四对她有百害无一利："我跟晓薇打了这么多年交道，说不上惺惺相惜但至少也算不打不成交，所以就算我再狭隘，也不希望她过得不好。"

顾晓薇的倔劲一上来，十头牛也拉不回。朱铁四一心是为顾晓薇着想，可是顾晓薇根本听不进去，一时间这劝说陷入恶性循环。

为了息事宁人，华韦林不惜现身说法："也不用分析了，说实在的，我们压根儿就不该来劝她。人其实都一样，遇到坎儿了都会畏缩。去年我一直找不着工作，也曾不要脸地想甩下沈宇溜之大吉……"

沈宇一惊："啊？还有这档子事儿？"

华韦林回过头对沈宇正色道："回家我跪搓板儿……"他又转向朱铁四接着道，"老朱，你知道吗？当时，为了不让沈宇再来找我，我给她留了封信，记录的都是当时的心情，都是在为她考虑。"

沈宇惊讶地追问："信呢？我怎么没收到？"

华韦林再次回过头对沈宇正色道："回家我剁手指……"他扭头继续对朱铁四说，"结果，临走的时候，我看到了沈宇在我钱包里偷偷塞的一千块钱，那瞬间我真是……臊得就想去死，你知道吗？什么不拖累她，什么为了她好，全都是狗屁！全都是给自己找借口！给自己的畏缩、懦弱、为自己不是爷们找借口！"

看着华韦林激动的样子，沈宇有点儿发愣。

华韦林激动地说："从那刻起，我就告诉自己，是男人，女人要没说走，你就不能、不应该、不可以说'走'这个字！我一身市侩她烦不烦？她嫌弃不嫌弃？她都烦成这样了、嫌弃成这样了都没说走，为什么？不把我当自家人，她就不会嫌弃着还受着！你究竟有什么资格说走啊！……"

朱铁四静静地看着华韦林，华韦林目光如炬。许久，朱铁四避开华韦林的目光，拉起顾晓薇的手："晓薇，我们……回家。"华韦林都这么掏心掏肺地说了，朱铁四再坚持让顾晓薇离开，就太矫情，太无情了！

华韦林松了半口气，刚笑着扭头看到沈宇，忽然意识到什么立即屏气举手，等着沈宇发飙。不料想，沈宇愉悦道："小林子儿，鉴于你知错就改，本官免你所有责罚。"华韦林这才松了一口气："谢娘娘隆恩。"

顾晓薇要帮助朱铁四，只靠自己的力量肯定是不行了。没有别的办法，顾晓薇思虑再三拨通了家里的电话，她决定带着朱铁四去见顾劲松。

面对顾劲松的盘问，朱铁四如实地告知他们之间年纪相差十六岁，而且自己还离过婚，在别人的眼中，他这样和顾晓薇在一起很不合适。

朱铁四彬彬有礼地说道："叔叔，我没有孩子，但我依然能体会到您作为一个父亲的心情，您担心我们如此巨大的年龄差异，在生理和心理上都会很不协调，况且我现在还青黄不接，连维护稳定生活的能力都不具备。您更担心的是，您的女儿，有一天会因此后悔。"

顾劲松的眉头微微地跳了跳。朱铁四的坦诚出乎他的意料。

朱铁四诚恳地说："我真的……很想跟您证明什么，但对不起，我现在什么都证明不了，我要是说对未来胸有成竹那就是不负责任。我只能跟您保证一点，我保证会为了不让您女儿有后悔那一天，竭尽全力。"

顾晓薇悄悄地在桌下握住了朱铁四的手。

顾劲松了解自己的女儿，她主动打来电话说自己有过不去的坎儿，不得不找爸爸帮忙，这必定是真的遇上事了。不然胆大包天、胡作非为的她能把什么坎儿当坎儿啊！

这个叛逆的女儿在去年他过生日的时候寄来一封信，这是他们关系缓和的开始。虽然信上只有一行字："爸，生日快乐！晓薇"。顾劲松当时就敏锐地感觉到，一定是什么人感染了女儿，是谁终于让女儿被温暖包围了？他肯定那不是华韦林。"因为他可以点燃你，但绝做不到让你润物细无声地享受温暖，散发温暖……"顾爸爸对朱铁四说，"现在我明白，这可能就是我女儿，为什么跟你在一起的原因吧。"

顾爸爸向朱铁四要了名片,安排玩具厂负责网络建设的林贵材和朱铁四联系,了解朱铁四代理的美国 SYS 设备。不久之后,这笔业务便谈成了。

听说老伴主动帮女儿的男朋友联系了业务,顾妈妈欣慰地说两个人终于不记仇了。顾劲松照顾到越来越大的晨晨,提醒顾妈妈不可以在孩子面前乱说话。不管怎么样,顾晓薇终究是晨晨的亲生母亲,总有一天,孩子还是要回到她身边的。

顾劲松晚上睡不着,他和顾妈妈念叨:"这儿女的事儿吧,父母总有太多没想到,也许能做的,就是不添乱,做再好点儿呢就多给些支持。其实晓薇那边儿吧,我也吊着心呢,朱铁四他人不错,可经商吧,难免会大起大落,稳定的生活是真谈不上啊。"

顾妈妈劝他:"别瞎操心了,咱俩就把自己的日子过好,蛮幸福的了。"

沈宇和华韦林终于敲定今年之内把婚事办了,虽然在哪买房子,两个人意见一直没达成一致,他俩在经过争论、肉搏等"讨论"方式之后,最后决定将新房买在哪里的决定权交给老天爷。最后抓阄的结果是沈宇中意已久的金鑫花园。华韦林和沈宇连忙煮泡面庆贺,一脸的喜庆。

生活总是爱和人开玩笑,就在华韦林以为一切都顺风顺水的时候,钟丽梅的公司突然停摆了。自认为最擅算计、聪明无敌的钟丽梅被人骗去当担保,结果当事人卷款潜逃,钟丽梅的资产也因此被冻结。

沈宇接到电话的时候,正在和荣升新任校长的方主任与魏明聊天,看着新婚将至、喜气洋洋的她,两位师长也是颇有一番感慨。然而当沈宇回到家,看到华韦林和钟丽梅坐在客厅里的时候,之前的喜气一扫而光。

钟丽梅的公司虽然没倒闭,但是规模急剧萎缩,现在要想翻身,那就任何一单业务都不能丢掉。现在钟丽梅手头就有一个大单子,先前觉得此单风险太大一直没有出手,但是现在火烧眉毛,她才决定铤而走险,把自己的房子也抵押进来,如果能拿下这个单子,公司或许就能渡过难关。

关键是,资金缺口还差九万。

沈宇一听就明白眼前这两个人在打什么主意呢,是在打他们为结婚准备的那些钱的主意啊！她看到华韦林居然帮着外人来坑他们俩结婚的钱，气得摔门而去。看着闷头不语的钟丽梅，华韦林想起当初自己求职时的情景，自己还曾说过要比她哪任丈夫都忠心的。可是现在她真有困难了，自己能帮什么呢？

晚上，华韦林送走钟丽梅，回家就被沈宇事先拿话堵住了："别提钟丽梅的事啊！"他还想着好好商量，不料沈宇却劝他赶紧找工作，准备另谋出路。华韦林不忍地说钟丽梅对自己有知遇之恩，这话把沈宇惹急了："我不管什么知遇不知遇，我只知道如果你把这九万块钱给了钟丽梅，咱俩这婚就别结了！"

华韦林皱起了眉："你这不胡搅蛮缠吗？"

沈宇"噌"地蹿起来："我胡搅蛮缠？我就不明白了！钟丽梅到底给了你什么好处，能让你把结婚的钱拿去给她补窟窿？除了爱情之外，还有什么能让人大脑混乱到飞蛾扑火的地步……"

小两口之间的战火一直持续到午夜，沈宇也觉得自己先前的态度有点太过激了。"我胡搅蛮缠还不是为了咱们这个小家嘛。在感情冲动时候做的任何决定都是不客观、不审慎的。"沈宇抚慰地拍了拍华韦林，"别纠结了啊，我知道不帮这忙你心里过意不去，可我们也正好急需用钱嘛，将心比心，钟总肯定能理解你的苦衷的。"

华韦林深深地叹了一口气："睡吧。"

两个人各怀心事，相拥而眠。

借　钱

　　关于买房子的事，朱铁四也有考虑。但顾晓薇考虑到他的事业刚起步，觉得买房大可不必。她只想等领证以后，接父母过来看一眼就行了。可顾劲松不放心，天天追着顾晓薇问他们，生活有没有困难？需不需要他们帮忙？顾晓薇的牛脾气一上来就嫌烦，反倒更不给他回信了。

　　朱铁四知道顾劲松是担心他们，便对顾晓薇晓之以理："咱们有个房子，你父母来了还能住在一起不是？他们看着也放心嘛。"顾晓薇摇头："真要不放心，守座金矿都没用。"朱铁四笑道："这不抬杠嘛……"顾晓薇扭脸冲朱铁四正色道："朱铁四你听好了。一、我不想让人觉得我跟你结婚，是在图房子；二、我也不相信婚姻需要房子来保障。明白？"

　　看着顾晓薇一本正经的样子，朱铁四无奈地摇了摇头……

　　沈宇把买房的账算得清清楚楚：房子首付百分之二十，加上税一共七万四千八，就算七万五；装修两万五；婚礼的钱，希望能靠份子钱收回来；还要买电器……

　　算盘虽然打得好，但当务之急还是要先把房子的事定下来，这天她又抽空到售楼部转，结果售楼小姐告诉她，首付下来得九万块！沈宇"噌"地站住了脚："九万？不是七万五吗？"售楼小姐告知她："上周三刚调的价，每平方米涨了三百。"

　　沈宇急叫道："这也太狠了吧？"售楼小姐仿佛这样的反应看多了，平静地说：

"所有的楼盘都涨了。现在房地产火呀。真的,沈小姐,我要是您啊,绝对不敢再犹豫的,过俩月,这价格更下不来了。"

沈宇环视着毛坯房,心里越发地没底了……

沈宇飞奔回家,一翻抽屉却发现两本存折只有一个了,她立即就意识到是怎么回事,顿时脸色煞白,全无意识地对着抽屉乱翻,声音都带着哭腔了:"他疯了吧?他是不想过日子了吧……"她颤抖着掏出手机,打给华韦林,他竟然关机!

沈宇怔怔地握着手机,满脑子空白,哭声积压在喉咙里,却一点都哭不出来。忽然,她一把拎起挎包,飞也似的冲出门去!

沈宇赶到钟丽梅的公司,公司已经空无一人。

正好看到前台小姐和物业的人在激烈争吵,原来物业是来催他们腾退办公场地的。沈宇追问前台小姐有没有见到钟丽梅和华韦林,前台小姐埋怨说他们都躲了,把这一个烂摊子全都丢给她。

沈宇正要失魂落魄地离开,恰巧前台接到电话,说华韦林他们都喝多了在医院。沈宇怔了怔,赶忙拔腿就往医院赶……

沈宇进了医院急诊,就四处询问这里有没有一对喝多了的"狗男女",在医护人员的指引下,她终于见到了正躺在病床上打吊瓶的华韦林和钟丽梅。沈宇咬着牙快步走过去,正要找华韦林算账,却发现他紧闭双眼,一副不省人事的样子,她不由得怔住了。

钟丽梅转脸看到了她,瘪了瘪嘴,眼泪便噼里啪啦地掉了下来。钟丽梅见沈宇面色不善,连忙袒护华韦林道:"你骂我好了,不要骂韦林……都在抢这个单子,他也紧张地没了方寸……"

沈宇正要跟她算账:"怎么喝成这样啊!"钟丽梅幽怨地摇摇头:"原以为凑够保证金就好,哪里想到对手和你拼钱,就是要跟我们抢!知道我们不走运就欺负我们!"

沈宇不知道这主仆二人现在已经混到这步田地,一时语塞。

钟丽梅吸了下鼻涕:"没计啦,搏不到先机,就只好搏情面。人衰就搏命咯,把自己搞到惨,总可以博点同情分。"

原来,因为对手的实力强劲,不得已钟丽梅与华韦林约了客户老板彭总一起吃饭,在酒桌上,几乎是哀求着人家把单子交给他们。客户担心他们公司现在的情况,钟丽梅只说让他相信梅姐,酒是一杯接一杯地喝。华韦林也向客户表决心,客户拦都拦不住,他喝酒跟喝水一样快。可是人家客户也有实际的考虑,华韦林就咬死口:"彭总,只要您松口,我喝死在这里也甘心了!"

到最后,客户都被他们这种玩命的喝法吓到了,连声说会把单子给他们,不要再喝了,他们还手握满杯的白酒,尽管都是一手撑着桌沿站着,都是脸色蜡白,还坚持说:"我们干掉这杯,向彭总致谢。"

结果这一杯酒下肚,两个人先后倒下了!

病床上的钟丽梅擦了把眼泪:"没有理讲啊,把自己搞到死,就为了别人肯拿我们的钱……给钱还要千恩万谢,我钟丽梅混得惨啊……"

沈宇看着隔壁床的华韦林低声问道:"韦林出了多少?九万?"钟丽梅知道沈宇担心什么,她信誓旦旦道:"沈宇我不骗你,搞定这单子,我们真可以活。"

沈宇长长地叹了口气。

钟丽梅含泪哀求:"你就算救人一命好了。"

沈宇看着华韦林不省人事的样子,眼圈有点泛红。她低声说:"我给你们熬锅粥吧!"说着,沈宇甩下钟丽梅,转身走了。

不想一出门,正遇上来做婚前检查的顾晓薇和朱铁四。沈宇闷闷地说:"要结婚了是吧?挺好,能结赶紧结。"

顾晓薇看她情绪不对:"你怎么了?"沈宇突然无名火起:"我怎么了跟你有关系吗?管好自己吧!"说着甩下顾晓薇和朱铁四,快步离去。

朱铁四看沈宇气乎乎离开的样子,若有所思地问:"你这朋友……遇上什么事儿了吧?"顾晓薇没好气地撇撇嘴:"别逗了,我跟她从来就不是朋友。"

朱铁四、顾晓薇走在廊柱边,一眼看到不远处的两张病床上,华韦林、钟丽梅一动不动躺在那打着吊瓶。他们从护士那里打听,才知道这两个人是因为轻微酒精中毒才被送进来的。

顾晓薇有些不放心,嘟囔着"这是什么事"。朱铁四体贴地说:"要不进去问问。"顾晓薇看看他，立马把心里的那点乱压下去了："生是人家的 Man，死是人家的鬼，算了。"

朱铁四帮她说话："可能遇到难处了呢？"顾晓薇皱眉说："以前没事找事也得招拨他两下，现在不应该了吧？"朱铁四望着顾晓薇不说话。

顾晓薇看了眼朱铁四，彻底放弃，拉一把他："走吧，还得体检呢。"

几天后，华韦林出院了。

沈宇把他从医院接回来，忙前忙后。华韦林有些愧疚："沈宇！"沈宇停下手里的活，问道："存折呢，应该还剩一万吧。"华韦林迟疑了一下，从西服内兜里掏出那本存折，颤抖着递给沈宇。

沈宇翻开存折看了看："不错，还没都赔光。"华韦林充满歉意："对不起，我是……"沈宇打断他："加上那本，还有四万呢，够活。"华韦林马上表决心道："我跟你保证，尽快再赚回来。"

沈宇收起存折，嘀咕道："要换了顾晓薇，肯定会说去他个猫屎狗尿！"华韦林没听清："你说什么？"沈宇深吸了口气骂道："去他个猫屎狗尿，办酒！结婚！"

华韦林愣愣地看沈宇，她居然在说脏话？

沈宇却认真地说："我曾经想方设法让你变回心中的那个人，呵，其实你一直都是的。人家是流氓假仗义，你是傻帽真玩儿命，就没变过！当初让我五迷三道的，不就是这个人吗？这个人的臭德行，真得好好管教管教！"

华韦林感慨地叫："沈宇……"

沈宇豪爽地摆摆手，"去他的房子，去他的脸面，都没了咱也不会死，咱就摆酒成婚高调给所有人看，怎么着吧！"

十万火急

朱铁四的公司终于有了转机。他联络了朋友老徐、刘总一起洽谈如何拓展业务范围。"借着宽带建设的浪潮呢,后台服务这块儿市场,我吃掉了百分之十的份额。现在我操作智能家居这个概念,也获得了不少支持。所以我的蓝图非常清晰,从高科技这条道,杀入房地产市场。"他继续鼓动两位老朋友道,"我这里有高科技的优惠政策,老徐在地产业熟门熟路,老刘在金融领域呼风唤雨,我们就建立一个战略联盟,相互参股、资源共享,打造一个跨领域合作的联合舰队。"

刘总笑道:"老朱,你这是空口白牙拿概念套我们手里的真金白银呐。"朱铁四嘴角一挑:"你们二位就给句痛快话,玩儿不玩儿吧?"刘总也不正面答话,扭头看看一直在打盹儿的顾晓薇:"顾助理,这事儿交给你来决定,你说玩儿,我就玩儿。"

顾晓薇很不理解,为什么在朱铁四一无所有的时候没有人帮,现在他东山再起,那些人像是闻到肉腥味的狗一样围上来。这到底是因为朱铁四的个人魅力,还是因为他手里握着优惠政策?

朱铁四给她解释:"如果狼和羊是一对从小长大的好朋友,狼不会吃这只羊,甚至警告别的狼不要吃它,但它永远不会带这只羊去打猎,因为羊没这个能耐;但要换做是头豹子,它们很可能就会并肩作战。懂吗?感情用来记挂,实力用来合作,这就是男人的友谊。"

顾晓薇想了想:"换作我们女人,就会唠叨着抱怨,羊,怎么就不能跟豹子一样呢？"

业务谈成了，朱铁四和老徐、刘总正式结成攻守同盟。这时，顾晓薇却正式向刘总提出了辞职。刘总以为她又闹小孩子脾气，不料顾晓薇非常深思熟虑地说出了自己辞职的理由："以前递辞呈是我年少无知，不珍惜你对我的照顾，不珍惜你跟老朱的友谊，这回，恰恰相反。你跟老朱要合作了，利益有掺在一块儿的，也有自己要保留的，亲兄弟明算账，但给你算账的却是兄弟的老婆，时间长了你会不会有芥蒂？我又能不能保证不偏心？刘总，男人之间的友谊女人不懂，难免会坏事儿的。"

刘总愣愣地看了她很久，才开怀大笑起来："你知道吗，我真的……开始嫉妒老朱了，你这样的女人，真的很难得！"

顾晓薇得意道："那是当然。"

顾晓薇正式办理了离职手续，抱着东西刚到家门口，就看到顾妈妈灰头土脸地坐在旅行箱上等她。一看到顾晓薇，顾妈妈仿佛看到主心骨一样，不由分说拽住了她的袖子："晓薇啊，你爸出事了！"

原来，顾晓薇和朱铁四的婚事总是让顾劲松不放心，为了给女儿一些保障，他竟然破例收了人家三十八万的贿赂。他叮嘱顾妈妈这钱坚决不能动，只能放在家里。可是顾妈妈脑子一抽，就想着家里正好有十二万，和这三十八万凑个整存到银行吧，也省得家里不安全。一想自己带这么多现金也不安全，还把司机小陈叫来送她去银行。结果，小陈把顾劲松举报了，他人已经被抓了起来。

这才是墙倒众人推，当初被顾劲松撤了职的林贵材也借机大力打压，往死里整他，还拿上次顾劲松让他和朱铁四联系设备的事说事。而往日那些被顾书记撤职的人更是跳出来，说换掉他们是为他贪污受贿的丑行扫清障碍。

顾妈妈方寸大乱，这才急忙跑到省城来找女儿想办法。顾妈妈在女儿面前也没什么顾忌，大骂小陈他们是白眼狼。顾晓薇听着妈妈埋怨小陈，埋怨林贵材，也叹息道："行了……犯错的是我爸，用不着怨恨别人。"顾母顿时不哭不骂了，一脸嫌弃地看着顾晓薇："你说这话有良心吗？嗯？你爸……你爸给我最后的一个电话，是要我赶紧把钱取出来，赶紧给你！你居然还能说出这么冷酷的话！"

顾晓薇惊讶地说："什么？"

顾妈妈气呼呼地拽过边上的旅行箱，一把拉开拉链，箱子里全是成摞的百元大钞。顾妈妈说："五十万！全在这里！你爸要我全都给你！"

顾晓薇顿时也没了主意，把朱铁四十万火急地叫回来商量。朱铁四毕竟是经过大风浪的，先让顾晓薇、顾妈妈镇定下来。顾妈妈现在六神无主，却没忘了矫情的毛病。服务员上个菜也能让她大呼小叫一番，本来就心里烦躁的顾晓薇顿时和妈妈争吵起来："够了！你矫情什么呀你矫情！正经事儿上屁用没有，犄角旮旯的东西你计较个没完，你这种人除了祸害你还能干什么！"

顾妈妈也是火冒三丈："我祸害？你才是祸害呢！要没你，你爸也不会收这钱……"顾晓薇也恼了："我让他贪啦？我让他暴露的啊？守着个窝赃都不会的伴儿，他做什么贼啊他！"

朱铁四是左边劝了右边劝，听顾晓薇越说越没边儿，干脆把她强行拉了出来。

出来了顾晓薇嘴里还是不依不饶的："她就跟你作呢！你甭搭理她！少来这一套她，闯了祸她不反省自己，她撒娇耍泼地往别人身上推责任！我爸收人钱是他自己贪跟我有半毛钱关系……"

朱铁四听她说得越来越不像话，恼怒地甩手给了她一记耳光："你说的是人话吗你？出了事你爸唯一记挂的就是你！说这种话让不让人寒心！"

顾晓薇还叫："他说为我就是为我啊？你信啊？"朱铁四怒吼道："你要不信，你能在这儿犯浑吗？你跟你爸不一直云淡风轻的吗？用得着这么错乱吗？"

顾晓薇语塞，愣了许久，才低头承认道："都怨我……我们的情况要是多跟他俩交流，我爸就不会担心，就不会动那种念头……"

大家终于都平心静气了，朱铁四安慰顾妈妈道："我们的情况您也了解了，真的不用担心晓薇，有我呢。"顾妈妈一脸意外地看着朱铁四，他这话可是真当自己是女婿了。顾妈妈又感动得噼里啪啦落起泪来。

商量定后，一家人开着朱铁四的奔驰回了云景。看到顾晓薇衣锦还乡的排场，邻里都指指点点，不知就里的朱铁四还和大家客气，被顾晓薇一把拉回去。她这么多年没有回家,一切都熟悉而陌生。走时是下定决心不再回来的,可是这里毕竟连着自己的血脉,终究还是踏上这片土地。

顾晓薇幽幽地叹了口气:"别觉得邻居们的眼神奇怪,我在云景名声不好。"她身后的朱铁四轻声道:"都过去了,就从头再来好了。"

这时楼下传来晨晨清脆的呼唤:"姥姥!"顾妈妈闻声飞奔出去:"姥姥在这儿呢!"

顾晓薇和朱铁四一起下楼,顾妈妈正问晨晨这几天乖不乖,晨晨奶声奶气地回答着,两个人亲密极了。

顾晓薇看着晨晨不禁心中悸动。这些年来,她是第一次这么光明正大地站在孩子面前,可是从孩子的眼神里,似乎根本没认出眼前的这个女人是谁!

孩子举着一个画着五官的气球,向顾晓薇显摆着。顾晓薇蹲下逗他:"晨晨,这是谁啊?"晨晨脆声答道:"妈妈!"顾晓薇脑中顿时一片轰响!连连咬牙,才止住眼中的泪水不涌下来。

"妈妈……对,妈妈……"顾晓薇喃喃道,"妈妈从没这么近距离,看过你……"顾晓薇边说边试探般地触摸晨晨,见对方没有抵触,猛地将他拥进了怀中,眼泪再也忍不住,如决堤的洪水般涌了出来。

接下来的日子里顾晓薇和晨晨朝夕相处,母子两个间的隔膜在不断消失,娘俩仿佛有说不完的话。顾晓薇会突然扮起鬼脸,逗得晨晨嘎嘎直笑,又或装作妖怪要抓晨晨,嬉笑着追得晨晨满屋子乱跑。每当这个时候,朱铁四就会跟顾妈妈对视一眼,看着母子俩,无声地笑了……

我们分手吧

顾劲松的贪污案件在云景市掀起一场轩然大波。一向口碑甚好，工作能力出众的顾书记都成了隐藏在政法系统里的大老虎，实在是让云景人唏嘘不已，并随即编成了人们茶余饭后的谈资。

然而顾家可没有外人那么事不关己。针对顾劲松贪腐问题的各种传讯接踵而来，顾妈妈总是眼泪汪汪，顾晓薇总是冷笑讥讽，倒是朱铁四明白，这种时候要有理有据："那批设备和服务项目，对于云景，是一次简单的政府采购，对我公司，是一次简单的商业行为，若有疑问我可以全程配合调查，但若有人拿我和他的关系来乱作文章，我也会保留追究法律责任的权利……"

这种传讯反反复复，没完没了。顾晓薇和朱铁四商量着，等这件事过去，让老两口到省城和他们一起住。可是和顾妈妈话没说两句，又为晨晨的事放心不下。也难怪顾妈妈伤心，自己老头刚进去，还不知道结果怎么样，养了这么大的外孙一看到亲妈就不记得姥姥了，她心里觉得空落落的。还是朱铁四知道顾妈妈的心思，三言两语就说动了顾妈妈在工会办了病退，跟他们去省城。

不过既然计划让老人过来，那么买房子的事就必须要抓紧了。朱铁四反正早有打算，想着把婚礼也一起办了，他主动说让自己家人也从北京和美国回来参加。

然而他现在还面临着一个最棘手的问题，那就是晨晨不认他。不管他怎么讨好晨晨，大老远地特意买一堆玩具，也不过是被晨晨全部扫到地上，只管抱着顾晓薇。

晨晨对顾晓薇的依赖，一点一点地融化着顾晓薇冰冷多年的母爱，晨晨对妈妈的独占欲也越来越明显。无论朱铁四如何放下男人的自尊来讨好晨晨，晨晨总是不理不睬，或是被吓得大哭。顾晓薇看着朱铁四尴尬的样子，心中也是焦虑不已。晨晨好不容易跟自己亲近起来了，却这么抵触朱铁四，这以后可怎么好啊？

这天，晨晨向妈妈炫耀自己在幼儿园学的英文歌，因为姥姥说妈妈在很远的地方，在孩子的理解里，很远的地方应该是美国。在晨晨的心里，虽然妈妈没有在身边，但他一直以妈妈为骄傲。顾晓薇这当妈的听到这些，真是心酸。终究，这让顾晓薇下了一个决心。

顾晓薇带朱铁四把这几年写着自己心情的那些便笺装瓶埋了。同时，向朱铁四提出了分手："我现在才知道，孩子对于我的意义有多么大，一个为了荒唐而荒唐生下来的孩子，我原以为可以无关紧要。可是一个眼神，他看我的一个眼神就……彻底被融化了……对不起，我欠孩子的，比欠你的要多，我没权利要求他适应你。"

朱铁四还是希望能通过给晨晨提供更好的环境，来挽留住顾晓薇。然而，顾晓薇却坚持自己的想法："这样，晨晨长大了，就会为我骄傲，而不会……因为我的故事而恨我。更重要的是，晨晨不是怕你，是在排斥你。我看得出来，他是不愿意除了他之外，我的身边还有你……"

顾晓薇撑着不让泪水流出来，咬牙道："老朱，别跟孩子争，算我求你了，我们……就做个朋友吧。"

朱铁四声音都颤抖了："你怎么能对我这么残酷？"顾晓薇的声音也颤抖了："对不起老朱。我爱自己的，也比爱你的要多。"

朱铁四走了，一家人回来，一个人离开。

男儿有泪不轻弹，在离婚时净身出户他没有掉眼泪，项目没有进展差点夭折他没掉眼泪，甚至是在床上雄风不再他都没掉过眼泪。可是这次，朱铁四哭了。他输了，付出了这么多，他输给了一个孩子。而且这次，他没有理由再去争。顾晓薇与朱铁四经过了那么多的风浪，心理上和生理上的折磨，经济上的困难，然而，就在即将柳暗花明的时候，突然间，再也没有重新在一起的理由了。

朱铁四是理解顾晓薇的，顾晓薇也是痛彻心扉。对于朱铁四为她所做的一切，她一件一件记得清楚，看着他恋恋不舍地离开，她却只能咬牙将门关上。

顾晓薇家的问题是一个接一个,而沈宇家也因为华韦林把钱借出去的事,正吵得不可开交。

沈爸爸就是替女儿不值,更觉得华韦林是不负责任。就算沈宇说这是投资,但沈爸爸对当年华建平集资入狱的事耿耿于怀,根本不信这个,这也让前来劝解的华建平十分难堪。

看他们吵来吵去也吵不出个结果,沈宇气急道:"那这婚就不结啦!那你们说,我不跟韦林结婚跟谁结?"一听这个,大家又都不说话了。

华韦林刚想站起来说两句硬气的话,结果被沈爸爸当场打断:"你也甭发誓下咒了,免得日后打自己脸。唉,这婚事也是早该办的,谁也没想拦你们,你们自己不觉得委屈,当父母的能死拦着你们啊?"

沈宇和华韦林终于举行婚礼了。虽然简朴,却也喜气盈盈。

行礼,祝贺,举杯,喜宴上热闹非凡。

席间,华韦林悄声问叶霞:"顾晓薇怎么还没来?"叶霞也有点奇怪:"不知道啊,打她手机关机了。"

正在两个人纳闷的时候,忽然看到顾晓薇风风火火地闯了进来,进门就高声贺喜道:"恭喜恭喜!新婚大吉——"

沈宇连忙迎上去:"晓薇……"她话音未落,顾晓薇就将一个厚厚的红包塞进了她手里,也不等沈宇答话,顾晓薇径自抄起桌上的可乐倒了满满一杯。她举杯对在场的众人高声说道:"良辰美景,祝新郎新娘百年好合,白头到老!"随即,"咕嘟咕嘟"喝光了可乐,"啪"地撂下了酒杯。

华韦林觉得她哪里不对:"晓薇,你没事吧……"

顾晓薇并不理他,面对着众人用手指了指自己:"对于结婚这事,有人没他们洒脱,有人没他们坚韧,有人要结婚的时候临阵退缩,因为很害怕,因为问题多多!"她语出惊人,不禁让在座众人面面相觑!

顾晓薇看向沈父沈母:"岳父岳母不好伺候是问题吧?"她又看看华建平,"公公不太着调是问题吧?"华建平老脸一红:"这个……"顾晓薇再次看向沈宇和华韦林："没房没车没背景也是问题吧？"

沈宇不禁皱眉提醒道："顾晓薇，你喝的可不是酒精饮料，别在这儿撒酒疯啊！"

顾晓薇不理她，面对大家又指向自己："对这个青年来说，这些都不是问题！可她要结婚的时候却退缩了！为什么？她找了一万个理由都觉得解释不通，那么只可能是因为她不够爱……"她深吸一口气，眼泪盈盈地接着说道，"够勇气结婚，就说明够爱！够爱，怎样的祝福都不过分！世界上没有比这更应该祝福的！没有！"

"沈宇、华韦林，我祝福你们。"还不待沈宇反应，顾晓薇便一把将她抱住，边上的叶霞、徐杰等人完全傻了。众目睽睽之中沈宇有些无措地看华韦林，华韦林也是不知该如何反应才对。

顾晓薇紧紧抱着沈宇，紧紧地闭着眼睛。许久，她睁开眼睛，轻轻地说了声："我先走了"，然后轻轻松开沈宇，对华韦林笑了笑，在众人不明所以的目光中，走了……

顾晓薇是个狠女人，徐杰早就从叶霞嘴里听过不少，上次在沈宇的婚礼上才算是亲眼得见。他一直庆幸自己跟顾晓薇之间没有什么交情，但没想到，他不去找顾晓薇，顾晓薇反而瞄上了他。

这事还得从顾晓薇决定留在云景开幼儿园说起。

办幼儿园这事也是顾晓薇经过深思熟虑的。这不光能让顾晓薇和妈妈有个收入，同时还能省了晨晨上幼儿园的费用。她所面临的第一个难题就是如何办理幼儿园的许可证，可是她一没有幼教资质，二没有幼教经验，因此处处碰壁。顾晓薇思来想去，最后把目光投向了作为政府人员的徐杰身上。

这天顾晓薇破天荒地邀请徐杰，说是顺路喝杯茶。一开始他还有点丈二和尚摸不着头脑，但当他听明白顾晓薇的意思后，徐杰惊慌地表示自己只能秉公办事。

一听这个，顾晓薇的狠劲又上来了。她把门一关，把衣服一扯，威胁徐杰道："徐杰，我妈带着外孙去买菜，一会儿就回来，要撞见我俩这场面，她会怎么想？

她是个嘴比脑子快的人，这场面要被传出去，叶霞会怎么办？"

瞠目结舌的徐杰刚要张嘴，又被顾晓薇抢话："对！我名声不好，但你别以为叶霞就不会相信。我敢保证，这种花花事儿一旦被传出去，就会有无数张嘴往里添油加醋，能多脏就染多脏，叶霞一开始可能不信，但到了满城风雨的时候，她还能那么相信你吗？"

徐杰又恨又气道："顾晓薇，你、这……太过分了点吧？"

顾晓薇瞪着眼："我带着个来路不明的孩子，守着个四六不靠的妈，对我来说，做什么能算过分！"

放完了狠，她又柔声细语起来："徐杰，我就想做点事儿养家糊口，帮个忙吧。我爸倒了，但各部门都还有朋友，我找他们办事，面上会有忌讳，你去，顺水人情借坡就给了，真的不麻烦！拜托。"说着她还把胸口扯破的衣服往回拽了拽。

见她不再死死相逼，徐杰心有余悸地吞了口口水。

顾晓薇这招软硬兼施果然有效，徐杰尽心尽力地帮她把这事办妥了。

一得到许可证，顾晓薇直奔省城置办幼儿园所需的物品，还顺便把沈宇叫出来吃饭。

席间，沈宇好奇地问起她怎么弄到的许可证，顾晓薇笑着说起对徐杰使用的招数，沈宇怪她手段太不地道了。顾晓薇毫不在意，慢条斯理道："生活就得去争取，这没什么可丢人的。"

沈宇看着她幽幽道："生活……靠死皮赖脸去争取，不难受吗？"顾晓薇豪爽地答道："想要的生活，不会自己从天上掉下来。"

五年计划

顾晓薇的无所顾忌给了沈宇启示,她觉得,华韦林为了生活不惜放弃自己艺术家的气质,她还有什么可顾忌的?学校最近有一批在职研究生的名额,虽然她没有什么优势,但是她要努力争取,即使死皮赖脸也在所不惜。

叶霞奇怪沈宇这么爱面子的人怎么突然就豁出去了?沈宇嘴一松差点说出徐杰和顾晓薇的事,幸亏她舌头转得利索,把话岔了过去:"韦林那公司半死不活的,也靠不住,我要读了研究生,评级、考职称都方便,又是本校教职工,近水楼台,熬几年就上去了,生活也能改善,对不对?总不能做一辈子管理员吧?"

叶霞撇撇嘴:"听你这么说,好像十拿九稳了一样。"沈宇笑道:"名额给谁,就是个人情的事,等着瞧吧,我已经有套很完整的计划了。"

魏明是她专业对口的研究生导师,所以自然而然地成了她这次实施计划的目标。她直接截住魏明道:"别说晚上有事,也别说有安排,否则,你会后悔失去了一段美好时光。"魏明看着沈宇两眼放光的样子有点胆怯,尤其是在沈宇拉着他到酒店,还要开房间的时候,魏明就更惊慌了。

"你订房间干吗啊?"魏明不安地追问沈宇。

"别的地方不方便!"沈宇的话让魏明更是胆战心惊,可是一个大男人愣是被手无缚鸡之力的沈宇连拖带拽地进了电梯。

顾晓薇是在酒店大堂看到的这两个怎么看都暧昧的男女的,她随即给华韦林打了个电话,说在酒店遇到了沈宇,喝得不省人事被送这来了。华韦林一听,二话没说就往酒店赶。

沈宇进了房间就把魏明和自己的手机全给关掉。

沈宇定的是个套间，用她的话说是折腾起来有空间施展，我保证，我们会玩得很开心。同时她也威胁魏明："今天我是精心准备的，你要把我一个人晾这儿，我绝对恨死你……我这人有多拧巴，你可是有数的哦。"

魏明本来就对沈宇今天的反常表现十分奇怪，思前想后最近沈宇能求到自己的就是在职研究生这事了，他连忙前言不搭后语地说明，关于研究生的事他真心做不了主，那些报名的都是后台过硬的，这事沈宇找他没用。沈宇却无所谓地说今天不是为这事，然后她向他提出一连串重磅且极度引他遐想的问题：你离婚多年，最缺的是什么？这些年，谁来温暖你？每晚都一个人过，不寂寞吗？你不会告诉我，你已经不习惯身边有异性了吧？那可是变态哦。

沈宇拉过魏明，将他按到沙发上："让你见识见识，我有多么与众不同……"她故作神秘道，"我进去准备一下，等我会儿。"沈宇走到里间门边，颇显暧昧地回看了魏明一眼，开门钻了进去。

"咔哒"，门轻轻关上，沙发上的魏明不由得身子一震。

下一秒，魏明冲向门口，猛地拉开了门，猛然与刚赶到门口的华韦林四目相对，怔在当场。

华韦林疑惑道："这房间，是沈宇订的？你……"

魏明简直要崩溃了，这时只听到身后有温柔的女声喊道："魏老师生日快乐！"紧接着便见沈宇和几个女老师推着放有生日蛋糕的餐车从里间出来，其中三个还握着彩丝罐对他"嗞嗞嗞"狂喷彩丝。

沈宇笑盈盈地喊："魏老师最缺的是什么？"女老师们兴奋地起哄："热闹！"

沈宇又喊："寂寞的魏老师，谁来温暖他？"女老师们喊："我们！"

沈宇对魏明喊："美女同事都来庆生，魏老师开心吗？"女老师们喊："魏老师开心吗？"

魏明却显然没缓过神来，这时沈宇看到了屋门边瞠目结舌的华韦林。沈宇奇怪地问："韦林？你怎么来了？"

华韦林："我……呃……"

还是魏明机灵，忽地拍了下手，"哈哈！我早料到你们有这招了，所以偷偷发了短信，叫他过来！那么多美女，我一个人哪消受得过来啊？独乐与朋友同乐，孰乐？当然是大家一起更快乐了！"

"哦——"女老师们欢呼着，握彩丝罐的几个又喷起了彩丝。

乘这机会，魏明快步走到华韦林身边，低声道，"你怎么来的我不知道，任你必须做件事：待会儿我给你几个家属电话，找机会帮我群发短信！"

魏明的这个生日过得真是惊吓不小。沈宇为魏明精心准备这个生日，分明是有心机的。回家的路上，华韦林不解地问沈宇，为什么要这样大费周章地给魏明过生日："魏老师这人最吃不住人情，一直都处得不错，还这么劳心费力为他攒局过生日，有必要吗？"沈宇笑道："你看今天他挺感动的吧？在职研究生的名额要不给我，他自己心里都过不去！"

看华韦林还有点不解，沈宇体谅道："你跟着钟总打拼，挺辛苦，我不想给你添负担，所以有机会就得争取。我定了个五年计划，两年读研、三年当助教、五年内拥有买房的能力！这五年我们都要上台阶，都要努力，所以，所以这五年，我们不能要小孩。"她避开了华韦林吃惊的眼光。

华韦林愣了会儿，幽幽地说："当初让你流掉孩子，我一直都很后悔。"沈宇假装毫不在意："我知道……总会好起来的。"

华韦林看着沈宇，心却不由得一沉。

现实与幻觉

沈宇制订的五年计划刚一宣布，立刻招致了沈、华两家老人的群起反对。沈家爸妈了解自己的女儿，这是言出必行。可是这五年也太久了，他们坚决不能同意。两家三个老人一合计，直接上省城找他们去，以"非典"来了为借口，长期驻扎省城，打持久战！

沈宇和华韦林已经预料到他们会来，而且预想到了老人们的战略，制订了相应的对策。小两口儿的应对方针是阳奉阴违，油盐不进。具体应对方法就是你推我、我推你，把责任全往对方身上推，明面儿上态度诚恳，暗地里一个拖字诀，先消磨他们的锐气，再耗到他们无聊疲惫的时候，自然也就不战而退了！

沈宇分析得头头是道，老人们就像是听话的孩子一样，路数完全是按照她所预料的那样来进行的。沈家爸妈的理论是自己年纪大了，身体越来越迟钝，有个外孙膝下承欢，既享天伦，又能舒活舒活筋骨，对健康也有好处嘛。而华建平却在大打悲情牌，他说看到几位老哥们儿说没就没，别说五年，五天可能都等不了！他更以"不孝有三，无后为大"的老理批评华韦林，感叹自己一生坎坷，妻子背离，长子不认，谋生却误入歧途锒铛入狱，如今年纪一把，只求能享受个天伦之乐，也算是人生最后一点念想了。

华建平的话，句句扎到了华韦林的心窝里。毕竟，他确实没有想过需要推迟那么久再要小孩，更不舍得让爸爸要那么晚才能做爷爷。毕竟，爸爸真的很不容易！可是表面上，他还不想把事情弄僵。反正因为"非典"，老人们走不了，在一起时间长了,也许大家就能心平气和地把事情解决了。

老人们的死磨硬泡让沈宇渐渐烦躁起来,华韦林一边要悄悄哄着沈宇,一边又要笑脸应对老人。沈宇见他辛苦,才勉强隐忍了下来。

这天,一家五口人在一起包饺子,本来是其乐融融,老人们觉得气氛不错,于是又一次趁机提起如果有个孩子在身边闹腾着,就更美满了。华韦林连忙解释说时机成熟了会生的,然而华建平却责怪他是拿工作当借口,五年以后不知道怎么样,说不定想生都生不了了。这让沈宇不高兴了,立马甩了脸子:"那就不生了!"

"沈宇……"华韦林慌忙拽着沈宇进了小屋,低声说:"不是说好了笑着面对嘛?"沈宇却一把甩开他的手:"还想我怎么着啊?觍着脸、堆着笑、细声细气哄着、低眉顺眼受着?怎么当长辈的就不能体谅一下我们呢?哦,想抱孙子,儿女啥条件就都不管了?追求优秀也成罪过了?自私不自私啊?"

三位老人见沈宇气急败坏地进了屋,连忙也追进来劝解。华建平连忙道:"不是,你爸妈不也想抱外孙吗?"沈爸爸显得有些心虚:"我们主要是担心女儿,年纪大了再生孩子,会很辛苦嘛,对吧?"

华建平一听老沈话锋不对:"哎,怎么听你这腔调是要叛变革命呢?"沈宇怒视着爸爸和公公:"合着你们串通好了逼我是吧?"

沈爸爸顿时慌了:"没有!绝没有……"他马上指责华建平说话腔调怪,华建平也急了,指责沈爸爸临阵投敌,破坏钢铁同盟。

结果,沈宇还没劝好,两家老人反倒先吵了个不亦乐乎。架越吵越激烈,话越说越难听。什么男人承担不起家才不敢生孩子,什么女儿失德才惹人落闲话。这一触及儿女,两家老人差点打起来。

华韦林强行把爸爸拉出来,华建平咆哮着甩开华韦林的胳膊:"儿子没出息,当公公的我能说啥呀?谁没底气?我没底气啊!"说完,华建平气哼哼地走掉了。

华韦林目送着父亲的背影,怔立当场……

顾晓薇开始为自己的幼儿园积极张罗,又从顾妈妈那儿强取豪夺地拿到了家里的存折,前院添置了个小滑梯,小三楼墙面也涂了卡通墙画,"英苗幼儿园"的招牌就挂出去了。开业那天，顾晓薇狠狠地放了几挂鞭炮，还请叶霞、徐杰他们都过来一起庆贺。

虽然和朱铁四分手了，但是顾晓薇还是把开幼儿园的事告诉了他。他特意打电话过来为她贺喜。朱铁四不希望她把自己弄得很苦，但是顾晓薇说："老朱！我们已经分手了，你能这么挂念我就挺满足了，别的，真的不用！"她对自己的幼儿园很有信心，"都别小看我哦！初次创业，我其实做了很多功课的，这边不比省城，公办的幼教机构少，这种家庭式幼儿园，刚好能填补市场的空白。你信吗？招生广告已经打出去了，我保证明天一早，家长们就会乌央乌央地涌过来，呵呵……"

对于信心十足的顾晓薇，朱铁四并不想打击她，但是顾晓薇人算不如天算。"非典"来了。别说幼儿园了，大街上都人烟稀少。好不容易看到个人影，还是个问路的。

顾晓薇期待的人满为患的场景根本没有出现，顾妈妈觉得她还是不适合做这个，劝她及时收手，她恼火道："对！我就不适合干这个，名声不好嘛！自己儿子都来路不正，还想给别人带小孩啊！"

顾晓薇的幼儿园还是毫无起色，她急火攻心终于病倒了，发起了低烧。朱铁四总能及时来电慰问，同时，他向顾晓薇提出了中肯的建议："晓薇你记住，办幼儿园和办企业是一个道理，必须在自己经营的产业里找出一个别人没有的优势，并加以放大。拥有优势，就能在众多的竞争者中脱颖而出。"

顾晓薇眼睛一亮，随即却又有些犹豫："可是……一个连孩子父亲是谁都搞不清的女人，别人能放心把孩子交给我吗？"朱铁四说："这你就是自己作自己了，相信我，优势面前，人们会忘掉一切。"

顾晓薇是个脑子极其活泛的人，她身边能给她带来绝对优势的人还真有一个。她不顾自己正在发低烧，开车直奔省城，冲进酒吧，一把抓住喝得醉醺醺的曹操不由分说道："曹操，你的流浪生活结束了。"

曹操醉眼蒙眬，完全搞不清楚状况，等他完全清醒过来时，已经被顾晓薇拉到了一个陌生的地方——高速收费站。

"非典"期间所有的过往人员必须要进行体温测试，很不幸曹操和顾晓薇的体温都超过了标准,被毫不客气地关进了隔离区。

曹操惊恐不已:"肯定……不是做梦吧?"顾晓薇笑嘻嘻道:"我早知道会被扣下,换句话说,我就是冲这来的。"

曹操有些恼火,大着舌头喊道:"顾晓薇,你到底要干什么呀?"

顾晓薇严肃下来,微仰起脸看着曹操的眼睛:"曹操,你说过你很遗憾,一个学教育心理学的,却没机会和自己的孩子相处。那现在我告诉你,不久之后,我会把很多小孩交给你,让你带个够,我要你做我幼儿园的老师。"

曹操惊愕地瞪大眼:"what?"

顾晓薇一字一顿道:"我相信你会是一个很好的幼儿教师。"

顾晓薇早就盘算好了,曹操专业对口,是个正宗美国人,会一口标准的英语,这外教的优势是哪家幼儿园可比的?只要曹操一来,绝对是马到成功。

可是她忽略了非常重要的一件事,那就是曹操这些年几乎是泡在酒里过来的,他自己都说自己每天只有两个小时的清醒时间。这意味着他不只是喝酒喝得多,而且已经形成了严重的酒瘾!这个样子的曹操怎么去当幼儿园的老师?

但顾晓薇是个擅长下猛药的人物。既然你容易产生幻觉,我就把你生拉回现实!顾晓薇一把打开折叠剪刀,猛地向曹操的大腿上扎去。"啊——"一声惨叫划破了隔离区里的寂静。

顾晓薇的烧退了,隔离期也就结束了,曹操的酒瘾也生生地让顾晓薇给戒掉了。重新出现在人前的曹操,身着崭新的花格衬衫、月白仔裤,显得帅气阳光。看到居然有外教,前来报名的人简直要把幼儿园的大门挤垮,院门外边的标牌也换成了"英苗双语教学幼儿园"。

有了外教,名声打出去了,连徐杰的女儿萱萱都想从机关幼儿园转到这里来,就因为不能让孩子输在起跑线上,叶霞为此还特地跑到省城去买学习用具。沈宇觉得她太夸张了,担心顾晓薇会把孩子带坏。叶霞却说这回是冲着老外又不是冲顾晓薇。很多年没有这样提起顾晓薇的不是,两个人都沉默了。

叶霞趁机岔开话题:"哎,你们现在啥情况啊?爹妈团驻扎省城,添乱了吧?"

沈宇昂然道:"没有啊,我们现在好着呢。这么跟你说吧,人啊,只要树立起明确的目标，有追求进步的决心，一切都会大不同，精神面貌焕然一新……"

沈宇告诉叶霞自己在师大的口碑不错，听说她要考研究生，许多人支持，甚至有人担心魏明抹不开面子，还主动去给他做工作。而实际上是魏明一提到要接收沈宇做学生，立刻引起了一片反对意见。魏明对此感到非常愤慨，却又无可奈何。他认为所有走关系的学生不过是这些老师廉价的劳力和评职称的筹码，而普通学员要求上进他们就不能接受了。沈宇还吹嘘老人对于他们的五年计划十分支持，达成了共识，两家老人们的关系也是亲密融洽。而实际上，华建平和沈家爸妈一碰面就是阴阳怪气不断。

尤其是提到华韦林，沈宇更骄傲地说："他当然能体会到老婆有多少感情包含在这个五年计划当中，所以整个人都变得有激情了，一天到晚神采奕奕的，对我也更温柔了！真的，事业忙了，他反倒更恋家了。"

而实际上，华韦林与钟丽梅的业务开展得举步维艰，一再碰壁，有的单子盯了一个星期，最后还是没成。他从身体到内心都是极度疲惫的，而拿不回钱，挣不到钱，他连回家的底气都没有。他宁愿和钟丽梅在KTV里耗时间，也不想回家。

今天又是一样，一直晃到十点多，华韦林才不得不回家，一进门就被沈宇劈头盖脸地骂了一通。"你就混吧华韦林，你是看这家烦了还是看我烦了？不耗到我睡觉你不回来！叶霞来了，我还想叫你一起吃饭呢，人影不见电话也不接，你说我在朋友跟前还有面子没有！我还一个劲儿说你好话，说得我自己都心虚，你当叶霞她看不出来啊！"

沈宇怒不可遏地冲到门口吼道："不想回你就别回来！继续混去——"沈宇一把拉开屋门，却猛地看见华建平正手足无措地站在门外。华韦林随即也看到瞠目结舌的父亲，小两口都愣了。华建平早听到他们在吵架，惶惶地解释："我……我打他手机没人接，就过来看看……没别的事……"

为了让曹操迅速进入幼儿园老师的角色，顾晓薇开始对曹操进行"洗脑"："每个人都要想清楚，你是为了什么在争取，如果只为自己，尽管放马上去，输赢自受；如果不是，那就太贪心了，反倒让愿望变成妄想，自己纠结，还折磨别人，对不对？"

曹操笑道:"有道理,各为各的需求,合作起来才轻松。"

顾晓薇故意追问:"你跟我合作是自愿的吧?"曹操假装一本正经道:"戒酒之前不是。"顾晓薇被曹操的幽默个性逗得哈哈一笑,和他一起下楼,把报名表递给顾妈妈,让她把名单之外的人都回掉。因为幼儿园放不下那么多人,她要保证教育的质量。

看到顾晓薇做事条理清晰,曹操不禁对她刮目相看。"晓薇,你真的跟以前完全不一样了。"顾晓薇淡定地说:"电影《第五元素》里头,上帝是个女人。很有讽刺意味吧?知道为什么吗?因为女人善变,而且敢变,所以想什么就有什么,所以女人才是上帝。"

借着这次幼儿园重新升级营业,顾晓薇决定要把所有朋友都请来为自己的事业加油喝彩,然而她给华韦林和朱铁四打电话,两个人都不接。

正在她一个人生气的时候,晨晨把装蜜枣的玻璃罐子摔碎了,她又担心伤到晨晨,又怨他嘴馋坏牙,一肚子邪火全撒在了晨晨身上,孩子吓得大哭起来。顾妈妈闻声赶来,一把拖开顾晓薇,将晨晨搂进了怀里。

顾妈妈恼火地冲顾晓薇喊道:"你干吗呀晓薇,晨晨是看到电视里教做蜜枣糕,就想亲手做一块给你,庆祝你幼儿园开业!缠我半天了,我手头忙要他等一会儿,他肯定是等不及就想自己动手。他喜欢吃蜜枣,所以当那是好东西啊,他想做好东西给你啊!不分青红皂白地你就打他!"

听妈妈说这些话,顾晓薇怔怔地看着大哭的孩子,心烦意乱⋯⋯

晚上哄晨晨睡了,顾晓薇心虚地问妈妈,晨晨会不会记恨自己?顾妈妈没好气地说:"像你这么跟父母记仇的孩子,能有几个?"

顾晓薇无法入眠,独自到江堤漫步。曹操对顾晓薇白天的做法非常不认同,认为自己应该找机会和她单独谈谈,见顾晓薇往江边走去,便也悄悄地跟了过来。曹操郑重其事地警告顾晓薇,如果她再打孩子就会去告她。顾晓薇叹息着说明自己发邪火的原因:"我就是嘚瑟,想显摆显摆,结果丢人了!"她苦笑一下,"一个是别人家老公,一个是被我自己推走的,凭什么呀?见我电话就得回。曹操,你说女人作来作去都是为了什么呢?都是在跟自己过不去!"

曹操点头称是："我知道，华韦林和朱铁四一定是你人生当中，最重要的两个男人。"顾晓薇撇嘴道："一点都不重要。只是想让他们知道我在高兴，跟我一起高兴。可还那句话，凭什么？"

曹操安慰她："或许，就是出了点小状况。"顾晓薇摇摇头："不，是我太贪了，想要的太多！我曾经以为，因为我不会哭，输掉了第一个男人，因为不甘心，推走了第二个，其实，是我太贪心了，什么都想要，结果什么都没得到。真心想要祝福的时候，才发现身边一个人都没有。"

曹操无辜地瞪大了眼睛："这话有语病，现在你身边，至少还有一个叫曹操的人。"顾晓薇忍俊不禁，轻轻地将头靠到曹操的肩上。

曹操轻轻地抚了抚她的后背："相信我，你的世界，绝没你想象的那么孤清。"

顾晓薇抬起脸，盯视曹操："知道吗曹操？其实，你是个挺温柔的男人。"

曹操被看得有些慌怵："你……别用这种目光看我，我会爱上你的。""哈哈哈……"顾晓薇笑着转开了脸。

默默看了会风景，顾晓薇忽然道："如果，睡前都没人回电话，你就爱上我吧。"

电话一直没有响，两个人挽着胳膊回家，互相嬉笑着，准备进行一场成人间的运动。然而，就在他们眼神慢慢都迷离起来的时候，顾晓薇的手机铃响起，她掏出手机看了看，低声道："是老朱。"

"呼——"曹操似乎如释重负地吐了口长气。

华建平自从那天无意中听到华韦林夫妻俩吵架，心里挺惦记，便把儿子拉到一边悄悄分析："女人，都是矛盾的动物，很多时候她们的心情必须反过来想，事实上她不是要你顺从，而是希望你反抗，而且是很粗暴地反抗！为什么？粗暴是最直接的雄性气质，男人要有雄性气质，女人才会有安全感。"

华韦林觉得爸爸的理论完全没有道理，掉头就走。

华建平沉声喝道："养育后代都不敢的男人，怎么让女人有安全感！"华韦林顿时站住了脚，闷在了当场。华建平走过来再次启发道："想想，你要是毅然决然地否掉这个五年计划，是不就像一种表态？是不就在告诉她，我，华韦林，是这个家的支柱，再难，我也要把所有责任都承担起来！这种气势，嗯？它代表了一种精神，奋斗的精神，这种气势的男人能没出息吗？能让女人不放心吗？"

华韦林被说动了，但是现在要改主意也来不及了，沈宇已经把事情架到这个地步，来硬的会伤到她的面子。华建平给儿子出主意，绕道而行，把避孕套弄破，先让沈宇怀上，"她又不是真的不想要孩子，木已成舟之时，你再把那套雄性精神毅然决然地表达出来，让她体会到、感受到、震撼到，这台阶说下就下了。"

华韦林真的动心了。

魏明顶着各方的压力，把沈宇的研究生名额定下来。沈宇高兴极了，特意准备了烛光晚餐与华韦林两个人庆贺。沈宇有点喝多了，趁着两个人情绪都不错，华韦林借口去洗澡，悄悄地把避孕套弄破了。可是没想到他自认为神不知鬼不觉居然让沈宇察觉了，气得她夺门而出。

看到沈宇大发脾气，华韦林急忙追上来，把她死死抱住："沈宇你别这样……沈宇……"沈宇奋力挣扎，嘶喊道："放开我……放手！我就不让你得逞！我去医务室，我做事后避孕，我就不让你得逞！我吃药！放节育环！你一点可能都别想有！"

两家的老人慌忙追上去拉架："宇宇……你们怎么了……哎！有话好好说呀……"沈宇歇斯底里地大吼一声："你们干吗呀！都给我走！都给我走——"

等沈宇情绪稍微平复了一下，一家人坐在一起说这事。沈爸爸刚要开口批评华韦林，华建平主动承认这主意是自己出的："是我支的招，我不对。我浑蛋、我老不正经……"

见华建平越说越激动，越说越没边，华韦林不禁低声打断他："爸！"

华建平感慨道："是……韦林他有什么资格要孩子？守着一破单位，跟着一破领导，累尿血了挣不上几个钱。别人没文凭、没能耐，至少还有爹妈能指望，可他这没出息的爹，就靠着老厂子看他可怜，发点生活费过日子，游手好闲，正经事啥也干不了，看看儿子儿媳挤在这么个小屋子里，他帮得上半点忙吗？给得出半毛钱吗？他有什么资格抱孙子！"

沈爸爸不落忍地劝着："华工，干吗说这糟践自己的话嘛。"

华建平恨道:"不糟践,什么糟践话对我都不过分,我知道自己是个什么玩意儿。云景就是个小地方,我当年那点破事,谁都知道,见了那些被我坑过的人,我头都抬不起来!就这么个小地方,我也得赖着,觍着脸我也得赖着,换别人就投靠儿子了,可我不行,老大不认我,老二自己都混成这样,我好意思给他添负担吗?"说到这,华建平哽咽了,"我……我不想得挺明白的吗?我挺明白一人,怎么到节骨眼儿上就乱了呢?怎么就做出这种糊涂事儿来呢?"

五口人坐在客厅了,动容不已,相对无言。

两家老人们终于决定要走了。

送老人回家的车里,沈宇不断地回想往事,悄悄地抹去眼泪。她碰一下身边的华韦林,两个手腕上,两个就着烫伤疤文绘的小桃心。她的左手轻轻地抓过他的右手,轻轻地翻过来,十指交扣。沈宇微抬起头,端详地看他,还是自己熟悉的那个男人,只是多了一些疲惫。华韦林微转过脸,看了她一眼,她便把脑袋枕在了他的肩上,他感到她的头挨在了自己脸上,下意识地摩挲了几下……

此后的日子里,沈宇埋头于研究生学习,华韦林的工作经验也与日俱增。只是钟丽梅的公司在省城举步维艰,华韦林经过周密的分析,他认为大城市市场饱和,小城市却在迅速发展,积极劝说钟丽梅将业务重心转到云景去。

华韦林的分析非常准确,很快公司借华韦林的钱就收回了七万,只要再做成一单,借给公司的九万块钱就连本带利收回来了,之后再挣的都是纯利。

沈宇看着存折上的钱呈直线上升,对华韦林驻扎云景的决定也表示了大力的支持。为了进一步地稳定市场,华韦林周一到周五盯在云景,周六日才回到省城与沈宇团聚,过起了周末夫妻的生活。

每次出发前,华韦林都要对沈宇千叮咛万嘱咐:"早饭必须要吃但不能用电炉子,容易出事;那箱云景雪梨别忘了给魏老师;晚饭后要去操场散步,呼吸新鲜空气;颈椎不舒服就做俯卧撑,分四组每组十二个……"可以说是无微不至。

然而,一件衣领上沾了红色唇膏印的衬衣,却让沈宇对华韦林的信心动摇了。她坚信他乐此不疲地两地奔波,还有别的原因,她的直觉告诉她:华韦林有外遇了。

沈宇这么认定的证据很多，不同的香水味儿、不属于他的头发、衬衫领上的唇印等等的蛛丝马迹，同时他的风格也变了，变成话痨，似乎以此在一个劲儿地向沈宇表达关怀，每次回家后他会格外卖力地跟她交公粮，似乎以此来证明他在云景守身如玉。而这一切同样也能作另一种解释——他心虚。

心虚的表现不止于此。每次来电话，他都要避开沈宇到外头去接，有时候时间还会很长，她曾经在一次通话后，趁他不在偷偷查了来电记录，发现最近一次却是四小时前，这说明刚刚的通话记录被删除了，很显然，这个号码他不想让沈宇看到，以此推理，该号码的机主是沈宇认识的。

沈宇给叶霞打了电话，阐述了以上情况："这就引发出了第二个问题，他的外遇会是谁？人们通常会把初恋的地方当作故乡，而华韦林的初恋是我还是顾晓薇至今无可考证，那么，他现在常驻故乡，熟悉的场景熟悉的气息中谁最有可能让他意乱情迷？在云景有两个女人的手机号我和华韦林共存，一个是你，一个是顾晓薇。"

叶霞还宽慰着她是不是太多疑了，但沈宇肯定地说："相信我，我的判断绝不会错，你可能都不知道，事实上顾晓薇不止一次地挑衅过我！我的婚姻来之不易，我必须捍卫！所以叶霞，你得配合我捉奸！"

杀敌三千，自损一万

叶霞拿沈宇是没办法，她想一出是一出的。但是叶霞接送孩子的时候确实是遇到过华韦林几次，看他和幼儿园的孩子们玩得很是开心，顾晓薇在一边也是满脸笑容。如果说他们真的没事，可这么频繁的来往，未免容易让人生疑。

为了配合沈宇，叶霞送完孩子后特地到沈家转了一圈，和沈家爸妈拉拉家常，旁敲侧击地向他们套取华韦林的行踪和表现，沈爸爸随口说起晚上华韦林会有应酬。此时华建平正好来亲家串门，听到叶霞这么热心地打听华韦林，他立刻敏感地察觉到叶霞问这些并不是空穴来风，肯定是在帮沈宇查点呢。

晚上华韦林下班回来，华建平提醒他："现在你和沈宇处于两地分居的状态，所以要加倍地关心她、体贴她，多打打电话、多聊聊彼此间的情况，不要因为忽略了沟通，让人觉得受冷落了，以至产生一些不必要的猜疑。"

虽然叶霞的打探并没有得到华韦林出轨的确实信息，但沈宇前思后想，觉得仍然是不放心，她决定亲自来查证。她向学校请了假，悄悄地回到云景，住进了一个极不起眼的宾馆。

学校决定把西区的一套一居室腾出来给她，方校长让魏明去通知沈宇，一问才知道沈宇前脚刚走。

沈宇回到云景只是打电话悄悄地通知了叶霞："我跟谁都没说，你也跟谁都别声张，请这几天假，我是专为了在这儿蹲点的，我就不信查不出个所以然来。"叶霞听到这个，就知道已经没法劝了。恰好她下午去接萱萱时，就看到华韦林又在顾晓薇这儿，这下对于沈宇的怀疑，叶霞也吃不准了。

华韦林给晨晨买了个漂亮的书包，其他孩子也吵着要，他爽快地答应以后给每人买一个！孩子高兴得都围着他又跳又叫的，华韦林也乐呵呵的，眼光里透着对孩子的渴望和喜爱。曹操批评华韦林不可以随便给孩子们许诺，要么就得兑现。顾晓薇忙着把孩子们哄去玩游戏，才和华韦林并肩往外走，大方地和叶霞打了招呼。

叶霞看着他们，悄悄地跟了上去。

顾晓薇和华韦林来到江边，顾晓薇征询华韦林对曹操的印象。顾晓薇用欣赏的口气介绍道："他思想单纯、高大、英俊、体格好，没觉着是个不错的人选吗？"华韦林淡笑："我感觉他不太喜欢我。"顾晓薇挑挑眉："他吃你醋呢。"

顾晓薇似笑非笑地对华韦林说："他能嗅出我跟你在一块儿的时候，体内那种暧昧的反应。"华韦林笑了笑没有接话，抬手看了下表说："我还约了客户，先走了。"顾晓薇还逗他："就不能多陪我待会吗？有妇之夫。"华韦林假装不高兴地撇了撇嘴。

这时一阵骤风吹过，顾晓薇的左眼突然被什么迷了，华韦林急忙过来用手指翻开顾晓薇的眼皮，把嘴凑近去吹。

这边，叶霞牵着萱萱躲在一棵树后，探着脑袋愕然地瞪大了眼睛。从她的角度远远看去，华韦林和顾晓薇的姿态好像是在亲热接吻！不久后，两个人分开了些身子，说了几句什么后，华韦林转身走开，而顾晓薇笑盈盈地目送着他。

这时萱萱尿急，叶霞没办法只得带女儿躲进了灌木丛后。不料顾晓薇转身瞬间正好看见远处叶霞鬼鬼祟祟地带着萱萱隐没。她看看走远的华韦林，又转脸看另一端那处灌木丛，皱起了眉头，稍等一会儿，便悄悄地跟上了叶霞。

叶霞匆匆把女儿交给徐杰，说必须要和沈宇见一面，便要走。徐杰皱眉道："别跟着起哄行吗？沈宇作人作已又不是一两回了。"叶霞心烦意乱："哎呀，我也不知道，可是沈宇那么言之凿凿吧，我也觉着华韦林和顾晓薇越看越像是有问题的。"顾不得再多解释叶霞就走了，结果这些全被躲在暗处的顾晓薇听了个真切。

叶霞进了和沈宇约好的小饭店，顾晓薇"凑巧"也到这儿吃饭，叶霞顿时慌乱了起来，忙着打电话，顾晓薇只隐约听到说去宾馆找她什么的。趁叶霞去洗手间的机会，顾晓薇翻看了叶霞的手机，上面最后一个电话是打给沈宇的，顾晓薇明白自己没有猜错：叶霞在帮沈宇监视她跟华韦林。

顾晓薇顿时火气上涌。她顾晓薇虽然名声不好，与华韦林也是初恋的关系，但是她可不是随意让人泼脏水的！等叶霞出来的时候，顾晓薇故意装作纠结状问叶霞："如果，我跟人家的老公……那个了，是不很不道德？"叶霞惊讶地问："啊？你……不会吧？"

顾晓薇故作心烦意乱："算了算了，也不是第一回了……你先走吧……"顾晓薇假装慌乱地挥了挥手，转身走了。叶霞愣在当场，心里越想越觉得不对劲……

顾晓薇打电话给曹操，沈宇的无端猜测让她出奇地愤怒了："什么女人这叫？老公在外头奔波挣钱，她在后院里无事生非！实话告诉你，我不是不想勾引华韦林，就因为他是有妇之夫，我才憋着自己呢！沈宇她还真别挑我这根筋！"

曹操是左劝右劝劝不住，顾晓薇这回铁了心要让沈宇难堪。

通过叶霞的举动，顾晓薇断定沈宇已经回到了云景，并且没有回家，住的宾馆，那么她就是要捉奸！既然如此，顾晓薇就弄场奸给她捉，不吃点教训她难受！

叶霞和沈宇碰面，叶霞把今天在江边和饭店的情形一说，沈宇更加认定华韦林和顾晓薇有一腿。叶霞千劝万劝总算是没让沈宇立即发作，约好明天一起行动，随时根据情况决定，不能草率定性一个人。

叶霞叹了口气："唉……真想不通，你俩之间也能出这种事。"沈宇幽幽道："我们曾经为彼此付出，彼此感动。可换个角度，感动也是最大的包袱，这包袱总在逼人超越极限，扛着腰疼，又不敢卸下来透口气。"

叶霞不解地看沈宇。

沈宇说："其实我明白，这个家让他挺累的，看着别人买房买车，面对老婆就压力山大。可是，真的，想解压打老婆都没事，可跟别人出轨，我受不了。"

沈宇觉得玩具厂这边熟人太多，自己潜伏容易暴露，所以改在顾晓薇家附近蹲点，到时候叶霞和她在那碰面。没想到第二天晚上萱萱突然拉肚子，徐杰和叶霞只得先带孩子去医院，撇下了沈宇独自行动。

顾晓薇早发现了沈宇，但装作不知道。她出门时故意大声地和华韦林通电话，确定了酒店和订的房间号,并约好一小时之后见面。随后,顾晓薇便打车直奔华韦林正在招待客户的云景酒店 1211 房,沈宇紧随其后。

曹操发现顾晓薇不见了,连忙打电话来劝阻,但是顾晓薇正在气头上,怎么劝得住?"我顾晓薇是那光说不练的人吗?我告诉你,我已经约着华韦林了,我骗他有重要的事谈,所以他肯定不会放我鸽子,到时候进了酒店房间我把衣服一脱,这戏就算演成了。"

曹操急了:"你这不害人吗?"顾晓薇挑眉低声道:"我说了别挑我这根筋!沈宇在跟踪我呢知道吗?她跟踪我!她活该!"曹操还想劝,被顾晓薇打断,"我正过瘾呢,别再给我打电话,打了我也不接。"说完,顾晓薇掐断了通话并将手机调成振动。

曹操再打顾晓薇的电话,她是怎么也不接了,眼看要出事,曹操急忙从家长的通讯录上翻出叶霞的电话,一五一十地告诉她顾晓薇知道沈宇来的事,她要搞一场闹剧!"顾晓薇要假装约华韦林在酒店见面,想故意制造两个人出轨的情景教训一下正在跟踪她的华韦林的夫人!你赶紧阻止一下,她不接我电话,你听明白了吗?"

叶霞一听也急了,急忙给顾晓薇打电话,可是顾晓薇直接往 1211 房间去了,根本不接。叶霞又转给沈宇打,电话一响吓得正在跟踪的沈宇急忙掐掉,再后来索性直接关机了!

叶霞气得跳脚,这时徐杰焦急地跑过来告诉她,萱萱不是拉肚子而是食物中毒了!叶霞也顾不得沈宇他们,急忙去看孩子。这时医院里陆续又来了好几个和萱萱一样情况的孩子,顿时急诊室里大人叫小孩闹,乱成一片。

选择在云景酒店并非是顾晓薇心血来潮,因为华韦林和顾晓薇在这家酒店之前确实碰到过一次,不过当时他们只是不期而遇。顾晓薇见的是朱铁四,而华韦林是来接待客户入住的。

那天顾晓薇和朱铁四在歌厅外面的咖啡吧聊了挺多。

顾晓薇说:"其实你喜欢小孩。你承认吗?我的幼儿园让你有一种……向往,你活得太单调了,所以向往身边能叽叽喳喳地乱着,一会儿惊,一会儿喜,乱得应接不暇。"

朱铁四点头承认："所以忍不住要过来看看。看到小孩们叽叽喳喳的，有些手足无措，就像当初面对晨晨一样……但真是那样，跟他们在一起，就觉着什么压力都没了。"

顾晓薇关切地说："压力别太大了，别把拯救地球的责任往自己身上扛，就一普通人，做点普通的事儿，该有什么不该有什么，顺其自然，开心的时候，跟朋友把酒当欢，寂寞了……可以跟这次一样，来找我。"说着她还向他飞了一眼。

朱铁四笑笑："多久没来云景了，这儿山美水美，还有能说说心里话的人，真好，就是担心来多了，会上瘾。"

顾晓薇收起轻佻的样子："你是不是……在期待旧情复燃？其实我也会犹豫，曾经相处的……开心的、不开心的，但凡成了故事，就都挺美好，所以重逢的时候，心里会激动。"

朱铁四却说："所以你仍然在怀疑，这种感受是否真实。"顾晓薇没有回答。

朱铁四看了看表："我该走了，明天还有会，一早就得回省里。"在顾晓薇送走朱铁四，在通道拐角迎面碰上了从另一边走来的华韦林。

原来那天客户来得晚了些，华韦林便叫了一个叫小惠的陪酒女陪自己聊天，恰好小惠说起自己老家的事，也提到自己曾经放弃过一个孩子，这一下子触动了华韦林的心事。

华韦林端着酒杯说："早前，我们流掉过一个小孩，因为我……当时我害怕，缺乏抚养孩子的能力，或许现在也没有，但我仍然后悔。"华韦林晃着酒杯，"压力是躲不掉的，它无时无刻不在你身边，只不过有的人懂得缓解，有的人却无处释放。我的确该谢谢你，给了我一个释放的窗口。感情是个很微妙的东西，身在其中，就像个呆板的程序，一旦离开了，就会想，牵肠挂肚，勾得不行。"

他动情地说着自己的心事，却不曾察觉小惠看自己的眼神里多了一丝暧昧与好感……

顾晓薇到了酒店，让服务员帮着打开门，在确定服务员离开后她才闪身进屋，并同时拉开了外衣，然而她此时却看见了什么，猛地愣住了。

紧随其后的沈宇也直奔1211号房间，见房门半开，当即推门闯入，没想差点撞上外衣褪了一半，正呆站在门廊里的顾晓薇，吓得她"啊"的一声站住了脚。随即，她便看见里面的大床上，华韦林和一个陪酒女躺在被窝里！

沈宇惊叫："华韦林？"

陪酒女小惠当即被惊醒了，猛见门边站了俩人，吓得尖叫着抱起被子挡着胸部坐起来，睡在边上的华韦林便露出了身子，除了内裤什么也没穿。沈宇看得火气上涌，转身进了卫生间，接了一盆冷水兜头往床上泼去……

顾晓薇把来龙去脉交代了一番，之后又说："这之后我跟华韦林才有了些正常来往。他喜欢小孩，闲下来的时候会到我幼儿园来玩，我们也会聊聊家常说说话仅此而已。所以听说你怀疑我俩有奸情我就气不打一处来，就想琢磨个法子来教训教训你，他要没被勾引就拿暧昧场景吓人，要被勾引了就假戏真做！我豁得出去！问题是豁出去了我还没得手！"顾晓薇长吁了口气，一摊手道，"我，说得够清楚了吧！"

沈宇盯着被凉水激醒的华韦林不禁恨铁不成钢："华韦林！你到底在干什么？"

华韦林怔怔道："我……"一句话也说不出来。

顾晓薇鄙视地骂道："华韦林你贱不贱啊，我免费候边上你不用你出来嫖娼！"

陪酒女小惠听到这个脸就拉下来了。

沈宇也气不打一处来："华韦林，你才挣几个钱啊？你就饱暖思淫欲！"

顾晓薇反击沈宇道："那你得反省你这老婆做得到没到位！"

沈宇烦躁地叫道："顾晓薇！我警告你别瞎搅和！"

"你们别闹了，听我解释……"华韦林一闭眼，大声叫道。

沈宇一脸不敢置信的表情："你都被抓现场了你还解释什么？信不信我报警抓你们！"

顾晓薇附和："对！报警！拘了他们才解气呢！"

这时一直没出声的小惠大叫："你们都给我闭嘴——"这一嗓子，把沈宇和顾晓薇都喊得愣愣地闭了嘴。

小惠大声地说："你们别把话说那么难听！什么叫嫖娼啊？我陪酒陪唱不陪人睡！我是自愿的！因为我喜欢他！我爱他！"

华韦林顿时就愣了，沈宇和顾晓薇也是瞠目结舌，面面相觑。

小惠激动地继续说道："华先生是个好人，他一直很照顾我生意；相互间熟了，也会愿意私下坐到一起说说心里话。他说因为老婆定了个五年不要孩子的计划，让他很有挫败感。他不是诉苦，他说都是他自己没能力。老婆不尽义务他却责怪自己，所以我觉得他是个好男人，所以我就爱上他了。"

见沈宇、顾晓薇满脸错愕，小惠肯定地说："对！我们是爱情！我每回上床都是自愿的！"

华韦林蹿起身试图阻止她再说下去："小惠你……"小惠大声打断："警察来了我也这么说！我不是卖的！我是跟你处感情的！"华韦林顿时僵在当场，不说话了。

沈宇眼圈通红，让华韦林说个明白，顾晓薇吵着要报警。

这时，华韦林忽然说："她不是干那个的！"

沈宇看着华韦林，浑身战栗："华韦林……行，真行！你要跟顾晓薇出轨，我还觉得有仗可打，可现在弄得我手足无措……你真是让我太失望了，太失望了！你还是你吗？连婚外情都搞得这么没品。"

客房里死一般的寂静。

这时，顾晓薇的手机突然振动起来，她刚一接通，曹操火急火燎的声音立刻传了过来，幼儿园的孩子都食物中毒了，让她必须马上回去！顾晓薇再也不想管他们的破事，以最快的速度赶了回去。

顾晓薇回到幼儿园，会合了顾妈妈和曹操一起赶往医院。顾妈妈告诉她，开始只有萱萱拉肚子，但很快越来越多孩子出现了类似症状。没得说，这肯定由于集体伙食导致的，幼儿园绝对脱不了关系。但是幼儿园一向注重饮食卫生，到底是怎么回事却无法知道。

一到医院顾晓薇他们就被学生家长团团围住。"来了来了！""他们来了！""得让他们有个说法！""把人盯紧，别让他们跑了！"顾晓薇安抚着大家道："大家都别着急，这事我一定会负责……"

话音未落，叶霞红着眼扑了上来："你负责什么了你！一天到晚不想正事，孩子交给你就这下场！就这个下场！有搞无间道的工夫你多盯盯孩子呀！还什么假戏真做教训沈宇，你办幼儿园还是做特务呢？你到底有多少心思在孩子身上？"

顾晓薇都被骂傻了："叶霞，我……"

叶霞哭喊着："我就不该把萱萱交给你！我蠢啊我！一个混社会的，我把萱萱交给你，我蠢啊！我怎么就能相信你！我又不是不知道你什么货色，我怎么就能相信你……"

曹操低声劝着："叶霞你冷静一点。"叶霞咆哮起来："孩子都这样了你让我怎么冷静？"家长们纷纷应和："就是，出了事还让我们冷静？""你儿子一上小学，伙食就乱来是吧？""别人家孩子她无所谓嘛！""太不像话了你们！"

群情激愤之下，顾晓薇几人手足无措，忽然两个警察陪着一名政府工作人员推开众人走了进来。警察询问道："我们是食药监局的，哪位是幼儿园的负责人？"

顾晓薇几人被带到派出所问询，顾晓薇实在不明白，饭菜是她亲手做的，怎么会食物中毒呢？检查结果是扁豆中的皂素导致的食物中毒，食药监局的人问是不没做熟啊？

顾晓薇奇怪，没有做这个菜啊？顾妈妈这才小心翼翼地承认，那天炒的青椒让她弄洒了，就自己炒了个扁豆。她为了好看，扁豆只用开水焯了一下，爆炒之后就让孩子们吃了。

这是连男人都知道的常识，这样做肯定是不熟的，当然会引起中毒。

顾晓薇不禁责怪为什么妈妈做菜不叫她，顾妈妈低声说那会儿她不在。顾晓薇一想，当时自己去查沈宇在哪个宾馆了，就是和叶霞碰面那会儿发生的事！顾晓薇哀叹道："怨我……鬼迷心窍擅自离岗，呵，真是杀敌三千，自损一万。"

顾家原来的司机小陈现在已经是纪委的陈处长，幼儿园集体食物中毒的事由他专审，顾晓薇犯到他手里哪里还有出头之日！

幼儿园的幼教资质是借的，许可证是徐杰帮着办的。顾家一家人，曹操连同徐杰和叶霞，一起到陈处长这里接受调查。

陈处长拿纪委介入这事吓唬徐杰："明知她是买来的资质，你还这么热心，你到底出于什么目的，什么动机？这里面到底存不存在行贿受贿的问题？"

徐杰瞬间崩溃，把所有事情交代得清清楚楚："没有！真没有！我没收她一毛钱我是被胁迫的！那，那天她把我骗到家里，自己把衣服撕了就非说跟我有私情，还扬言要抖出去，还说这种事谁都宁信其有，不信其无，真的是她胁迫我呀！"

陈主任不信："你堂堂一国家干部，就这么轻易被胁迫吗？"

徐杰吓得声都变了："这种事她有经验啊她！幼儿园要没出事她还用这手陷害别人呢，陷害她自己发小啊！你说撕破衣服了跟你待一块儿，谁能信你是清白的？这手她屡试不爽，她有的是经验啊她！"

叶霞怎么也没想到里面还有这么一层猫腻，整个儿人傻在当场。

面对此境，顾晓薇知道自己的幼儿园到了关门的时候了。

离开纪委，叶霞再三逼问徐杰当初顾晓薇胁迫他的事，徐杰已经被吓得快哭了，求着叶霞相信他。叶霞看着哭丧着脸的老公，叹息一声说："这就是男人，关键时候就把身边的女人给卖了。"徐杰都快哭了："拜托！她不是我女人啊！"

家长们都等着事情处理的结果，顾晓薇真诚地向大家表态："这事我会负责的！我工作失职，让孩子们受苦，都是我的错，我一定会负责的，我一定会尽我的能力积极赔偿……"

家长们却不买账，根本不接受她这样的说法，只招来一片责骂。

这时叶霞却冲了上去，以同样是中毒孩子家长的身份博得了家长们的认同，先晓之以理，表明顾晓薇已经跟陈处长发了誓表了态要积极赔偿；接着动之以情："她一女人家，为办这幼儿园不容易，我刚刚才知道，真的很不容易。云景就那么大个地方，抬头不见低头见，大家就念在她是个女人、一个单亲妈妈的分上，多体谅一点好不好？给她留条活路，好不好？"

家长们这才消停下来。

幼儿园的集体食物中毒事件处理完了，顾晓薇的幼儿园也彻底关门了。

顾晓薇对叶霞的挺身而出感激不尽，主动向叶霞承认："当初是我胁迫徐杰，他什么都没做，他是个老实人，真话。"叶霞叹息道："要不是你被这老实人出卖，我也不会帮着你说话。"

　　没有了幼儿园，曹操也只得另谋职业。他请求顾晓薇把幼儿园的铜牌留给他做纪念，因为这是他到中国之后干过的唯一一份体面工作。

　　曹操走了，顾妈妈才悔恨自责，就是自己那些破烂毛病，为了凑整数把老伴双规了，为了扁豆好看让孩子们中毒了。这完全就是作！

　　送走了曹操，母女俩还在自责，一个怪自己作孽，一个怪自己鬼迷心窍。现在幼儿园办不成了，钱也赔完了，以后要怎么样，她们心里都不明了。

　　顾妈妈和朱铁四说了幼儿园的情况，他马上就给顾晓薇快递来了支票，并且已经替顾晓薇想好了新的出路。快递里还有一张字条："晓薇，你需要这些钱，你别拒绝我，好吗？我给你介绍中石化的一个关系，汽车时代开加油站，或许是个不错的营生，你考虑考虑！"

离　婚

虽然顾晓薇制造的捉奸闹剧并未得逞，但却真让沈宇看到一场男女共榻的香艳场面。沈、华两家把儿女各自带回家，商量这事怎么办。

沈妈妈护女心切，怎么想都是华韦林的错。她一直觉得：华韦林除了长相好看他还有啥？长好看了他又干了什么！就外头招猫逗狗了派用场。况且，他们结婚的时候为了钱的事闹那么一大场，最后沈家爸妈还是支持了他们，结果呢？现在他居然出现了道德问题，那换谁心里不堵得慌呀？而沈爸爸的观点是，父母真实的想法一定要让儿女们知道，但事儿终归也得调解。宁拆一座庙不拆一桩婚，要往和谐了调解。沈妈妈当即拍板："往合了调解可以，但得亡羊补牢，得立规矩！"

另一边，华建平质问华韦林跟那个什么小惠到底上过几回床？

华韦林无奈地说："要是我说就这一次酒后失德，还是醒来才发现身边有人，爸爸你信吗？"果然华建平是不信的，因为沈宇说那个小惠亲口承认不止一次。

而华韦林已经不想解释了，毕竟事情错在自己，越解释越落埋怨！而且他自怨不该把家里的事和外人去说。

华建平埋怨华韦林不该和小惠联系，而华韦林也不该心虚地去删除通话记录，这摆明就是销毁证据。华韦林向爸爸坦诚，小惠根本没有和他通过话，他删除的全是顾晓薇的来电，沈宇不愿意看到他们联系的，他不想让沈宇乱想。

两边老人和孩子沟通完了，两个爸爸先碰了下意见。

华建平心虚地低了头："老二他这回真的是后悔莫及、痛定思痛。"沈爸爸肯定道:"对嘛,韦林态度诚恳了,这事儿才有补救的可能嘛……宇宇她妈呢,要拟一个家庭管理制度,到时候让你儿子别矫情,踏踏实实签了,这事儿就算调解成功,关键在态度,明白吗?"

沈妈妈真的费心拟了一部家庭管理制度,条条款款规矩森严,比如:

第6条,男方的经济情况必须透明,包括单位配给的公款支出,业务招待费怎么用、用在哪里,都要如实说明。

第7条,作息时间要固定,鉴于现在社会风气不好,即便有工作上的应酬,也必须在晚上10点之前回家。

第8条,男方与异性的电话联络,必须透明,未经许可,不得有删除通话记录(包括短信)的行为。

沈妈妈念完了,华韦林不加思考就要签字,可他这样想也不想就签字,沈宇又觉得他太敷衍了!

华建平以为这是在怪华韦林的认错态度不行,急忙把错全揽在自己教育无方上。

沈宇听着公公这些空洞的话越发感到无力。她要听的不是这些官话,也不需要什么约法三章,她决定和华韦林回省城,只由他们两个来解决问题。

一路上两个人各怀心事,一言不发。

一进院,沈宇就看到钟丽梅等在那。原来钟丽梅知道云景的业务搞定了,便和华韦林电话里商定在这碰面,商量下一步的安排。

沈宇一听这个"噌"地就火了,质问华韦林:"我们这一路上都在一起,你什么时候打的电话我怎么不知道?又背着我打电话,有什么电话非得背着我打?是不闹出事儿搬救兵?是不你那点破事谁都知道,就瞒我一人啊?"这一通无名火烧得钟丽梅战战兢兢,忙问华韦林怎么回事,华韦林却默然无语。

魏明正好路过看到他们,想起要通知沈宇他们家的房子分配下来的事,不料被没好气的沈宇捎带手也吼了几句:"我们两个人有事,你们都别来掺和,行不行?"

沈宇实在是烦了所有人都来出主意,却没有一个真正能解决问题的。

魏明没好气地说:"方校长说只要你拿下硕士学位,西区那套一居室归你。啊,有争议搁置，搁置不了，速战速决。关键是论文赶紧写完了交给我！"说完，魏明拂袖而去。

虽然是以回家以后两个人解决问题的理由回省城的，但是实际情况却是，这件事完全成了沈宇心中的一根刺，华韦林不管怎么做，都不可能让沈宇满意。

他正常上下班，沈宇不高兴；他连连认错，沈宇说他是耍无赖；他说话声大，她说他在抱屈；他说话声小，她说他是死猪不怕开水烫；他不说话，她又说他是连话都懒得和她说。华韦林实在不知道自己应该怎么样好，沈宇要求的就是他的一个态度，可是连她自己也不知道这个态度到底要什么样。

魏明这天又来催沈宇的论文，看她情绪不对，沈宇叹息着："总想发个天大的脾气，可怎么发，却都觉着不在点儿上。"魏明劝解道："我多两句嘴，别介意啊。呢……事实上很多的所谓外遇，充其量只是个宣泄的窗口。男人呢，通常不太愿意把压力带回家，所以很多心情往往不跟老婆说，反倒会跟外人诉上一诉，不造成后果嘛。他要老跟你诉说压力，会导致你也在心理上产生负担，这个后果可就太严重了。"

沈宇讷讷地说："你们男人，犯什么事都能找到冠冕堂皇的理由。"

魏明当自己多嘴，沈宇却又说："我知道你说得没错。其实，我们为彼此付出，也成了彼此间最大的包袱，我时不时会叨叨这家买房、那家买车、张三李四度假去了马尔代夫，说者无心听者有意，好几次我真的感觉到他眼神……在闪躲。他力不从心，可这个包袱却逼着他非得死扛，或许吧……这里头的感受，是不太可能跟我说，说了让我揪心，他自己也受伤。"

魏明点头："所以外遇，穷极所有也就是个外人，事情要处理，但别用力过猛。"

钟丽梅也希望他们夫妻和好，帮着华韦林分析出主意。了解了他当初删除电话这些行为，不屑地说："你们男人啦，自大！委屈、焦虑、迷茫啦，压心里面，跟外人口水多多，跟老婆一声不讲，就以为自己老婆是世界上最脆弱，听你苦闷就忧虑、见你辛苦就崩溃，傻啦。你告诉沈宇，那个小惠就是你宣泄压力的工具。"

华韦林不苟同："合着这逻辑，就是男人出轨都源自于家庭压力，你不觉得下作吗？"

钟丽梅摆摆手:"责任一层一层推掉,是智慧啊。"华韦林摇摇头:"这不公平。"钟丽梅拍拍他的肩:"听梅姐一句好不好,对女人来说,事情没有思想重要,你想守住老婆,就要把自己搞悲壮,把别的女人讲到烂渣渣!"

两边出主意的人也算是尽力了,两个人都在往让对方能够接受的方向努力,华韦林的态度更诚恳,沈宇也希望他以后有压力和她说:"你提什么要求都不过分,真的,我不想让别人做你缓解心情的窗口。"

两个人的关系在表面上得到了缓解,跟云景这边的老人们汇报的也是以和平解决。

可惜冰冻三尺非一日之寒,有些事情不过是生活里所有烂事扎堆爆发的导火索,沈宇对于华韦林,再也没有初恋时那种依赖和信任。就连夫妻生活也总是不和,华韦林不过随口说了句别折腾了,沈宇就怪他是应付差事,是虚情表演,又扯到小惠的事。结果就是从小吵到大吵,最后,华韦林摔了凳子,沈宇掀了桌子。

闹完了,两个人倒冷静了,互相道歉。

沈宇感叹地说:"你是我的初恋啊韦林,这种爱情有洁癖的,很难……容得下污点啊。"华韦林咬了咬牙:"沈宇我跟你说实话,我跟小惠没发生过任何事儿,那次也是我喝多了……可能是,她送我回房间的,我真的是醒来才发现她在边上。"

华韦林觉得只要说了实话,也许这件事就真的能揭过去了,可是没想到,却取得了相反的效果。华韦林低头说觉得小惠在外面不容易,担心她有麻烦,也后悔把家里的事说给外人听,却没注意到他说得越多,沈宇的脸色越难看。

沈宇问他:"你是觉得委屈了?"华韦林听着这话音不对,"噌"地抬脸看沈宇。

沈宇目光狠狠地瞪着他:"华韦林,本来,我都要原谅你了!没想到你这么猥琐!犯了错不检讨也就罢了,你还把自己搞得挺悲壮,把别的女人说得这么不堪!"

沈宇根本不给华韦林辩解的机会,话是一句接一句:"韦林你真的不该这样。我知道你有压力是真的,你为这个家已经超过能力极限了。我也知道你混成今天这样是因为我,没我你早就是艺术家了,都是我害的。你有压力我没有吗?这些也是我的枷锁,我就没压力啊?每次想到这个我就惶惶不安,生怕你觉得委屈,生怕你怨我!一吵架了我就会本能地提醒自己,根源是我,是我害你输掉前程,虎落平阳的！别的女人对丈夫有要求很正常，可我不敢，生活紧巴我还得故作轻松，生怕让你觉着我计较了。你不容易，难道我就容易吗……这么些年我也憋着呢，我容易啊！"

听了这番话，华韦林怔住了。

沈宇最后叹息着说："再下去我真的会怀疑，我连人，都看错了……韦林，我们离婚吧，大家都解脱。"

华韦林浑身有些哆嗦，闷了好久，长长地叹了口气："呵……好吧……"

沈宇意外地反问："什么？"

华韦林感叹地说："放手……可能更好一些……"

沈宇顿时眼圈通红，深呼吸了一口："行，你够狠……行，我们说话算话！谁也别含糊！"

无　缘

　　华韦林是对自己失望，因为沈宇一直在不安，那个五年计划就是她不安的表现。他想努力做个好丈夫，可是力不从心，结果让妻子一直不安。他们之间那些感动是最大的包袱，他害怕自己有消极的声音，怕说兑现不了的话。他有感受到，好多次沈宇无心的一个话题就会伤到他。

　　华韦林感叹为什么爱情来之不易，可在婚姻面前却不堪一击？也许婚姻，远不是当初想象的那样简单。分开也好，分开了……两个人都有时间和空间，去想想了！华韦林轻轻摸了摸她左臂的笑脸文身，轻轻放开她的手，走了。

　　沈宇就眼看着华韦林这么离开，却一滴眼泪也流不出来。

　　所有的闹剧都在沈宇和华韦林结束之后消停了。

　　不久，华韦林带着华建平离开了云景，换了手机号，没有人知道他们在哪里，在做什么。

　　沈宇不知道，顾晓薇不知道，但是她们不约而同地都在等着电话有一天响起，来电的人说："喂，我是华韦林。"

　　时间是最公正的，也是最无情的，一年时间就这么过去了。

　　沈宇自从离婚之后就情绪低落，倒是全身心地投入到了研究生的学习中。魏明一直关注着她，毕竟学中文的人都有点情绪化，何况她受了这么大的刺激。

　　直到有一天，魏明亲眼看到她在铁轨中间迎向一辆开来的火车，魏明惊悚不已地救下她，她却无所谓道："我的论文是《恐惧下的黑色文学》，只是体会一下恐惧而已。"

魏明赌气道:"写再好我也不会给你高分!"沈宇索性不理魏明,只是坐在铁轨边埋头不语。

魏明无奈道:"你不好起来,大家都难受。"沈宇皱眉看魏明:"我就想孤单一点,为什么就这么难呢?"

魏明挑眉:"因为孤单并不是你的本意,别再想过去的事了。"沈宇幽幽地说:"想与不想,结局都一样,为什么我还会去想?"

魏明还是耐心地开导她:"如果一个人在遗憾,就说明她心里还怀有希望。"

与沈宇的忧郁冷漠相反,顾晓薇自从办起了加油站,生活越发过得热火朝天,不到一年就开了第二家分站。她已经不再是钻空子、走偏门的莽撞女人,而是有清晰经营思路的成功经营者。这不,她下令延长第二家站的优惠期,不图一时的利润,而是为长线发展,增加回头客,以保持两家店面的流量相当。看到顾晓薇的手段,朱铁四都不禁称赞她经营有一套。

顾晓薇却把自己的勤奋归结于欠着朱铁四的钱,朱铁四怪她见外,她却说朋友是朋友,钱是钱,这还是他教的。

朱铁四笑了笑:"别把自己看成单一的个体,谁的好坏都关联着很多人。"顾晓薇看着朱铁四:"我们维持现状,不挺好吗?"

朱铁四避开她的眼神:"现状值得珍惜却无法维持,因为谁都在发展。"顾晓薇感慨地说:"为什么,有你这么好的一个人,我还会不甘心?"

朱铁四无奈地笑笑:"可能是想过去的事儿还没过去,心里依然怀有希望。"

沈宇自从离婚之后就绝了男女之情一样,这让沈家爸妈非常的着急。无奈之下,沈爸爸只得直言:"宇宇,离婚也一年多了,别撑着了,再找个合适的对象重新开始,好不好?我们都退了,正好帮你带孩子。"

沈宇皱眉说:"你们无聊不无聊?"

沈爸爸的思维太过超前,急忙换了个现实的:"有些话呢,该不该讲的你都听一耳朵,其实华韦林他们爷俩走得那么彻底,是有意在跟大家断联系呢。有些事儿遗憾归遗憾,但过去了,终归得让它过去。"

沈宇垂下眼帘，默然……

沈宇是属于不低头死等的策略，而顾晓薇可不是那性格。

顾晓薇不愿意白皮再接近晨晨，她希望和过去的那段荒唐一刀两断。虽然顾晓薇已经今非昔比，但白皮对这个跟自己有血缘关系的表侄依然挂心。

顾晓薇本想拉上黄毛几个一起去教训白皮一顿，没想到几个人到关键时刻全躲了，把她气得够呛！顾晓薇回到加油站就冲黄毛几个大发脾气，说在这儿对他们特殊照顾，工资和福利都比别人好，却在最关键的时候给自己扯后腿。

虽然顾晓薇不想承认还念着华韦林，可是连她雇的黄毛他们这几个伙计都知道，他们之所以能得到顾晓薇的青睐到加油站上班，沾的是华韦林的光。毕竟，华韦林和他们都是发小，虽然不联系顾晓薇，没准哪天能联系他们中哪个呢。

这一年华韦林与所有人断了联系，可是他却依然没有走出和沈宇的这场婚姻。他向钟丽梅请教："我一直在思考，最后总会问自己，如果怕她不安，为什么不能再努力一点？为什么没拼到死，就对自己失望？"

钟丽梅却批评他："分开，是给彼此空间和时间思考，你是这样跟沈宇说的，对不对？多数人分手是因为不珍惜，你们倒相反，是不是有病？知道自己有病就回头咯。嗯？"

华韦林的生活过得波澜不惊，唯一的小插曲就是华建平这阵子得了中耳炎，老是好不利索。华韦林想来想去，决心与沈宇联系一下。

自我调整了好久，鼓起了莫大的勇气，华韦林打通了沈宇的电话。他不知道如何开口，竟然用最生疏客套的话开头："对不起，一直都没联系你，你……还好吗？"

没想到沈宇答道："我在相亲，你说好不好？"

华韦林一肚子的话顿时憋了回去，讷讷地说："哦……那、那打搅你了……"

这时沈宇没头没脑地来了一句："我想了，你呢？"华韦林不解："什么？"

沈宇语速很快地说："你说的，分开是为了给对方时间去想。"华韦林不知道她为什么会提起这个："是……"

沈宇继续快速地说："我一直在想，可答案依然是后悔。是，做决定的时候都觉得已经深思熟虑，都觉得对，可真去想了就发现，其实很草率，其实，是没经受住考验。"华韦林羞愧地说："沈宇，是我的错……"

沈宇打断他："不是。是命运的算计。"

突然间，华韦林意识到沈宇想说的是什么，可是没想到沈宇说出来的，远比他想到的还要多！

沈宇还在滔滔不绝："我现在被五花大绑到处相亲，我好像，也比以前软弱了，所以我不知道能扛多久，所以……如果你一样后悔的话，就赶紧来救我！用不着身披金甲圣衣脚踏七色祥云，人出现了就行，快出现，快来救我……"

华韦林瞪大眼睛，觉得自己的心跳随着她的语速跳得越来越快。他觉得自己该做点什么了："明天是周六，我去找你，我们老公园见。"

电话里没有了沈宇的声音，华韦林却仿佛看到她的笑脸！

华韦林激动地买了新衣服，一身清爽地回家。可是华建平言语闪躲，死拦着不让华韦林看自己的检查结果。华韦林觉得事情不对，抢过结果一看，华建平他得的不是中耳炎，而是鼻咽癌，并且已经是晚期！

这简直是个晴天霹雳，华韦林刚刚的兴奋瞬间被兜头浇了一盆冷水！

华建平不想拖累他，坚决不同意就医："西医、中医，不管交给谁治，我都会是个无底洞，直到死的那天……我，曾经是厂里的负担、你妈的负担、你的负担，我不想再这样了，别一辈子都是负担呐，对不对？没面子嘛！要想让我好死你就听我的！从医院出来我想一路了，哈哈，从今天起，我钓鱼、写诗、寄情山水间，啥事儿也不想！我就开开心心地过最后这段日子。"

看着眼前这个故作坚强的白发老人，华韦林大脑中一片空白，四周是死一般的寂静。

华韦林想起和沈宇从小到大一起经过的许多事，那些记忆在此时此刻，竟然莫名清晰。就像是老天爷知道这将是华韦林最后一次这么放肆地想起沈宇一样，一幕一幕地在他的眼前闪过。

华韦林只觉得悲从中来，这一年来所有的思虑、今天的所有欣喜、鼓足了勇气相约带来的期待，一切的一切，都被这一张薄薄的纸击碎了！

原来，不过是一场空！

华韦林很想问问，这世界是怎么了？他并未奢望有什么超乎常人的幸福，只期望拥有最平凡的幸福，可是为什么，只是这样一个基本的要求，老天爷都不给他机会？

他曾经拥有爱情，曾经拥有幸福，可是他还不懂得如何珍惜的时候，生活的现实就压垮了他坚持下去的信心。他放弃了，以为分开是最好的选择。然而，一年过去了，在沈宇离开身边的日子，他想了很多，他分析、总结、领悟，最后，他后悔了。

他犹豫过，怎么开口，她会还想着他吗？她会不会拒绝？奇怪的是，他倒没有想过如果被拒是不是伤了男人的面子，曾经在婚姻之中，他一直用欺骗、用夸大来拼命维护的男人的尊严。他只在意，沈宇是不是会接受再见的请求，他更期待，沈宇还愿不愿意一切从头开始！

纠结之后，他鼓了多大的勇气才打了那个电话，那个过了一年之久仍然记得滚瓜烂熟的电话号码。接通的一刻，他的心几乎吊到了嗓子眼，可是她在电话那端说在相亲，他几乎一瞬间就要放弃了！

然后，她说她想了，她等他来救她！这简直是垂死的人得到了一纸赦令，华韦林兴奋得简直要疯掉！未来似乎是带着全世界的光明展现在他的面前，他全身都充满了力量！

然而，此刻，一切都如同一场梦，化作了幻影！

果然，美梦易碎难圆！

沈宇如约到了老公园，周六公园里到处都是来游玩的人群。沈宇等了很久，直到太阳下山，还是没有看到华韦林的影子。沈宇多次打他的电话，可是电话已经关机。

沈宇越来越焦躁。

终于，电话响起，坐在长条凳上的沈宇一个激灵，慌忙举起手机接通。沈宇着急地问："华韦林，你怎么一直关机呢？"

电话里华韦林低声说："抱歉沈宇，我想了很久，觉得我们还是不要再见了。"

沈宇猛地站起来："你在哪儿？"

华韦林没有回答："沈宇，那天我给你打电话，其实就想告诉你，以前，都是我的错，你不要再背包袱。"

沈宇急了："你到底在哪……"

华韦林却自顾自地说道："不要再见了，真的，别再见了！生活是向前走的……"

沈宇又气又恼，打断他骂道："你浑蛋吧华韦林！"

华韦林依然声音低沉："对，你骂得对，我就是个浑蛋。所以我连那个电话都不该打！过去的，就该过去，别磨磨叽叽。生活是往前走的，往前视野才开阔，对你是这样，对我也一样，明白吗？"

沈宇听到这些，所有的恼火与愤怒都无力地散去，她伤神而虚弱地问："你……就为了跟我说这些吗？"

不远处的树下，灌木丛中，华韦林握着手机直勾勾地看着失魂落魄的沈宇："对……所以见不见面，都没关系。"

华韦林垂下握着手机的手，他的手在颤抖，几秒后才按下了挂断键。随着屏幕显示通话结束，他突然痛苦得面容扭曲，紧紧地咬着下唇才没有喊出声来！他拼命地咬着牙，颤抖着手，"咔哒"一声轻响，手机电池被卸开，缓慢地，他抽出了电话卡，无力地松手，电话卡掉到了地上。

华韦林腮帮子咬得一鼓一鼓，直勾勾地看着远处九曲桥的亭子那里，沈宇闷闷地坐在长条凳上，小小一个身形……

几分钟后，华韦林缓缓转身，迈着沉重的脚步一步一步地走出大门，坐上钟丽梅的车，请她送自己去火车站。

钟丽梅叹息道："想见又不见，何必？"华韦林缓缓抬起头请求道："如果她给你打电话，请你务必给我保密。"钟丽梅望着他说："其实你可以带你爸一起来省里。"华韦林轻轻摇头："我不能成为她的负担，同样，也不能成为你的。"

钟丽梅不由得默然。

华韦林惨淡地笑笑："梅姐，你别这样……换个角度讲，这是好事，我差一点儿又中了命运的计,明白吗?我不想,让我们再中命运的计。"

这时,透过车窗,沈宇默默地走出公园大门,垂头从车前经过。华韦林忍着泪望着她。他们离得那么近,沈宇只需要一转头就能看到他,但是她心如死灰,像个游魂一样虚弱地缓步走着,一直也没有抬头。

华韦林轻轻地说:"再见!"终究,泪如雨下。

朱铁四没有放弃过顾晓薇,顾妈妈也越来越觉得朱铁四才应该是自己女儿命中的真命天子。朱铁四才几天没去云景,顾妈妈的电话就追来了,先让晨晨在电话里和他聊了半天,又是旁敲侧击地提醒他:"我怕你和晓薇这种状态,撑着撑着就把感情撑淡了……"

每次一个多小时的电话,连刘总和老徐都催着朱铁四快去云景。

朱铁四最近到云景确实挺频繁的,这次又是到云景来"休假"。

顾晓薇正为白皮时常来纠缠晨晨的事烦心,看到朱铁四心情顿时好了很多。朱铁四只是随口说在这里休假,她不作陪就没意思,顾晓薇当即满口答应他想去哪尽管说,她做东。

沈宇学习成绩不错,方校长建议让她就留在中文系,魏明也同意,只是方校长担心她的状态,不过魏明解释说她好多了,这阵子沈宇正被父母紧锣密鼓地安排相亲。

一说到沈宇,魏明的话匣子又关不上了:"这就是中国式爹妈,永远在以爱的名义胡作非为,他们追求他们的完整,做子女的就只有妥协,没的可扛。但辩证地说,这未必就不是件好事儿,从海选到PK成就了超级女声,频繁相亲,没准就能选拔出个合适的。成家嘛,或许不该找最爱而是要找最合适的。"

沈宇确实是在进行一系列的相亲,遇到肥瘦高矮粗鲁娘炮各种奇葩,直到终于被爸妈像是促销一样推到一位只看重女人上床体质的男人面前,她彻底地爆发了!

她疯了一样命令沈家二老立刻回云景,推搡间遇到了魏明,沈宇委屈地大哭起来:"我受够了!我受够了我!女人离了婚就这么不值钱啊?就被爹妈当猪肉卖啊？我就这么不值钱啊？呜呜呜呜……"

送走了沈家爸妈，魏明被委托来劝劝沈宇。他们坐在学校的操场边，沉默许久，沈宇开了口："可笑吧？父母之命媒妁之言，多半都是一派胡言。"魏明字斟句酌地说："他们也是为了你好嘛。"

沈宇笑笑："说这话不嫌底气不足吗？劝我就算了，你算是完成我爸妈所托了。那么来之不易的爱情，却在婚姻面前不堪一击，最终，连试着再见一面的勇气都没有，呵……再叫我来一次，我怎么敢？"魏明自嘲道："我的确当不了你爸妈的说客，我从恋爱到婚姻，就是个开出国培训班的过程，毫无经验可以提供。"

沈宇摇头："至少你还悲壮一点，我只有哭的份儿。"魏明小心翼翼地说："但或许……失败和不敢再尝试的因果关系，就是个悖论。"

沈宇看魏明，魏明跟她对视了片刻，躲开她的目光说："我想是吧……不再尝试，又怎么知道，会不会有不同的结局。"

朱铁四来云景，顾妈妈热情地包了饺子。饺子上桌之后，第一个尝的朱铁四表情怪异，顾晓薇再尝就发现了问题。原来不会做饭的顾妈妈把糖和盐弄混了，这锅饺子算是彻底没法吃了。

虽然出了乌龙，大家都笑起来。顾妈妈感叹，这是多好的一家人啊！

顾晓薇怪她话多，顾妈妈却挑明这是朱铁四在争取她。

正说笑间，顾晓薇从电视里发现了华韦林的身影。华韦林为当地交通安全宣传材料作画，电视台特意采访了华韦林，正在云景的地方新闻里播出。

通过电视台的信息，顾晓薇在郊县找到做协管的华韦林。华韦林对突然出现的顾晓薇很是意外，顾晓薇却很是激动。

顾晓薇为他还能画画很高兴，华韦林却并不因此而骄傲。顾晓薇脱口而出："我供你好不好？你别当协管了，你专心搞创作。"华韦林不由得皱了下眉。他这表情让顾晓薇意识到自己说错了话，笨拙地说公司要办画室之类。华韦林硬生生地打断了她的话，以她违章停车为由让她离开。顾晓薇还想再争取，华韦林竟然叫来了交警处理违章！

见他如此狠心，顾晓薇大骂道："华韦林你狼心狗肺你！我跑了四十多公里来找你，我好心好意来找你，你就这么对我！"顾晓薇把驾本狠狠地丢出去，华韦林却面无表情地捡起车本，递到了交警手里。

顾晓薇不由得眼圈通红："我不是沈宇，我想不出半个理由，能让你拿冷脸来对我……华韦林，你，惹急我了，你给我等着！"

魏明认识沈宇不是一天两天了，可以说沈宇的那些一惊一乍，他都是一幕一幕看过来的，他对沈宇的了解也能说是彻底明了的。但是，对于他自己心底那点连他自己也还没有弄清楚的情愫，他恍神间顺嘴说了出去，在沈宇那却渐渐地酝酿成了一件大事！

这天沈宇突然跑到魏明家，挑衅般地宣布："光说不练假把式，有种你来真的。"魏明不明所以："什么意思？"

沈宇简短地说道："咱俩，结婚！"

魏明惊得魂儿也飞了一半："不是……你……我……咱俩结婚这……不可思议吧这个？"沈宇质问："你敢说你没有一点点爱我吗？"魏明提醒她："你是我学生呐！"沈宇反驳道："我们也是同事。"

魏明刚要开口，沈宇抢话道："正常的男性，给女人当闺蜜多属无奈，而不是出于普度众生的信念。见我有事就掺和、逮我隐私就刨根儿，这种表现不是三八就是暗恋。"魏明支支吾吾："那个……"沈宇瞪眼道："对异性怀有爱意很正常，你怕什么呀？"魏明脱口而出："可你不爱我呀！"这话一出口，魏明自个儿都有些傻了，慌忙解释，"不不不，不对，表达错误，含义性错误……"

沈宇却提醒他："魏明，还记得上回给你过生日吗？我不告诉你，你就往潜规则上臆想，满脑子缠绵悱恻，这就说明你心里有同样的欲念，我已经是离婚的女人了，你还对我藏什么？如果，这跟面子有关，那就把结婚当作你在济世救人好了。"

魏明脑子一片混乱："沈宇……"

沈宇逼问他："再来一次婚姻，你也没勇气吗？可这是你说的，不再尝试，又怎么知道，会不会有不同的结局？"魏明心虚地躲开她的目光："沈宇，你……别在失意的时候把我当替代品。"

沈宇默然了，她瞪视着魏明，眼圈渐红，随即"呼"地站起身来，扭头便走。

"沈宇……沈宇……"魏明惶惶地追着快步往电梯间走的沈宇。沈宇边走边说："你别管了，我没事！"魏明边追边解释："我没有任何指责你的意思……"

沈宇爆豆子一样说道："你口吐莲花让我有了再婚的勇气，关键时候你又让我发现那纯属忽悠！文人误国真的是句精辟总结,因为文人就是光说不练的假把式！"

魏明恼道："你可以羞辱我但不要羞辱文人。"沈宇翻个白眼："放心吧我没兴趣解剖文人！"魏明又放软语气："沈宇你别赌气你听我说……"沈宇猛地站定："你别管我！别再装菩萨了行吗？"

看到沈宇冷冷地拍亮电梯按钮，魏明顿时就压不住火了，怒气冲冲地吼道："沈宇！你给我听好咯！别挤对我！什么叫装菩萨？什么我就忽悠你了？都是单身悲催，我忽悠你干什么？突发事件你要允许当事人有短暂的恍惚和错乱你明白吗？这是正常反应！"

沈宇没心思再和他辩论下去："行了，你别说了，是我错了……"魏明怒道："你错个屁！你这是很好的提议，结婚，我们结婚！"

沈宇错愕地望着他："什么？"

魏明冲动得脸都通红了："你都敢了，我凭什么不敢？我早就臆想连篇，早就心怀鬼胎了！结婚！我们结婚——"

这时电梯门正好打开，方校长从里面出来，正好听到魏明高叫着"结婚！"

方校长愕然地看着他们："你，你们……"

魏明一把搂住沈宇，趾高气扬地宣布："方校长！我跟沈宇决定痛定思痛，拨乱反正，花好月圆，再结连理！祝福我们吧！"

老牛吃嫩草

这才是一石击起千层浪，对于魏明要和沈宇结婚的事，各种反对声音明的暗的接踵而至！

背地里以三位主任为首传出了闲话，好事者说魏明老牛吃嫩草，上纲上线的说会造成恶劣影响，羡慕嫉妒恨的说魏明属于小人得志，连徐杰都觉得沈宇这是不理智，沈家爸妈更觉得这乱套了！

方校长假装"偶遇"沈宇，劝她认真思考，不赌气，不冲动。沈宇请校长不要被那些家伙的飞短流长给裹挟了。"拜托，当皇上的想要后宫稳定，就别把太监们的谗言当人话。"沈宇贫嘴道，方校长被她这番嬉笑怒骂说得落荒而逃。

而魏明被沈家爸妈打上门来，兴师问罪。沈妈妈指责："我们信任你让你去做思想工作，结果你把宇宇当自留地了，这像话吗？这是有失师道尊严。"

魏明解释和沈宇有感情基础，是从同事友谊发展到爱情的革命情感，是纯洁神圣的，哪里会缺乏尊严呢？况且二老让沈宇相亲就是为了让她嫁人。"二老再去比较一下，我，师大中文系主任、全国最年轻的博士生导师魏明，跟二老批发的那些相亲对象，孰优？孰劣？"

沈家爸妈被说得面面相觑，又不得不承认魏明说得有点道理……

方校长返过头来又劝魏明，希望他考虑到别人的流言，三思而行。不然别人一定认为他从一开始就垂涎于沈宇，连她离婚也会认定是魏明做了第三者。而且如果他现在是普通老师，这个被嚼舌头嚼出来的故事可能是个凄美的版本；可现在他是系主任是干部，这个故事就多半会被人往猥琐里、往艳情里演绎！

魏明却昂然答道："方校长，飞短流长是人类社会永远都无法清除的陋习，我们不能因为畏惧灰色，就拒绝阳光；不能因为总有丑陋，就禁锢美好吧？您是校长，您是把握大方向的人，您说！百年师大，是该同流于灰色，还是应该激励和弘扬对人类美好愿景的勇敢追求！您说！"

方校长愣愣地瞪着个眼，努了半天嘴，却吐不出一个字来……

和中文系的系主任做辩论，方校长是挑错了对手。

沈家爸妈没攻下魏明，又回来劝女儿。沈宇却理由充分，有现成的何必满世界去找？况且魏明的条件就在那摆着，哪样差了？

沈宇一条一条地摆出来："他对我有感情、还懂体谅，我为什么不嫁？嫁了他立马换进三室一厅，事业上还能得到帮助，我追求优秀你们却要拆台，凭什么？他父母是公职退休而且远在千里之外，没负担，也不会上赶着住过来搞婆媳矛盾，他弟弟、弟媳都有自己事业，无需支援用不着赞助。百里挑一的家庭环境，你们偏有一筐筐的反对意见，凭什么？"

沈家爸妈被说得哑口无言，最后沈爸爸拍板："太监们传鬼话，我们跟着起啥哄啊？魏老师这人，挺好！没什么不满意的！"

顾晓薇被华韦林举报违章停车，被扣本扣分，还要罚款。顾晓薇找到朱铁四托人把驾驶本拿回来。继续跑去挑衅华韦林，又把车停在那，叫他继续举报。

华韦林问她："你不觉得自己很无聊吗？"顾晓薇一副鄙视的样子说道："我只是想告诉你华韦林，别以为自个是个什么东西，别以为我巴巴儿地找到你是因为没了沈宇我就矫情，我无非是看到个潦倒的故人，同情心泛滥而已。一个处处失败的可怜虫，你有什么资格跟我牛？"

华韦林看看站在不远处的朱铁四："祝你幸福，拜拜。"径自走了。

顾晓薇气得在原地跳脚。

没气着华韦林反而自己生了一肚子气，顾晓薇还若无其事地要拉着朱铁四去钓鱼喝酒。顾晓薇强装轻松，说把过去看透，彻彻底底打包扔掉。冷静的朱铁四却劝道："别这么想,现在的一切,都是过去的延续,割裂不掉的。"

顾晓薇不说话了……

没两天,顾晓薇又忍不住要去找华韦林,虽然嚷着是最后一次。她让白皮特意到华韦林执勤的地方摆摊,在华韦林值勤的时候故意摔倒,以协警打人为由,把事情闹大。同时,她安排了记者采访,把华韦林有前科的事也捅了出来。

华韦林失业了。

顾晓薇追着他要证明自己不再会像过去那样拿热脸贴他的冷屁股,他什么都不是,她再也不会惦记他。可是华韦林却疏远地问:"我都躲这么远了,还不行吗?"

顾晓薇挑衅地说:"彻彻底底征服你一次,我就彻彻底底 game over。"华韦林望着她叹息地说:"你为什么……还这么孤独呢?"说完他淡淡地走开了。

顾晓薇刚才还一句接一句地理直气壮,现在却觉得心里空空的。

回去的路上,朱铁四冷静地拒绝了顾晓薇继续要陪他的要求,他希望她有冲动,就去宣泄。朱铁四坦言:"你又有了燥热的感觉,又开始坐立不安,哪怕就使坏,也要把他的视线拉到你身上。你生气是因为满腔热忱却遭了盆冷水,是他见到你了,却还要隔离你,你征服他不是为了 game over,而是重新在希望。"

顾晓薇无法否认,奇怪他并不吃醋。朱铁四是一切都看得明白,只是他仍然有耐心等待。

顾晓薇独自开车回去,不料与新手上路的徐杰和叶霞相遇,还差点造成车祸。叶霞惊魂未定地说是徐杰要开车去参加沈宇的婚礼,沈宇嫁给了她的研究生导师,今天晚上就在师大附近的希尔顿酒店设的婚宴。

顾晓薇听到这个急忙去找华韦林,好不容易抓到他,告诉他:"沈宇今天晚上结婚,你想不想跟她说声再见?"华韦林糊里糊涂地被她拉上车,直奔婚宴所在的酒店。

然而,华韦林只让顾晓薇把车停在了酒店外不远的地方,从那里能看到新人装扮的沈宇和魏明正在迎客。

面对前妻的婚礼,华韦林百感交集。

顾晓薇放任华韦林独处了几分钟,然而在华韦林不注意的情况下,她把手机设成了录音状态，录下了华韦林想说给沈宇的话，并以信息的方式发给了沈宇。

华韦林知道顾晓薇这样做了，大惊说她疯了，可是顾晓薇难得正色地说："如果真实的声音她没听到，会不会遗憾？别这么自私行吗？"华韦林哪里顾得和她解释，急催着她："快走！"

沈宇是豁出去了结婚，这婚宴也搞得热闹排场，中间还要换装补妆，然后进行新一轮的敬酒。

在化妆间，沈宇突然接到了顾晓薇的语音信息，她莫名其妙地打开，竟然听到华韦林的声音！"对不起沈宇……对不起。"

片刻沉默后，华韦林轻声说："我总以为年轻，可以不怕选择，选错了还可以改，总以为有时间的……可人生不是这样的，往往一脚踩出去，就越走越远，想回都回不去。也许，选择没有对错，只能认，可以有遗憾，但太多太多的事情都在告诉你，绝对不能后悔，绝对要坚信，选择就是命运的手，是人生的因果关系，是新的一段的开始。我们都要为新的开始祝福，全心全意地投入进去，为了幸福，为自己、为身边的人，责无旁贷……"

沈宇呼地站起来，抓着手机就往外冲，一路上所有人的招呼她都毫无回应，叶霞、徐杰都惊讶得不知道发生了什么事，急忙跟了出去。

可等沈宇跑到酒店外面，她看到的只有一辆宝马隐入了车流。

魏明出来找她说仪式要开始了，沈宇虚弱地挤出一个微笑说："今天我要……成为最美的新娘。"

顾晓薇送华韦林回去，但他要自己走回去，顾晓薇认为这是华韦林成心不想让她知道他住在哪儿。刚刚的事情让华韦林极度虚弱："没必要的。"

顾晓薇不明白："为什么？想她，却偏要放手？"华韦林哀求着："求你了，别再来找我，别再搭理我了行吗？"

顾晓薇顿时就怒了："你就是一窝囊废你！丧着个脸装忧郁，你以为你这样很帅啊？明明不舍得，你偏不去挽回，偏就不争取，你作给谁看啊？你也学学人家沈宇，逮谁作谁就是不作自己，谁像你啊，胡子拉碴的当太监，你不悲催谁悲催？活该！"

华韦林瞪视着顾晓薇，有些颤抖。

顾晓薇更生气了："想哭是吧？到江边哭去，多文艺啊！"华韦林低吼一声："滚！"转身快步走掉。

华韦林回到家，发现华建平又没有按时吃药。华建平不想让华韦林再花钱，不愿意去化疗，吃中药也不按时，情绪本就不佳的华韦林忍不住唠叨几句。

华建平故作轻松："得了癌症你怎么都可以，就是不可以怕！必须要有死猪不怕开水烫的精神，活一天，我就嘲笑它一天、羞辱它一天，爱咋咋地！毛主席那句话是很有深意的，与天斗与地斗与人斗，其乐无穷！跟癌症斗、跟病魔斗也是一个道理，要当作是一种乐趣，很大的乐趣，明白吗？区区一个鼻咽癌……"

这时，华建平看到了什么，嘴边的话戛然而止。华韦林循其视线转身，正看见顾晓薇怔怔地站在门边。

顾晓薇这时终于明白了一切！

顾晓薇刚想说话，却被华韦林阻止了。

离开华家，两个人来到江边。

许久，顾晓薇才幽幽地开口："是因为你爸的病吗？"华韦林淡然回答："都过去了……无所谓的。"

顾晓薇低头致歉道："对不起……"华韦林摇摇头："这样不挺好吗？我们就当都是风浪不惊地回到原点。"

不想欠太多

　　"回去吧。"华韦林站起身来。顾晓薇难受地说:"韦林……我,我不该整你,害你丢掉工作……"华韦林淡然道:"过去的就别再提了。"

　　顾晓薇急切地辩解:"不是,我也不知道怎么一下子就魔怔了,就想折腾你!折腾到你跟我低头,真不知道这是什么心态……我悔死了我!你爸这病,挺需要钱的。"

　　华韦林仍然淡淡道:"没事……"

　　顾晓薇脱口而出:"让我帮你好不好?"华韦林正要开口,顾晓薇抢话,"先别急着拒绝,你自己决定我不强求,我只是希望你多想一想,为自己,也为你爸,好不好?"

　　白皮上次按顾晓薇的指示害华韦林丢了工作,拿了钱他又想到加油站工作,顾晓薇却拒绝了。正好华韦林经过深思熟虑,决定接受顾晓薇的提议来加油站工作。顾晓薇当然热烈欢迎华韦林,她借机对白皮说:"现在招聘名额就剩一个了,你说我会选帅哥呢,还是你?"白皮只得没趣地带了钱走了。

　　顾晓薇笑着问华韦林:"这位同志,难得主动现身啊。"华韦林一本正经道:"你发我薪水,我为你工作。"顾晓薇挑挑眉:"你是想……两不相欠?"华韦林摇摇头:"我是不想欠太多。"顾晓薇点头道:"没问题。"

　　这时,来加油的叶霞和徐杰看到顾晓薇居然和华韦林站在一起,一时不知道这是怎么回事。叶霞指着他们:"华韦林?你怎么忽然出现了……顾晓薇,你俩……"

顾晓薇笑盈盈地说:"他找了份工作,我招了名职员,仅此而已。"

叶霞、徐杰看看顾晓薇,又看看华韦林,面面相觑……

叶霞迅速地跑到加油站外面,悄悄把这个惊人的消息转告给了沈宇,然而沈宇却装作平静地说华韦林能有个收入高的工作,有人罩着,挺好。

没想到沈宇反应如此平淡,叶霞不解地嘟囔一句:"苏格拉底说过,我只知道一件事,那就是,什么都不知道。"

华建平被癌症折磨得日渐消瘦,华韦林又上班,只好由华妈妈搬回来照顾前夫。华韦林的大哥华韦森送妈妈过来的时候,和爸爸又是一通吵,摔门而去。华韦林和顾晓薇急忙追上去。华韦森恨恨地说:"都说我认后爹不认亲爹,呵,人家能同意我妈出来,陪着前夫过最后的日子,要换作他可能吗?"华韦林本想劝几句,却对哥的话无以应答。

这时顾晓薇轻声地叫了声:"哥!"这一声呼唤,让华韦森和华韦林都是一脸意外。

顾晓薇体谅地说:"我知道,阿姨来陪华叔叔,难做的是你。两个都是爸爸,两份感情,阿姨平衡不了只能靠你,你辛苦了。"韦森看了顾晓薇许久,点了点头,淡淡地笑了笑,出了院门。

华韦林从没看到顾晓薇还有这样柔情,这样体贴的时候,不由得端详着她,仿佛是第一次认识。

沈宇自从在婚礼当天接到那个短信,心里就打了个结。趁着过节以回家陪父母为由,一住就是好些天。魏明在家一个人,吃着泡面还不敢说不好,谎称有学生陪他过节。

然而,叶霞是明白沈宇的:"要不就动员下老同学,帮你找找华韦林。"

沈宇惊愕地问:"干吗呀?"叶霞挑挑眉:"回来这长时间你要干吗呀?心里要有疑问就去解开嘛。"

沈宇犹豫:"要找不到他呢?"叶霞淡然道:"那就了断呗。"

沈宇心底一痛，扭头避开她的目光："要是……找到了，又不是我希望的那样呢？"叶霞叹息一声："那就有礼有节地了断呗。"

沈宇失声笑道："呵……说起来都痛快。"

叶霞一本正经地望着她说："沈宇，我觉着任何事儿吧，都不能耗，也经不住耗，往前、往后，你总得有个抉择，不能一直留守在真空里，对不对？"

沈宇愣了一会儿，转过身去，心乱如麻……

她何尝不明白这个道理，可是她怕，想知道结果，又怕知道结果。如果真的能像叶霞说的那么简单，结果不管什么样都归于了断，那她也就不必纠结了。

沈宇心神不宁地回到家，走进楼道，突然看到华韦林拿着本相册从华家走出来。沈宇和华韦林都被这意外的相遇惊得怔在当地。

沈宇声音都哆嗦了："韦林，你一直，没住家里？""哦……"华韦林有点不知所措，"我爸有本以前的相册，让、让我帮他找。"

沈宇又追问道："你和华伯伯都没住这里？"华韦林默然道："嗯，找了个清静地方，能钓鱼、写写诗啥的……"

沈宇眼里泛出泪光，又向前跨出一步："你跟华伯伯为什么都不住这儿了？"华韦林看着沈宇，一时不知该怎么回答。

沈宇再次追问："怕我找到你们，对吗？"华韦林手足无措地搓着相册的封皮："没有没有……沈宇……那个……我就是……"

忽然手机铃响，把华韦林吓了一跳，他掏出手机，转开些身低声问道："黄毛，出什么事了……"

黄毛在手机里哇哇大叫，华韦林听后大惊："什么？我马上过去！"华韦林马上挂了手机，"沈宇我有点急事儿……"

沈宇怀疑这只是他的借口，急忙拦住他："韦林……"华韦林迟疑片刻："我……回头我去找你……我去找你。"华韦林望着沈宇退了几步，转身跑走，消失在楼梯口。

沈宇扶着栏杆追了几步，又急扶着栏杆往楼下看，见华韦林正快步跑出单元楼，忽然抬头往上看。他看到楼上的沈宇后又缓下脚步，重重地点了点头，倒退了几步，转身，加快脚步跑远了。

沈宇突然心里松了下来。华韦林什么也没有说，但是他最后的那一眼，那次点头，他在无声地告诉她，他会来找她的。

沈宇相信，他会说话算话。

黄毛打电话是告诉华韦林，当地的地头蛇黄老板带了人来加油站闹事，威胁顾晓薇退出这次加油站增设指标的竞标，他可不是讲规矩的主儿，摆明了就是耍流氓无赖！幸好这次黄老板只是来立规矩，并没有真正动手。没等华韦林赶回来，黄老板就撂下几句狠话走了。

顾晓薇沮丧道："其实这次竞标我们已经没希望了，他手里捏着招标方的短儿。"华韦林笑了笑："放心……这事儿我有数。"

顾晓薇和华韦林找到了负责招标的陈总，约在茶馆里私下会面。

当陈总看到自己正从黄老板手中接过一摞钱的照片，顿时怒说华韦林这是威胁。然而华韦林却非常镇定地告诉他，这并不是他偷拍的，是他无意中截下的。真正的偷拍人就是送给陈总钱的黄老板！

华韦林补充，而且不只是照片，黄老板还命人拍下了视频，甚至可能有其他备份！这些，是黄老板拿来要挟陈总的资本，他要的不是这一次，而是要彻底捏住陈总的把柄，死死地套牢他！顾晓薇趁机旁敲侧击道，这种事情他们根本没有能力做，到底是谁在意谋害人，陈总应该想得清楚！

陈总看到摄像机里黄老板跟他递钱收钱的视频，不由得浑身哆嗦。

华韦林对陈总说："您现在唯一的办法就是主动把钱交上去，同时揭发黄老板想用贿赂手段赢得竞标，只有这样，您才能把自己脱干净……陈总，照片和视频你都拿走。"

华韦林递上背包，把照片和摄像机都推过去。陈总咬了咬腮帮子，将照片和摄像机仔细收好。

华韦林不失时机地提醒道："陈总，增设加油站的指标，让我们顾总拿到应该会更合适些……"陈总被这话气得狠狠给了华韦林一记耳光，但是临走时，陈总还是无奈地吐了口："竞标的事儿，回去等结果吧。"

回去的路上，顾晓薇心疼他为自己挨了一巴掌，伸手想摸华韦林的脸，华韦林却本能地抬手挡了下，顾晓薇的手被生生挡在半空。

她的手被挡住了，她的心也被挡住了。

顾晓薇收回了手，轻声问道："心里有事儿吗？""没事……"华韦林淡淡地吐了一句。

加油站的事基本有眉目了，这时华妈妈来电话恩准他们过来看看，顾晓薇高兴得不行，带了一堆东西和华韦林过去。华建平好不容易有了观众，马上就取出相册，找到自认为得意的诗作，要读给大家听。

华妈妈悄悄说："就那些酱油诗，跟'文革'大字报上的一水平。"华韦林和顾晓薇悄悄地笑着。

"华韦林！"怯怯的叫声从门口传来，华韦林抬头看到沈宇扶着门框孤零零地站在那。本来准备的火锅，现在增加了一个不速之客，气氛急转直下。大家吃得各怀心事，五味杂陈。

不久，顾晓薇看了眼沈宇，打破了沉默："没想到，你会来的。"沈宇看了眼华韦林："没想到，你们在一起。"

原来沈宇那天听到华韦林接的是黄毛的电话，她急忙找到黄毛，才知道了所有事情。华韦林和爸爸住在哪里，华建平得的什么病，还有，他为什么不要和沈宇再在一起。

沈宇很坦率表明，谁都会生病，是华韦林把事情想复杂了，作为儿媳妇，这些她都应该扛。

华韦林支吾道："我是觉得……"沈宇打断他："你觉得我扛不起，对吗？我在你眼里就这么差劲，什么都不行她就行！"

顾晓薇见华韦林和华建平的脸色都不好，连忙劝道："沈宇，吃着饭呢说这些不合时宜吧。"

沈宇质问顾晓薇："你什么时候钻进来的？见道缝你就能钻，瞅个空子就能贴他身边！"顾晓薇立即反击："你们离婚一年多了，请你清醒一点儿行吗？"

华韦林忙劝着："晓薇……"

顾晓薇"呼"地站起身来："沈宇你给我出来！"沈宇也不甘示弱："我怵你啊！"

两个人开车到了江边。沈宇指责顾晓薇明知道她满世界找华韦林，而顾晓薇明知道他在哪里却不告诉她。顾晓薇却理直气壮地指出，华韦林能去的地方没多少，沈宇一是没真心找，二是只顾相亲嫁导师，根本就是没用心。顾晓薇昂然道："有本事你别离婚啊，离了婚他就是自由的，他爱跟谁一起就跟谁一起……分享个人生经验给你，别以为犯错的成本很低，有些错儿犯下了，没准儿一辈子都收拾不了。"

黄老板的阴谋

华韦林追来，顾晓薇拦着他和沈宇解释，华韦林却用一句"这是我和她的事"便把顾晓薇隔了老远。沈宇一听这话，立刻追问华韦林要不要跟自己走，华韦林又沉默了。

这两个女人对自己的好，华韦林都明白，可是现在，并不是他能给她们任何一个人安全和幸福的时候。他没有权利选择，没有能力保证。

顾晓薇见此笑道："哈！哈！哈！沈宇，就冲他这份沉默，我跟你对决！"华韦林刚要开口，顾晓薇抢话道，"放心我也没那么浑蛋，输了我认！"

沈宇在云景遍地寻初恋续旧情，终于有了希望，这才想起来自己还有个新婚的丈夫。犹豫再三，她打了一个电话给魏明，说自己是一时间猪油蒙心拿闺蜜打岔，请他原谅。

魏明正在那和校长谈理想，谈爱情，突然接到这电话，当场就惊得说不出话来！这是魏明人生中一次真正的爱情！悸动、混乱、不顾旁人、操守全无，这是爱情！来了他接，跑了他也得追，不能莫名其妙让它从指缝中溜走！二话不说，魏明火速赶到云景。

沈宇是个冲动的人，她为了重新得到华韦林也不计后果了。在和魏明通完电话之后，她立刻打电话给徐杰，请他帮忙和云景当地教委取得联系，准备调回云景工作。这样有现成的房子，消费也低，他们每月都会有富裕，可以好好照顾华建平。沈宇在不顾一切地往回拉华韦林。

华韦林不能说不感动，可是，这并不是他想这样的。顾晓薇更是说不清道不明的心思。

然而，他们一回到玩具厂宿舍，就看到魏明和沈家爸妈刚从家走出来。所有人一时间都愣了。

顾晓薇这会儿倒是沉不住气了，直接把沈宇的所作所为公布于众，这着实让魏明措手不及。

顾晓薇盯着华韦林终于说了心里的话，激动得眼圈都红了："我不想被围攻，我只想告诉你，华韦林，我拽你一起不是我在帮助你，这个我特别清楚！你来之后我特别踏实，我什么都敢做，什么都敢争取，我觉得未来一下子海阔天空了，我忽然不想一个人打拼了，没主意的时候我想要有个人做主了，想要一个人跟我说'放心'……"

大家都被她这一串话说得有点反应不过来，看大家这样，顾晓薇突然觉得很无力："我知道这种时候说这些特别没趣，就跟个三八在无理取闹一样，可这就是真的……其实是我需要你。"

最后一句，把大家都震惊了！

这是无法无天的顾晓薇吗？真的是他们认识的顾晓薇吗？华韦林虽然早就知道她孤独，她根本没有表现得那么坚强，然而她这样直白地在人前显露出自己最软弱的一面，实在是让他没想到！

这时顾妈妈打来电话，晨晨和小朋友打架了，让顾晓薇赶紧回来。无奈之下，顾晓薇只得急匆匆地赶回家去。

魏明和沈宇进行了一场开诚布公的谈话，结局已定，心意已明，只是再挑得明白些。魏明酸楚地表明了对沈宇的理解，虽然他向往这种爱情的感觉，可是他并不想逼她，只是自己想再争取一下，轻言放弃，对谁都不尊重。

沈家爸妈和沈宇、华韦林进行了一次深谈。首先沈宇换工作，前程必不相同，这应该想清楚再决定。然后，他们又转向华韦林："韦林啊，你碰上宇宇了，一个电话跑了；魏明跟校长谈理想呢，一个电话就扑来了；顾晓薇也是，急吼吼地扑腾着呢，晨晨一个电话就奔回家了！这说明什么？说明你们都过了那种不管不顾的年纪了，你们已经开始承担方方面面的责任了，任何事、做任何选择，不得不多作考虑了。"

华韦林也心里乱得很，没想到会出现这样的局面。

晨晨和小朋友打架，顾妈妈说这是因为对方说晨晨是个没爸爸的孩子。这让顾晓薇更加心烦，顾妈妈更提醒她："华韦林爱的是沈宇不是你。老朱那么爱你，你偏揪着个心猿意马的华韦林没结没完。还有沈宇，魏教授青年才俊，她偏跟个提不上炕的男人起腻。"

顾晓薇没好气地说："我真不该跟你有交流，一句正能量的话都听不到！"

顾妈妈难得诚恳地说："年轻的时候，追我的人多了，当时你爸就是个退伍的小干部，农村出来的，也不懂什么格调，我为什么选他？因为我觉得他合适！爱情当然是花前月下，可结婚是找伴侣，伴侣就应该是最合适相伴的那个人。"

顾晓薇讷讷地说："我还想不到那层呢……"顾母才不信："是吗？那你干吗在乎沈宇？如果仅仅为了恋爱，有个情敌不更刺激？"顾晓薇无语了："你可真够与时俱进的。"顾母反击："你最好也是。"

顾晓薇沉默了。

魏明觉得沈宇对华韦林的牵挂是可以理解的，但是现在情况不一样，中间还隔着个顾晓薇，这件事必须要谈清楚。华韦林的取舍是关键，他希望沈宇不必逼华韦林，听听他真实的想法，到底存在什么困难。

黄老板没拿下加油站的指标，还把陈总得罪了，知道就和顾晓薇有关。他知道白皮一直惦记着表侄晨晨，而顾晓薇几次利用了白皮却没有兑现承诺，白皮对她很有意见。黄老板可以从白皮下手。

这天下午，顾晓薇来接孩子，接到电话说华韦林没请假就提前下班了，正没好气，却正看到白皮把晨晨带上了一辆面包车，急忙驱车追了上去。看到晨晨被白皮带走了，顾晓薇着急地给华韦林打电话，结果华韦林正陪着爹妈钓鱼没听到。关键时刻男人都指望不上，顾晓薇咬牙，红着眼圈自己追去。

华家爸妈正在劝华韦林，虽然顾晓薇和华韦林的关系不是他们想的那样，但是沈宇要为他们调回云景,他们觉得不合适,是亏欠了沈宇。这样最后他们之间就会不断欠来欠去,扯不清楚。说起这个,两个老人又扯到自己身上,吵了起来。

华韦林好不容易劝住他们,不料却无意中看到在不远处钓鱼的黄老板,他正在打电话说到顾晓薇:"干得不错,顾晓薇这娘们儿就得往狠了治上一回,你们就在仓库里捏她,不签字就给我锁里头……"

华韦林听到这个明白黄老板这是在使坏,他悄悄地摸到黄老板的车边,趁他打开后备厢放东西的时候,蹿出来把黄老板的车钥匙夺下,把他锁进后备厢,开着车快速离开。魏明和沈宇看到华韦林开了一辆豪车离开,不知道出了什么事,急忙跟上。

顾晓薇追着白皮的车来到郊区一个空闲的库房,刚一下车便被黄老板的手下煤球带人捉住了,要她签下自动把扩建的加油站转让给黄老板的协议。顾晓薇当然不答应,眼看着顾晓薇肯定要吃亏,这时华韦林及时赶到。

华韦林气定神闲地敲敲车后备厢,明白告诉煤球他们,要挟这招没用,现在黄老板在他手里。他们应该知道,黄老板的车密闭性好,在后备厢里的黄老板估计撑不了多久,而且一旦他们动手,他只要把汽车的电子锁破坏,后备厢更打不开,情况就会更严重。要指标还是要黄老板,他们自己掂量着来!

华韦林这话果然有效,煤球几个都不敢轻举妄动。

随后赶来的魏明和沈宇趴在窗口偷偷一看,华韦林和顾晓薇是以寡敌众,形势不妙,立即悄悄地报了警。

镇住了煤球他们,华韦林便缓缓走到关着晨晨的小屋,先把晨晨解开。他指着白皮,告诉晨晨:"这家伙是坏人,他骗你出来是要你妈妈着急害怕。以后别人要说是妈妈让他来找你的,那你就要他把手机交给你,让你先跟妈妈通个电话确认。如果,他想强迫你跟他走,你就绝对不要客气,就像这样……"说话间华韦林忽然反手一拳打在白皮鼻子上!白皮痛哼一声抱着脸蹲下,随即便见有鼻血从手指里渗出。华韦林却看也没看白皮,抱起晨晨安慰道:"我们走,回家。"

华韦林让顾晓薇带着晨晨离开,由他独自面对这些坏人。

煤球他们怎么可能轻易让他们离开,上来对着华韦林就是一通拳打脚踢。躲在外面的沈宇一看华韦林吃亏，急得一下子冲了进去，魏明一看没办法也跟了进去。

魏明不过是个文人，哪见过这种场面，只能外强中干地虚张声势，让小混混们老实点，他们已经报警了。听到这个，煤球他们一不做二不休，干脆连着魏明也一起打了。

一群壮汉对着魏明和华韦林一通拳打脚踢，沈宇、顾晓薇不约而同地尖叫着冲过来，扑打、拉扯他们。

这时警察及时赶到，煤球立刻作鸟兽散，四处奔逃。不一会儿便被公安干警陆续制服归案。沈宇看到蜷在地上的魏明、华韦林，一时却不知该去扶哪一个。魏明求助地向沈宇伸出手："沈宇！"沈宇下意识地直接扑过去，扶着他坐起来。与此同时，顾晓薇越过沈宇，扶起华韦林，把他拥进怀里。

沈宇怀里抱着魏明，却定定地看着躺在顾晓薇怀里的华韦林，神色恍惚起来。心中似一团乱麻，为什么会是这样？

华韦林他们都被送进了医院，接受进一步检查。顾晓薇看着被打得遍体鳞伤的华韦林，恨恨地说要按刑事案件起诉黄老板他们。华韦林倒劝她得饶人处且饶人，别把仇往死了结。

华韦林想去厕所，顾晓薇举着输液瓶就要往男厕所里跟，华韦林结结巴巴地说她进去不合适……顾晓薇愣了下，只好让他自己去了。他根本就还是没把她当成自己人，是个继续保持必要距离的莫名其妙的朋友！发现晨晨被白皮带走时打不通他的电话，那时自己焦虑无助；想到自己第一个想到的总是他，可是他却总是这样不能亲近；想着什么都为了他，他却一直把自己当成外人……

想到这，顾晓薇再也忍不住了！她快步走进卫生间，一把推开门走了进去。华韦林惊叫着提裤子："哎呀！"

顾晓薇破口就骂："华韦林！你充什么英雄？你当时就该报警，单枪匹马的充什么英雄你！"华韦林辩解道："那些货又不是专业的……"

顾晓薇怒道："你甭跟我犯贫！"华韦林哭丧着脸："你让我把剩下这点儿尿撒完行吗？"

顾晓薇却不依不饶："你当你谁呐！皮包骨头一小身子板儿，你就拿来玩命！

要不是魏明他们报警你死定了我告诉你！当什么冤大头？你算我什么人啊？替我玩儿命？你以为英雄救美我能崇拜你啊？你想都甭想！"

华韦林哭笑不得："你这人怎么一阵一阵的呢……"话没说完，顾晓薇忽地一把抱住他，将脸紧紧贴到他胸口，狠狠却低声地吼道："在我身边别走……"

另一边沈家爸妈惊魂未定地看望魏明，胡乱地安慰着，胡乱地出着主意，又批评沈宇太不小心，报了警还敢往里冲。沈宇望着以往自己一直礼敬有加的魏明，脑子里特别乱，借口去买汤就躲了出去。

不料在走廊里遇到了顾晓薇，沈宇不禁责怪起顾晓薇："他跟你一起都什么样儿了？劫人、打架，你就带他上这条道儿，你黑不黑心啊你！"

顾晓薇想解释："不是……"沈宇不依不饶："你说你想有个人做主，你说你需要他，你要他做你打手，给你卖命哪？还什么他在你心里踏实，被人打进医院，你踏实？你自私不自私？！"

顾晓薇、沈宇相互不甘示弱地瞪着对方。许久，顾晓薇避开她目光，叹了口气："沈宇，他不是你的丈夫了。"这轻轻的一句，却在沈宇脑海中如惊雷一般炸响。

把幸福送给我

顾晓薇索性挑开天窗说亮话:"反正现在华韦林他人已经进医院了,前因后果我不解释,我只想告诉你,人生中有些错犯了是回不了头的,只能认!就像那年回来看到我儿子,我忽然就明白了。这是我犯的错,我不可能回到过去,也做不到视而不见,我得认!只有加倍用心,去面对新的开始,懂吗?"

沈宇强辩着:"你是在偷换概念……"

顾晓薇打断道:"记忆在当下,但时间呢?可能他愿意为你停留,但时间不会,一脚踩出去,路,就是渐行渐远的。"沈宇瞪着眼睛看着顾晓薇,一句话都说不出来……

沈宇叫了徐杰和叶霞出来,叶霞他们都是好心劝解着,可是沈宇却明白,自己一直想要的答案已经有了,什么结果不重要。

叶霞、徐杰都很惊讶。

沈宇说着当时的情况:"当时……呵呵,警察来的时候我就发现了,其实我心里也是乱的。魏明、华韦林,我不知道该选择帮哪一个……"她摇摇头,"不知道选择,就说明已经可选择了,他已经不再是唯一了!对吗?"

沈宇来找华韦林,要和他谈一谈。沈宇通过反省自己的心态,明白了许多的事。

沈宇忽然问道:"顾晓薇要求你保护她?"华韦林愣了一下,摇摇头:"没有……"

沈宇又问:"她要求你为她看家护院?"华韦林皱起眉:"没有啊……"

沈宇再问:"那有没有要求过你帮她振兴公司,做二当家?"华韦林无奈地说:"沈宇你别这样……"

沈宇打断道:"就是这样的。"华韦林不明白她这是什么意思:"什么?"

沈宇定定地望着华韦林:"她需要你,却不会要求你……你为她做的一切,都是你觉得有责任,但不是负担不是压力,对吗?"华韦林望着沈宇点了点头。

沈宇突然像爆发了一样,连珠炮一样说了一堆:"她是个二货你知道吗?一个彻头彻尾的二货!她本可以一辈子顺风顺水,却自己把自己弄得这么苦!这个二货,多难她都挺着上,撞了南墙她还撞,要么墙倒,要么就同归于尽,她不知道躲的!这二货绕出多大圈去,心里也只有你一个,可她需要你,却不会要求你……"她语速突然慢了下来,"这是我做不到的。"

华韦林似乎从沈宇的话中明白了什么,可是这是他自己都没有想到过的,他惶恐了。

沈宇望着华韦林:"她是挺值得珍惜的一个女人,你也……应该有新的开始了。"说完她笑了笑,转身要走。

华韦林急叫道:"沈宇。"沈宇站住了脚,转过身,绽出灿烂的笑容向他招了招手:"你们好好的哦。"说完,她再也没有回头地走了。

华韦林目送着她,竟然什么也说不出来。他突然发现,自己连挽留她的理由都没有了。

顾晓薇悄悄地躲在一边,虽然听不到他们说什么,可是看着他们两个人最后分道扬镳,渐行渐远,她的心里没有预想的欣喜,竟然是莫名的酸楚。

顾晓薇给朱铁四打了个电话,可是她什么也说不出来,竟然胡扯了一句:"树叶被风吹的声音真好听,你听!"朱铁四却从她这句没头没尾莫名其妙的话里,仿佛听到了自己心碎的声音。

从华韦林那里回来,沈宇找到魏明:"寒假结束我要回校,魏老师,我可以搭你的车不?"

听说沈宇走了，华建平气得直打华韦林："她辛辛苦苦来找你！你放跑她！放跑她！你心疼不心疼啊？你浑蛋你！""爸——"华韦林一把抱住爸爸，号啕大哭……

他心底的痛，又能向谁说？

顾晓薇想的第一件能为华韦林做的事，就是替华建平出一本诗集。他们找来编剧莱哥，十万块分两次付，明码标价，莱哥装了会儿清高，就麻溜儿地把活接下来了。

顾晓薇、华韦林带着莱哥来找华建平，莱哥夸张地向华建平表示了崇敬，说自己对他的诗作非常欣赏，希望能向他约稿，出版他的诗集，把华建平哄得喜笑颜开。

华妈妈倒是一眼就看出这位举止浮夸的莱哥一定是被钱砸出来的大仙儿，不过她并没有揭穿："生活嘛，没有表演又哪来的酸甜苦辣咸？"

对于这次的事，华韦林坚持要自己付出诗集的钱。

顾晓薇问："你怎么付？"华韦林早想好了："两年不发我年终奖。"

顾晓薇否定道："不行。你分批还，一年还五千，二十年还本，再加五年，算利息。"华韦林装作夸张地大叫道："太残酷了吧？"

顾晓薇笑道："不残酷怎么拴住你啊？"华韦林笑了笑，顾晓薇趁机问道："试试看，好吗？"华韦林一时无语。

顾晓薇再追问："别再说你心里只能装下一个女人，你早就有我了，只是以前没意识到……没错，就是这样的，所以试试看好吗？把幸福送给我。"

华韦林望着顾晓薇许久，点了点头："好。"

两个人相视而笑。

沈宇虽然和魏明回了师大，依然和没事人一样过日子，方校长却替魏明着急："周主任那三个家伙，听说沈宇把你一个人抛下又回头去找华韦林了，不知道编排了多少瞎话等着四处传呢，这是摆明了要看你笑话啊，你好自为之。"

沈宇一听还有这种事，立刻不干了，拉着魏明直接去找周主任几个示威道："你们听好了，魏明就是我丈夫！以后他的朋友就是我的朋友，跟他过不去的人就是跟我过不去的人！你们跟他怎么结的宿怨我不知道，我也不打听，反正挤对他了，我就帮着骂，伤害到他，我就杀人放火，不问对错、不讲原则！"

周主任阴阳怪气地叫道："哎哟，沈宇，你这是有靠山了是吧？""没错！"魏丹昂着脸上前，"我就是她的靠山，想单挑想群殴，放马过来！"

华建平的诗集出版了。看着华建平那么高兴，华妈妈又体谅地一直照顾着他，华韦林好奇地问："妈，你当初跟我爸离婚，后悔过吗？"

华母挠了挠脑袋，想了想后说道："韦林啊，说实话啊，我这辈子最不后悔的一件事，就是跟你爸离婚……"她自嘲地摇摇头，"当时他年轻，又帅，呵呵……还会写诗，弄得我五迷三道的，可你知道吗？恋爱和婚姻有很多地方不一样，他是适合留心底里的那种人。"

华韦林、顾晓薇面面相觑。

华妈妈望着顾晓薇："晓薇，想好了要做的事儿，是不会后悔的，对不对？"顾晓薇望着华妈妈，片刻后才明白她在说什么，感激地笑了。

绝　症

　　时间又悄悄地过去了一年多，魏明和沈宇的儿子凡凡出世了。

　　这下沈宇家的重心全部放在了小宝宝的身上，沈宇坚持要按西方的教育方式来教育孩子，坚持让孩子自力更生，可直到孩子把米糊弄了一身，沈宇才崩溃地大叫起来，一家人就忙乱地连擦带洗。初为父母的他们偶尔还是会恍个神，光顾着和别人聊着天，婴儿车滑走了也没发现，发现后就是一通有惊无险的慌乱。然而这样的日子过得倒也恬静惬意。

　　直到这天晚上，叶霞一个电话打来，原来师大的同学要搞同学会，特地邀请沈宇来参加。可沈宇却对此并不热心。因为魏明是她的老师，现在是她的老公，是她孩子的爸。又是师生又是夫妻，到时候全被拿来当话题，太过尴尬，她拒绝。

　　魏明本来是想去的，可是一看沈宇这么多顾虑，他也不想去了。他自掏腰包安排了当初的老师们去旅游，而自己和方校长串通说安排了巡讲，只能让沈宇自己去参加同学会。

　　方校长不依啊，可魏明说得有理："学生们聚会，几个老师往里掺和谁都不自在嘛，是吧？学生们的情分，得领；领情，就得让学生们尽兴；让学生们尽兴，当老师的就得思念在、人不在……"方校长还不明白他，肯定是因为沈宇，逼着他说实话。

　　魏明叹息着："她说她不想去，但我是想让她去，呃……我不知道你有没注意啊，她嫁我之后呢，下意识地在把自己往老气横秋上发展，那种与年龄不太相符的成熟……"

方校长接话:"废话!在家要相夫教子,讲堂上要镇得住学生,她可不得成熟点儿吗……"

"我不想啊!"魏明打断:"她才三十出头啊,现在三十出头还都自称女生呐!我不希望她因为嫁了我、生了孩子,就把青春的尾巴给剪短,明白吗?所以我觉得这次同学会对她非常重要,我想让那些尚且轻狂的同学们,给她一些感染,让她别把责任的弦绷那么紧,否则我们的婚姻会变得越来越单调。"

方校长端详魏明:"我怎么觉着……沈宇挺好一讲师胚子,得夭折在你手里呢?"魏明急道:"咱这是一逻辑吗?"

沈宇一百万个不情愿,却迫于无奈,夫妻两个总要出席一个吧!

魏明拉着她到商场挑选同学会要穿的衣服,可是沈宇只在男装区转悠。她可不想让即将外出"巡讲"的魏教授不够体面,花巨资给魏明整了一身新款修身的西装,魏明只得无奈地收下了。

顾晓薇的加油站获得了"市级优秀企业"的荣誉称号,她现在已经是云景知名的民营企业家了。为此,她特地向母校云景中学捐了一笔钱,华韦林受她所托要在受捐答谢会上讲话。顾晓薇特意给华韦林买了一块表。

华韦林看看表,又看顾晓薇:"干吗呀?挺贵的东西。"顾晓薇说:"待会儿得上台,大家都体面点儿嘛。"

华韦林还要推辞:"给母校捐款的是你又不是……"顾晓薇"呼"地举起左手,腕上是一支同款的女表。"是一对儿的……"顾晓薇犹豫了一下还是说,"我想,用它挡上你那烟疤,挺有象征意义的。"

华韦林一时无语。

顾晓薇有些尴尬:"呵呵……当然得你自愿,我不强求,我……"她心虚地低声说,"韦林,我想要个小家庭,越来越想了……"

华韦林望着她:"晓薇……"顾晓薇抢话:"我们有基础的对吧?总该在一起的,对吧?"

华韦林望了会儿顾晓薇，戴上手表。

顾晓薇笑嘻嘻地望着华韦林："戴上这表就是我的人了，后悔可来不及咯。"

这时学校的领导来请他们，答谢会马上开始。正好顾晓薇的电话响了，她让华韦林他们先去，她随后就到。

电话是医院的王大夫打来的，告诉顾晓薇体检的结果："X光扫描结果，在你左乳的乳头内侧，发现有连片的结缔组织，怀疑是肿瘤，我们建议你做进一步的检查……"

顾晓薇听完之后，整个人都要崩溃了！

她若无其事地强撑完答谢会，找了借口直接到医院复检。

通过乳腺钼靶摄片和穿刺活检的结果确诊顾晓薇左乳内侧的结缔组织都为原发肿瘤，也就是乳腺癌。由于多数原发肿瘤大于两厘米并有腋淋巴结转移，保守治疗是不可取的，医院建议她做切除手术。

顾晓薇无法接受这个结果。

她是一个女人，一个看到幸福正在向自己走来的女人！她从高中时就喜欢的男人，现在终于不再抗拒她，不再离开她，只差他们最后牵手进入婚姻的殿堂了，她居然得了癌症！

顾晓薇甚至在想，癌症不怕，随便别的什么地方都好，为什么是乳腺癌？为什么不能保守治疗只能切除？身为女人，如果切除了乳房，她还算是个女人吗？

她无法想象，身体残缺的自己还怎么面对华韦林？而她更怕的，是华韦林在知道真相之后，会因为怜悯，因为心疼，因为责任这些，答应娶她，不离开她。

她是说过她需要他，可是，不是这种需要！

如果他不是因为爱她而和她在一起，她宁愿不要！如果她只能成为他的负担，她宁愿不要！

不治，会死；治的话，还不如去死！

同学会

顾晓薇没有办法了,她拉着黄毛他们出来商量,听到这个消息,几个大男人也惊得一时说不出话来。

顾晓薇颤抖地说:"我怕他,接受一个不再完整的我,更会为过去感到遗憾。"黄毛劝道:"顾总,咱们是发小,我就……说些不把你当领导的话。这种事儿你别矫情,韦林跟你一起很久了,是你的人了,他对沈宇,还能有多少牵挂?"

顾晓薇又叹了口气,心里没底:"呵……我也想知道呢……"

顾晓薇想知道,可是她不能告诉华韦林自己的病情。她想起那天叶霞他们说的同学会,她动了个心眼,借口自己有朋友在省城开饭店,问叶霞同学会订地方了没,可以的话到朋友的饭店给优惠。叶霞不疑有他,直接告诉她已经订了京岭饭店。

顾晓薇挂了电话之后,告诉华韦林有事要去省城出差几天,订的京岭饭店。华韦林不多想就答应了。

沈宇在同学会的当天心里有点毛,讲课也有点满嘴跑火车了,反正是选修,倒也无所谓。

一进教室沈宇就道歉:"同学们对不起,我迟到了一分钟。但大家最好体谅一下,因为仅仅迟到一分钟的女人已经堪称极品了。"在学生们的笑声中,沈宇站上了讲台。

沈宇扫视一下远远没有坐满的教室:"谢谢大家爱听我的课,我就像个天桥说相声,捧场的人越多我越兴奋,不过今天很对不起,我状态有点儿恍惚,因为二十六个小时之后我要开同学会,可到现在,我都没有合适的衣服穿。"

教室里一片哄笑。

沈宇继续说:"各位,今天是想我继续说《楚辞》呢?还是愿意听听一个文艺熟女,对同学会这样重大到了彗星撞地球一般的社交小事,发表些独到的看法?"

同学们又是一片哄笑,还夹杂着兴奋的口哨声。

沈宇笑笑说:"看来追求低级趣味的同学还是占大多数的。OK,想翘课出去谈恋爱的同学可以离席了,作为一个只讲选修课的老师,我还没有负责你们考勤的资格。"

又是一阵笑声,场中却无人离席。

沈宇侃侃而谈:"场下各位现在还是同学,所以还不知道同学会对一个已经多年不是同学但时而恍惚自己还是同学的人来说,是个什么概念。从社交角度来讲,它是一个联络感情、增进往来的合法聚会;而从人性角度来说,那就是一个角斗场,场中的每一个人,几乎都在为内心中的一点小小邪恶,亢奋到战栗……

"同学会有两大主题,第一,就是比拼。同学时代大家只存在成绩上的差距、综合素质的差距、异性朋友多少的差距。但走出校门之后,所有的差距就都具体到了一点上,那就是社会地位。这种比拼,形式隐晦、内涵现实、角斗起来不溅血、不漂尸,而且永远洋溢在无比亲密的笑容之中,但其杀伤力,绝对是能够扎进灵魂深处的……"

"同学会另一个主题,就是怀春……"这么直白的话引起场下一阵哄笑。

沈宇笑着摇头:"等毕业那天或者还等不到毕业就恋情终结,我再看你们笑!"

同学们又是哄笑。

沈宇举手下压,让大家安静:"OK,同学时代曾经没到手的、到了手又放手的、甚至仅为熄灯后捏着照片在被窝里流口水的,所有感情都会在分别后的时光中被人为地演绎成绝世神话……于是同学会场在酒精的刺激之下,每个人都在想把神话转为现实的迷幻当中,乘着回忆无罪,心中蠢蠢欲动……

"当然,在这个展示装腔作势、暴露雕虫小技、渴望乱七八糟但真正实施却凤毛麟角的战场之中,人心里唯美的一面,也会在期盼着一种惊喜,或许每个人都是、或许只是期盼不管有没有发生,但足够了……因为这一点点唯美,足够让清浊相间、阴阳平衡,虚幻和现实相辅相成,无常而有我,这,就是滚滚红尘……"

沈宇说的就是同学会的实情。

比拼从一进停车场就开始了:QQ、丰田、法拉利,已经拉开了同学之间的距离,接着是LV包、几克拉的钻戒、名牌服装,又让大家的笑意中有了隔阂。酒席开场,大家先敬了承包全部同学会费用的柳智宇同学,柳智宇很享受地连声谦虚道:"哎……情义无价,情义无价。"

酒过三巡之后不久,便进入了怀春阶段。

醉红着脸的一男一女在同窗旧友的起哄下喝起交杯酒。连徐杰都醉醺醺地握着僵笑着的沈宇的手:"这么跟你说吧,当时看着你远去的背影,我才真的明白什么叫'夕阳如血',那抹夕阳就是我心头渗出的血。"把叶霞气得脸色都变了。

不久之后,被迫卷入滚滚红尘的沈宇在女洗手间吐了个天昏地暗之后,勉强扶着墙歪歪斜斜地走出来。刚进走廊就看到了华韦林,意外得让她差点腿一软坐到地上。华韦林急步上前扶住她:"哎,怎么喝成这样?"

瞪着眼张着嘴半天,沈宇才说出话来:"你……怎么会在这儿?"华韦林解释说:"我出差……哦,"他举了举手里的外卖,"帮晓薇带份儿宵夜。"

沈宇勉强笑笑:"真巧哈,呵呵……我们开同学会,在大包间。"华韦林尴尬道:"呵呵……是挺巧。"

"呜……"沈宇喉头一顶,慌忙捂住了嘴。华韦林慌忙帮她拍打后背:"哎哟,你喝了多少啊?"

沈宇摇摇手,站稳了身子,扒开华韦林握着胳膊的手,比划着手势刚要说话,忽然看到叶霞从不远处的包间门里出来,顿时吃了一惊。"快走……"沈宇一把抓起华韦林的手就走。

两个人躲到酒店的后花园里,沈宇是想吐又吐不出来,华韦林不得不一直扶着她,以免她摔倒。

酒劲上涌,沈宇亢奋地说:"青春是什么?嗯?韦林?青春是什么?就是最后一段白日梦的时光吧?思维幼稚,放浪形骸,肉麻当有趣,范儿当勇气,哈哈哈……"

华韦林笑着摇了摇头，扶正沈宇："沈宇，你有两个选择，一、送你回房休息；二、陪你散会儿步、醒醒酒。不管哪个，都禁止大声喧嚣，骚扰左邻右舍花花草草。"

沈宇重重点头："嗯……那就散步，走着！"

沈宇伸手去握华韦林的手腕，随即发现他左腕的手表，动作就僵住了。

华韦林不解地看着沈宇问："怎么了？"沈宇竖起左臂，给他看左腕上的笑脸文身："一样的笑脸文身，最终藏在手表下面了。"

华韦林沉了片刻，笑了笑："走吧。"

顾晓薇从酒店客房里看着花园中相拥的两个人，沉默不语。她悄悄到了楼上，看到华韦林扶着沈宇回到客房，刷卡，开门，"嗒"地关门。

轻轻一记关门声，顾晓薇的身子不由得一震……

华韦林把沈宇的鞋脱掉，让她舒服地躺在床上。

安顿好，迷糊中的沈宇说："真的时过境迁了……你有了她，我有了孩子……感谢同学会，让我看到真的时过境迁……"华韦林帮她盖被子，看到她左臂上的文身，叹息着坐在她旁边。

过了会儿沈宇睡熟了，华韦林悄悄地退了出来，结果一扭身就看到叶霞。

叶霞像撞到鬼一样的表情：华韦林从沈宇的房间里走出来！这不能不让她联想！

华韦林急忙解释，是沈宇喝多了他送她回来，而他是来出差的，他住七楼，他们只是偶遇。叶霞半信半疑地看着华韦林匆匆离开。

华韦林回到七楼，顾晓薇不在，打电话，还处于占线。

顾晓薇在给朱铁四打电话，她想说什么，可是最终什么也没有说，虽然她的电话把已经睡下的朱铁四吵起来了。

华韦林过了会儿再打给顾晓薇，但顾晓薇没有接，掐掉后直接关机了。

华韦林莫名其妙地想了会儿，突然眼睛一亮跑了出去。果然，他在当年他们曾经一起吃过大排档的餐饮街找到了顾晓薇。

沈宇一晚上没睡好，早上被叶霞惊醒后突然想到昨天记得和华韦林在一起，还……翻滚到了床上。她急得大哭说自己出轨了！叶霞一看她的衣服都没换，整个是做梦做糊涂了。叶霞恨道:"这就是同学会同学会,弄得一个个都五迷三道找不着北,徐杰一晚上都在喊你名字,还边喊边打呼噜这叫什么事儿啊!"

顾晓薇和华韦林闹别扭,就是不回酒店,整在外面坐了一夜,天那么冷也不回。华韦林又赔不是又说好话,可是怎么着顾晓薇都不满意,说他不关心自己,说他对自己不闻不问,买个宵夜也会没影!

她这脾气发得奇怪,华韦林问她:"是不是遇到啥事儿了,你到底要干吗呀!"

"我自找不痛快,行吗?!"顾晓薇咆哮了一句,转身就走。

"晓薇……"华韦林蹿身追上,一把拽住她。顾晓薇转身,嘴唇哆嗦着说:"我乳腺癌你知道吗?癌——"

华韦林顿时愣了:"什么?"顾晓薇眼圈通红:"体检时候查出来的……后来,又做了进一步检查,确诊了。"

华韦林声音哆嗦了:"你怎么不告诉我呢?"顾晓薇苦笑:"我就一二货你不知道吗?真挺二的……告诉你就是了嘛,还怕……鬼迷心窍地带你来京岭酒店,就想着让你撞上沈宇,真撞上了,又受不了……"

华韦林怔怔地看着顾晓薇。

交代后事

叶霞和沈宇分析了一下这场同学会巧遇华韦林的事,最后的结论是,顾晓薇明知道他们的同学会在这里,特意安排了这次偶遇。沈宇一明白过来就炸了,闹着一定要找顾晓薇算账。

叶霞和徐杰拦不住沈宇,只得跟着她出来。正好华韦林扶着顾晓薇回到酒店,沈宇上去就给了顾晓薇一记耳光,对她大骂神经变态,精神分裂,这样做只能羞辱她自己!

华韦林拦也拦不住,终于发火:"够了!先放过她行吗?她需要休息!"他放缓些语气对沈宇说,"我回头向你解释。"

看他这么护着顾晓薇,沈宇气得大叫:"不需要!"

沈宇一回学校就遇到了方校长,没几句就发现魏明和方校长串通的事,她进家就把魏明大骂了一通。

魏明惊讶地问出什么事了,沈宇不解气地故意说自己出轨了。

"砰!"沈宇狠狠地关上了门,抛下魏明和沈家爸妈莫名其妙。

回到客房,华韦林给沈宇打电话想解释一下,可是沈宇却掐掉电话关机。顾晓薇说:"别跟沈宇解释,既然作恶就别拿病了乱做理由,否则我就输了。"

见华韦林一脸不解,顾晓薇笑了笑:"不懂?你为我吼她,我就觉得自己赢了,你再解释就卸我劲儿了。这点胜利感,对我来说很重要。"

华韦林叹了口气:"哎……你傻不傻呀?你都已经说了我是你的,那我就算玩儿命，也得带给你幸福的，你怕什么呀？跟别人较什么劲啊？"

"别人？"顾晓薇敏感地捕捉到这个字眼，她笑了："她是别人了。"华韦林无奈地说："你看……"顾晓薇满足地抱住华韦林，蜷缩进了他怀里。

沈宇走了，叶霞不许徐杰参加活动，徐杰怪不情愿的。

叶霞恼火地骂："都是什么货呀？嗯？彪悍的、文艺的，归到头了都是一德行，肚里就那点花花肠子！"

徐杰冤枉地说是华韦林和沈宇的事，不关自己的事。叶霞气得学他昨天说的酒话，什么夕阳如血就是他心里的血。

这时魏明给叶霞打来电话，追问同学会的事。叶霞本想把事掩盖过去，可是一听魏明真有点急，这才恐慌地说："别别别，你别为难我呀，我说还不行吗……"她丧气地看了眼徐杰，叹了口气说，"其实也没……太大事儿，是华韦林被顾晓薇给摆了一道，把沈宇也给装进去了……"

明白了怎么回事，魏明对沈家爸妈只说是沈宇被灌酒不高兴，没别的。

他进屋来找沈宇，沈宇疲惫地说："行了我不该冲你发脾气，我知道你不是存心故意。"

魏明沉默了一会儿，低落地举了举双手："我应该检讨……我变着法儿地撺掇你去同学会，什么感染轻狂，其实是我太久没有激荡过了，太想让你引领我换个面貌了，可是家庭、孩子，已经按部就班了，就应该按部就班了。"

沈宇看了他一眼，没再说话。

顾晓薇和华韦林定期地带许多好吃的去看华家爸妈，同时会"捎"来读者来信。现在已经足足一百封，华建平高兴得不停念叨："这些读者真是热情呐……诗歌不会亡，不会亡啊！"

华妈妈低声问顾晓薇："50块一封信，你雇了多少人呐？""嗨，大家开心嘛。"顾晓薇冲一边的华韦林挤了挤眼睛……

顾晓薇和华韦林来找白皮。白皮因为上次上了黄老板的当帮他绑架了晨晨，没脸再见他们，一年多都悄无声息的。

他羞愧地说："我生不出孩子，就这么一个表侄儿我又喜欢，本来应该对他好，可以偷偷儿看他长大，乘你不注意逗他一会儿。哎，谁让我鬼迷心窍呢，把这点儿机会都给堵了……没脸见了……忘了吧，晨晨记住一个坏人，比知道有这么个亲戚，要好。"

解决了白皮的隐患，顾晓薇感叹地说："我怎么有种……交代后事儿的意味呢？"华韦林宽慰着："别老往坏了想，医生说只要手术及时，风险不大的。"

顾晓薇笑笑："我早就不恐惧了，乳腺癌手术怎么回事儿，你咨询过，我也咨询过，对不对？我下载了一些资料，给你也看看……"说着，顾晓薇握着鼠标摇了摇，启亮了休眠的电脑。

顾晓薇边操作边叨叨："现在医学发达，切除之后，还可以有整形手术来修补，保管让乳房真假难辨，保管我顾晓薇跟以前一样尽善尽美……"

可是没想到，跳出来的网页还有"女子隆胸手术失败，致八级伤残""胸部整形后，老公不再亲近我"……

华韦林慌乱地劝道："不不，咱是看术后乳房整形，不是隆胸……网上这些，不能信的。"

顾晓薇叹息地说："呵……骗了自己多久才鼓起的勇气，当头一盆冷水……"

叶霞和徐杰在同学会后问题一直解决不清，到海边玩就因为徐杰多看了几眼泳装美女，也会是一场大吵。

徐杰求饶地说："行了吧？罪也认了，罚也罚了，别再没完没了追打了行吗？"

"呵……"叶霞吁了口气，她叹息道，"同学会、都是同学会……大家都知道有些事不该当真，但总免不了为不该当真的事儿当真，想想沈宇现在的状态，让不让人担心？同学会之后，看似一切恢复常态，但我和她心里，都觉着有种莫名其妙的无聊感，不同的是，我会在无聊感上来的时候爆发一下，但她却好像在放任这种无聊感，甚至在把无聊当成了信仰。沈宇可能把同学会那段遭遇当成一种羞辱，她不是那种懂得自我修缮的人，她现在就像个三流演员，发现刻意投入的角色扮演无人捧场，失落得无措了。"

叶霞所说的沈宇的情况，具体症状表现为：实则在手机上偷看韩剧，偏要做出一副为带孩子疲惫到极点的状态,让魏明又心疼又无奈;明明是让她学习给幼儿按摩的手法,她却让凡凡在自己身上乱捏乱按,看得魏明直皱眉;她把同样迷恋三国杀的同事带回家,玩得嗨翻天,魏明却像是这个世界之外的人。

看着沈宇着实有些过分,沈家爸妈小心地和魏明说明一直在劝着沈宇。魏明还得宽慰老人,沈宇是成年人,不会没有分寸。

华韦林担心顾晓薇的病,他和黄毛几个交代:"过阵子我跟顾总要出个长差,你们就多上点儿心,把几个站点盯踏实了,要真有解决不了的事,再给我打电话。六个站点一人盯俩,具体怎么分你们自己商量……"

没想到顾晓薇闻讯赶来,正好听到这个,怒火冲天地吼:"你有什么权力背着我分派工作?你当你是谁啊?他们几个无所事事很容易,干点正事儿很不容易,想让公司倒闭你就托他们吧!"

她大声指责:"谁说我要出长差?谁跟你们说的?"

避开黄毛他们,华韦林劝她尽快手术,可是顾晓薇说她不想只有一个乳房:"我不要残缺,我宁可去死也不要残缺!乳房坏了连丈夫都嫌弃,都跟她离婚……"华韦林不停地安慰着她说那只是个案。

顾晓薇抢话:"我的坏了你会要我吗?"华韦林低吼:"我要——"

顾晓薇噎了一会儿:"可我不要你被同情心绑架……"华韦林打断:"给我闭嘴!你矫情什么呀?有病快治剩下的归我!我们有基础,不在一起对不起天地良心,你说的!"

顾晓薇盯视华韦林片刻,躲开了他的目光:"你终归会嫌弃我的。"华韦林急地跺脚:"我凭什么?"

顾晓薇仍说:"时间长了就会。"华韦林叹息着:"我们时间很长了……从小到大,不是吗?"

顾晓薇抬眼看华韦林,华韦林也在看着她,许久,顾晓薇怯怯地搂住他的腰,示弱道:"你现在脾气真坏你……讨厌……"

突然他们听到摩托车的急刹车和铁棒砸玻璃的声音,黄毛几个急忙冲出来,顾晓薇和华韦林也从加油站后面跑过来。但是那些人砸完了骑车就跑，他们都来不及拦。

突然从一侧冲出一个人，一板砖把为首的从车上砸下来，后面的车停不住，也都摔倒了。黄毛他们追过来抓住骑车人，摘下他们的头盔发现是黄老板的手下煤球他们。

让顾晓薇他们意外的是，拦住坏人的竟然是白皮，而且他对煤球说："回去告诉你们黄老板，在云景这地头上，帮着顾总的人多了去了，再敢来捣乱我弄死他！奶奶的，老子市委门口撒过泼，吃素的呐……"

见顾晓薇看着自己，白皮挠挠头："我得干点儿好事，我怕你担心晨晨会像我。"不等顾晓薇开口，白皮抢话道，"我跟你们娘俩一点关系没有，从来都没有过。"说完，白皮抽了抽鼻子，转身走掉了。

顾晓薇站在当场，五味杂陈……

为了顾晓薇的病，华妈妈不断地劝她，可是顾晓薇还是别不过那个劲儿。

华妈妈用自己的感受告诉她："知道那种恐惧吗？每晚上起三回，不是撒尿，是到他床边看他还有没有呼吸，老东西睡觉不打呼噜，多瘆人……晓薇，很多病是耗着耗着，耗到了不可救药，很多人也是不可救药了，才变乖了，可是，来不及了。"

她又给顾晓薇打气："想和韦林过日子就是吃喝拉撒睡，再小心也难免会出纰漏，所以谁也别宠谁，与其忍着恐惧装乖巧，不如踏踏实实挺个半拉奶子，他爱看不看！"

顾晓薇被逗笑了！

这时突然听到华韦林惊叫道："妈！"

他们急忙赶过去，可是，华建平已经静静的不知何时离开了。华妈妈冷静地吩咐把华韦森叫回来，安静地把丧事办了。

看到这一幕的顾晓薇不禁浑身打了个哆嗦。

梦该结束了

叶霞听说了华建平的事，专程赶过来慰问，华韦林表示感谢，毕竟华建平走得还算平静，大家也有心理准备。叶霞关心地说应该告诉沈家爸妈和沈宇，毕竟是老邻居，华韦林却只说谢谢。

叶霞没看到顾晓薇，华韦林只说她是出个长差。

其实顾晓薇是去做手术了，不过这个人坚持在出院前不和任何人联系。

叶霞望着华韦林说："柏拉图说过，获致幸福的不二法门，是珍视拥有的、遗忘掉不再有的。跟她好，就放心去好，没人会责备你们。"华韦林点了点头："我明白……只要她肯，我就陪她终生。"

然而，顾晓薇还是主动和朱铁四联系了，因为她有些事情要托付："我做决定的勇气来之不易所以别提问题，别打断我，让我一气儿把话说完。我决定把公司转让给华韦林，律师做协议的时间有两个月，在这期间，拜托你帮我为晨晨找一家学校，要最好的，花多少钱都可以；我给锦绣花园打过电话，那套公寓正好还空着，你帮我先租下来，家具环境到时候我给他们提要求，剩下的……没有了。"

朱铁四却突然问："为什么，谁也不让陪？"顾晓薇眉头跳了一下，装作不明白："什么？"

朱铁四笑："有你妈在，你的情况怎么瞒得了我。"顾晓薇无奈地笑了笑，随即叹息地说："动手术嘛……插尿管、没法洗澡，样子难看，气味也不好，我不想让我爱的人看到我这副样子……"

顾晓薇出院了，晨晨一刻不离地缠在妈妈身边，说着这段时间自己的各种新鲜事，比如和小美订婚，和同学PK赢了，帮助同学成绩提高等等。顾妈妈担心顾晓薇的身体，拉开晨晨让她休息。可是顾晓薇却很想打篮球，非拉着华韦林去，连加油站换设备的事都推掉了。

两个人痛快地打了一场，顾晓薇谈起当年："知道我是什么时候爱上你的吗？呵呵，就是在这里，高二，对，高二的时候，有回跟二中篮球比赛，一堆男生给我摇旗呐喊，可你呢，就这么走过去，看都没看一眼……从那边，我看到的，你从那些男生后面走过去。当时我就想，奶奶的那么牛，正是本宫的菜。"

华韦林笑："当时你这么想？"顾晓薇不好意思了："呃……语言时髦了一点，可意思差不多。"

华韦林笑着推了顾晓薇一下，顾晓薇也笑嘻嘻地推了他一下，随后便抱住他胳膊，把脑袋靠到了他肩上……

他们的幸福似乎真正开始了，然而顾晓薇的安排却不是这样。

顾晓薇带着晨晨到省城去了，顾妈妈却不同意一起去。

顾妈妈恨恼地说："你多狠呐，难看的藏起来，只把美丽的塞人怀里，华韦林也好、朱铁四也好，可能以后还有别的男人，你给他们的样子永远都是美丽，我呢？被你衬着只能让人发现我越来越像老妈子……"

顾晓薇打断："妈……我想离开，只是觉得梦该结束了。"顾妈妈坚持着："可我的梦就做了一半，所以我就守在这里，等你爸回来，叫醒我。"

顾晓薇默然……

华韦林是接了顾晓薇的短信回到加油站的，等他的却是一名律师，还有顾晓薇给他留的一封信。律师说："她委托我把公司转让协议交给你，你签字后就是公司的所有人了。她给你留了封信，说你看完之后，就懂了。"

华韦林看了律师一眼，走开了些拆开信看。

顾晓薇在信的开头写："亲爱的、亲爱的、亲爱的。"

她突然这样急切这么渴望的称呼，还有关于公司的事，都让华韦林有种不好的预感，他不自主地微微皱了皱眉……

顾晓薇在信中说："我十二年的爱情长跑，该结束了。它即将修成正果，可我却害怕修成正果之后，就不再有了美感。是的，即便过去有再多不堪，记忆里也都是美好的，因为那就是一场梦；醒了，走进现实了，我的残缺就会一览无余地被暴露，我不是维纳斯，我不相信残缺美，所以只能逃走……亲爱的，请你，接受我的决定，我想让这家公司，承载我对你的所有希望。"

顾晓薇带着晨晨来到了省城，当初的那个小公寓，一切依旧，只是物是人非。

中国终于迎来了奥运，全国到处都是"北京欢迎你"的歌声。时代变了，师大的"心系北京、喜迎奥运"的表演，师生们联名要求校长、院长必须出节目。结果不论是五十好几的方校长、周主任，还是年轻有为的魏院长，都没能逃脱扮成五福娃的幸运，在全校师生的面前现了一把。

看到表演录像的沈宇笑到肚子疼。以前办联欢会，一开场就是方校长讲话，人憎鬼嫌狗不待见；现在搞原创节目，与民同乐，多讨喜！

虽然魏明升职值得庆贺，不过，沈宇对于魏明想把周主任三个人接收到学院的打算表示反对。

魏明是想借这样的安排来化解宿怨："他们想调过去，图的是二级学院人事自主，况且他们主动示好，终归是个好的开始嘛，对不对？他们跟我的矛盾也都是小事积累，又没什么要命的仇。"

沈宇不客气地批评他："魏明，跟英雄化敌为友，是豪情；跟小人化敌为友，那就叫蠢了。"

这件事没商量拢，方校长和魏明又一左一右地哄着沈宇去教学交流，虽然是暑假里的活，还是回到云景师专，一天一节课，又轻闲又能守着父母，顺道还可以把孩子带去让老人乐和乐和。结果沈宇揭穿他们两个又在合伙整人，不就是不想让她管魏明的事，她责怪方校长就想把那厮祸害弄魏明手里。她说得两个人都没法立对。

沈宇在课上恰好以《廊桥遗梦》为事例，她的讲解是这样的：

《廊桥遗梦》这个故事从物理意义来讲，就是一个半老徐娘和一个文艺浪人的偷情经历，可是，它却讲述得如此美丽，为什么？因为最后的结局，不是众望所归的私奔而是分开，直到死后……我们都曾试图反驳，但依旧认同女主人公的最终决定，把梦，随着骨灰与爱情洒在一起，把责任留给身边的人，因为没有这个结局，就没有这个故事的美丽，正如剧中一句台词，尽管爱情的魔力不可抗拒，可放弃了责任，魔力就会消失，爱情，就会蒙受阴影……

沈宇不知道这些话是讲给下边或许根本理解不了的学生，还是说给自己听的。

处于半隐居状态的顾晓薇做起了期货，偶尔会和朱铁四通个电话，问询一下他的事业状况。朱铁四半真半假地答道："呃……奥运很振奋，国际金融危机很吓人，所以房地产市场什么走向，迷雾重重，企业究竟是攻是守，难以决策。"

顾晓薇也半真半假地回他："提个建议老朱，市场就是女人，捉摸不定；投资就是爱情，有人欢喜有人悲；决策就是结婚，舍不得贞操套不着色狼。"

朱铁四忍俊不禁："什么鬼建议嘛……"

挂了电话，顾晓薇看一会儿期货市场线图，问晨晨要去哪里吃饭。最后娘俩定了吃牛排，顾晓薇吃着还不断纠正晨晨的就餐礼仪。晨晨抱怨她好烦，顾晓薇笑着说："陪你的美女妈妈吃饭，可不是件容易事儿哦？"

晨晨抗议："是你求我陪你的好不好？"顾晓薇急忙糗他，以后他陪其他美女吃饭的时候再现学就来不及了。

娘俩正说笑着，顾晓薇忽然抬头看到了沈宇。

在这里相遇，她们都很意外。两个人干巴巴地寒暄几句，沈宇才注意到只有这娘俩，随口一问才知道，顾晓薇已经离开云景一年多了！

沈宇被顾晓薇邀请到家里，说起离开华韦林的事，顾晓薇宁愿让他记忆里只有个完整的自己，也不要用残缺的去面对他。"干要干得漂亮，退要退得干净，我从来都是这风格，不对吗？"

顾晓薇和沈宇说这些，不过是为当初摆她那道道歉，毕竟她是有病的人，让沈宇不要太恨她。

沈宇笑了笑，过了会儿又摇了摇头："既然把公司留给华韦林，就再留点念想吧，万一有天想回头了，还能回得去。"顾晓薇却沉默了。

这时，快递员送来了快递，里面是华韦林把公司卖掉折现的支票。他知道顾晓薇现在在做期货，用得到钱。顾晓薇叹息地说："我愿他安好，他却还本带息，你说我该骂娘呢，还是骂娘呢……"

沈宇看着一脸恍惚的顾晓薇，心中五味杂陈……

偷偷摸摸

方校长一直追着魏明让他给沈宇做工作，落实交流教学的事，魏明觉得这事除非是沈宇自己愿意，别人谁也说不动她。

没想到一到家看到沈家爸妈来了，沈宇说是发了两张奥运会套票，正好让爸妈带凡凡去。她没等魏明开口就表示同意去交流教学："师大培养了我，我还真就一点儿奉献都不讲啦？"那么慷慨自然，看上去什么异样也没有。

但是到了云景，叶霞和徐杰是最先被沈宇抓"壮丁"的人。沈宇一天只有一节课，其他的时间就拉着叶霞一家三口四下乱逛。叶霞的婆婆喜欢打牌，也成天拉着叶霞作陪，再加上一个沈宇，叶霞真是当配角当到不堪其苦，她和徐杰决定要奋起反抗。

徐杰这时却若有所思起来："叶霞……我怎么觉着，沈宇有点故意呢？故意把咱俩累到陪不了她。"叶霞随口答道："别逗了，她爸妈去北京了，再没咱俩陪着不就落单了吗？"

话到这里，俩人像是同时想到了什么，惊悚地对视了一眼。

叶霞支吾地说："你是说……她落了单儿，行踪也就不在别人视线里了？不不不，拿阴谋论去猜测朋友这个……不道德。"徐杰反问："猜测？她来了一个多礼拜，'华韦林'这三个字连提都没提过，他们反目成仇了吗？至于到了地头上连个礼节性的照面儿都没有吗？太刻意了吧？"

徐杰低声说："咱就说没时间作陪了，我保证她半点惋惜都没有。"

果然，徐杰他们刚一提出要回去赶工作，沈宇就满口答应。终于落了单，沈宇立刻用长裙、头巾、墨镜把自己包得像个特务，还差点被认作是什么明星。而她最想要的却是了解华韦林的情况，不惜晚上悄悄摸到他工作的加油站。

为了看得更清楚，沈宇悄悄地摸进去，没想到华韦林突然出现，她一个惊慌回身就跑，结果被正好驶进加油站的汽车刮到，直接摔倒在地上，扭伤了脚。华韦林听到声音过来，认出了她。看到她大晚上还戴个墨镜，华韦林真是对她无可奈何，沈宇也尴尬极了。

到医院给沈宇处理了伤，沈宇急着给云中的校长打电话请假，还特意叮嘱这事不要告诉魏明，借口是小伤不值得让他跑来跑去。校长倒是一口答应。

华韦林去找轮椅，沈宇却不老实地乱走，差点又摔倒，幸亏华韦林回来得及时，把她扶到轮椅边上。沈宇觉得坐轮椅又夸张又难看，闹起脾气，华韦林只好哄着说会陪着她，她才得意地坐下让华韦林推着。

早上，沈宇看到了华韦林留下了几张纸条，细心的他早猜到沈宇会调皮，注意事项写得清楚。餐桌上，一个盛好水、搭着毛巾的脸盆，和一个同样盛好水、插着牙刷的牙杯，边上摆着牙膏；桌边一张凳子上，放着个空的小脸盆。桌沿边还有张字条，上面写着："漱口水吐小盆里，送早点的时候我一块儿收拾。"

沈宇推着轮椅到洗手间外，看到双拐正支在门边，也贴着张字条，写着："起身前先压车闸锁定轮椅。"

沈宇想要起身，轮椅却往后滑了一下，她慌乱地压下车闸，再试着动动身子，轮椅已是稳定不动。再看那字条，沈宇的眼圈就有些泛红了，心里酸酸的。

很快叶霞和徐杰听说她伤到的事来探望，可是一进屋就看到华韦林给沈宇细心安排的一切，顿时就有些发愣。沈宇也有些不自在，叮嘱叶霞和魏明说："这事儿别告诉魏明啊，呵呵，那人吧，想象力丰富。"

叶霞惊悚地问："什、什么想象力？"沈宇解释着："见风就是雨啊，芝麻大的事儿，都能弄得天塌了一样……"话音未落，叶霞和徐杰便见华韦林拎着豆浆油条走进门来，顿时都绷直了身体。

看到他们华韦林也挺意外："哟……你们来啦？"叶霞和徐杰借口还要上班，待沈宇、华韦林说"拜拜"后，叶霞和徐杰落荒而去。

走到楼梯口时，徐杰嘟囔："我怎么觉着不是芝麻大的事儿呢？"叶霞心虚地说："别见风就是雨啊……"

其时远在省城的魏明惦记着沈宇，生怕这个不细心的女人亏待了自己，却不知道沈宇正千方百计地不让他知道自己的真实情况。

华韦林每天定时来照顾沈宇，她却幽怨地叹气，阴阳怪气地说："呵……想想真挺凄凉的，坐了轮椅扶了拐，哪哪儿都去不了，一个人闷在家里，疼了、饿了，身边连个搭把手的都没有……"

华韦林关切地问："脚还疼啊？"沈宇摇摇头叹息般地说："女人嘛，结婚、生了孩子，之后就越来越被忽视了。哼，你年轻？没关系，过两年就老了。"

华韦林皱眉："你都瞎想些什么呢？"沈宇说："不是瞎想，是在自我修炼，优等的心不必华丽，但必须坚固，对吧？"

华韦林不放心了，决定请几天假陪她，沈宇嘴上说着可以不用这样，但心里暗爽。

华韦林每天接送沈宇上下班，饭后还陪她到江边散心。沈宇知道，江边一直是顾晓薇的地盘，华韦林是因为想着她才会不自觉走到这里。沈宇问起顾晓薇，华韦林却也说不清自己的心思。

华韦林不明白她到底要说什么，沈宇也理不清是怎么个事。她告诉华韦林，顾晓薇收到支票的时候很淡定。她很疑惑，心里就像猫抓一样地想搞清楚，结果就来了，可是她却在见到他之后又不知道要怎么办了。

她无奈地说："我现在搞清楚了一件事儿，我根本就搞不清楚，自己到底想搞清楚什么……"

叶霞和徐杰对沈宇和华韦林很是不放心，尤其是沈宇背着他们自己偷偷跑去找华韦林，这不明显是心虚吗？就算没有预谋，相处半个多月了，会不会旧情复燃？她可不是个有自制力的人啊？

再想想华韦林留的字条，叶霞感叹地说："华韦林对沈宇和顾晓薇都是贴了命的好，照顾得无微不至倒也不算稀奇，但现在的关键是顾晓薇撤了，没了她这道屏障，沈宇近水楼台，会不会就被润物细无声地唤醒了旧情？那场同学会证明，沈宇是个容易意乱情迷的人,虽然她很快就回归了相夫教子的正轨,但那是一种刻意的努力,越刻意,就越容易被瓦解。"

想了许久的沈宇总算是理得差不多了。她邀请华韦林晚上到家吃饭,就他们两个。这次她精心地准备了西餐,还沐浴喷香,很是在意。华韦林也特意买了一束鲜花才去。

沈宇和华韦林进行了一场烛光晚餐,红酒牛排,气氛很是浪漫。

沈宇提到自己没有好好地给华韦林做过一顿饭,而现在她是很好的讲师,也能做一手好菜。"女人学会相夫教子,才是生活的起点,同时也意味着——终点。我要完成作为女人的使命,日复一日于是慢慢地……忘记以前的梦。"

沈宇很想知道华韦林没和自己走到最后有没有遗憾,现在还爱不爱她。但是华韦林不想追究过去,他也自认为至今没有搞懂女人。

沈宇叹息着:"女人很复杂的……就像我,无数次对自己说,我是为顾晓薇来的,是想看看能不能帮上她,可真的去找你,心态就莫名其妙变得跟偷情似的。我的确搞不清自己想搞清楚什么,是为什么顾晓薇走了你不追,还是,你究竟想不想追,像是要求证你们的感情到底有多深,像是这问题对我很重要一样……所以那天我发邪火,因为我觉得自己这种心态不正常。"

沈宇忽然道:"让我说声对不起,然后就从此用平常心对你。对不起……曾经那么不安,不停地揣测对方的心情,不停地猜忌对方的想法,然后就惶恐、患得患失。现在不会了。魏明,我丈夫,我总觉得没有那么爱他,他跟你完全不一样,他有些叽歪、有些计较,可我想我接受这感觉了,因为我开始不断在担心他,他有什么事儿都想插上一脚,呵呵……好了……我吐干净了,可以心无杂念地帮顾晓薇说话了,这可是我给自己的使命哦,呵呵……都拿还爱不爱我这种问题套话了,要再没个答案,这趟就真叫暧昧了。"

华韦林却避开她的目光,沉默了一会儿,举杯喝了一口红酒:"我曾经跟晓薇发誓,我要带给她幸福,我想照顾她一辈子,因为你,没错我还在爱你!"沈宇刚要开口,华韦林抢话道,"别打断我,说这话其实很不应该……对,不能跟你长久我很遗憾,所以我希望另一份感情,再不要有遗憾。"

沈宇不由得微微地眯起了眼睛。

华韦林说:"我告诉你为什么没去追她回来。其实我很想,但我知道她的世界不只这些,她会飞得更高,能让她飞得更高的人肯定不是我。她面对我总会觉得残缺,但没有我就不会了,就可以没有压力地飞!维持公司的这段时间我学了不少,知道今年是个好时机,所以就卖了公司套现给她,我能帮上的就这些,还有……万一不行,在这里等她。"

沈宇讷讷道:"我不知道该怎么说,可能你是对的,也可能……你真的不懂女人。要我把你这些话,带给她吗?"华韦林摇了摇头。

沈宇看着华韦林,柔声细语地吐出一句:"傻瓜。"

重出江湖

当顾晓薇再次出现在朱铁四的面前时,打扮得发型得体、裙装飘飘,一路风姿,惹得周围的人纷纷侧目。她信心十足地出开口招呼道:"老朱!"

和朱铁四正一起商议公司发展事宜的刘总和老徐交口称赞,老徐瓮声瓮气道:"老朱,马上绑去民政局登记,免得她又跑了。"

顾晓薇听到这个放声大笑:"哈哈哈……放心吧我跑不了,我马上就要成为你们的股东了。"

老徐、刘总异口同声地问:"啊?"朱铁四也是错愕:"你……什么意思?"

顾晓薇微抬起下巴:"之前……我总说还没到露面的时候,是真话,不能成为对你有用的人,我就没信心露面,"她笑着吁了口气,"还好,现在可以了,否则再躲下去,就真成老妈子了。"

原来顾晓薇这一年多进股市搞期货,股市到六千点清的仓,翻了两倍;期货也是正到转点时,把卖公司的钱全砸了进去,干了票大的。她对市场的敏锐无人能及。而且这样做她也是为了晨晨着想,要不想儿子变成二世主,最好的办法就是有钱投资没钱花。而且她知道朱铁四这块正在分析下一步到底要不要继续拿地,需要大笔的资金。她的分析是所有号称楼市会跌的人,也都是急着买房的人,只要她成为公司的股东,公司账上多了几千万,银行的脸色也能好看一些。

朱铁四更关心她这段时间过得怎样,真就忍心跟华韦林断了吗?

见几千万的银子放在他面前,他还只关心她的心情,顾晓薇揶揄地说:"世上只有三种事儿,自己的事儿、别人的事儿、和上帝的事儿。很多人不干自己的事儿,老想别人的事儿,操心上帝的事儿,所以一事无成。老朱,你可不是那样的人喏?"

朱铁四被这番话噎得不知怎么开口了!

朱铁四和顾晓薇娘俩算是正常会面了,一起吃饭时借着顾晓薇上洗手间的机会,朱铁四再次向晨晨打听顾晓薇的情况。不料晨晨反问他是否还喜欢自己老妈,既然喜欢赶紧娶走。朱铁四不解,晨晨说要被老妈烦死了,原因当然是缺男人!

这简直就是个小人精,让朱铁四哭笑不得。

自从沈宇离开云景就和凡凡、魏明去了北京,还拍了许多套亲子照,以此来缓和家中隐隐的火药味。徐杰和叶霞又就此事进行了一番深入剖析,叶霞的结论就是:"虽然世俗的颤音难免存在,但从小家庭的融融气象来看,一切猜测都是站不住脚的,沈宇在行为上,是自律的;在心理上,是坦荡的。"而徐杰却担心地认为:"其乐融融的气象,是出于两相无猜?还是因某一方莫测心虚、刻意逢迎对方而营造的假象?"

叶霞最终为沈宇叹息:"这就是世俗啊。所以有些事,哪怕出发点再好,也别去做……"

果然,即使是出发点好,有些事也不好做。

比如华韦林,虽然顾晓薇走了,但他依然时常到顾家照顾顾妈妈,搬搬扛扛,维修个东西。但是那天,顾妈妈突然发火了,不再让他来:"我生活能自理,灯憋了水管坏了可以叫维修。我们不沾亲,用不着你一趟一趟!"

华韦林刚要开口,却被顾母抢话:"甭跟我辩解!言情小说我看的比你多,我知道你会说什么,尊重她意愿嘛、想飞你就放手嘛,对吗?问题是你连她到底想不想飞都没搞清楚!华韦林,我告诉你!人,没有留不住的!可沈宇、晓薇,你留住谁了?为什么?因为你没在爱,你充其量也就是被这俩妖精绑架而已!呵,你还别跟朱铁四比,他对晓薇是纵容,你不是不敢,是心里没底儿,怕亏欠、怕辜负!你想太多了,所以连理所当然都做不到!因为你没在爱!对吧?你不学画画儿的吗?你要把卖公司的钱拿来买个画廊,我都会觉得你是想好,想为了晓薇给自己打个够资格比翼双飞的底！呵……这话你别觉得委屈，你其实连自己都不爱，一个连自己都不爱的人，我凭什么相信他能真真正正地爱着别人？"

华韦林被说得哑口无言，只得答应以后不再来。

轰走了华韦林，顾妈妈接着就给顾晓薇打了电话，先问了晨晨的情况，又问她的情况，顾晓薇直说自己不再想华韦林，已经决定加入老朱的公司。

但她这样欲盖弥彰的做法并没有让顾妈妈安心，反而让她生气地训教起来："耗到现在你为啥呀？你那点儿心思我了解得很！不就是想知道华韦林在没在等你吗？所以左右摇摆、不知道该往前还是往回返，对吗？"

顾晓薇底气略显不足："妈，讨厌了啊。"

顾妈妈感叹地说："其实我也想知道啊！可惜到现在华韦林没来过一趟家里，没找过我一次问问你的情况，所以该清醒了晓薇！他卖掉公司，肯定不是为了安安静静等你，就是在用一个不相欠的方法，告诉你结束。"

顾晓薇弱弱地说："也许吧……"

顾妈妈恨铁不成钢地说："要不信的话，你自己联系他，直截了当问他，别自个儿闷着猜来猜去。"

挂了电话，顾晓薇缓缓翻出华韦林的电话，但是终究还是没有拨出去。

顾晓薇放着几千万要入股，竟然没有得到公司的同意。她怎么可能放弃？她采取了逐个攻破的策略。

刘总那简单，老领导啊，当初进入公司成为白领就是在他手下。三两句话就把刘总抬得下不来台，只得表态自己是支持顾晓薇入股的，持反对意见的是老徐。

对老徐顾晓薇走的是悲情路线，哭诉一通单亲妈妈的不易，让他怎么忍心扼杀自己为孩子以后着想的愿望之类。老徐没几下就招架不住，立即说这是老朱担心她的投资打水漂，表明自己是站在顾晓薇这边的。

跟朱铁四，那就得打理性加感性的牌了！

顾晓薇愤慨地说："朱铁四，我万万没有想到，真正的障碍居然是你，是你这个我绝对信任、从没有过一点怀疑的男人。"朱铁四辩解着："不是，你别这么想，我没有阻碍你的意思，只是觉得投资有风险……"

顾晓薇反问:"我都不怕你怕什么?"朱铁四刚要开口,顾晓薇抢话:"你就是怕!怕的不是风险,而是我来了,一个做了乳房切除手术已经残缺不全的女人,又到你身边来了,你已经嫌弃她了,所以害怕被她黏上,要投资失败就更得黏上甩都甩不掉!老朱,我见了你只谈投资不聊感情,就是担心你会产生这种顾虑,我都深明大义成这样了,你还怕个什么?"

朱铁四苦着脸:"晓薇,你胡搅蛮缠的功夫,真是渐臻佳境了。"顾晓薇挑衅地说:"你拒绝我的投资,就是拒绝我这个人,你自己看着办。"

朱铁四一时间无言以对。

顾晓薇最后恳切地说:"走出这一步,就是跟过去了断,下这个决心不容易老朱,别再给我后退的理由。"

最终,顾晓薇胜利了!

各怀心思

既然进了公司，顾晓薇可不会闲着。关于公司下一步是否继续发展房地产业，所谓的专家来了一堆，说的不过是云山雾罩，调调都是悲情的。然而顾晓薇却几次打断他们的话，坚持自己的观点。

专家们表示了不满，而顾晓薇却是有理有据。

"我这么说知道我凭什么吗？就凭我是女人！女人都是不安的动物，要没有一套实实在在属于自己的房子，她们会很不安；女人一不安，就会搅和得男人也不安；男人一不安，就会郁闷到连他父母都跟着不安！有那么多不安的人，房子发愁卖吗？房子不愁卖，房价会跌吗？这么简单的事儿，需要分析吗？"

专家不服地说："可事实上，很多楼盘已经在计划降价促销了。"

顾晓薇无所谓地说："降呗，降几个月再涨咯。稍稍一涨，买了的被女人爱死、观望的被女人骂死，有钱买的赶紧下手、没钱买的勒索爹妈，都是恐慌性入市。现象很丑陋，但真真切切，女人不除，房价不跌。"

一名专家懊丧地吁了口气："呼——这个女人，也太强悍了。"

顾晓薇微笑："不，是中国女人，太强悍了。"

顾晓薇在绷着，一切的一切都是绷着的。

别人看不出来，顾晓薇自己觉不出来，但是朱铁四却很明白。顾晓薇让晨晨自己上下学，让他学会自我保护，为了老师说晨晨早恋是思想品德问题和老师吵架，都是她绷着的表现。

朱铁四告诉顾晓薇，自己以地王的价格拿了地，因为听了她的理论。

不料顾晓薇真急了，一急说了真话，她所谓的直觉完全是歪理。顾晓薇着急地说："我就是个梦结束了还想缠绵的傻女人，一个回头没退路往前怕迷失的弱女子，你们凭什么把我当回事儿啊拜托！"

朱铁四这才问："所以，骗谁？"顾晓薇一愣。

朱铁四说得更明白："故作强悍，骗谁？"顾晓薇盯视了朱铁四一会儿，避开了他的目光，随即，眼泪滚滚而下。

顾晓薇责怪朱铁四揭穿了自己，朱铁四却只想在她冷的时候能抱抱她。顾晓薇直言自己已经残缺，但是朱铁四从来没有认为她完美过。

顾晓薇坦诚自己来找朱铁四不是因为挣钱才来找他，而是因为等候到失望，她坦白地说："我本来就很脆弱，脆弱到期待对方来猜，期待对方能洞察我虚假地逃走，脆弱到期待不到的时候，一个电话都不敢打，生怕亲耳听到一样的答案。对不起……爱情不再期待的时候，我才来找你，我对自己说我很强了，至少是个股神，有超常的天赋，于是我骗过自己，牛气哄哄地来到了你面前。"

朱铁四毫不在意："但至少，你知道来找我。"顾晓薇强调："我只是要一个平台。"朱铁四淡然道："再多给一些也没坏处。"顾晓薇却担心："不。爱情不再是期待，我就找不着北了，我会乱来，你受不了的。"

朱铁四依然平静道："我早习惯了。"

顾晓薇转脸看朱铁四："别管我，你只需要给我一个平台，其他的别管，否则我会逆反，会很讨厌。"朱铁四无声地叹了口气。

顾晓薇沉默了一会儿："老朱，我横插进来，强架着你做了购地的决策，其实这个心态并不健康，如果……输了，我拿自己赔给你，如果你还要的话。"

为了这场不应该下的赌注，顾晓薇真是拼尽全力。她充分发挥了女人的优势，把产品的优势句句都说到女性客户的心里，户型差的打折、好的阶梯抬价，步步为营。最终，这场战役她打胜了，投资收回，大有赢利！

可是朱铁四还记着她说输了要拿自己赔的话，他觉得自己也输了。

顾晓薇说："我常问自己为什么逃走还要期待，无望了也不敢承认？其实我是被命运伤到骨子里了，所以不敢再受一点点的刺激，哪怕只是个可能，我也不敢。

女人矫情，比如，你看到我伤残处的时候，眼皮是否不经意地跳了一下？你只是条件反射，我却会被杀死。真的，渗到骨子里的伤，不是那么容易愈合的。"

魏明如愿以偿地荣升了文艺学院的院长，三位怪话连篇的主任提交了想调入文艺学院的请求，魏明不好驳面，考虑接受。

但沈宇对于魏明与三位怪话主任的妥协坚持不支持态度，即使他们说出一万条到文艺学院的正当理由。这天看到三位主任又在那嘀咕，沈宇笑模样地走过来，像是很随意地与三位主任攀谈起来。她脸上笑意盈盈，话里却句句带刺：听到传言说什么周主任调人进学校可是收了人家的好处啦，黄主任似乎乱开过发票啦，马主任的论文是他人代笔啦，等等。几句话说得三位主任冷汗直冒。

沈宇还装模作样地假装给他们出主意。"即使三位领导说这都是谣言，那不如让学校尽快查实，这样你们就可以光明正大地调入文艺学院了不是。"说完，沈宇似笑非笑地扫视了他们一圈，"女人要想达到目的，可是不怕做小人的哦。"

魏明回家以后就问沈宇是怎么回事，三位主任突然又不想调到文艺学院了。虽然魏明后来也考虑这几个人实在不是些好鸟，但是没想到沈宇以其人之道还治其人之身，不战以屈人之兵了。

魏明知道了事情的真相后，不禁夸赞沈宇已经达到了高瞻远瞩的水准，沈宇得瑟地享受着丈夫的恭维。

魏明新官上任，正是顺风顺水的时候，新的风波却又悄然袭来。这天他在师大里遇到了前来调研的云景中学的陈校长，随便寒暄几句，意外得知沈宇在云景的时候伤到过脚。陈校长夸沈宇坚持上课，不麻烦学校，自己找了同学车接车送，那姓华的同学鞍前马后的，沈宇人缘真好。听到这里，魏明意识到什么，脸上的笑就不自然了。

三位主任见惹不起沈宇，便开始集中火力围攻魏明。沈宇一听说魏明批准了他们调入文艺学院的申请就急着来找他，怪他把自己的阵地丢了。魏明解释说人家已经跟自己表态要冰释前嫌，自己怎么能不答应，况且也是之前就说好的。两个人为这事争论起来，说到火起，魏明就抛出了沈宇在云景见华韦林的事，沈宇当时就愣了。

魏明还是紧盯不放,坚持认为她这在意的根本就是华韦林。沈宇开始还解释,后来见魏明丝毫没有缓和的意思,她气极反笑,赌气道:"我就是想着华韦林,我就是要和华韦林弄得肝肠寸断。"

魏明难受的是,自己一心一意,老婆却总惦记别的男人;而沈宇真正伤心的是,魏明不相信她。他的伤,已经渗进了骨子里。

事业又有起色了,顾晓薇又不安分了。她发觉自己对晨晨的依赖,爱情不再是期望,女人就会把儿子当情人,这很可怕,她不想给晨晨的成长造成困扰,一狠心把孩子送到国外学习。

临行前,顾晓薇对晨晨进行了一次推心置腹的长谈:"跟谁一个宿舍很重要,同屋的室友必须是你喜欢的,否则就找宿舍管理员,让他帮你换宿舍,他有这个义务;不会的事情,就学,会的越多对你越有益处;平时,别跟其他交换生攀比,尤其是穿的用的,一点意义都没有……最重要的,是不能被欺负,别人要是打你,你就跟他打,打不过也得打,就是不能躲。躲了,你就输了,就会一直被欺负,懂吗?"

晨晨望着絮叨的妈妈,只问了一句:"妈妈,你会想我吗?"十一岁的儿子对妈妈的不舍,让顾晓薇心酸地点了点头,将晨晨搂进怀里。顾妈妈不断地埋怨着顾晓薇狠心,顾晓薇对妈妈据理力争,可是转过脸,自己的眼泪就不争气地掉下来。

送走了儿子,顾晓薇没了牵挂,工作上又不用费心,她又开始寻找青春放荡的感觉。她故意装扮和十七八岁的大孩子一样,和一群小男生混在一起。顾晓薇混在这群懵懂、青涩的孩子们中间,寻求的是那种超越年龄,洞悉一切的快感。

朱铁四不明白她为何要如此放纵自己。"你是体会不到,跟小朋友们一起玩有多开心,明明想端详却又躲闪的目光,一眼就能看穿的小心机,在他们中间我游刃有余,怎么编故事都不怕被揭穿,因为我比他们多戴了十年的面具,我轻而易举。老朱,角色扮演真的会让人上瘾。"顾晓薇心不在焉地解释道。

朱铁四真气了,想拉她回来,却被几个小男生围住差点打起来,他只能无奈地看着顾晓薇和他们跑掉。

当男孩们问起朱铁四是谁,顾晓薇却也故作神秘。

徐杰一家三口到省城出差，沈宇请他们到家吃晚饭。当她给魏明打电话叫他来作陪的时候，他却故作神秘地说有朋自远方来，而且是大家都认识的老朋友。

沈宇和叶霞他们到家准备晚饭，热热闹闹的，沈宇调侃魏明当了院长就不再搞教研，改走仕途。叶霞提醒她关于那自远方来的"朋友"，要小心应对："如果带个女的回来，一定要警惕啊，越显得光明正大就越说明深藏心机，他这岁数的男人，最可怕的不是出问题，而是善于把问题漂白，两性关系学家本纳苏蒂说……"

这时门铃响了，沈宇跑去开门，意外地看到和魏明一起回来的，竟然是华韦林。

原来魏明到云景设点招生，没想到在加油站看到了华韦林，他想参加专升本的学历考试。魏明现在是分院的院长了，正好给他安排一个保洁员的工作，还有宿舍可以住，让他边工作边学习，明年准备考文艺学院的艺术系，至少可以拿到一个本科文凭。这俩人一拍即合，这才一起来到省城。

从这话上听起来，魏明是一心帮着华韦林改变现状，助他实现理想，然而在沈宇听起来，却完全不是那么回事。这顿饭沈宇一直拉着脸。

看情况不对，叶霞和徐杰急忙借口离开，华韦林也要去看安排的宿舍，沈宇蹿起来说："我送韦林！"

沈宇和华韦林又一次走在师大的校园里，校园变了许多，有很多新建的校舍，可是物是人非。

华韦林不想让沈宇和魏明因为自己的事情闹不愉快，主动说是自己想改变。沈宇却知道魏明不是单纯帮助他的目的，但是看着华韦林一心想求上进，她又不好说什么。毕竟师大的硬件和魏明给华韦林提供的帮助确实很有诱惑力，如果华韦林真的能重操画笔，这也确实是大家都愿意看到的。

魏明是打着什么主意呢？华韦林是少年天才，天赋难得，如果不是人生波折太多，现在他一定不是这样的。现在魏明把他从加油站的工人中挖掘出来，培养成艺术系的高才生，这么励志的故事要放到哪里去宣传，对于扩大师大的影响力都绝对是亮点！

沈宇认定魏明这是在向她挑衅！魏明坚持自己绝没有这个意思，只是单纯地想帮助华韦林。

沈宇生气地说:"魏明,我现在才看明白,你就是个小人,你跟周卫东他们没什么区别,只是伪装得更严密些而已。呵,你以为别人看不出来啊?分院长了,有地位有权力了,成功人士、中流砥柱,霸气啊!不就是做给老婆看的吗?看看,你丈夫什么地位?再看看你前夫,穷困潦倒,三十好几的人了,还在加油站里当小工。多大差距啊?跟了我你多有福分啊,洗衣做饭带孩子你还有什么怨言,你有什么不知足的?对吗?"

魏明试图解释:"你多心了沈宇,我捡他回来……"

沈宇瞪眼:"捡他?"

魏明忙修正着:"对不起我用词不当,我是说……"

沈宇瞪着魏明打断他:"这就是你的阴暗心理!我一点都没说错,你就是做给我看呢,叶霞他们正好也在,你就更快感了!都是我发小我同学,都看到我老公和前夫的差距了,多满足啊你?你可真有手段,明明是羞辱别人,却还做出一副帮人的姿态让谁都说不出、道不得,我真是小看你了魏明,以前我还觉得你不适合搞行政呢,现在我才明白,你彻彻底底就是一个政客!"

魏明解释着:"你要非那么想我也没办法,但我告诉你沈宇,这件事华韦林完全是自愿的,我没有任何裹挟他的地方。"

沈宇恨恨地说:"是,他父亲过世了,一个人憋在云景,渴望有所改变,所以你抓准了他的心理,轻而易举就让他变成了牵线木偶……"

魏明喝道:"沈宇!……这件事就打住吧,再争论下去,伤及已故的长辈。"沈宇嗤之以鼻得冷哼一声。

这时,门铃一响,沈家爸妈来看外孙了!沈宇却冷冷冒出一句:"你们就不觉得,来得有点不合时宜吗?"沈家爸妈的笑就有点僵了,魏明急忙打圆场,沈宇叹了口气,把凡凡叫出来迎接外公外婆。

沈宇明确地告诉魏明:"你老婆没那么好糊弄,心里膈应上了,且没完呢。"

魏明天天被老婆这样数落,只希望树立华韦林这个典型的宣传能够大获成功,让自己扬眉吐气,也不枉这些天来受的委屈。

可是偏偏又节外生枝，这让魏明始料未及。华韦林当年可是云中的校草，经过生活的磨砺之后，成熟的男人味越发厚重，就算是当年略显美中不足的单眼皮也随着韩流的火热变成了最时尚男人的标签！师大的女生们哪里能抵抗这种颜值爆表的诱惑，帅到一塌糊涂的他穿着保洁的衣服也完全像是刚从T台下来的模特，即使只是擦个玻璃也会引起女生们阵阵尖叫。不断有女生红着脸过来要求合影，即使是被拒绝了，也依然欣喜不已！

没几天，华韦林的照片传到了网上，成为师大史上最帅保洁励志哥！这帖迅速热了起来，华韦林在网上爆红！开始只是师大的校内网站，随后被转到其他各门户网站，华韦林以保洁员的励志形象，成了网络红人。

从网页上看到华韦林或工作或读书或作画的图片，看着网友的留言，沈宇乐呵呵的。但这样的效果和影响力，是魏明所没能预料到的，与他最初的设想也是大相径庭。魏明是想借华韦林来宣传的，但是现在他觉得情况失控，网络心态是很浮夸，会给学校的宣传方向造成不良影响，会让人觉着校方在刻意炒作。

沈宇反问他："心里要是坦荡荡，又干吗害怕别人怎么想呢？"

这件事在网络上炒得沸沸扬扬，叶霞却敏锐地从这事态的表面看到了本质，她向徐杰打保票道："啧……不对，要闹妖，我忽然有强烈的预感，有人要闹妖。"

果然，华韦林一时间成了年轻人的偶像，就连围在顾晓薇身边的大男孩们也不例外，一个个对他很是崇拜。这让顾晓薇很是不爽，孩子们浮皮潦草地在乐，她却刻骨铭心地痛着。

不行，必须要搞清楚这是怎么回事！

顾晓薇一个电话就打到沈宇那兴师问罪去了！她劈头盖脸就是一通大骂："沈宇你也太恶心点了吧？你什么心态啊？都别人老婆了还把前夫往身边拴，犯贱吧你！"

沈宇压着火："顾晓薇你嘴巴干净点啊，这事是魏明……"

顾晓薇打断她："魏明比你更贱！你俩就是一对贱货！没地方秀幸福是吧？拽着前夫看你们演！换个男人遛，你撒了欢了是吧？你缺德不缺德你？"

沈宇怒吼："顾晓薇！你给我闭嘴！我告诉你，华韦林来师大备考是他自愿的，谁也没裹挟过他，网上这些帖子也不是我发的，跟我没关系，你少在这里兴风作浪！"

骂完了她恨恨地掐掉了电话。

这时魏明进来，见沈宇气冲冲的，过来关切地问："我说的没错吧？产生不好的影响了吧？"沈宇没好气地说："跟这没关系。"

魏明没意识到她正在气头上："我跟你讲，网络就是个浮躁的载体，不加控制就会乱掉……"沈宇打断他："看人家吸引眼球了，你就那么坐不住啊？"

魏明感觉她有点无理取闹："什么叫我坐不住啊？"沈宇盯着魏明："特酸吧？特失落吧？"魏明皱眉道："你说什么呐？"沈宇刻薄地点出了他的痛处："本想扮演个上帝，结果人家成了焦点，没你什么事儿了。"

魏明强辩道："不是……我……我跟他比我有什么可自卑的我？"沈宇继续不依不饶："你跟他比，本身就是自卑。"魏明气结，瞪着沈宇却又不知该说什么。

他觉得这件事有必要和方校长认真沟通一下，恰好方校长来电提起，他马上说："我关注了，我觉得不能让这件事情在网络上蔓延下去……"没想到方校长打断了他的话，对这次网络宣传效果很满意，觉得挺好！

这让魏明很是意外，脸色难看地勉强应着："行，我明白您的意思了，您觉得这是新媒体、新途径，值得运用，那我还有什么说的呀。"

顾晓薇莫名其妙地去骂了沈宇却被人家抢白一通，想想自己算是什么身份去和人家闹的？华韦林知道你在干吗吗？你给谁打抱不平？

心里越郁闷，酒就喝得越多。顾晓薇醉态初现，围着她的大男孩们都看出她有心事，可是怎么问她也不说，再问她还嫌烦。

顾晓薇瞥到一名女歌手在和客户调笑，隐约有自己当年的影子，她端着酒过去，对女歌手胡说八道起来："看到那几个男生了吗？他们在追我，弄得我特烦……你是不觉得，我这年纪的女人有男生追，应该欣喜才对。"她又摇摇头，自言自语道，"不对。知道为什么吗？因为我不喜欢男生，那种荷尔蒙的味道我烦，我喜欢你，从你身上，能尝到青春的味道……"话音未落，女歌手便将手中的酒泼到了顾晓薇脸上。

索哥冲过来抱住要还以颜色的顾晓薇，服务生拉住了女歌手，那几个大男生也跑过来，半拖半架地把顾晓薇弄出了酒吧。

旧爱新欢

坐在大街边顾晓薇还在耍酒疯，一个男生怪她就是去挑事的，另一个说自从看到那励志哥之后她的情况就不对，那人到底和她什么关系？

顾晓薇咬了咬牙："他！当初他爱着别的女人，我不开心，我就毁了他，毁了他的前途，我就毁自己，我给人当小三，当金丝雀，我故意的，故意要毁自己。"她凶巴巴地告诉他们和她亲近也会被她毁掉。她吓唬人的样子让男孩们不知无措，僵了片刻后，他们都转身走掉了。

顾晓薇目送着他们走远，醉呼呼地笑了："呵呵呵……呵呵，真是小朋友，编个谎就吓跑了……"

她强撑着打了车回家，下车的时候才发现包没了，她装醉没付款就跑，的哥立马追上来。眼看她要让的哥抓住了，这时那群男孩里的小阳跑出来拦住了的哥，付了费这才了事。

小阳半拖半抱地带顾晓薇进楼，电梯竟然维修，他索性背着顾晓薇上了十二楼。

顾晓薇一动未动，小阳细心地照顾着她，替她擦脸。当小阳顺着脖子往下擦时，她却"呼"地睁开了眼睛捂住了右胸，警惕地问道："你干吗？"

小阳愣了愣，转而抓过她的手，擦拭起来，随后是另一只手，随后，脱去她鞋子，将毛巾换了个面，擦起脚来。顾晓薇脑袋空空地躺着，直到擦完……

小阳不放心，坐在地上守着她。顾晓薇坐起来，看着他稚嫩的脸，不仅没领情，还凶神恶煞地让小阳滚蛋。

等小阳一出门，闷坐在床沿的顾晓薇，从右胸里掏出一团胸垫，扔在地上，随即哭了，哭着哭着又笑，咯咯咯地笑，笑着笑着，就无声地睡去了。

顾晓薇的包是丢在了酒吧，索哥给收着。朱铁四打电话过去索哥把情况一说，朱铁四立马满世界地找她。好不容易他打通了家里的电话，听到顾晓薇的声音，这才稍放下心。

朱铁四求她："拜托，喝多少酒也别丢东西，丢什么东西也别丢手机，行吗？你还好吧？"顾晓薇歪靠在床头："挺好的……真的，真挺好的，只剩下了半边胸却魅力依旧。老朱，女人……可能都这样，一边为失去的哭泣，一边又为拥有不该有的在沾沾自喜……"

顾晓薇以为那天把小阳骂走，他就不会再来找她。可是没想到，小阳又蹬着小轮车出现了，还在大街上拦了顾晓薇的车！

顾晓薇看着他："真有能耐了你，拦我的车，现在大街上那么多新手你不怕出事啊你？"小阳笑了："你怕我出事吗？"

顾晓薇恼火道："我现在就把话跟你说清楚，你，已经对我造成负担了，你骚扰到我了，我不想这样，所以请你不要再出现在我视线里！"可是小阳却追问："我就想知道，你对我，有没有一点动心？"

顾晓薇一愣，连声地问他有意思吗？小阳却非要弄个明白，不管他们是不是相差十岁。

见这孩子如此偏执，顾晓薇恶狠狠地命令道："你跟我走，我给你看真正的我！"

顾晓薇拉着小阳回家，一进门就脱掉了衣服。小阳突然见她这样一脸的惊惶，还不待他反应，顾晓薇便从右胸里掏出胸垫，扬了扬后，扔在了地上。

"看见了吗？不懂？那我让你再看清楚一点？"顾晓薇将右边胸罩往下拉了一截，露出了她右侧平平的胸部和一道巨大的刀疤。

小阳顿时惊愕地瞪大了眼睛。

顾晓薇冷冷道："我不是小三，我有正当职业，金丝雀之类的故事都是编的，只为了好玩，哪想这反倒让你觉着新鲜、觉着刺激了。现在这个更刺激！乳腺癌，半边胸被切掉了，一个残缺的女人，一个不往胸罩里塞东西就不敢出门的女人……"

这才是，真正的我，现在我说我喜欢你，我不在乎你比我小九岁，我就是喜欢你，你愿意吗？"

小阳看着她的右胸，浑身哆嗦。

顾晓薇接着说："明白了吗？现实画面，永远比那些把虐心当快感的苦情电视剧更残酷，因为它不堪入目！"顾晓薇顿了顿，狠狠地问，"现在，你可以走了吗？"

小阳"呼"地抬眼看顾晓薇的脸，怔了片刻，低下头，默默从她身边经过离开。

房间里安静下来，死一般的寂静。顾晓薇像是打了一场大仗，瘫软地坐到地上。

第二天，顾晓薇又像是充电满格一样走出家门，突然她看到小阳正在门边靠着墙席地坐着，歪着脑袋睡着。顾晓薇脑中一片空白，手足无措了一阵后，蹑手蹑脚地连门都没敢关，生怕惊醒了他，贼一般地逃走……

她火速地来找朱铁四，让他捎来自己的一些随身物品，计划躲到云景一段时间。

朱铁四劝她："为什么要跑？既然都亮明了，何不顺其自然？"顾晓薇瞪眼道："别幸灾乐祸行吗？我不知道他为什么还撑着，但我知道我要不跑，什么事都有可能发生，到时候他后悔了，痛的人是我。"

朱铁四把她要的东西给她："你会不会把问题想严重了？"顾晓薇感叹道："我们都是过来人，都知道他这年纪是没理可讲的，呵……年轻的可怕，就在于没什么是它不能的……"

沈宇一大早换了运动衣到操场，她溜溜达达地走到看台一侧，转着脑袋搜看四周，当她看到穿着工装、拎着保洁用具的华韦林走过来时，慌忙侧转些身子，扭腰转胸地做锻炼状。

华韦林看到她挺意外的，沈宇没话找话："呵呵，没想到哈，一转眼成了网络红人。"华韦林不好意思道："你就别挤对我了。"

沈宇故作正色道："没挤对你，我现在也是你粉丝。"华韦林对此感到无奈："这网络真是……没辙哈。"沈宇笑笑："挺好的呀，你比别人耀眼，我最开心。"

这时又有女生过来找华韦林合影，华韦林尴尬地看着沈宇，沈宇却退后了几步。

华韦林明白了她的意思，才答应下来。"耶——"那女生雀跃着蹦到华韦林身边，一手抱着他胳膊紧紧贴着，一手举着手机调整着自拍角度。

沈宇看着这番情境，笑容灿烂……

网络真是没有什么不可能的。沈宇和华韦林之前的合影居然也出现在了网页上，魏明把所有能怀疑的人都怀疑了个遍，沈宇却是一副事不关己的样子。

魏明急得跳脚："你……你怎么一点儿都不着急呢？"

沈宇嘲讽道："对啊，不堪回首的历史被曝光，气急的应该是我啊，你上蹿下跳的干吗呀？"魏明语塞："我……"

沈宇追问："你是不特懊恼？搬起石头砸了自己的脚。"魏明恼火道："你什么话吗这叫？现在是人家在搬石头砸我！"

那三位被他调入文艺学院的主任果然是没闲着，嘲笑他引火烧身，丢人现眼，都等着瞧他的好戏呢。

照片是怎么传上去的？当然不会是沈宇自己。她还没有无聊到拿自己离婚的事来吸引眼球！那么，当务之急就要抓到传照片的那个人。

沈宇立刻找来了相熟的几个电脑高手，这次真派上了用场。他们只是稍一了解就发现沈宇的电脑是被黑客入侵了，不过这黑客只是个新手，只要这人再次入侵，就一定能抓到他！

当沈宇他们循着蛛丝马迹找到那名黑客的时候，她惊诧地发现黑客就是那天早上和华韦林合影的女孩。沈宇很直白地告诉她，可以喜欢励志哥，但是不应该私自发布别人的隐私照片。

原来女孩那天看到沈宇和华韦林说话，便感觉他们暧昧，就想查一下是怎么回事。没想到居然查出他们之前是夫妻。合影上的他们很亲密很恩爱，但是他们却离婚了，女孩很好奇为什么，她就把照片放到了网上，希望有人来解疑。

沈宇笑了笑："你让我忽然明白，为什么现在大学里可以结婚了。"

女生疑惑地看沈宇，沈宇却自顾自地说起了自己的感悟："因为结婚多草率都可以，哪怕很多人干涉，它也只是两个人的事，有爱就行千万别耗；但离婚……却一定要谨慎，一定要耗到双方都心平气和了再做商量，因为即便没人敢多嘴，离婚也绝不会只是两个人的事。"沈宇突然得意地笑,"沈老师真是太有才了,上述语录你一定要记下来,一定有用。"

女生皱眉道:"你这么调侃,好像很不尊重你上一段婚姻。"沈宇问:"想听真话吗?"

女生仰起脸不甘示弱道:"可以吗?"沈宇认真地答道:"之所以能调侃,是因为很痛,但却无奈。"女生若有所思地看沈宇。

沈宇说:"真的!其实很多问题,释怀并不代表就有答案,可能当时双方都很简单,跟你一样,越简单就越容易往复杂了想,也可能是给爱情加了太多背负……'她停下来摇摇头,"不知道。但有了你这一出,我忽然觉得很有必要,再回头去想想了。"

沈宇提出要和女孩做朋友,如果这女生想了解励志哥的话。女孩答应下来,也报上了自己的名字:戴晓彤。

沈宇带着胜利的微笑回办公室,无意中看到魏明和华韦林在一边悄悄说什么,她靠近一听,魏明竟然以网络事件影响不好,大家都很难堪为由,让华韦林放弃高考,离开这里,以便让事件悄悄地平息。而更意外的是,华韦林竟然答应下来。

沈宇满脸恼怒地大叫:"华韦林。"快步走近,魏明和华韦林一见她都有些慌乱。沈宇瞪视着华韦林,咬牙切齿道,"如果你向他屈从,我一辈子都会看不起你!"

在过去里沉睡

沈宇、魏明刚一迈进家门，沈宇就向魏明发起飙来："你什么心态啊？就不觉得自己猥琐吗？你是一败涂地、无力收拾，于是不惜采取卑鄙的手段。是吗？"

魏明辩解道："沈宇，我跟华韦林不是在打仗，不存在什么一败涂地，我是在做全盘考虑，要知道被网上曝光的人是你啊！"沈宇反问道："那就对啦，被曝光的人是我，我都没觉丢人你来什么劲啊？大多数同事都知道我俩是二婚，这能丢你什么人啊？"

沈家爸妈过来劝架："你俩怎么又因为这个吵上了呢？华韦林怎么你们俩了？"魏明劝着岳父岳母："没事，这跟您两位没关系。"

沈宇怒道："对，只跟他自己有关系，他让自己玩现眼了……"魏明恼怒道："沈宇，孩子面前你注意点行吗。"沈宇指着里间对爸妈吼道："你俩带凡凡回屋去！"

沈宇脾气一上来，什么事都敢做！她告诉魏明，自己已经答应那女生要和她分享自己的故事，这女生会在网上把这消息放出来，还准备连载。这让魏明再也承受不住了。

魏明和沈宇摊牌："沈宇你过分了吧？你有什么权利这么做！这是你的隐私啊！"沈宇恼了："是不是隐私由我决定，因为那是我的故事。"

魏明声色俱厉道："可它会让我难堪！你明不明白，现在满学校都在议论，一堆人想看笑话，它让我难堪了！"沈宇冷笑道："哈，你终于承认这是场尊严游戏了？"

魏明恼怒地承认:"对!它就是场尊严游戏,现在你的丈夫尊严受损,你就有义务帮我把它停掉而不是在这火上浇油!"沈宇嘲讽道:"你是始作俑者,凭什么要我帮你擦屁股!"

魏明咆哮起来:"因为你现在是我老婆不是他老婆!"这一声吼,沈宇不说话了,却是面红耳赤,胸膛剧烈地起伏起来。

沈宇恶狠狠地责问:"魏明,本来一切都挺平静了,是你把事端挑起来的,现在戏演砸了,你要低个头、认个错好好跟我说也就罢了,你居然跟我吼?你现在只有吼老婆才能找到尊严了是吧?那我告诉你,这点尊严,你都别想有!"说完,沈宇猛地转身,怒冲冲向屋门奔去!

沈宇一路冲进了后勤员工宿舍,华韦林还没搞清楚怎么回事呢,沈宇就直接扑上去,狠狠地吻住了他!他身后的画板、画架噼里啪啦地倒下一片。

沈宇拉着华韦林公然走在师大校园里,身穿职业装的她和身装保洁工装的华韦林显得很是突兀,所有遇到他们的师生都惊讶极了。华韦林很不自然,沈宇却死活不松手。

华韦林不得不追问她到底要干吗,沈宇却赌气地说要和他私奔,"我曾经让很多人都疯掉过,再让他们疯一次又怎样?"

华韦林无奈地问:"你多大人了,别跟小孩似的行吗?"沈宇反唇相讥:"你一个大男人,别跟被劫色了一样行吗?"华韦林深吸了一口气,放弃抗拒了,主动拉起沈宇的手,向大门外走去。

沈宇是豁出去了,她要在自己的旧故事上添上新的情节,和华韦林去酒店,生米做成熟饭。然而华韦林却不希望她追究过去的事,沈宇强拉着华韦林去了酒店。

沈宇主动发起进攻,华韦林很快就被带入状态,然而,不知道为什么,只是再进一步的亲近,他们却莫名地先后笑场了!

沈宇自嘲地说:"戴晓彤,那个女生,我一本正经地跟她谈青春,心里却在嘲笑她,呵呵……为什么要嘲笑她?那岂不就是在嘲笑曾经的自己?"

沈宇确实很想整理出以前的故事,可是她记得过去的每一件事,却记不起当时的心情。沈宇问华韦林:"想的时候,觉着很近,聚的时候却又很远,我搞不懂,有时候人与人之间，是缺乏勇气所以推拒，还是距离本来就遥不可及？"

沈宇感叹："电视剧是造梦用的，所以花好月圆；真实的人生却是，选择往往就是将错就错，而选择了，不管酸甜苦辣你就得接受，这是成长的代价。"沈宇望着华韦林幽幽地说，"谢谢你，让我在伤感里清醒。"

顾晓薇逃回老家，对顾妈妈绝口不提省城遇到的事，顾妈妈很想晨晨，埋怨他不给写信。顾晓薇提醒老妈该学学电脑，现在都网络时代了，不然肯定会闷的。

这时楼下一阵喧哗，顾晓薇才知道，自从他们走后，妈妈在家里开了个棋牌室，一桌二十，中午管饭，不冷清还能挣钱，顺手也可以玩玩牌。

顾晓薇奇怪地问："您早年也是个引领时尚的人，怎么现在变这样了呢？我又不是不给您钱。"顾妈妈不悦道："一个做了半辈子梦的女人想要落地，怎么了？"

顾晓薇无奈地摆摆手："没什么，你开心就行。"

她无聊地走到了江边，这里有太多的回忆。闭上眼，连风都是熟悉的。这时她感觉有人走近，以为是妈妈担心自己，扭头却意外地看到了小阳。"你怎么找到这儿的？"

原来那天她逃走时没关门，家里有许多照片，小阳愣是照着照片一张一张地找过来，总算是找到她了。

顾晓薇叹息道："你到底为什么呀？"话音未落，小阳忽然就扑了过来，抱住她并狠狠地对着她的右肩一口咬下。

"啊……"顾晓薇疼得一声轻哼，小阳却像个发狠的孩子，紧紧地咬着她的右肩不松口，喉咙里还发出"呜呜"的声音。顾晓薇忍着痛，抱住了他。

顾晓薇和小阳手拉手回了家，他们亲密的样子和不相称的年纪，让一院子牌友瞠目结舌，他们却恍入无人之境地上楼了。

顾晓薇带着小阳到母校看学生们打篮球，回忆起自己当年："每个女孩子，都会有个就在身边的偶像，对，不是明星，是就在身边的……近在咫尺，却更愿意远远地看，似乎离得越远越够范儿，直到有一天追到他，就会很有成就感，很刺激。青春期的简单，很可爱、很让人着迷，但并不真实。"

小阳不服地辩解自己并没有那么小。

顾晓薇突然问:"为什么还要来找一个残缺的女人?"小阳有些羞涩:"我……想爱护你。"顾晓薇淡淡地笑了笑,轻轻吐出两个字:"谢谢。"

顾晓薇带小阳挖出自己当年埋下的那个玻璃瓶,里面是她写下的那些心情。她把自己和华韦林的故事告诉了小阳,对于当年那些有意无意所产生的错,她觉得是自己毁了华韦林。

顾晓薇无意识地划拉着地上的纸条:"当初,我发现他被我害了,简直羞愧得要命,就用堕落惩罚自己,四处跟人鬼混,还生了个来路不正的儿子,好像我越不堪对他就越公平。那段时间我很有一种殉道的感觉,现在想起来,我就会有些恍惚。我不知道我是爱他,还是爱那种殉道的感觉。"

顾晓薇带小阳到了当年她和华韦林约会的地方。"当年我坐到了他的自行车后面,赢了,接着却输得一无所有。冰火两重天,整个人一下子就变了,人生也跟着变了!青春期真的很简单,迷迷糊糊地执着着,不知不觉就决定了一生。女人的一生,都是被一个男人影响的,如果不承认,那是因为她们没有像我这样记录下每一次的心情,于是改变一次,忘记一次,直到忘记了整条轨迹……其实,这是真的,有很多女人的一生,都是被最初的那个男人在影响,即便已经成了一个影子,即便忘记了那时的心情。"

谈起和华韦林的聚聚散散,顾晓薇感慨地说:"散的时候想念,聚的时候,又总觉着跟想念的时候不一样,以前我总搞不懂为什么,总以为是男人的原因,其实不是,是因为自己。"

小阳听得是一头雾水。

顾晓薇笑了笑:"信吗?我们爱的,并不是哪一个人,而是爱情本身。只不过有些人很幸运,成了爱情的载体,于是,集万千宠爱于一身。"顾晓薇告诉小阳,"今天我一句瞎话都没说,你看见过最真实的我,现在你也拥有了最真实的我,选择权在你。"

小阳却迷茫了。

顾晓薇问:"你是不是在想,迷乱属于一种向往,可是能多久?是不是?"

顾晓薇凝视着小阳替他回答，"成长的轨迹就是心的历程，可有几个人能记得？我总在想，我们之所以迷乱，是因为想寻找当初的心情，爱上爱情的那种心情，可这本身就是错的。"

小阳闷声道："你总说我听不懂的话。"

顾晓薇转开脸："成长就是忘记和改变的过程，其实很无奈，但我们束手无策，因为谁也回不去从前。谁都不愿长大，但长大是一种必然。"顾晓薇握了握小阳的手，小阳与她拥抱在一起。

顾晓薇将脸枕在小阳肩上："谢谢你，让我能在过去里昏睡。"

小阳走了，顾晓薇悄悄收拾了行李让朱铁四来接她。装作潇洒的她，伏在朱铁四的肩上痛哭起来。擦干眼泪，顾晓薇对朱铁四说对不起，又说谢谢，朱铁四只是一笑。

顾晓薇幽幽地说："原谅我，老朱……女人，总是在外头找快乐，眼泪却永远留给身边的人。"

华韦林考上了大学，专业课第一，文化课虽然垫底但也超过了分数线。师大为此要召开记者会，沈宇特意把顾晓薇拉去，以证明她绝对不是要拿华韦林开涮。

然而，华韦林却悄悄离开了。

沈宇发现他走了，火大地给他打电话痛骂一通，"我知道你走了就不会回来了！可是韦林你知不知道，你这辈子都毁在骄傲上，你考上了、赢了、证明自己了，然后仰头走掉！我明白你为什么走，可你这样，也等于嘲笑了我们所有人……你的人生就是用来抛弃的吗？你为了别人，就为照顾别人的感受，你抛弃你自己，你太无耻了，你无耻地在俯视我们，让我们一阵一阵在惶然，你浑蛋你，你放下了，却让我们永远都放不下……"

沈宇的话华韦林都听到了，可是他一个字也没有回，默然地挂了电话。

沈宇黯然地回到会场，顾晓薇拉住她想安慰，却什么也说不出来。

选 择

沈宇无力地回到家，看到魏明又在教凡凡搭积木，凡凡还是没有记住。沈宇又耐心地向凡凡演示了一遍，让凡凡记住爸爸的话。

看着突然变得平和的沈宇，魏明有些惊讶："沈宇，其实我是一直在不知所措……对你，和我们之间……其实我有帮他的意思，只是夹杂了些别的……"沈宇打断他："无所谓的。打打架也好，越打越明白嘛，举案齐眉也好、狗屁倒灶也好，都是婚姻该受的，过日子嘛，挺着呗。"

沈宇的相夫教子的生活又回到了正常轨道。

凡凡画得不知所云的画被学校老师评定为"有争议性"，沈宇差点要去找老师理论，还是魏明及时给了老师评语一个可以接受的理由，才平息了沈宇的火气。

魏明抢着告诉沈宇："凡凡显然是个非同质化的孩子！什么叫非同质化？就是不趋同于，或者说超越于大多数人，从内心世界到表现形态，所以，我们不要责怪老师，因为不是每一位老师，都能有幸教到这种天赋异禀的孩子，也不是每一位老师，都读得懂这种孩子的天赋异禀。"

沈宇被他这高谈阔论说得有些发蒙："是不是啊？"

魏明一本正经地点头肯定道："老师也是普通人嘛，耐心，啊，我们也要给她一些提高教学水准的时间和空间嘛，对不对？"

沈宇的火气急剧降温，激情却迅速高涨。她冲进里屋用英语对凡凡说："振奋起来，凡凡，下午上英语班、晚上我们钢琴练习，多么完美的星期天啊！"趴在一堆玩具和画册里的凡凡耍赖道:"妈妈我好想死。"

沈宇亢奋地继续用英语与儿子对话:"请说英语,请用英语跟妈妈对话,来,重新说!"

顾晓薇回到省城就没有再闲着,迅速归岗进入工作状态。

对外她拓展业务不辞辛苦,一听说文艺学院有进行学校楼宇改造的计划,顾晓薇迅速联系到沈宇,拉着他们一家三口和朱铁四见面,半公半私地谈起业务。

朱铁四向魏明介绍:"建筑物的绿色改造呢,可繁可简,费用要看具体情况来定……既然文艺学院有这方面的意向,不妨把大楼的原始图纸提供给我们,我们的专家组会以最快速度给你出方案……"说得魏明连连点头。华韦林再次回到加油站工作,一切似乎又回到以往。

唯一的小插曲就是,老对头黄老板突然找上门来,但他这次不是来找事打架的,他在省城接手了一家美术馆,准备要让华韦林做这美术馆的金字招牌。

黄老板冲着华韦林眉开眼笑:"我都想好了,经营方式是你画我卖,分账方式是你二我八,别嫌不公平!美术馆的日常开销,各类画家的包装宣传,成本很高的。"华韦林被说动了,答应合作:"那就干呗,黄老板给面儿,我还拿什么搁啊?"黄老板笑咧着嘴一把搂过华韦林:"这就对了嘛,过去终将成为过去,哪怕未来并非理想,但人生,总是在求变的。"

公司连续三个月业绩下滑,对内提振士气,顾晓薇方法独特有效。她在公司的经营专题会上一把女人泪激起了所有经理的激情,说下月业绩再上不去就自罚五万。

刘总凑到老徐耳边,悄声地说:"我没说错吧?遇到难题,一把眼泪全解决……"

会后朱铁四玩笑道:"老徐他们太坏了,发现女老板示弱能激励员工,就老把你往前推。"

顾晓薇笑了笑:"我也不知道哪天开始的,泪腺忽然就变发达了……"

朱铁四说:"知道为什么吗?疯够了闹够了,该有个家了。"顾晓薇一时无语。

朱铁四又紧逼一步："晓薇，总不能让我等一辈子吧？"

顾晓薇幽幽地说："我对不起你……"

朱铁四不解地瞥了她一眼："什么？"顾晓薇感叹："你对我越好，我就越怕面对你，越怕面对你，眼泪就越丰富……呵……你看人家沈宇，活得那么完整……"

顾妈妈现在没有别的，就是惦记着顾晓薇的婚事，一天恨不得说三百遍，顾晓薇不是不想嫁，是她心里过不了自己那道关。她自己理不清，就频繁地去看望爸爸，每次都装模作样，把身边熟识的人的近况全部跟顾劲松汇报一遍。

知女莫若父，顾劲松直接问她："最近你来看我的次数，频繁到了出奇的程度，是有什么事儿在纠结吗？""啊？"顾晓薇有些被揭破的尴尬，"没有啦，就是想你了……"

顾劲松开解道："晓薇，具体情况爸爸了解得不多，但作为过来人，依旧是有些经验可以跟你分享。任何一种感情，如果不去实体化，就永远是飘在云端的。"

顾晓薇依然嘴硬："那不也挺优哉的吗？"

顾爸爸微笑地看她："是吗？"顾晓薇心虚地避开他的目光："当然……也会有点空虚啦……"

顾爸爸点醒她："无须为了一份留恋举步不前嘛，生活，只有夯实了，才能品到真实的滋味，终归是要做出选择的，对不对？一个决心而已。"顾晓薇看爸爸，顾劲松微笑地对她点了点头。

凡凡被逼着学钢琴，同一栋宿舍楼里的艺术系讲师裴多芬成了专职辅导老师。凡凡弹得痛苦，裴多芬教得痛苦，魏明和沈家爸妈听得痛苦，连隔壁的方校长也忍无可忍地来求他们不要再弹，不然他这心脏病分分钟有发作的危险，他老婆更是天天失眠到天亮。

只有沈宇一意孤行地认为凡凡弹的是音乐，是他们不会欣赏。

方校长急了："你家这叫音乐吗？简直比砸夯还难听，这叫音乐吗？！你家魏明，啊，魏明他亲口跟我说的……"魏明慌了，急忙拦阻："哎哎……方校长，我可没说过啊。"

方校长哪肯罢休："哎什么哎？那天你亲口说的，打桩机的节奏、广场舞的动静，弹者摧枯拉朽，听者生不如死，是不是你亲口说的！"

沈宇立即把枪口对准了魏明，气得眼圈都红了："凡凡是你儿子，你就这么阴损他？当面一套背后一套，什么天赋异禀，非同质化，合着你就忽悠我是吧？"

她拉过裴多芬，一定要让他说出个所以然来："别怪我这当母亲的执拗，今天大家都在这儿，我就让小裴老师给个评价，他要说我们凡凡没音乐天赋练也白练，我明儿一早就把琴给卖了！"

已经进入崩溃状态的小裴老师忽然大声："够了！我受够了！吵吵吵，吵什么吵？！魏博凡小朋友……"小裴老师这一停顿，让所有人都把期待的目光都投向了他。小裴老师叹了口气，"魏博凡小朋友，的确没有音乐天赋，一点都没有……既然当妈的下了狠心要见分晓，我也就直话直说，给自己求解脱了。"

"轰——"沈宇顿如五雷轰顶，怔立当场……

凡凡解放了，可是沈宇却一肚子的气。

魏明却有办法，他婉转地说："结果虽然委屈，但给孩子减负是硬道理。"

见沈宇一时不知怎么对应，魏明打蛇随棍上地贴到了沈宇身边："英语、美术、钢琴，对一个刚上幼儿园的孩子来说，负担过重了嘛。你说要发掘孩子的天赋，这个方针绝对正确，任那方校长栽赃陷害施以淫威，我也是坚定地站在你这边的！但是在发掘天赋的方法论上，我们是需要讨论的，现在这种揠苗助长的方式，家长有急于求成之嫌，孩子有不堪负重之痛，那我们是不是应该循序渐进一点，和风细雨一点，让孩子的启蒙环境更加自由一点……"

他这话让沈宇的怨愤终于渐渐褪去……

然而，凡凡的绘画又一次被评为有争议性，还是在家长会上，沈宇憋到所有家长离场，和老师发生了一次激烈的争吵。魏明急忙搬来沈家爹妈，毕竟他要和沈宇站成同一战线，希望爹妈能从侧面起到点劝导作用。

沈爸爸感叹道："女婿啊，我和她妈从小到大的劝导，哪次起过作用？"

对于这次事件，沈宇决定给凡凡换美术班。她的理由是："英语随幼儿园的进度，我不加码了，钢琴也彻底放弃了，现在就剩美术一项内容，再说我不切实际就是不讲事实了。以后所有的精力，就都放到美术上好了。我不奢望儿子成名成家，我只希望儿子长大后是个有艺术修养的人，这对他的个人气质是有帮助的，不对吗？"

魏明劝着："也不见得会画个画儿，就有气质嘛……"沈宇坚持己见道："魏明，我什么都能妥协，唯独美术这项，没商量。"

魏明有些着急："他是我儿子，他没这方面的遗传基因啊。"沈宇反击："我爸会的成语不到二十个，那我中文专业，我遗传的谁？学美术你扯遗传，你到底想表达什么？"

魏明被噎住了，不想再和她争吵下去。

沈宇拉着顾晓薇大倒苦水，顾晓薇一点也不顾及她的感觉："你让自己儿子走华韦林的路，你不是自找不痛快吗？"

沈宇反驳道："跟华韦林有什么关系啊？"

顾晓薇翻了个白眼："有没有关系你自己知道……"

沈宇撇了撇嘴："心胸狭窄，还是你们老朱好，啥啥都能包容你。"

顾晓薇皱眉道："你以为那样好呐？我很有压力的知道吗？"

沈宇鄙夷地看着她："你就是作。"

"你懂个屁，"顾晓薇凑过身子，"跟你说实话吧，他越这样，我就越觉得欠他，越觉得欠他，就越想把那半片儿胸给补上，可往里填块儿东西，我害怕呀！"

沈宇也翻个白眼，"扯！淡！说你作你就是作，你的关键不在那片儿胸，而在胸里头，华韦林不放出去，老朱就装不进来。"

顾晓薇一愣："跟华韦林有什么关系啊？"

沈宇报以胜利的微笑："一报还一报，扯平了。"

正在气结的顾晓薇把头扭向一边，正好看到一边的小广告插盒里有本"艺海美术馆"的小宣传册，封面印着幅风景写生，画的是一个废水排放口。这不是当年华韦林他们常去玩的地方吗？

再见华韦林

原来那个美术馆根本就是个赔钱的买卖，黄老板终于明白人家为什么会低价把美术馆兑给自己了。

自己是跨界经营，对艺术圈一窍不通，手下又没有有名气的画家，但是现在后悔已经来不及了。所以他希望华韦林能顾及老乡的情面，以及他曾经想做一名画家的梦想，去联系魏明，希望能在文艺学院改造时卖掉一批画。

黄老板鼓动着华韦林："文艺学院要改造教学楼，这是好机会嘛，你想想，别人家学校，哪哪儿挂的都是印刷品，我让它哪哪儿都挂真品，有气质吧？这才叫文艺学院吧！"

但是黄老板太急于求成，胡说八道地把华韦林和魏明形容成在一个战场战斗过的战友，越说越不像话，结果气得华韦林说坚决不接这个活。

就在这时，顾晓薇和沈宇通过美术馆的宣传册找来了。顾晓薇和黄老板也算是旧相识，一见她来，黄老板立刻上前殷勤招待。顾晓薇指一下宣传册上那幅画，黄老板连忙解释："哦，这是非卖品。"

顾晓薇幽怨地对华韦林说："没它我就见不着你了是吧？"沈宇同时也欣慰地说："我就知道你不会卖它。"

华韦林还没来得及接话，顾晓薇又说："我不来你就不会出现是吧？"沈宇又同时说："没想到你会这样出现。"

顾晓薇"呼"地瞪眼过来，沈宇退让："呃……你多年没见，你先说。"

黄老板一脸探究地问："这位女士是？"顾晓薇没好气地介绍："他前妻！"

黄老板顿时两眼冒光："哦，您就是魏院长的……"这简直是送到手上的救命稻草！

华韦林看不得他那谄媚样子，皱眉打断道："老黄！"

不知就里的沈宇惊喜地问黄老板："他跟您提起过我？"华韦林皱眉说："不是……"顾晓薇也酸不溜丢地问："你什么心态啊？"

黄老板看着他们唇枪舌剑，有些摸不着头脑。沈宇感到有点尴尬，想起凡凡的画，便连忙拿出来让华韦林评价，华韦林一看就皱起眉头。然而黄老板为了让生意做成，立刻把凡凡的画作夸得天花乱坠，直接把凡凡说成了少年毕加索，这让沈宇激动得差点落泪。

顾晓薇趁黄老板正拉住沈宇大献殷勤，把华韦林拉到一边，让他别当上帝，要闪就闪个彻底，不然就是祸害！华韦林被她说愣了，一脸的不解。

顾晓薇把语气放软："有些人退出生活，就成了心里的寄所，烦了乱了，找不着北了，就躲进去自我安慰一下，这就可以了，再出现就是错了！"华韦林刚要开口，顾晓薇抢话道，"我知道……你一直都在刻意回避，是，错不在你，可一旦出了错，什么都会赖你头上，知道吗？因为女人都是妖孽。"

华韦林默然……

顾晓薇继续说道："女人就这样，身边人苦口婆心全当废话，外人随口一句就是至理名言！女人渴望拥有的就是曾经失去的，她们把遗憾供奉上神坛，强拉身边的人一起敬慕，谁有微词谁就是亵渎信仰，就是与她们为敌！她们都知道生活并不完美，梦幻绝不可信，两者并存本来无伤大雅，顶多让归顺主流的过程多一些挣扎的悲壮感。可在这过程中，神坛里的偶像一旦现身，就不一样了，因为垂死的反骨正需要一面敌对现实的旗呢！"

最后，顾晓薇提醒华韦林，做人是要负责任的！

沈宇自从听黄老板夸过凡凡的画，开始近乎魔怔地训练凡凡，一心让他能在美术领域崭露头角。她在凡凡的小房间里挂满了各位大师的名作，在家里形成艺术氛围，接着要求凡凡每天必须要做十遍手指操，训练手指灵活性，最后，她居然异想天开地蒙着凡凡的眼睛让他纯粹用内心去绘画，说这样能训练出绘画的感觉！

虽然魏明刚开始对沈宇这么做没有多加阻拦，但她实在是越来越出格了。"莫名其妙！"魏明大踏步过去一把摘掉了蒙在凡凡眼睛上的黑布，"我就不信这种跳大神的路子能叫画画！"

为了让沈宇彻底从所谓的天才美梦中清醒，顾晓薇觉得有必要让华韦林就这个问题跟沈宇认真地谈一次。可是这话是很难讲出口的。哪个妈妈愿意听到人家说自己孩子的不是？况且她还满腔热忱地在训练孩子成材呢！

果然，华韦林刚支支吾吾地说黄老板对凡凡的画评价不是很准，沈宇的笑容就僵了。华韦林极尽婉转地说："孩子的确是父母的希望，但父母的希望……得因地制宜，对吧？"

沈宇挑眉问："你什么意思啊？"

顾晓薇帮腔道："魏明也跟老朱抱怨过，凡凡其实不爱画画，你这么折腾得不偿失啊。"沈宇脸上挂不住了："我儿子怎样不用你来告诉我，更不用拽着韦林来做帮手。"

顾晓薇有些着急："当局者迷旁观者清啊！你只是爱屋及乌想把曾经失去的从孩子身上找回来，这是不对的，凡凡没有绘画天赋呀！"

沈宇一听这个立马火了。"算了吧顾晓薇！你不就想恶心我吗？我越不堪就越能显出你来，对吧……"她又指着华韦林道，"她给你灌什么迷魂药了？让你巴巴儿地跟在边上起哄。"

顾晓薇气急："你心理阴不阴暗啊？"

沈宇反唇相讥："谁阴暗谁心里清楚！你一边挂着他，一边和老朱不清不楚，就这我在他面前抢镜你还不爽！我告诉你顾晓薇，我有家有口了，没你那么多贼心思，你想跟他怎样，我无所谓，你用不着心虚，也用不着视我为敌，变着法儿来挤对我，尤其别拿我儿子说事儿。"

沈宇眼圈通红地瞪视顾晓薇："儿子，对妈妈来说是不能挑的筋，你玩过火了。"说完她拂袖而去。

顾晓薇被沈宇的话真心刺激到了，索性不管不顾地要去做胸部整形手术，不管朱铁四怎么劝也拦不住，还拼命地为自己挑选低胸吊带的衣服，准备术后一件件穿给朱铁四看。

顾晓薇在试衣间偶然看到一个遗落在地上的硅胶胸垫，这让她突然惊醒，那个东西让她一阵一阵地直犯恶心。顾晓薇冲出商场，一路急行，只是落泪摇头，什么也不说。朱铁四急得什么似的，拼命地扯住了她。

顾晓薇这才哭着说："我以为缺陷可以补，我以为填个假的就能蒙混过关。我错了！知道吗？我连造假的勇气都没有，我根本过不去这坎儿！缺陷就是缺陷！呜呜……它就实打实地横在那儿，迈不过去，我迈不过去！呜呜……"

这缺陷不仅在她的身体上，还在她的心里！

她实话告诉朱铁四："你像一个恩公，我偿还不起！飘在云端里我能躲，可一旦落地我就得实实在在去想这些，如果最后这步距离没了，你却失望了，我怎么办？我都已经习惯了，老朱……我真的不敢啊！"说完她莫名其妙地向美术馆的方向奔去。

沈宇也被顾晓薇刺激了，她对凡凡的训练变本加厉，凡凡被折腾得大哭，结果家里爆发了一场大吵！沈家爸妈连声哄着凡凡，沈宇怪他们合起伙来阻挠她教育孩子。魏明真是气急了："教育是因人而异，不是生拉硬拽让他照着谁的模子长！"

沈宇立即追问："魏明你什么意思？"魏明怒道："你说我什么意思？华韦林嚯一个屁，我儿子遭俩月罪，你说我什么意思！"

沈宇一定要让魏明说个明白，而魏明觉得沈宇根本就是在无理取闹。

沈宇不依不饶："我在教育凡凡，你扯华韦林干什么？让凡凡学个绘画，你至于这么紧张吗？"魏明反问道："哎，我紧张什么？我有什么可紧张的？相反我倒觉得你在紧张，色厉内荏，透着个伪装被撕去的慌乱和心虚劲儿！"

"你说什么？"沈宇怒极，"哈！魏明你真是无理搅三分，我紧张是吧？没错我紧张得要死！我就怕儿子长大之后会像你一样在别的男人面前自卑！"

魏明忍无可忍道："沈宇！你别太过分！信不信我去找那个黄老板，让他当面说清楚凡凡到底有没有画画的天赋！"

魏明不由分说，拉着沈宇直奔美术馆，当面锣对面鼓地对质，黄老板才不得不承认：美术馆经营不下去了，为了巴结魏明的关系，拿下师大翻盖新教学楼的室内装潢生意，黄老板才夸凡凡在画画上天赋异禀……

这一真相让沈宇半天没说出话来。

华韦林也不知道说什么好，沈宇却明白过来是自己太高看他了，忘了他现在也在现实中摸爬滚打。

顾晓薇这时恰好赶到，看到沈宇两口子吵架又把华韦林搅了进去，便气不打一处来："你自己脑子不清醒别赖人家，你记性没那么差，当时忽悠你的是黄老板，华韦林可一句话都没说！"沈宇讷讷道："对，他只要不说话，我就信了。"

顾晓薇怒指沈宇："沈宇！你就生要祸害他，是吧？"她扭头对华韦林道，"明白了吧？华韦林，你不搅事儿，事儿搅你，你出现就是错！行！从现在起我就是你们美术馆的客户，我要你的画，我也有大楼而且不用在乎你是谁，我不要他们这种脆弱家庭！因为我也建不起来！"

此时刚追到大门外的朱铁四听到这话，脑中一片轰鸣……

周围的人群起反对反而使沈宇更加疯狂。

她给凡凡买了最好的美术用具，周末不顾刮风下雨，也要带孩子去野外写生，即使凡凡画的连他自己都不知道是什么！

她已经疯了！失去了理性！她不是妈妈，她只是主人，她把孩子当成自己的作品，她要按自己的期望去雕塑孩子，而她还坚信自己是为孩子好！

魏明和沈家爸妈表示反对，沈宇却早有准备，一句话就把他们所有的反对意见顶了回去："凡凡是我儿子，他有没有天分，用不着别人来鉴定，我有信心就行。哪怕众叛亲离，他也是我的宝贝、我的希望，独一无二！我说这些是要告诉你们两点：一，孩子的成长，更多是靠环境，所以教育问题上大家最好都正能量一点；二，我从来都是个追求优秀的人，如果环境里太多负面声音，我就会像孟母一样，毅然决然带他离开，所以你们别逼我。"

她已经疯了，和一个疯子用理性去交涉是不可能出现应有的结果的，大家只能暂时静观其变，再寻其他的解决方法。

崩溃的男人们

这个周末，去野外写生的娘俩淋雨了。凡凡一下高烧到近四十摄氏度，差一点发展成肺炎！这让沈宇在家中彻底成了众矢之的，在一家人忙乱地为凡凡就医的过程中，她在哪里都是多余的，都是被嫌弃的！她知道自己有错，可是她还想着自己是为了孩子好，根本没想着这是在害孩子！

沈宇要替凡凡换衣服却被魏明推开，沈宇不忿道："我是他妈，我还碰不得他啦？"魏明终于爆发了："你再碰他一个试试！凡凡在你手里都成什么样了？！一个四岁的孩子你不因势利导，非要掰着他长，早晚得把他掰残废咯！"

沈宇还在念叨别人家的孩子也这么训练，兴趣都是培养出来的。魏明气得都哆嗦了："沈宇你醒醒吧！他那一手的鬼画符你真觉得好看吗？你是有审美的，你比谁都知道凡凡没这天分，鬼都骗不了，你骗自己？别害人害己了行吗？揠苗助长屁用没有！他是我儿子，不是华韦林的，他没那遗传！"

一听这话沈宇顿觉五雷轰顶，愣了半天，才转着眼泪吐出声来："这就是你……的心里话对吧？挑唆我爸妈、昧着良心跟你一起来阻挠我的真正原因对吧？"

魏明吼着："谁看不出来啊，沈宇，这阵子你变本加厉地跟谁较劲呢？不是我们！是华韦林！他飞不起来你就拱着凡凡飞，拜托你别把自己的遗憾转嫁给孩子，让孩子也变成遗憾，好不好？"

沈宇瞪视魏明，浑身都哆嗦了。她猛地推开魏明，往卧室里闯去。

沈宇整个人都神经了，大半夜就要抱着高烧的孩子离家出走。"凡凡你跟妈妈走，妈妈爱你，妈妈就要把你带出个样儿来。"大人的吵闹惊醒了病中的孩子，沈宇抱着孩子要离开这些嫌弃她的人，怀里的凡凡哭着叫："我要爸爸，我不要妈妈！"

直到被最珍爱的儿子嫌弃了，沈宇才意识到自己已经狼狈得没有退路！她无力地放开了凡凡，放声大哭！

不是没有人心疼她，而是她的错，实在让人心疼不起来！遭罪的孩子，又有谁心疼？

她从来就没有想过，如果那天凡凡真就得了肺炎，真就死了，她还要那成名的虚梦吗？

叶霞希望徐杰能想办法劝劝沈宇，这疯狂的毁孩子的教育法她实在是看不下去。结果徐杰却漠然道："在孩子的教育上，一家一个模式，外人插不进嘴的。况且根源就不在孩子的教育上！我告诉你，两口子要吃了上顿没下顿，就绝做不出这些事儿来！明白吗？当婚姻不再为生计担忧、为生存打拼，爱就失去了物质基础的捆绑，导致浓度越来越淡，最终因为习惯而视而不见！于是所谓的情感世界闲得慌了，就开始把曾经遗憾的、失去的，不管好坏统统进行故事化演绎，放在潜意识里闷骚，转脸再看今朝，就觉得爱无处寄放了，结果逮着一个能表达出爱的载体就让自己放任自流，好不享受！这是灵魂深处的问题，谁帮得上忙？"

顾晓薇神经了，沈宇疯了，这两个女人折腾得两个男人也快崩溃了。

女人心不安，无处安放，到底是为了什么？真的是男人的问题吗？女人心里应该有处寄所，有事儿没事儿地纵容一下自己。可魏明把沈宇的小心思翻出来了，非要把它刨出来，还刨得那么面目全非，沈宇翻脸便也在意料之中了。顾晓薇也被刨开了，她整个人又回到年少轻狂，什么事都浑不懔的状态里去了。

公司贷款的事儿被卡住了，老徐他们又想故伎重演，借顾晓薇的眼泪攻势搞定银行。结果没成想，顾晓薇却差点和银行的主任上演了一出全武行，银行方面被泼妇一样的顾晓薇整得没了招儿，后期的合作顺利了许多。

顾晓薇对自己的办法很是得意："这事说明男人所谓的博弈，大多是把问题人为复杂化，浪费时间。"朱铁四趁机旁敲侧击："那咱们也去繁就简，废话少说，马上结婚。"

顾晓薇不接他的话："我只是想告诉你，在很多方面我都是对的。"朱铁四又把话题兜回来："明儿一早就去领证，好不好？"

顾晓薇依然不理这茬儿："用心看看华韦林的作品，我真觉着可以提升公司档次，我的感觉没错过，你相信我。"

朱铁四叹了口气："我们讨论下自己的事儿，有那么难吗？"

华韦林不想让沈宇和顾晓薇再为自己的事纠缠不清，但是顾晓薇明确地告诉他："树欲静而风不止，桥塌了赖车那是隐瞒质量问题，你用不着自己往套里钻。"

华韦林决定离开美术馆，却被顾晓薇一把拽住："都一样的！女人……其实都一样，之前为得失不安，无须不安了，又觉着有太多东西无处寄放，因为藏着遗憾，所以心里乱得找不着北！彼此给个机会吧，韦林，你飞不起来，我们就落不了地……"

顾晓薇承诺，不管公司的楼有多大，需要多少张画，她允许华韦林按自己的想法来画，多久交都可以，只要他不走。

顾晓薇的态度飘忽不定，顾妈妈很着急，朱铁四也着急。他在和顾妈妈通电话时无意中提到顾晓薇还在和华韦林联系，顾妈妈立即认为这一切都是华韦林造成的，她直扑省城，抓到华韦林就是一通暴揍。

顾晓薇好不容易把他们拉开，经过一番盘问，气头上的顾妈妈不小心说漏了嘴："晓薇几年不见，还是忘不掉你，所以才会害怕婚姻！碰到就得沾上吗？你就应该很干脆地警告她不要再有任何往来！她走的时候我跟你说啥了？我说啥了？你的感情是被她绑架的！你还往上黏糊呐？"

这话让顾晓薇一下子惊呆了，看着尴尬的妈妈，试图解释的华韦林，还有不知所措的朱铁四，她吃惊道："其实你们都知道是不是？你们是不是合起伙来在骗我？"朱铁四慌忙解释道："怎么个情况嘛……这是……"

"够了！"顾晓薇恼怒道，"我还以为……我一直以为是我在作，蜜缸子里泡着还矫情,谁想身边就这么脏!"朱铁四慌乱起身:"别往歪了想嘛,晓薇……"

顾晓薇却盯着华韦林打断道:"华韦林你明白了吧?是非,就在人自己身上,有你没你都一样,你躲,除了浪费自己屁用没有,你成就不了别人!"华韦林重重地叹了口气,转开了脸……

顾晓薇被气跑了,沈宇也被气跑了。两个失意的女人却凑到了一起。把所有的观众都抛开,两个人比谁都明白。

顾晓薇很明白:"没我妈那出,我们也走不到一起,否则我当年也不会逃来投奔老朱……就想知道他等我,不是为了回头,只是愿意被思念,好在我妈一直撒谎,让我人生轨迹还算换得利索。想想也奇怪,我对华韦林会索取,可对老朱却总免不了想要等价交换,或许觉得那不是我的真爱,就害怕对他不公平。"

"所以老朱越好你越紧张,对吗?"沈宇也清楚,"一样的,感情早已了断,印记却想抹都抹不掉,一不经意就泛滥了,结果儿子带得心力交瘁,还人憎鬼嫌弃。其实我也在反省,我的确像为了某些遗憾,在强行培养孩子,魏明主观上小肚鸡肠,但客观上应该是对的,这样不好,对孩子,包括夫妻之间,这样都不好,应该听他的。"

顾晓薇揶揄沈宇道:"魏明要知道你在自我批评,得感动成啥样啊?"

两个人笑作一团。

半晌,顾晓薇又讷讷地说道:"那天我……跟华韦林说他飞不起来,我们就落不了地。"

沈宇愣了愣,叹了口气:"这话不算自欺欺人……对的,那是属于我们而且没人可以替代的寄托,不能完美终结,就关不上门!过来人的世界总那么不尴不尬,旧梦找不回,就得跟现在妥协,未来更有越来越多的责任要妥协,呵呵……所以说辛苦嘛,那些悸动的、激荡的、无以言说的回忆,因为妥协,需要压缩得越来越小,真的很辛苦。"

这些话恰巧被来找沈宇的魏明听到,他不禁心中一动,悄悄地转身离开。

魏明难得来一趟酒吧,难得喝醉。看到师大的学生戴晓彤在这里打工,他不禁尽情抒发胸中积郁："其实当家长的那么苛求孩子干吗，能像你这样自食其力、阳光生活，不就挺好吗？"没想到，戴晓彤对于为了自尊而净身出户的母亲一堆抱怨，因为这些造成她有许多想做的事做不了，还要打许多工，辛苦至极。

魏明借着酒劲高谈阔论起来："我告诉你，为人子女，唯一无法选择的就是父母，只能受着！父母，嗯？父母之间的问题必然会辐射到儿女身上，谁也躲不掉！我告诉你，别要求父母必须完美！父母也是男人女人，那点破事谁也不比谁少，都会不平衡，要觉着在为责任委屈自己那就更不平衡！"

顾晓薇和沈宇一番交心之后，依然意犹未尽。俩疯女人一起来到酒吧继续释放自己，却没成想在这里碰到了已经烂醉如泥的魏明。看来今晚的余兴节目是没有了，沈宇决定还是得先把他弄回家去。

就在要扶起魏明的时候，人事不省的魏明忽然酒后吐真言："记住我的话，记住咯！别奢望母爱是纯粹的，你可以去问沈老师，回头你问问沈老师，母爱里头有没有见不得光的东西！"沈宇听到这句顿时愣了，顾晓薇看到沈宇这样，突然意识到什么，心里也冰凉冰凉的。

魏明酒醒后第一件事，就是告诉沈宇他同意让凡凡继续学画，并且他还要请华韦林来教凡凡画画。毕竟华韦林是专业的，总比沈宇那种摧残式的教要有效。

两个人难得一次意见达成了一致。

夫妻应该什么样儿

正在这时，朱铁四忽然愁眉苦脸地来登门拜访沈宇，他拿顾晓薇实在没有办法了。

"我跟他母亲作了解释，问题，仅仅是我们之间的问题，不为他人意志所转移；我也跟华韦林做了沟通，我说我跟晓薇，都希望他成功，机会绝非我们赐予而是因缘具足，他也表示会用平常心去迎接机遇，不再因为芥蒂过去而退避。这不挺好的吗？是不是？没想晓薇她一大早就跟我严正宣告，说我们如果不能止步于朋友关系，那就干脆相忘于江湖，这又在哪儿受刺激了这是？我害怕呀！沈宇，我等了她那么多年，再等下去就真的老啦！"

魏明和沈宇见朱铁四如此一往情深，都答应帮他劝一下顾晓薇。

然而魏明顺嘴说了一句却坏了大事："女人都是这德行，欺负老实的，撩拨外头的，不松松筋骨收不了心。"一句话惹毛了沈宇，立即抠着字眼和魏明吵了起来，结果请华韦林来教凡凡的事也被定性为违心卖乖。

魏明急了："你别猪八戒倒打一耙我告诉你！跟你妥协那是我懒得计较，谁的路数谁清楚！你敢说结婚这么些年你心里装的是我不是华韦林？！"

朱铁四惊诧魏明居然当着他这个外人说出这种话来："魏明！"

沈宇立刻像泼妇一样吼起来："魏明你撕破脸了是吧？我给你生儿子，给你操持家里，你说这种话？你有良心没有！"

朱铁四又连忙来劝沈宇："沈宇！"

魏明也不甘示弱："少来这套你！我儿子你往华韦林的劲儿上靠，你拿谁圆梦啊你！什么叫悲催？不是梦圆不了而是醒不过来，到老都没明白的时候！"

"你浑蛋你！"沈宇大怒，"泼自己老婆脏水你过瘾啊？那我告诉你魏明！就是华韦林！都是因为华韦林，因为我们都在为过去遗憾！"

沈宇扭脸对朱铁四说："对！我们！我和顾晓薇！我和顾晓薇都这样都是这副德行！怎么着吧？你们爱受不受！"

看着顾晓薇这副油盐不进的样子，黄老板和华韦林也在想着法子往回掰她，正劝着呢，朱铁四喝得大醉冲进来，拉着顾晓薇就要往外走，那是要树威立规矩的架势。结果顾晓薇怎么可能吃这套，夺下酒瓶自己狂灌几口，恶狠狠道："我现在把话撂这儿，谁逼我，我就让谁后悔！"她发狂地驾车冲了出去，结果因为酒驾被拘留了十五天。

黄老板难得明白地告诫华韦林："到这份儿上了你也没走，说明你醒悟了，命苦不能赖政府，能浮在台面儿上的事儿，都不是感情冲突的本质。"

十五天后，顾晓薇放出来了。在拘留所门口，顾晓薇对朱铁四说："拘留十五天，我想了十五天，结果我确定了，我确定我一直害怕的就是这个。我害怕认定了另一种感情之后，心底里那些东西却仍旧无处寄放，仍旧患得患失，最终惹你烦了，你就也变了，就像魏明对沈宇那样，起初万千宠爱，最终小肚鸡肠。"

朱铁四突然觉得，这十五天，顾晓薇一下子又离自己十万八千里了！

顾晓薇没想到华韦林居然没走，华韦林真的要完成她定制的画。顾晓薇感叹道："拿起画笔，理想就一步之遥，有什么理由放弃？"

华韦林回她："接受彼此，幸福就一步之遥，有什么理由放弃？"顾晓薇不由得愣了愣，一时无语。

华韦林继续说道："我还记得那年顾阿姨跟我说的那些话，一个人没有方向，就说明他连自己都不爱，一个连自己都不爱的人，又怎么可能真正地去爱别人？她错了，一个人找不到方向，是因为太溺爱自己，溺爱自己的人，太敏感、太在乎、害怕受伤、触碰不得，总想一笔画个完美，拒绝去修改；一叶障目埋头在自己的心情里，不愿体会身边人的感受。"

顾晓薇不解地问:"为什么你数落我都没事儿,老朱撒个酒疯我就……就受不了……"华韦林说:"因为你爱他。"顾晓薇反问:"还是不够爱?"

华韦林轻声道:"肆无忌惮是因为习惯,忘掉了在意。"

"你不用撇开自己。"顾晓薇似乎有些不安。

华韦林平静道:"跟我没关系。"

顾晓薇语塞了片刻,轻轻吁了口气:"呵,你知不知道我跟沈宇……"华韦林打断她道:"知道。我飞不起来,你们就落不了地。"

"所以这回你没走?"

"我没走,是因为我知道这仅仅是一个愿望而已,所以我不相信,你和老朱、沈宇和魏明,你们多年的感情会是看上去的那么脆弱。"

沈宇不得不承认魏明的决定是正确的,凡凡在经过华韦林的指导之后,绘画的水平有了极大的进步,在幼儿园的儿童绘画比赛中,魏博凡小朋友的作品《红豆芋头范冰冰》荣获了最佳创意奖。这是一幅彩笔儿童画,内容是范冰冰飞舞在一片五彩斑斓的色彩中。可见凡凡真心喜欢的东西,完全可以用画笔表达出来,前提是,在不被老妈的变态训练逼迫的情况下。

看到这样的结果,沈宇真是欣慰,家里关于孩子教育的事情,终于达成一致,实现了目标。

然而,魏明又出事了,而且出了大事。

戴晓彤向校方举证魏明长期包养她,还利用职务之便为她办了全额奖学金、助学金,还给她租了房子。这事儿捅到了方校长那,加上几位怪话主任添油加醋,魏明的院长位子岌岌可危。

在校方的调查会上,魏明双目圆瞪,牙关紧咬,对此矢口否认。然而这种事不是否认了就能消停的,反而会因此愈演愈烈。

方校长决定暂时让他避一下风头,以他出现严重的抑郁症倾向为由,需要离职一段时间进行调养。在他离职期间,文艺学院所有需要一把手负责的工作由副院长聂伟民代理。

魏明被暂时免职，垂头丧气地回了家。沈家爸妈也无法确定此事是真是假，毕竟他和沈宇结婚之后，沈宇就一出又一出地作，魏明是又哄又忍，但是谁能保证在这之后，魏明就没有点别的想法？女大学生和三十好几的孩儿他妈相比，年富力强的学院院长抵不住诱惑完全有可能。

对于沈家爸妈的盘问，魏明无奈不语。

沈宇却替魏明抱不平说："你们别火上浇油了，我老公那点儿出息，吃个醋撒个酒疯，他敢，写个情诗泛滥下春光，他也敢；但真要实打实地来，当场就得吓尿……行了行了，该接孩子的接孩子，该做饭的做饭，别逮个八卦就两眼放光。"

但是一关起门来只有两个人，沈宇的笑容全失，冷漠地对魏明说："你的院长之位那么容易就让出去，不窝囊吗？"

魏明虽然委屈，但是现在他无法反证自己清白，只能暂时忍耐，还劝沈宇不要在满城风雨的时候冒头。

沈宇沉着脸道："魏明我跟你说实话吧！你到底清不清白，我，不、知、道！我只知道现在有人欺负我丈夫，欺负我丈夫就是欺负我，敌人宣战了，我就必须选择相信你！因为咱得应战！懂吗？"

魏明瞠目结舌，一句话都接不上来……

夫妻之间的信任，也不过如此。

沈宇不能相信魏明，因为她自己也明白，即使几年夫妻下来，魏明的心思她不敢保证全清楚，就如同她从来不把自己全部的心思告诉魏明一样。既然都互相隐瞒，又何来无条件的信任？如果没有无条件的信任，又没有建立起固定的关系，那相互之间的争斗就更断不了！

比如顾晓薇和朱铁四，本来是好好的合作关系，顾晓薇在公司的运营中也真正起到了促进作用，即使她的法子糙了些，但是销售业绩让谁也说不出别的来。但是现在不一样了，自从上次朱铁四借酒耍威，再和顾晓薇打照面，不管是在家里还是在公司，不管是说他们两个人的私事还是公司经营的正事，全都能说着说着就吵起来！

由于房地产业受到大气候的影响，许多的地产公司都在进军其他经济领域。朱铁四也有心把公司的重心从环保型地产开发彻底转移到环保领域中来，但是顾晓薇第一个不同意。

她认为公司运营了这么久不易，如果此时退出熟悉的行业，那等于是便宜了其他同行，别人购地挣现钱，他们倒花钱搞科研了，况且还不能预测这笔投资下去会有什么样的回报收益。

朱铁四让顾晓薇把眼光放远，顾晓薇却拿 2008 年自己鼓动他下大力气竞争地王的经历说事，怪他越来越没胆，真是老了！

朱铁四顿时怒了："我是老了！谁耗的呀？"顾晓薇也急了眼："所以我说什么你都不听是吧？"

刘总慌忙劝道："朱总、顾总……公司会议，不要夹带个人情绪，啊？"老徐也在一边息事宁人，可朱铁四正在气头上，摔门而去！老徐和刘总忙追过去，朱铁四怒气未消，直说顾晓薇现在是胡搅蛮缠，有事没事就上纲上线。刘总却看着朱铁四眯起了眼睛："老朱，我怎么觉着，你俩现在倒更像夫妻了呢？"

朱铁四怒道："别哪壶不开提哪壶！"

刘总已经不慌不忙地分析道："老徐你也说说？是不是夫妻关系才这德行呢，在外头，多厚德载物一男人，啊，多风情万种一女人，在一块儿就你挑我不是、我说你不对，拌嘴抬杠撂狠话，然后还怎么打都分不开。"

朱铁四不服气道："我们不分开了吗？"

刘总鄙视道："少来！以往你们相互耍浑蛋，如今你们成了真浑蛋，是吧老徐？想打架就打架，不避老幼、不分场合，算浑蛋吧？"老徐重重点头："浑蛋到了极点。"

刘总一摊手："浑蛋到了极点的俩人还一块儿混呢，这叫分开吗？情人分手那可都是老死不相往来啊！老朱，那个华……韦林是吧？论帅，够帅；论情史，缠绵激荡；论才情，立刻蹿红！如此强敌在侧，晓薇不也每晚回她自己公寓吗？孤枕一夜，第二天打了鸡血似的来公司跟你闹别扭，什么关系才能拥有这么死皮赖脸的情操？嗯？夫妻关系啊！"

朱铁四被他这一套一套的大道理说含糊了："是……是不是啊？"

刘总和老徐同时夸张并且认真地冲他点点头。朱铁四琢磨了片刻，对二人挥手："出去出去出去，我要打个电话……"

夫妻吵架

电话一通，朱铁四还没张嘴呢，顾晓薇就甩他一句："有事回头再说，我约了人要去兜风呢！"啪，电话就断了！朱铁四气得想骂娘，刚才的一腔柔情顿时抛到爪哇国去了。

华韦林要开个人画展，特意来给顾晓薇送请柬，顾晓薇怎么还会有心思搭理朱铁四？

华韦林骑了一辆趴赛式摩托，这可是顾晓薇期望的配置，可惜她无福消受，一下车就吐了个天昏地暗。华韦林看她痛苦的样子，迟疑了下说："回家吧……都不是瞎玩儿的年纪了，何必硬撑？"

顾晓薇瞥了他一眼，转开脸，悻然无语……

沈宇不可能像魏明那样受着委屈还啥话不说，她要主动出击。首先，她先给对家里不安心的老人吃了定心丸："这事有什么要搞清楚的？捏了人短儿，以后就能高上一头、气粗一些，不就这个吗？拜托！把女婿当个亲人行吗？别在这种时候给闺女拔地位，啊，外人打，家里也跟着打，还嫌不够乱啊？"

随后沈宇去找方校长，坚持要求看检举材料，她觉得一定能从里面看出漏洞来。但是方校长就是不给她："魏明他自己都不吭声儿！是他自信了还是没底气，要你一个做妻子的替他出这个头？"沈宇不由噎住。方校长劝着她，"沈宇，说句不得体的话，男人遭的事儿女人别掺和，越掺和越乱。"沈宇抬脸盯着方校长一字一顿道:"魏明,挺不是东西的……可怎么办?但他是我老公。"

沈宇转身又去找了四下散布谣言的三位主任,想看看能不能从他们嘴里套出谁是幕后主谋,不料反被他们一通抢白。马主任跷着二郎腿,呷着茶道:"沈老师,你就别强撑了!我就不明白啊,包养情妇那是个光荣事儿吗?魏明都缩了,你还出来招摇啥呀?就怕事情不够大是吧?"黄主任阴阳怪气道:"你现在最该找的,是妇联!"周主任"扑哧"笑出了声,于是黄主任、马老师都肆无忌惮地哄堂大笑。

沈宇被晾在当场,面色铁青……

沈宇最后又来找戴晓彤,希望晓之以理动之以情,可以让她出面证明魏明的清白,可是戴晓彤一推二六五,还说自己也是被校方先找了谈话才说出"实情"的。

沈宇有些气急败坏,尖酸道:"他们给了你多少钱能让你不顾羞耻把自己的尊严交出去卖……"话没说完,戴晓彤一杯饮料全泼到了沈宇脸上!

沈宇斗了一圈,以全败的战绩告终。但是她还不能挂到脸上,面对孩子的时候还得笑脸相迎。沈宇回来的时候,正巧华韦林刚刚结束今天的辅导,凡凡绘画上的进步确实给她许多安慰,沈宇向华韦林表示衷心的感谢。

沈宇提到凡凡的画,说魏明就是个纠结的人,听到一点不同的声音就犯嘀咕,生怕凡凡的画是华韦林代笔的,这句玩笑话可把华韦林逗乐了。

正好魏明回来,看到华韦林和沈宇在门口说话,心不在焉地打了个招呼。华韦林以为他还在为凡凡的画纠结,忙解释道:"有些人啊,长嘴就为了说是非,凡凡他……"

魏明不悦地打断他:"谢谢啊,操心凡凡还操心我。"

华韦林觉察出话中语气不对,魏明又抱拳作揖不咸不淡地说着他施教有方的话,但是希望他的事儿华韦林就不要过问了,人际关系的事,华韦林不在行。

华韦林还想解释,魏明抢话道:"难受不能憋心里,我理解,找人倾诉我不拦着,但拜托你分分远近!"说完,魏明就虎着脸走掉了。

华韦林怔怔地目送魏明进了里屋,不解地问道:"你们又怎么了?"沈宇脸色僵硬地憋了会儿,摇摇头:"出事儿的不是我和你,他羞愤难当……"

听说了魏明的事，顾晓薇立刻活学活用，拿这件事作为典型案例放到了公司要不要转型的讨论大会上。

顾晓薇愤然地慷慨陈词："一个女人为了大义，是非不分脸都不要了，而男人还揣着些鸡毛蒜皮的事过不去！女人做什么都是为了男人，男人呢？你们男人从来都不体会女人的付出！"朱铁四无奈地提醒："不是……咱讨论公司转型呢，你讲什么故事啊？"

顾晓薇瞪眼道："意见已经很明确了，我不同意！讲这个故事，是为了告诫某些人不要因为被反对就故意歪曲我的用心，给我上纲上线！"说着说着她就委屈了，说着为公司着想为他着想，生怕公司血本无归，都是见过她赔到精光的人！一想到这个，泪也抹起来了，哭诉着当初是她无怨无悔地陪在浇花养鱼的朱铁四身边。

看到这情景，刘总乐不可支，悄悄凑到老徐耳边："你瞅，婆家人面前就诉委屈，像夫妻吧？"

表面上朱铁四和顾晓薇总是闹得不可开交，好像不吵架就不会说话一样，可是转过脸，人家又亲亲热热了。

华韦林举办画展第一天，顾晓薇和朱铁四就来捧场了。看到画展的热闹，他们都替华韦林感到高兴，毕竟是他们让世界发现了他的才华，更没想到他的画居然能登上美国刊物，如此看来功成名就指日可待。

为了给华韦林庆功，顾晓薇还极力邀请他到家里吃饭，朱铁四也在一旁帮腔。华韦林盛情难却，答应稍晚一会就去登门拜访。

顾晓薇和朱铁四以准备招待贵宾为由，先回了家。朱铁四刚脱了外套，顾晓薇就凑过来挑逗他。"趁华韦林还没来，要不要咱们俩先……"说着她还朝朱铁四飞了个媚眼。

朱铁四莫名紧张："不先做饭？"顾晓薇往里屋推他："一会儿叫外卖！"

朱铁四心里还有点不安："万一他来早了……"顾晓薇一把将他推进里屋，故作媚态道："你现在敢甩脸子敢骂人，真不要我了是吧？"顾晓薇"呼"地脱掉贴身的小薄开衫，朱铁四顿时觉得口干舌燥。

顾晓薇媚笑着:"今天我是策划好的,信吗?我保证这屋里处处有惊喜。"朱铁四有些紧张地看周围,床上铺着丝缎床面,右侧床头柜上放着熏香台,上方墙上还挂着个仿古油灯,窗前桌上,一瓶红酒,窗帘拉得严严实实。

朱铁四疑惑地回过头,顾晓薇正冲着他微笑。朱铁四莫名地有点害怕。顾晓薇这是又在想哪一出啊?

此时电话响起。顾晓薇无奈地接了起来,不料是华韦林推托有事不来了!顾晓薇顿时火了,什么情绪也没有了,恼火地在客厅里转着圈:"什么玩意儿嘛他,安排的挺好最后放你鸽子!"

朱铁四劝解着:"不来就不来了嘛,就咱俩也……"顾晓薇打断道:"策划得挺好的,临了就来这一出,你说我心里堵不堵?"

朱铁四继续劝道:"既然挺好的就不要受他影响嘛。"顾晓薇大声道:"他对我们很重要!"朱铁四不由得皱眉:"我们现在啥路子呀,他很重要?"

顾晓薇把自己的安排竹筒倒豆子一般和盘托出:"我本来想在浪漫的烛光下拉着华韦林的手对你说,他起飞了,而我落地了,他单身依旧,我还死乞白赖地黏在你身边,所以你听我的尽管放心,我顾晓薇从来都是对的。"

朱铁四有些撮火:"有什么必要吗?你我之间需要用华韦林来证明什么吗?"

"不是证明……"顾晓薇突然意识到自己刚才那段话非常容易让朱铁四误解,她混乱地解释道,"我、我想有个重要的人来见证……"朱铁四沉声打算:"晓薇,你要总觉得我对你们还有疑虑,那你就太多心了!"

顾晓薇一愣:"你说什么?"朱铁四盯着她道:"你是你、我是我,你需要肯定,但我只是一如既往,我没你那么脆弱。"

顾晓薇顿时眼圈红了:"你知道……你知道我想他见证什么吗?"她突然咆哮起来,跺着脚喊,"我想跟你求婚啊!我要找一个重要的人来见证这最重要的一刻!"

一听这话,朱铁四顿时就傻掉了。

顾晓薇简直气炸了,扣好衣扣就往外赶人:"我算是见着真嘴脸了!处处看我不顺眼,事事跟我作对,就掖着那点小人之心过不去呢!你放手!你跟魏明都一丘之貉，区别就是你比他能装！"

她扣扣，朱铁四就解扣，她骂他，他就认错，只要她不走，怎么都行。他慌乱地向顾晓薇表忠心道："我跟你保证，我我、我也有浪漫一面，你信不信？我能弥补、能弥补……"

华韦林确实有事，他约了沈宇。

那天沈宇欲言又止，还有魏明话语里透着莫名的怪异，最重要的是，他今天开画展，沈宇竟然没有到场。如果不是出了什么事，她绝不会这样的。他找到沈宇询问是否出了什么事情，可偏偏沈宇不知道怎么和他说好，不由得呛了他一句："又不关你的事！"

华韦林被噎住，半天才说："如果你……真觉着跟我说不合适，那就算了。"

沈宇沉默了没多久，眼圈便红了起来……

沈宇其实已经没主意了，特想找个人给个主心骨。但是魏明一直坚持敌不动我不动的原则，家里的人指望不上一个，外面的人更不用说。想来想去，也只有华韦林了。

她把事情的原委告诉华韦林："事情就是这样，魏明证明不了自己清白，我其实也做不到真的相信他，我只是觉得，如果他就是被陷害，如果我再敌视他，他就太可怜了。"

华韦林看着沈宇，点点头："你真的是……比以前成熟太多了。"沈宇自嘲道："呵呵，有你这前车之鉴嘛。婚姻里，与桃色事件做斗争好像是必然的内容。"

她埋怨事情已经这样了魏明却毫无作为，自己一个人上蹿下跳，最终却四处碰壁。"除了自取其辱啥收获都没有，到现在，劲儿都不知道往哪使了，一筹莫展……"沈宇懊恼道。

事后，华韦林主动找到顾晓薇道歉，让她把自己的事情处理好："你们是经历了时间考验的，用不着再拿我去证明什么。"

顾晓薇从原来当朱铁四是恩公到现在天天和他吵闹，心里早已经是安稳的，可是就是扭不过这个劲。现在连华韦林都这样说了，她更是无语，偏又对华韦林说不出个不是来。

"你飞起来了，我落地了，原来你一出现飞沙走石，可到现在一刹那顿悟了，其实，你早就不在我世界里了。"话说得潇洒，回家却是号啕痛哭，朱铁四被哭得连原则也没有了，企业转型的议案就在这哭声里，被否决了。

真相大白

华韦林要做一件重要的事，真的顾不上顾晓薇。

华韦林去找了戴晓彤，他开门见山，要以给原来两倍的价格让她证明魏明的清白，而且真相如何无所谓。他也把利害摆得清楚："我希望你，听我这中间人一句劝，不管你得到什么，戴着顶情妇的帽子都会很难受，唾沫无止境，淹死魏院长之后，就得轮到你。"

戴晓彤跟华韦林对视了片刻，移开了目光，显得有些胆怯了。

事后不久，戴晓彤就悄悄去见了副院长聂伟民，他当然就是那个所谓的举报人。

聂伟民想当院长，让戴晓彤诬陷魏明，实际上那些事都是他做的，而现在戴晓彤想反悔，他又是吓又是逼，还给她支招，让她约了沈宇来谈价，录下音来坐实魏明的罪证。

没想到，这招华韦林先用了！华韦林让戴晓彤悄悄地录下了他们的对话……

事情的来龙去脉大白于天下，魏明终于被恢复了名誉，而聂伟民却被通报批评处分，沈宇高兴得什么似的。不料，校方的处理意见里还有一条：开除戴晓彤。

沈宇对此据理力争："制订处理方案的过程中，该被处理的人，居然参与处理方案的制订，把所有的污水都泼到一个女孩子身上，笑话了吧？我告诉你，方校长，这事儿要不了了之我都没意见，但现在这种处理方式，我不接受！既然要开除戴晓彤，那好，校方对聂伟民也得有动作。现在领导层回避问题核心，只拿弱势人物开刀，我第一个不同意！所以这件事没完！"

顾晓薇思前想后，却不得不承认，不管怎么打，她和朱铁四就是打不散。她特意和爸爸保证，以后不再和朱铁四闹，要贤良淑德！

顾劲松感慨地叹了口气："还记得我曾经对小朱的评价吗？华韦林可以点燃你，但不可能像他那样，让你润物细无声地享受温暖，散发温暖……我想时间，已经给了你证明，对吗？"

朱铁四听从顾晓薇的建议，放弃了企业转型，再次拍下一个地块，按现有规划，楼面价为每平方米九千一百元，但是很快他们得到了一个噩耗：由于二三线城市房价依然坚挺，省政府应国务院要求，将出台更为严厉的调控政策。就目前了解到的情况来看，楼面价超过每平方米七千元的项目都将面临着严厉制裁的命运。

所有人闻讯都震惊不已！

顾晓薇想也不想，直接抓住华韦林，要求他带她逃走。她跳着脚叫："三个亿啊！粗粗估算就三个亿！我让老朱赔大发了，不跑我等死啊！"

华韦林安慰道："老朱不会这样的。"顾晓薇叫得更欢了："那我就更生不如死啦！到这份儿上他还一如既往，那我要做牛做马几辈子才能还清这个情分？钱债伤情，情债致残啊！"

她拼命要求华韦林凑合和她一起过了，收拾细软跑了再说。

顾晓薇拽着华韦林刚跑进楼门，便猛看见朱铁四、刘总、老徐脸色阴沉地站在大堂里，顿时就傻了。

朱铁四对顾晓薇低声喝道："做赔了公司的钱，就想溜之大吉？"

顾晓薇不服，当初老徐和刘总也反对公司转型，凭啥最后就赖她一个？就算是她对老朱采取了强制措施，也没让他们立即拍地啊？朱铁四一声咆哮："精算数字比估计的还多六千万！罪魁祸首你还敢扯嗓子叫唤！"

顾晓薇顿时缩了脑袋，怯怯地不敢作声了。

朱铁四质问："采用非理性的、情感绑架式的手段干扰决策，过错够不够大？！最可恨的是犯了过错不思悔改，还要绑架华韦林跟你私奔，性质够不够严重？！"

顾晓薇弱弱道："那、那你说怎么办嘛……"

刘总摇摇头:"就算我们能放过你,董事会也放不过你,等死吧。"顾晓薇惊悚地看向朱铁四:"老朱!"

朱铁四正色道:"谁,都必须为自己的行为买单。"顾晓薇当即哭了起来!这么多钱,把她卖了也不够啊!

经过最后核算,如果坚持推出绿色住宅的项目,三亿六千万准赔,董事局的决定是让朱铁四负全责。顾晓薇一听就炸了,冲着刘总和老徐又骂又打,朱铁四闻声过来,强行把她拉走。

朱铁四拉她到外面说:"你动脑子想想,我是总裁,我不认栽谁能把黑锅扣死咯?这是一个策略,懂吗?"顾晓薇一脸不服:"你倒替他们说上话了。"

朱铁四说:"都几十年的朋友,谁会为个三亿六千万翻脸?这么说吧,我不担责,我们四个就得一起担责,但要是我一个人背黑锅,即便我被撤了,总裁这个位置也还是自己人坐,不是老徐就是刘总,这样的结局就是我们四个还能在一起。"顾晓薇皱着眉,还是一副没找着北的模样。

朱铁四再解释一句:"不是原则上的问题,就无所谓是非,重要的是结果,懂吗?"顾晓薇讷讷道:"我不懂……"

朱铁四认真地说:"到了我们这个年纪,做事最关键的是要自己舒心。什么最舒心?朋友在一起,无所谓谁高谁低,能长久地默契共事,才最舒心,还不懂吗?"

顾晓薇不敢相信地望着他:"高尚到这份儿上,不正常吧?"朱铁四耸耸肩:"所以对不起,以前你仰视我,未来的日子里,你还得仰视我。"

顾晓薇木讷地看着朱铁四,啥主意也没有了。朱铁四要求她立即退掉公寓,并当场丢出一个大号钻戒,命令她戴上!顾晓薇觉得自己搞出这么大事故,没有被朱铁四大卸八块反而得了一个戒指,完全猜不透他这是要干什么。

她怔怔地问:"你还敢要我呀?"朱铁四瞪着眼一拍桌子:"我被你耗到现在,我不要你要谁啊?给我戴上!"

吓得顾晓薇急忙抓起了首饰盒,取出戒指却没戴,转了转眼珠子,起身贴到朱铁四边上,撒娇道:"你给我戴!"朱铁四刚要开口,顾晓薇用求饶的口气央求道,"你别凶了!人家都是老公给戴的嘛。"朱铁四笑了,起身凑近顾晓薇,轻轻给她戴上戒指。

这时房间里一下洒下无数彩片,刘总、老徐、华韦林欢呼着拥进来:"哦——"

顾晓薇被吓了一跳,反应过来之后连连用粉拳捶向朱铁四:"是你和他们串通好的吧?"朱铁四露出了老狐狸般的笑容:"那天韦林跟我说了一句至理名言,对待习惯性犯浑的女人,就得动粗。"

她又冲华韦林跺脚:"你也跟他们狼狈为奸。"华韦林笑着对顾晓薇认真道:"我改主意了,让我见证你们求婚,是件光荣事儿。"

顾晓薇咬着嘴唇看着大家,泪光晶莹……

不久,朱铁四被免去公司总裁职务,由刘总接任。顾晓薇照顾朱铁四的情绪,和他疯了几天,把二十世纪七十年代的老摇滚翻出来唱了一遍又一遍。不过,不管怎么样,顾晓薇是真的落地了!

钱真是个折磨人的东西,天不怕地不怕的顾晓薇栽在钱上,戴晓彤也为钱背了黑锅。事情走到这一步,她没想到,但是她认为一切已成定局。

让她意想不到的是,沈宇反而在这个时候向她伸出了援手,戴晓彤当然不相信沈宇会有这么好心,认定事情已经尘埃落定,自己滚蛋就好,像沈宇这种居高临下的施舍,不过是得了便宜卖乖。

沈宇叹息道:"我是心疼魏老师,百无一用个文人,偏把自己当教育家,使命感泛滥遭了灾,还是老婆的前夫解的扣儿,迂腐的心,吃瘪的命!"

戴晓彤皱眉道:"您就这么评价自己丈夫吗?"

沈宇揶揄她道:"他不是吗?我估计在他的美梦里,你会以优异的成绩毕业,努力工作,为自己、为妈妈努力改变生活现状,可你的速度比他想得要快,底线一抛就数钱……"

这话真的刺痛了戴晓彤,沈宇见她已经有所触动,立刻趁热打铁,提醒她不要拒绝阳光,不要在大是大非上犯错,对自己要有期望。

戴晓彤的内心被沈宇的一番话搅得波澜起伏。

沈宇和校方据理力争,终于让校方在处理意见上做出了让步:戴晓彤改为留校察看处分，聂伟民被免去文艺学院副院长之职，沈宇被破格提为副教授。

不料沈宇却冲方校长冷笑了一声："诱之以利，用副教授的职称买我，对吗？"魏明惊道："沈宇……"

沈宇抬手制止魏明再说下去："方校长，现在不是怎么安抚我的问题，是这件事的性质变了，聂伟民用来收买戴晓彤的钱，查不清来路，这事就不算完！他不是拿纪委来威胁过咱吗？很好，这件事儿咱就纪委见！"沈宇摔门就走，魏明急忙追去，再三强调破格提副教授是多么难得的机会。

沈宇顿时冷了脸："魏明，你拿人格跟我换条件，你让我怎么接受？"魏明慌乱道："怎、怎么叫拿人格换条件嘛……"沈宇打断他的话："魏明，我已经说得很清楚了，聂伟民是有经济问题的，我现在不是打私架，而是为学校清扫蛀虫，请你端正世界观。"

回到家，沈家爸妈对沈宇又是一通劝，只想着息事宁人。

沈宇真是奇怪了，难道在他们眼里就是为了这个副教授的职称？明明是自己在惩恶扬善，怎么就跟我是坏人一样！没有谁骂过、批评过聂伟民一句，倒个个都把矛头指向她，还说怕她遭人恨！

华韦林从小的愿望就是能将画笔作为自己人生的最终伴侣，这些年由于各种原因，不得已几次放下画笔，现在看到最闹腾的顾晓薇都被"安抚"了，他的心总算是安定了。

华韦林现在不是过去加油站的小工了，已经是知名画家。他的前途很广阔，省城已经不足以让他满足。他决定去欧洲旅行，一路走一路画，估计得花上一年半载。走之前，他得和顾晓薇、沈宇道个别。

黄老板在东巴餐厅专门设宴为华韦林送行，华韦林骑摩托车来通知顾晓薇，接着还要去通知沈宇和魏明。

他听说沈宇那边还在为大是大非的事情纠结，叶霞劝过几次，但是效果甚微。沈宇念书时候是崇拜过魏明的，现在魏书呆子把教授和政客分得清楚，看似豪放，实则是缩小了人格，向仕途妥协，这让沈宇很是不屑。

华韦林能帮沈宇的，也就这么多了，余下的，主要还是他们夫妻之间的事，外人不好过多参与。就像顾晓薇和朱铁四，这些年打闹，最后不还是收了老朱的戒指，承认是他的人，还煞有介事地警告华韦林不要有事没事来找她，也不想这些年是谁有事没事的来找华韦林的？

顾晓薇听了华韦林的计划很是支持，他的理想就应该是这样的。但一听华韦林也叫了沈宇和魏明，便假装失落地说他果然不是专门找自己来的。

顾晓薇笑着催他："滚滚滚，找魏明的沈宇去。"华韦林取笑顾晓薇道："不厚道啊？"顾晓薇皱着鼻子做了个鬼脸。

"走了！"华韦林戴上头盔，轰着油门骑了出去。车子刚骑行了没多远，他眼前突然一黑，随即连人带车翻倒，滑出了好远。

"韦林……"顾晓薇惊叫一声，立刻跑了过去。

眼　疾

　　顾晓薇和华韦林迅速赶往医院进行检查，身体外伤并没有什么，主要的却是眼睛。

　　经过反复检查确诊，华韦林所患的是遗传性球后视神经炎，这种病的致病原因至今未明，因此现今的医学手段无法治愈，最终结果只有——失明！

　　华韦林和顾晓薇听到这个噩耗，一瞬间脑袋都蒙了！

　　华韦林不知道自己是怎么离开医院的，顾晓薇似乎一直在说着什么，他听得不是很真切。他似乎一直在想什么，好像又什么也没有想，整个人处于一种游离的状态。

　　眼睛生病了，是重病，大病，是治不了的病。

　　是真的吗？隐约听到顾晓薇在说要不要到别的医院再去看看，他下意识地应了句"好"，似乎到别的医院看，能得到不一样的答复！

　　突然间，他清楚了。

　　原来，他期望的是这个。

　　期望自己没有得病，即使得病也不是这个病，即使是这个病也是能治好的病！

　　原来，是这样。

　　他是画家，是要用眼睛看世界，用画笔画内心的画家。没有了眼睛，他看不到这个世界，也无法再画出内心！

　　刚刚起航的理想之船，即将就此沉没！他连商量的余地都没有！不，是他连反抗的机会都没有!

华韦林清醒了!他打住了顾晓薇的话:"你不要再为我操心了!"顾晓薇含泪望着他,说不出话来。

华韦林缓和一下语气:"晓薇,不管以后会怎样,我都希望你能始终陪在老朱身边。我有我的生活,你们有你们的,可以偶尔有点交集,但不能把你强拉进我的生活里!你知道我最烦的就是被自己轻视,你愿意我这样吗?"顾晓薇的嘴唇颤抖着,她突然捂住嘴不让自己哭出声来,却有大颗的泪珠从面庞滚落。

华韦林轻轻地拍了拍她的肩:"这件事儿也别告诉沈宇,就当是我去旅行了,出国了,回头我给她电话告别,时间长了,就都习惯了……"

"韦林……"顾晓薇"哇"的一声哭了出来,她站到华韦林面前,双手捧着他的脸,看着他此时尚还明亮的眼睛,泣不成声!

华韦林还是要和沈宇说一声再见才能走,然而沈宇在听到他的声音,听明白他要远行的计划之后,突然就号啕大哭起来!这不只是因为他要走才有的不舍,必定是她又受了什么委屈。

华韦林思前想后,还是约了魏明,如果不弄清楚,他也走不安心。

原来,沈宇坚持要把聂伟民告到纪委去,但是学校方面还是希望把这件不光彩的事尽量在学校内部处理。省教委的徐主任亲自到师大,和方校长一起见了沈宇,再次提出关于沈宇破格提副教授的事,半是拉拢半是威胁,希望此事就此打住。偏沈宇还真就不吃这套,戴晓彤已经给沈宇提供了转账凭证,证据确凿。她坚持一查到底,并且已经把这些证据上报给省纪委,不管是校方还是省教委,都已经拦不住了。

事情一下子没有了转圜的余地,沈家爸妈担心的是她把人得罪光了,魏明则是生气她只看到华韦林为她做的,而不顾魏明的境地,和华韦林比,他总是样样比不上!他觉得很寒心!

沈宇这些天折腾,受气受累,坚持维护自己和魏明的清白人格,最后只得了魏明一句"寒心"!沈宇眼圈红了,憋了半天才咬出一句:"咱俩有一个寒心的!"

就在她带着万般委屈、万般心酸跑回家时,却接到了华韦林的告别电话,她怎么可能不哭得肝肠寸断？

华韦林见到魏明吓了一跳，站在体育馆看台边上的魏明显得又苍老又憔悴。

华韦林想知道他们又怎么了让沈宇哭得那么伤心，结果魏明上来就是一通冷嘲热讽："你这兴师问罪的时机把握得相当好，不用脚踩五色祥云也能浑身上下万丈霞光……"华韦林顿时火起，一拳狠砸在魏明的脸上，将他打得踉跄着倒退了几步才站住。

魏明捂着脸不敢置信地瞪着华韦林，愣了片刻忽然向华韦林扑去，揪住他的衣领"咚咚咚"地在他胸脯上胡乱捶打，一边捶一边还呜咽了起来，弄得华韦林顿时不知所措了。

魏明委屈地叫道："到底谁浑蛋呀？你们不两小无猜吗？那当初为什么不坚持？为什么放弃？弄个我来备胎转正，我招谁惹谁了？"见华韦林毫不还手，魏明颓然地退开身子，蹭着看台坐倒在了地上。

魏明哀怨地向华韦林倒着苦水。结婚这么些年他一直很不知所措！导师的威仪没了，镇不住自己的学生；情感又缺基础，哄不起年轻的老婆；用力不得法，用药不对症！至今都无法做沈宇心里的那个人，只留下了自己苦苦煎熬。

华韦林的眼角抽搐了一下，视野里的魏明和看台在迅速渐变成只能依稀辨出轮廓的色块，他使劲闭了闭眼，再睁开，视线才又清晰。

魏明仍在叹息道："我想成为她心里的那个人啊……"华韦林眼圈红了："魏院长，我求你！对沈宇好，不管怎样请对她好！求你……"

魏明思前想后，经过这件事，他明白了很多。聂伟民最终被纪委带走了，魏明也向方校长提出了辞呈。

他并不是赌气，不是一时冲动，而是通过这件事让他看清自己，也看明白了沈宇。开始他是担心沈宇这样做会受伤，虽然他也有委屈，可是现在想想，自己是否真的想过，哪些才是沈宇想要的？

沈宇维护的是他们的人格清白，是品质问题，她珍视魏明的品质而魏明自己却在辱没，他怎么做得了她心里的那个人？

华韦林走了，临走前，他把自己画的那幅有废水排放口的风景油画送给了沈宇。

这是一幅非卖品，承载着太多他们的记忆，无法用任何的价值来衡量。

看着这幅画，沈宇从来没有过的沉静，想了许多。

魏明回来告诉沈宇自己辞掉院长的事，半天沈宇从画上收回视线，郑重地对魏明说："咱们离婚吧！"魏明慌乱道："不……不是，有错我改有矛盾我们沟通……"

沈宇打断他："一直这样的。"望着不知所措的魏明，沈宇坦诚道，"一年一年的，我们都在为对方改变，不断地反省，努力要做好，都在努力。但直到现在，我们都没有办法读懂对方。一张床上的两个人，却总有距离无法跨越，两颗心，不在于谁好谁坏，而是永远在错位。逻辑完整不了，分开吧。"

沈宇笑笑，走出了房间，剩下魏明颓坐当场，呆若木鸡……

为了确定自己不是一时冲动，不是脑袋发热而做出的决定，经过小半年的认真思考，魏明和沈宇还是决定分手。然而他们离婚的决定还是引起了沈家爸妈的惊诧，只是他们决心已下，不会再挽回。

他们很确定，即使离婚他们不会结仇，凡凡还是他们的宝贝。他们很冷静，很平静。

然而，顾晓薇再也冷静不下去了，她十万火急地把沈宇叫到了医院。

当沈宇看到一身病号服，两眼无神，仿佛看不到她们的华韦林时，惊愕地说不出话。

顾晓薇对华韦林说："我答应过你不说，但这程度了我不能不说了！"沈宇惊问："什么程度？"

华韦林的视线里只有依稀可辨的色块，他只能凭声音确定沈宇她们所在的方向，他坦然地笑着说："来都来了就直说吧，我快瞎了。"

"嗡——"沈宇顿时脑中一片轰鸣，她无助地看向顾晓薇，顾晓薇眼圈泛红，转开了脸去……

沈宇准备正式审评副教授，然而，华韦林的事却让她心不在焉，教委来听她的课她却照本宣科："接下来我们讲词。词，是诗歌的一种，因是合乐的歌词，故又称曲子词、乐府、乐章、长短句、诗余、琴趣等。始于唐，定型于五代，盛于宋……"

陈校长一脸疑惑地对方校长耳语道："她平时讲课妙趣横生，怎么专家组来考评，反倒照本宣科了呢？"方校长看看两边面无表情的专家们也纳闷儿道："不知道啊……我也捏着把汗呢。"

台上的沈宇依旧无精打采："词，源于民间，是古代文学研究的主流观点……"

"那我们可否这么定义？"在场的人循声望去，魏明出现在了教室的门口，在众目睽睽之下他走到沈宇身边，"词，为屌丝，诗，为高富帅？"

沈宇有些慌神："好像……不能这么说吧？"

魏明对沈宇微笑道："不是吗？诗，因格律严整而高雅；词，因随于曲调而媚俗。"沈宇顿时回过味来，深吸了口气："魏老师此言差矣……诗和词都是抒发情怀的载体，雅和俗，取决于人而非文学本身，我相信，魏老师写词，也是社稷江山，而本人即便用最严苛的格律写诗，也容易是个文艺片的调调儿……"

在台下响起的哄笑声中，魏明手捂额头夸张地做了个"my god"的表情。

沈宇笑对场下："事实上，文学的美感随心而不随体，形式的取决应该是自由的，'明月松间照，清泉石上流，'很闷骚；但这么念呢？'明月松间，照清泉石上流，'动感就出来了。"

魏明赞许地点头："嗯，闷骚成亮骚了。"

沈宇止住了台下的笑声："这！就是中文的魅力，它能让人在千变万化的韵律中自由驰骋，快乐无穷；这就是魏老师辞官返教之后，一直奔走呼号、呼吁重视中文教育的原因，因为懂得中文，我们才能懂得，我们这个民族的心，原本是自由的……今天的课就上到这里，谢谢。"

台下的专家组和学生们顿时掌声如雷。

陈校长对方校长："我说呢，照本宣科是铺垫，包袱在这儿呢！精彩，精彩呀！"

意外请求

台上收拾着讲义的沈宇暗自松了口气，轻声对魏明道："多亏你来救场，谢谢。"

下课后，沈宇要去打离婚报告，魏明却提出和她一起去看华韦林。沈宇解释自己约了顾晓薇，但是魏明却提醒她，朱铁四应该也会一起去。

果然是四人行，没想到的是一到病房门口就听到韦森准备给华韦林联系福利工厂，保证他以后可以自食其力。

韦林的理由是华妈妈已经花了两年的时间陪华建平，现在的自己丈夫的身体也不好，如果华妈妈又要照顾韦林，那实在是不合适。华妈妈心疼华韦林，和韦森吵了几句，韦森赌气走了。

华妈妈看到顾晓薇他们，连忙站起来迎接，华韦林闻声把脸也扭过来。

气氛不免有些尴尬，魏明和朱铁四都跟华韦林说有什么需要帮助的就一定要说，他们一定会尽力。只是没想到，从来都不会主动提出要求的华韦林，竟然说出一个让所有人意外的请求。

"我需要你们的帮助，别让我在病房里变瞎，我想为这双眼睛留下最后的颜色，我知道一个地方，叫彩虹湾。我世界里最重的两个颜色，是沈宇和晓薇，我希望她们，作我最后一抹光彩。"

他说这话的时候，为控制激动的心情，把腮帮子咬得一鼓一鼓，可见他也是下了很大的决心才说出来。他已经是这样的情况，要如何拒绝？可是答应了，又算怎么回事？

这真是给大家出了个难题！为这事，四个人你说我说没说清，倒是你没好心他不讲理地吵了个遍。最后，顾晓薇闷声说："他从来没有求过人！"一句话，把大家都说得消停了。

魏明不让顾晓薇拉着沈宇去，沈宇却让魏明自己爷们点儿，魏明又推说是朱铁四不同意，朱铁四却不让他拿自己说事。一圈人看下来，更加无语。

华韦林不想让妈妈为难，他已经让华妈妈回家了，他独自留在了医院。他不知道是否能等到顾晓薇和沈宇，但是，他的愿望已经说出来，心里轻松了很多。

他的一生，为这个想为那个想，为自己想的时候不多。上一次可能是和沈宇想复婚的那次，爸爸病了；这一次，是自己病了，如果算自私，也就这一次吧！老天剥夺他的已经太多了，这一次，能否眷顾一下他呢？

又到一年假期，晨晨回国探亲，同行的竟然还有一位外国女同学 Claire。顾晓薇对于胆大的美国父母很是佩服，但对于晨晨和 Claire 做个比萨都能把厨房搞得一片狼藉很无语。幸好，朱铁四说话很管用，孩子们迅速地打扫战场。

看着晨晨和 Claire 走得这么近，朱铁四感叹道，晨晨也是个大小伙子了！

顾妈妈这就开始操心了，生怕晨晨真要和这外国女孩谈恋爱，拉着 Claire 像查户口一样要刨根问底。这事让顾晓薇和她大闹了一场，顾妈妈赌气回了云景，顾晓薇拦都拦不住。看着亲娘俩闹成这样，朱铁四寻思着根源还是在华韦林那件事上。

朱铁四安顿好了晨晨和 Claire，让他们真正做到自理，而他和顾晓薇已经定下的婚期推后十二天，目的只有一个，让顾晓薇去帮助华韦林完成心愿。

沈宇家关于帮助华韦林的事，沈宇明确地表达了支持的态度，摆事实、讲道理，把当初自己被魏明一次次误会摆出来，把华韦林一次次帮助也摆出来，结论是："我只是觉得心里很酸楚，这些年韦林帮了我们很多，而我们却不能为他做些什么，真的是亏欠他太多了。"

沈妈妈含着眼泪说："唉……韦林这孩子，真的是命苦啊……"沈爸爸也摇头叹息。唯有魏明，一脸担忧却无法辩驳地望着他们。

魏明拉着沈宇私下问她是不是真的要答应华韦林，沈宇态度明确："他的确只有我和晓薇可以托付啊！他就要失明了你忍心拒绝吗？如果你当初只是在表演同情，那我和爸妈都会看不起你！"沈宇同时也表明，他们都要离婚了，她还有什么可顾忌的！

这句激到魏明了，他立即拉来方校长和小裴老师，一个专攻沈宇，一个去游说华韦林，这样双管齐下，坚决要阻止沈宇成行。

方校长对沈宇的劝导主要在于分析魏明和沈宇的离婚问题："离婚这件事你们貌似有了近达一年的深思熟虑，貌似已是理智决定。但你们无法否认过程中自觉自愿的自我反思，已经让你们双方都对自己产生了怀疑，以致最后一步终将迈出之时纠结万分！这就是之前沈宇你为追求个人主张而夸大过错矮化魏明的结果！而你对魏明，对自己所有的单方面企图有了惶惑和心虚的感觉。不要一叶障目了，你们的离婚，是个伪命题。"

方校长挑明这些年虽然他们有矛盾有迷茫，但不得不承认有快乐有感动，互相之间能审视对方的优点和缺点，也不断地做自我调整，这说明他们的婚姻还没有到必须分开的地步。

方校长亲手把他们的离婚报告撕掉，沈宇也觉得这件事欠考虑。魏明大方地表示可以陪沈宇一起去，沈宇很感动地马上就给华韦林打电话商量。

小裴老师对华韦林的劝说则是打着沈宇的旗号，主要是着眼于华韦林提出这个要求不合适。

"作为初恋男友以及前夫提出这样的请求，我完全可以理解，但并非所有人都如我这般通情达理，尤其正纠结于离婚争议的夫妻会何其敏感！男方若是否决，立马会被扣上冷血的帽子，女方若是愿意，挑根晾衣竿就是潘金莲！你，何苦要用如此煽情的理由提出怎么都是错的请求让他们两相尴尬呢？"小裴老师进一步尖锐地指出，沈宇和魏明的婚姻走到这一步，华韦林是要负一定的责任的。"薄如蝉翼的未来，拿什么来拆？一个只把优秀呈现到眼前的情感未亡人，你的高大矮化着他人，你的淡然冲淡了他人本该拥有的心！结果你还横遭不测，让女人在痛心里母性贲张，华同学，你要是故意，你就能算顶尖高级黑啦。你在一个不恰当的时机提出了一个不恰当的请求，拒绝很艰难，接受是我不自在，这，就是沈宇无法直接面对而委派我来跟你解释的原因。"

华韦林真的被他说动了，立即给沈宇打去电话，说要取消彩虹湾之行。

沈宇本来也正要给他打电话，但是一听说取消就感觉其中必有蹊跷，再听华韦林说什么小裴老师替她来劝他，沈宇立即就明白怎么回事了。

沈宇挂下电话，就从魏明的手机上翻出了小裴老师表功的短信，一切真相大白。

沈宇怒不可遏道："你真行！他们可真是你娘家人。真卖力气，一个杀去医院施压，一个在这里巧舌如簧，亏我还当了真差点上套！你们阴险不阴险你们！魏明我告诉你，彩虹湾我去定了！我一个人去，你要不愿意咱就离吧！"魏明偷鸡不成蚀把米，最后却把自己逼进了死胡同！

华韦林经过小裴老师这一场，也猜到沈宇和顾晓薇的确为难了，黄老板陪他办了出院手续，打算自己陪他到彩虹湾去。

刚收拾好，顾晓薇和沈宇就前后脚到了，一看对方来了，又互相推诿起来。

顾晓薇讪笑道："呵呵，呵，我主要是怕你那什么来不了。"沈宇也是满脸不自然："我也以为你要办婚礼不方便呢。"顾晓薇便往病房门退去："那你去好了……"沈宇慌忙阻拦道："不不，你更合适……"

沈宇忽然泄气道："算了……来都来了，还装什么蒜啊，一起去吧。"顾晓薇点了点头也表示赞同。然而看似齐心的一对姐妹，刚背过人就互相开始唇枪舌剑。

顾晓薇故作惊讶地问道："居然跑得出来，你不是把魏明杀了吧？"沈宇没好气地说："我离家出走不行啊？"

顾晓薇鄙夷道："从来都是身在曹营心在汉，无良人妻！"沈宇不甘示弱地回敬道："你是什么好货啊？见色起性，婚礼都敢延期。"

顾晓薇满脸得意之色："那是我老公仗义。"沈宇呸道："打人不打脸啊！"

这边顾晓薇和沈宇闹得正欢，家里留下魏明和朱铁四两个男人，正好一起喝着酒互吐苦水。

魏明就不明白了，朱铁四为什么就非得做雷锋，给沈宇提供现成的坏榜样。

朱铁四叹息地给魏明一句中肯的评价："满腹经纶，人事儿不懂！"

魏明要急，朱铁四摆摆手示意他仔细听："先撇开那俩成事不足败事有余的娘家人不说，啊，一个即将失明的画家，渴望留住最后的颜色，谁能忍心拒绝？就算你有道理、有完整逻辑，只要表现出反向意愿，你就滚落下了道德高地，注定万劫不复。"

魏明眯起眼睛审视朱铁四："哦……原来你是被迫做的顺水人情。"

朱铁四无奈地摇了摇头："都是糊涂人呐……爱情的悲剧就是，好起来不给对方空间，恨起来不给对方余地，年轻人如斯，或许能透着些青涩懵懂的可爱，您跟沈宇老夫老妻的还这么不成熟，那就叫自作孽不可活了。"

"切……"魏明没好气地白了一眼朱铁四，抓起面前的酒，一口喝干。

追踪而至

和朱铁四互诉完心声，魏明辗转反侧，干脆一不做二不休，连夜和方校长请假去追沈宇，理由是他要抓沈宇的现行，就算是离婚他也要让沈宇做过错方！他一路飞驰，却在高速上意外地遇到了朱铁四！

原来，他们所想的不谋而合。朱铁四也打算全程追踪顾晓薇的行踪，甚至还拉上了晨晨和Claire，神秘兮兮地说他自己要带他们去做一次远足，他们还煞有介事地把这次活动称为"女王行动"。晨晨和Claire听到朱铁四的神秘计划立刻欢欣鼓舞起来。不过朱铁四忘了看油表，这半路没油了，正想拦个车借点油，没想到一截就是魏明的车。

魏明冷笑着看朱铁四："商人，真是商人，哼哼！浑身上下都透着虚假！"

朱铁四讪讪道："没有……咳，这不是正好借这事儿……搞个亲子活动……"

魏明干笑："哈哈！'女王行动'？哈！我真鄙视你。"

朱铁四醒过味儿来，立即反击道："哎？那你这趟是……别谎称出差啊？"

魏明瞪着他："我干吗要谎称？我就是去追踪沈宇的！我就是去抓奸夫淫妇！干吗要谎称？"话音刚落，便见魏明从后座底下抓出一个医药箱，放到了他腿上。

魏明拍了拍箱盖："知道里头是啥吗？安眠药！留给我自己的，剂量相当大，足够睡死一头猪！"

朱铁四匪夷所思地看着魏明。

魏明凶巴巴地问："你什么意思？不信？"朱铁四撇撇嘴："这张脸……倒是蛮狰狞的。"话不投机半句多，魏明把医药箱放回去："恕我要务在身，汽油一毫升都不能给，自己想办法吧。"

朱铁四连忙拉住魏明，建议两组并成一组，互相之间有个照应，他万一要做疯狂举动，也好有人劝着拦着嘛。

魏明却露出一副悲壮神色："不！我了解我自己，我敢对他人疯狂，但未必能对自己下手……如果服用安眠药的时候我犹豫了，你帮我灌进去！"

于是魏明开车，载着朱铁四、晨晨和Claire一起赶往彩虹湾。

八个人，分成两批，前后脚都入住了彩虹湾度假村。

第一组华韦林、沈宇、顾晓薇、黄老板，预定了房间。沈宇和顾晓薇给华韦林安顿好后，分别回了自己的房间。

第二组魏明、朱铁四、晨晨和Claire，由于是临时起意，他们没能提前预订房间，只能露营野外。朱铁四几个早有准备，带了帐篷，孩子们却更加兴奋。然而预计不足的魏明却惨了，只能趴在石头后面，用望远镜观察着对面客房里的情况。

这时，沈宇和顾晓薇不约而同地开始反向查岗。

沈宇先打给了魏明，魏明属于心虚加惊慌失措型。电话一响，他立即蹿身扑向不远处正在帐篷边大呼小叫逮萤火虫的朱铁四、晨晨和Claire："静音！快静音！嘘——"

制止了他们后，魏明假装平静地接通了手机："喂？"沈宇说："魏明，我们到彩虹湾了。"

魏明脱口而出："我知道。"这是标准要露馅的架势，朱铁四直冲他努嘴，孩子们也一脸鄙夷！果然沈宇惊愕地问："你怎么知道？"

"啊？"魏明一惊，急忙假装了然于胸地掩饰道，"你不就扑那儿去的吗？"沈宇强压火气道："呵……我不想跟你吵架，我只是……"

魏明见成功转移了沈宇的注意，立刻抢白道："我吵架了吗？我犯得上为这个吵架吗……"沈宇恼火地挂断了电话，一把把手机扔到了床上。

魏明生气地冲朱铁四说："她竟然挂我电话！"朱铁四跟孩子们说："如果

对方态度恶劣，中断通话不算不礼貌。"

这时朱铁四的电话也响了，他掏出手机看了看，顿时很紧张地示意大家噤声："嘘！嘘！"随即，朱铁四笑盈盈地接通手机，"晓薇啊……"

顾晓薇在电话里说："老朱，家里电话没人接，你们出去啦？"朱铁四淡定地答："对，我带晨晨和Claire在公园玩儿呢，你们到了吧？"

顾晓薇说："到了，都安顿好了，放心吧。"朱铁四温和地叮嘱着："你跟沈宇多关照点儿华韦林，啊，不用老惦记家里，有我呢。"

顾晓薇微笑着："行，那我就放心了！"朱铁四依然一脸笑容："嗯，你也早睡！拜拜。"

朱铁四按挂手机，收起笑容，指导魏明："遇事不惊，处事不乱，啊？要有境界。"

顾晓薇挂了手机躺到床上，片刻之后，她忽地睁开眼睛，蹿身下床扑到梳妆台前，飞快地梳起头发来……

沈宇和顾晓薇都是有小心思的人，所以当两个人同时出现在华韦林的房门外，看到对方时，动作瞬间定格。顾晓薇梳妆整齐，喷了不知道多少香水；沈宇穿了吊带裙，含情脉脉。其实对方是啥心思，两个女人都心知肚明。

正在两个人还在为对方和自己的目的辩白的时候，突然听到华韦林的房间里传出"咣啷"一声玻璃碎裂的声音，两个人同时冲进了他的房间。原来是华韦林想喝水，不料却把杯子摔了。

他现在确实是没法照顾自己，顾晓薇和沈宇边收拾着碎玻璃，边建议留一个人在这里照顾华韦林。

沈宇对顾晓薇说："要不你留这儿？"顾晓薇推辞着："不好不好，你留下吧，我那个……"沈宇认真一点头："那行，我留下。"她折腾半天干吗来了？机会绝不允许放过。

顾晓薇没料到她不按常理出牌："啊？"沈宇挑眉道："怎么了？"顾晓薇没脾气地说："没……没怎么，你照顾他吧。"

顾晓薇蔫不出溜地出来，低声嘀咕："节操都碎一地了，还敏感个脑袋！"

魏明从望远镜里看到，两个人冲进去，只有顾晓薇一个人出来了！沈宇，留在了里面！啊啊啊啊，魏明瞬间抓狂！

三更半夜，孤男寡女，有夫之妇和初恋情人共处一室，这算怎么回事？

魏明按住朱铁四就是一通老拳乱捶，接着又是一通胡思乱想，然后，"老奸巨猾"的他抓起电话——定夜宵。

华韦林的房间里，华韦林制止了沈宇想关灯的意思，虽然两个人一个在床上一个在旁边的躺椅上，但是有这点灯光，华韦林还能看到沈宇。

沈宇还有点不好意思："有什么好看的？"

华韦林能看到的，只是一些颜色斑块，但是他希望能"看到"她，以后，连这样模糊不清的样子，他也看不到了。只是"看着"，就像是小孩子贪吃最后一口自己喜欢的零食一样。

两个人刚说没两句话，夜宵送来了。可是，他们没有订啊？谁订的？

沈宇第一反应就是顾晓薇干的，端着牛肉面就找她算账去了。顾晓薇莫名其妙，这纯属没事挑事！既然说是她故意安排的，她没好气道："要不换我？"沈宇被将住了，只好换人。

这次是朱铁四抓狂了！他扑过去把魏明摁倒在地，掐着魏明的脖子低吼："我掐死你个缺德玩意儿！缺德玩意儿你……"

第二天，沈宇、顾晓薇陪着华韦林到他心仪已久的彩虹谷走走。

华韦林看到的溪流，只辨析得出一团模糊的色块。他微笑感叹："以前画溪流我总怕色彩流动太快，现在倒容易了，融成一片之后就是金色的。"

沈宇不解地问："我在美术馆看到的总是风景，为什么不再画人像了？"华韦林幽幽地说："我找不到比那时更生动的人物。"

沈宇不由得有些恍惚："上个路口的倒影，怎还找得到？"

那年，华韦林不告而别，只留了下一幅沈宇的画像。那是沈宇见到华韦林画的最后一幅人物画。

顾晓薇挑挑眉："我好像是听谁说过，画风景会比较简单一些。"华韦林摇摇头:"我一直试图在风景中描绘梦境,但一直都没实现,挺遗憾的。"

顾晓薇打趣道:"跟我一样,梦想成为美女教主,可一直被超越,从未被模仿。"

华韦林叹息道:"或许……那只是埋在心里的东西,无法外化。"他没想到,拖这么久,经了那么多事,现在才来。来倒是来了,一切都不一样了。

跟踪而来的魏明和朱铁四悄悄潜伏在远处的树丛里,两个孩子倒是在溪水里捉鱼玩得不亦乐乎。

魏明一路上抱着那个药箱,朱铁四真心怀疑那里面不是什么安眠药而是个炸药包,一旦沈宇有变,他拉了弦就能冲上去!朱铁四趁他专心盯着沈宇他们,随口说有胃药不,魏明下意识地让他自己找。朱铁四打开药箱一看,哪有什么安眠药,全是胃药外伤药,整个是个后勤医疗保障百宝箱。

朱铁四念叨魏明不够磊落:"你总叨叨沈宇胃不好还不记得吃药,多少回了?当我们的面数落她,弄得她不高兴。你这个人呐,不是我说你,啊,就跟这回一样,明明是老婆忘了带药你担了心,偏摆出个视死如归的架势,蜜糖里搅屎,对自己有什么好处啊?"

魏明强辩道:"你管得着吗?做人还不能有点自己的风格啦?"

晚上度假村里组织了晚会,现场热闹极了。

旋转灯下人影晃动,围坐在一桌边的华韦林、沈宇、顾晓薇一起举起扎啤:"干杯、干杯、干杯。"

华韦林说:"为我眼中最后的景色。"顾晓薇一把握住他手:"别这么说。"沈宇伸出的手,不由定格住了,随后,她有些失落地笑了笑:"为我们最后的相聚吧……"

华韦林握了握她的手:"别这么说……干杯吧。"

看到沈宇抓向华韦林的手,魏明几乎就要冲出去了。朱铁四生拉活拽地才把他给带走,生怕他一露面,闹得大家都难堪。

可是魏明忍不了他们互相拉拉扯扯,最后妥协一步,要求两个孩子想办法把药箱送到沈宇那去。"哼,看到它,看到里面盛满的爱心,沈宇必定会在震惊之中,自惭形秽，羞愧至死！"

　　劲爆的音乐瞬间响起，朱铁四在两个孩子飞奔出去之前拉住他们，提醒一定要戴上面具。孩子们点点头，转眼混入人群不见了。

　　同时，华韦林在两个女人的陪伴下，也站在人群中嗨起来。沈宇亢奋地问华韦林："你说实话，拽我们出来，是真要我们帮你还是就想在一起？"华韦林哈哈大笑："我是在用脆弱绑架你们！"顾晓薇笑着打了他一下："好啊！你在勾引我们！"

花好月圆

魏明和朱铁四正半隐藏身体巡荡于人群之外，透过空隙一眼就看到华韦林左拥右抱。

"呵——"魏明倒吸了口凉气，一猛子就挤进了人群里。朱铁四慌忙去追！

这边，沈宇看着歌手们边唱边与场下互动，竟是眼泪汪汪。沈宇喊着："华韦林！我还记得那句话，我们是中了命运的计！"华韦林喊："命运不会使诈！只会改变我们的轨迹！"

顾晓薇也喊道："离开这里之后，我们该怎么办？"华韦林道："我会把自己活成你们的样子！"

沈宇忽地转身："真能这么洒脱吗……华韦林,你想过将来吗？"华韦林愣了愣，又笑道："我看不到你们老的样子，所以将来很梦幻。"

顾晓薇忽然说道："你别装了！你告诉我们，你会怎么变老？"沈宇阻止道："晓薇……"顾晓薇激动道："想到这个问题我会害怕！你不会吗？"说完顾晓薇拉着他们两个就往人群外挤。

魏明和朱铁四正在人群里拉拉扯扯，突然发现追踪目标正向自己迎面而来，大惊失色，急忙转身就逃。

沈宇还不想走："挺好的气氛，别破坏了行吗？"顾晓薇瞪了她一眼："谁挑起的呀？谁眼泪汪汪地谈未来呀？要谈咱就把话谈透了！"

正说着，戴着面具的晨晨和 Claire 就挤到他们身前，两个孩子愣了个神，僵硬地继续假装跳舞，随即转身就逃了。他们奇怪的举动引起了沈宇和顾晓薇的怀疑，顺着他们逃走的方向追过去。魏明和朱铁四险些被两个熊孩子引来的"敌人"发现，无奈之下只得藏在自助餐桌后边，这才得以顺利逃走。

好不容易甩掉他们，朱铁四感叹："几百里兼程，如果只为了送药，多温馨的桥段啊？多温暖的情怀？可夹带着跟踪、盯梢、胡乱猜忌，是不是猥琐到自己都不好意思见人？何必呢？都跟对方一起走了很长的路，你我真就这么不信任她们吗？"

魏明叹息道："其实吧，思考是否要离婚的这段时间里，我回忆里更多的却是一些美好的事儿，我知道如果……不是那些个鸡零狗碎的纠结，这段磕磕绊绊的婚姻也挺温馨的，鸡零狗碎，知道不好却总是会冒出来！其实我明白我纠结的是什么，老朱，我很心虚……不能成为她心里的那个人。"

朱铁四跟魏明对视了一会儿，转开了脸去，弱弱地叹息一声："有时候，我也会这样……"

这一晚，华韦林喝得酩酊大醉，最后是被两个女人拖回酒店房间，整个人就睡死过去了。

顾晓薇看了眼华韦林，问沈宇道："他真相信……他能梦幻地生活下去吗？"

沈宇说："他已经说了，他会活成我们的样子。"

顾晓薇笑笑："我们啥样？我会陪着一个眼看就要发福，接着会被三高困扰的老朱！专横地不许他吃这个，不许他吃那个。还是你形象好，一个离婚女人，带着孩子顽强地面对生活！不过必须乐观。"没想到沈宇却接了一句："或者跟那矫情家伙继续战斗。"

顾晓薇不由得眉头一跳。

沈宇叹息："魏明老了，肯定是个特遭人讨厌的家伙，觉得年轻教师们这也不对那也不行，呵！没个人替他打圆场赔笑脸，还真不放心！"顾晓薇皱眉："怎么？跑出来了，反倒想他了？"

沈宇点了点头："他就这么遭恨，口口声声要理智，遇到事儿就叽叽歪歪。"顾晓薇撇了撇嘴："我是……老朱会甩脸子敢吵架了才踏实的，我见过好多白头夫妻，吵起架来都你死我活的，呵，是因为放了心相依相伴，才敢放肆。"

沈宇幽幽地把头枕到顾晓薇肩上:"这样是不也挺好的?"顾晓薇拍拍她:"当初你和韦林,不是吵架吵离的,是做错了决定。对,想得出以后才是幸福呢。"她回脸看了眼华韦林:"说什么梦幻,他就应该活成我们的样子,才放心。"

背对着她们,本应醉到不省人事的华韦林悄悄地睁开了眼睛。

第二天魏明还在睡梦中就被朱铁四火急火燎地叫醒了,原来是沈宇他们的越野车不见了,电子定位寻不到,他们直扑酒店一问,退房走了,去向不明!

这会儿华韦林他们正流连于一片依着山势的平静湖畔,林木葱郁,辉映着湖水,美丽之极。虽然华韦林眼中的色块更加模糊,但是沈宇一点一点地向他描述着这里的景色,他依然很享受。"其实这片未开发的区域,才是彩虹湾最美之处,植被全是原生态,种类繁多,所以即便是绿色也有诸多层次;地层本为黄土,因为富含多种矿物质而呈金色,入水后渐变到橙色、砖红色,如果雨后出现彩虹,辉映在湖面上,那真的就像人间仙境一样。"

沈宇炫耀地对华韦林说:"嘿嘿嘿……我好不容易收集来的资料,所以你一定要记下来。"华韦林笑着点头。

黄昏的时候,顾晓薇准备了野餐,沈宇刚拉着华韦林在餐布前坐下,顾晓薇就用纱巾遮住了他的眼睛:"从现在开始,你要学会适应黑暗、学会摆脱视觉来做事情。"

这样残酷的举动,让顾晓薇和沈宇大声地争吵起来。

沈宇急了:"顾晓薇!你不觉得这样很残酷吗?!"顾晓薇提醒她道:"你记住了,我们不是来玩儿的!我们要陪他过渡到以后的生活里。"

沈宇反驳道:"黑暗离他还有多远?仅剩的时间应该多看一些,多记住一些,所有人都希望这样,可你现在就想让他看不见!"顾晓薇再次强调道:"现在是个好时机,从现在这种状态到完全失明可以过渡,可以有个缓冲,免得到时候措手不及,那更受罪!"

沈宇蹿起身来:"你没权利强迫他这样……"顾晓薇大吼道:"我们还能陪他多久!"

听到顾晓薇的担忧，沈宇不由得愣了。顾晓薇喘着粗气僵了会儿，转过身走开了……

沈宇叹息道："没错，我们还能陪你多久？"华韦林平静地说："我没想太多以后，我只希望离别之后漫长的日子，我不会刻意去想你们，但会有很多小的瞬间，比如传来的一串笑声，一首歌，一句歌词或者闭上眼睛的时候，有一瞬间怀念，就足够了。"

顾晓薇望着他："如果你只在梦幻里生活，我们依然落不了地。"华韦林的眉头，不由得跳了一下。

顾晓薇叹息道："说实在的，从旅途的第一天起，我就在想老朱。这种感觉不太好，虽然他鼓励我来，可是……我仍然有些心虚，好像在私奔。"

沈宇同感道："是……我们随着时间溶解在了另一份感情里，或许看上去不美，还经常对它咬牙切齿，可离开了没太久，就会有些惶惑，看不见人，就会想念那些不经意的、哪怕点滴的喜悦……"

华韦林笑问："我已经，离你们很远了对吗？"

沈宇说："这就是人生吧！以为总是有问题，其实你已经学会了适应，适应本就如此的生活，你的心，终归会被守在你身边的人占据。其实你已经离得很远，但我们想让别人相信你是最好，是我们幸福的标杆。"

顾晓薇对华韦林说："你不好我们不安，但即便不安，我们也很难全心全意去为此改变轨迹了，你也这样吧？可能……以后有很多生活上的不便会让你焦躁，也可能你会很快跟一个女人结婚，过得诗情画意或者俗不可耐，可谁知道……如果你确信爱过我们，就请按照我们认为安全舒适的方式生活，让我们看到。"

华韦林闭了一会儿眼睛，微微地点了几下头，转开了脸去。

魏明和矢铁四真的把沈宇他们跟丢了，正在他们一筹莫展的时候，华韦林给魏明打来电话，同时说明，他知道朱铁四和他在一起，他有话对他们两个说。

首先他报告了他的准确位置，告诉他们沈宇和顾晓薇也跟他在一起。接着，他坦诚了这次行动的目的：他一直担心初恋会成为她们心中永久的负担，所以炮制出这么个煽情理由逼她们出来，本想让她们烦了自己，可实际上他很快就发现，她俩一路上都在挂念着自己的男人，他们早已经是她俩心中的那个人。只不过相濡以沫太习惯，偶尔会迷失自我，误以为爱无处寄放……

华韦林不辞而别，顾晓薇和沈宇都要急疯了！没找到华韦林，魏明和朱铁四却从天而降般地出现在她们面前。

朱铁四一贯的淡定，搂着着急的顾晓薇安慰道："放心吧，华韦林对他的未来，比你们想象中要坦然得多。我敢肯定，他的未来会跟我们一样幸福。"那边沈宇反抱着魏明，中间还硌着个大药箱，魏明一把鼻涕一把泪地哭诉着她又忘了带药，沈宇尴尬地冲朱铁四他们笑着。

朱铁四和顾晓薇终于结婚了，他们邀请了沈宇和魏明来做伴娘伴郎。但是，华韦林没有出现。

朱铁四电话追讨红包，魏明批评他不够成熟，顾晓薇责怪黄老板不够义气，沈宇凑近手机："韦林，从爱情到幸福，你应该为我们见证。"

朱铁四一把抓过手机："华韦林，麻溜儿地带上黄老板过来，快！"

婚礼外的草坪上，隐隐的乐曲声中，华韦林站在那里。他依然帅气，笑容迷人，不论是爱情还是幸福，都不需要任何人的见证！一切，都在每个人的心中，自有标准！

他缓缓仰起脸，阳光洒下，温暖如春！

这，就是幸福的感觉！